DONGSUH MYSTERY BOOKS 75

THE POISONED CHOCOLATES CASE
독초콜릿사건
앤소니 버클리 콕스/손정원 옮김

동서문화사

옮긴이 손정원(孫正瑗)

동국대학 문과 졸업·화산중학교 교사·인천신보사·동서문화사·월간 《자연과 어린이》 편집인 역임. 동화작가로 활동. 지은책 《도깨비》 옮긴책 만델라 《아프리카 소년의 꿈》 쯔바이벡 《나탈리의 꿈나무》 등이 있다.

DONGSUH MYSTERY BOOKS 75
독초콜릿사건
앤소니 버클리 콕스 지음/손정원 옮김
초판 1쇄 발행/1977년 12월 1일
중판 1쇄 발행/2003년 6월 1일
중판 2쇄 발행/2012년 2월 20일
발행인 고정일/발행처 동서문화사
창업 1956. 12. 12. 등록 16-345(윤)
서울 강남구 도산대로 163(신사동, 1층)
☎ 546-0331~6 (FAX) 545-0331
www.dongsuhbook.com
*
이 책의 출판권은 동서문화사(동판)가 소유합니다.
의장권 제호권 편집권은 저작권 법에 의해 보호를 받는 출판물이므로
무단전재와 무단복제를 금합니다.

편찬·필름·제작 일체 「동판」 자본으로 이루어짐에 따라
출판권 소유권자 「동판」에서 제조출판판매 세무일체를 전담합니다.
사업자등록번호 211-90-02201
ISBN 89-497-0160-X 04840
ISBN 89-497-0081-6 (세트)

독초콜릿사건
차례

제1장 …… 11
제2장 …… 23
제3장 …… 35
제4장 …… 47
제5장 …… 64
제6장 …… 81
제7장 …… 94
제8장 …… 106
제9장 …… 126
제10장 …… 143
제11장 …… 157
제12장 …… 183
제13장 …… 196
제14장 …… 212
제15장 …… 227
제16장 …… 244
제17장 …… 262
제18장 …… 275

엑셀시오의 참극—P.G. 우드하우스
엑셀시오의 참극 …… 294

범죄심리 미스터리의 거장 …… 325

등장인물

유스티스 펜퍼더 경   중년 남작
폴링   유스티스 경의 아내
그레엄 벤딕스   사업가
조안   벤딕스의 아내
모리스비   런던 경시청 주임경감
로저 셀링검   범죄연구회 회장. 소설가
찰스 와일드먼   범죄연구회 회원. 변호사
필더 플레밍   범죄연구회 회원. 극작가
모턴 핼로게이트 블래드리   범죄연구회 회원. 미스터리 소설작가
앨리시어 더머즈   범죄연구회 회원. 소설가
앰블러즈 치터윅   범죄연구회 회원

제1장

 로저 셸링검은 앞에 놓인 해묵은 브랜디를 한 모금 마시고 사회자 자리에 섰다.
 담배연기가 안개처럼 자욱한 가운데 그의 귀에는 살인이며 독약이며 갑작스러운 죽음 따위를 즐겁게 지껄여대는 열띤 목소리가 여기저기서 들려왔다.
 이 모임은 그 자신이 관심 있는 이들을 모아 애써 조직하여 창립해 운영되고 있는 그 자신의, 다름 아닌 '범죄연구회'이다. 다섯 달 전 제1회 모임에서 모든 회원들의 뜻에 따라 그가 회장으로 선출되었을 때, 그 옛날 잊을 수 없는 날——스스로 출판업자라고 나선 동안(童顔)의 사나이가 그의 첫 장편소설을 책으로 펴내 주었던 때와 똑같은 자랑스러운 기쁨으로 마음이 벅찼다.
 그의 오른쪽 옆자리에는 오늘 밤의 초대 손님인 스코틀랜드야드(런던 경시청) 주임경감 모리스비가 터무니없이 큰 궐련을 입에 물고 좀 거북하게 앉아 있었다.
 로저가 그쪽으로 몸을 돌렸다.

"모리스비 씨, 솔직히 말씀드려서 당신네 경찰조직을 얕볼 생각은 추호도 없습니다만, 이 방 안에는 파리 경시청만 빼놓고 세계 어느 곳의 수사관보다도 훌륭한 범죄학 지식을 지닌 사람들──그러니까 노력가가 아니라 천부적인 재능을 타고난 사람들──이 모였다고 나는 믿고 있습니다."

"그렇습니까, 셀링검 씨."

모리스비 주임경감은 너그러운 태도로 말을 받아넘겼다. 그는 언제나 다른 사람의 색다른 주장에 대하여 호의적이었다.

"그렇습니까……."

그는 되풀이 말하며 불붙인 궐련 끝으로 눈길을 돌렸다. 그 끝은 입에 문 쪽과 너무나도 거리가 멀어 아직 불이 붙어 있는지 어떤지 알기 위해 입에 문 쪽을 빨아보는 것만으로는 전혀 짐작이 가지 않았기 때문이다.

로저가 그 모임을 창립한 사람으로서의 자랑 이상으로 자신을 가지는 데는 그만한 근거가 있었다. 이 매력 있는 '범죄연구회'의 만찬회에 한몫 낄 수 있는 자격은, 배가 고프다는 것만으로는 얻을 수 없었다. 입회 희망자가 살인예술애호가인 척해 보인다고 마땅한 자격을 얻는 것도 아니었다. 남자든 여자든 이 모임의 범죄학적인 권위를 높이고 뜻 깊은 활동을 해낼 만한 능력이 있음을 증명해 보여야만 한다.

과학의 모든 분야에 강한 관심이 있고, 범죄심리학적인 면과 마찬가지로 조사 활동에도 흥미를 가져야 한다. 그리고 그다지 중요성이 없는 사건에 대해서도 모든 기록을 자유자재로 구사할 수 있어야 함은 물론 구성 능력도 없어서는 안 되었다. 후보자는 명석한 두뇌를 가지고 그것을 잘 활용할 수 있어야 한다.

이것을 시험하기 위해 회원들이 내놓은 문제에서 한 가지를 골라 그 답안을 써서 회장에게 제출한다. 회장은 그가 회원으로 입회할 자격이 있다고 판단되면 곧 비밀모임 때 입회 희망자에 대한 회원들의 의사를 묻는 투표를 한다. 그런데 여기에서 한 표라도 반대가 나오면 입회할 수 없게 된다.

회원은 13명으로 한다는 규칙을 세워두었지만, 지금까지 겨우 6명이 그 테스트에 합격했을 뿐이다. 따라서 이 이야기가 공개된 밤에 참석한 사람들은 겨우 6명에 지나지 않았다. 유명한 변호사, 그 못지않게 이름난 여류극작가, 지금 세상에서 받고 있는 평가보다 더 유명해야 마땅한 여류작가, 요즈음 미스터리 소설작가 가운데 가장 학식이 풍부한──가장 인기 있다고 할 수는 없지만──작가, 로저 셸링검, 그리고 앰블러즈 치터윅.

그 가운데 오직 치터윅만이 세상에 전혀 이름이 알려지지 않은 사람으로, 몸집이 작고 온화하며 풍채에도 아무 특징이 없는 남자였다. 그러므로 그가 저명인사 그룹에 끼어 있다는 것을 안 사람들이 의외로 생각하는 이상으로 그 자신도 이 모임에 입회가 허락된 데 대해 몹시 놀랐다.

앰블러즈 치터윅만 빼면 이 모임은 어떤 조직자라도 자랑할 만한 그룹이었다. 오늘 밤 로저 셸링검은 자랑스러울 뿐만 아니라 흥분되어 있었다. 왜냐하면 회원들을 깜짝 놀라게 만들 계획이 있었기 때문이다. 저명인사들을 깜짝 놀라게 한다는 것은 어떤 경우든지 통쾌한 일이다. 그는 지금부터 그렇게 하기 위해 자리에서 일어났다.

그는 글라스며 담배 케이스로 테이블을 두들기는 환영의 표시가 끝나자 입을 열었다.

"회원 여러분, 여러분들이 인정해 준 권한에 의해 회장은 회합 때 행해지는 토의사항을 자유로이 변경할 수 있습니다. 우리는 모리스비 주임경감님을 스코틀랜드야드의 첫 대표자로서 진심으로 환영합니다."

테이블 두드리는 소리가 아까보다 더 요란하게 울렸다.

"모리스비 주임경감님은 미식(美食)과 미주(美酒)에 마음이 쏠려 순간적인 실수를 저지르셨습니다. 그러니까 기자들에게도 털어놓지 않은 그의 경험을 지금 우리들에게 들려주시겠답니다."

좀더 요란하게 테이블 두드리는 소리가 오래 계속되었다.

로저는 브랜디를 한 모금 마시고 기분을 새로이 하여 이야기를 계속했다.

"나는 모리스비 주임경감님과 아주 가까운 사이로 이따금 그가 이런 실수를 저지르도록 끈질기게 유도해 왔었습니다. 그러나 한 번도 그 일에 성공한 적이 없었습니다. 그러므로 나는 우리 모임이 아무리 간청해도 모리스비 주임경감님으로부터 내일 데일리 클리어 신문에 실려도 괜찮을 만한 이야기를 듣게 되리라고는 기대하지 않습니다. 유감스럽지만 여러분, 모리스비 주임경감님은 유혹에 넘어가지 않습니다.

그래서 나는 책임을 느끼고 오늘 밤 우리 회합의 취향을 좀 바꿔 보기로 했습니다. 이 아이디어가 여러분 마음에 들기 바라며, 또 틀림없이 마음에 들리라 확신합니다. 이것은 아주 참신하여 여러분의 흥미를 끌것입니다."

로저는 잠시 숨을 돌리고 흥미에 찬 얼굴들을 둘러보며 방긋 밝은 웃음을 떠올렸다. 모리스비는 귀밑이 짙은 갈색으로 조금 물든 채 여전히 궐련을 만지작거리고 있었다.

로저가 다시 말했다.

"지금 말하려는 건 그레엄 벤딕스 씨와 관련된 일입니다."

가벼운 동요가 일었다. 로저는 좀더 느린 말투로 이야기를 계속했다.

"아니, 그보다도 벤딕스 부인에게 관련된 일이라고 해야겠지요."

그러자 좀더 큰 동요가 일고, 이어서 더욱 깊은 흥미를 느끼게 하는 침묵으로 바뀌었다.

로저는 신중하게 말을 고르는 듯 잠시 사이를 두었다.

"여러분 가운데 벤딕스 씨와 개인적으로 교제하고 계신 분도 있을 것입니다. 그리고 전에도 권유받으면 기꺼이 우리 회원이 될 것이라며 그의 이름이 제안 형식으로 우리 모임에 추천된 적도 있었지요. 분명 찰스 와일드먼 경께서 제안하신 것으로 기억합니다만……."

형사변호사 찰스 와일드먼은 어깨를 뒤로 젖히고 그 굵은 목을 흔들었다.

"네, 한 번 추천한 적이 있었습니다."

"그런데 그 제안에 찬성한 분이 하나도 없었습니다. 그 까닭은 잘 알 수 없습니다만, 아마 누군가가 그는 우리의 테스트를 완전히 통과할 수 없으리라 확신했기 때문이겠지요. 그거야 어떻든 그 이름이 우리 모임에 제출되었다는 사실로 미루어보아 벤딕스 씨도 얼마쯤 범죄학에 대하여 알고 있음이 명백합니다. 그러므로 그의 주변에 일어난 저 무서운 비극에 대해 동정을 하지 않을 수 없습니다. 나처럼 그와 아무 친분 없는 사람도 개인적인 관심을 갖게 됩니다."

그러자 테이블 오른쪽에 앉은 키가 크고 곱게 생긴 여자가 맑은 목소리로 소리쳤다.

"찬성이에요!"

그 목소리는 다른 사람이 아무 말 하지 않을 때에도 이야기 도중에 타이밍을 맞추어 유효적절하게 "찬성이에요!" 하고 소리치도록 호흡이 잘 가다듬어져 있었다. 그녀는 소설가 앨리시어 더머즈로, 취미

삼아 여자전문학교를 경영하고 있었다. 그녀는 다른 사람의 이야기에 사심 없이 호의에 찬 기쁨으로 귀기울이며, 실제로는 견고한 보수파이면서도 사회당의 이론을 열심히 지지하였다.

로저가 간단하게 말을 맺었다.

"그래서 나는 우리들의 이러한 동정을 실제 행동으로 옮겨보면 어떨까 생각했습니다."

사람들은 열심히 그의 말에 귀 기울이고 있었다.

찰스 와일드먼은 곱슬곱슬한 회색 눈썹을 치켜 올리고——그 눈썹 밑으로 그는 자신이 변호하는 피고를 무모하게도 유죄라고 믿고 있는 검찰측 증인에게 위협과 혐오의 눈길을 던지는 것이다——폭넓은 검은 리본이 달린 금테안경을 이리저리 흔들었다.

그 테이블 맞은편에서는 필더 플레밍 부인이 앨리시어 더머즈의 팔꿈치를 살짝 치면서 손으로 입을 가리고 낮게 소곤거렸다. 그녀는 뜻밖에도 겉보기와 달리 온당치는 못하지만 반응이 아주 좋은 희곡을 몇 편 써내었다. 일요일에 외출하는 그녀를 보면 고급요리사같이 몸집작고 뚱뚱하며 가정적인 소박한 생김새의 여자였다.

앰블러즈 치터윅은 부드러운 푸른 눈을 껌벅이면서 머리 좋은 암염소 같은 모습으로 앉아 있었다.

미스터리 소설작가만은 겉으로 보기에 무관심한 듯한 태도를 취했다. 하지만 중대한 시기에 이르면 그는 자기가 좋아하는 탐정을 흉내낼 게 틀림없다. 그 탐정은 흥분이 고조되는 클라이맥스에서도 여전히 무감동한 태도를 보이는 것이다.

로저가 말을 이었다.

"오늘 아침 나는 스코틀랜드야드에 가서 이 계획을 말했습니다. 그들은 이 계획을 적극 장려하지는 않았지만, 그리 해될 것도 없었기 때문에 억지로——그러나 정식으로——그 시도를 허락받았습니다. 이 허락을 내린 동기는 맨 처음 내가 이 계획을 세우게 된 동기와 같다는 것을 말씀드려도 좋으리라 믿습니다."

로저는 효과를 노려 잠시 입을 다물고 사람들을 둘러보았다.

"말하자면 경찰은 사실 벤딕스 부인을 살해한 범인을 찾아낼 모든 희망을 포기했습니다."

그러자 여기저기서 갑자기 외침 소리가 일어났다. 마음에도 없는 소리, 혐오와 놀라움이 담긴 소리. 모두의 눈이 모리스비 주임경감에게로 쏠렸다.

그러나 주임경감은 자기에게 쏠려진 회원들의 눈길은 아랑곳하지 않고 귀 높이까지 궐련을 들어올리더니 그들의 온갖 외침 속에서 한 가닥쯤 호의적인 소리를 듣고 싶다는 표정으로 조용히 귀 기울이고 있었다.

로저가 구원의 손길을 뻗었다.

"그런데 이 정보는 극비인 만큼 결코 외부에 누설해서는 안 됩니다. 그러나 이것은 실제로 일어난 일입니다. 수사 활동은 아무 수확도 얻지 못해 중단된 상태입니다. 물론 새로운 사실이 나올지도 모른다는 희망을 버린 것은 아닙니다만, 경찰로서는 어떤 근거가 없는 한 더 이상 수사를 계속할 수 없다는 결론에 이른 것이지요. 따라서 나는 경찰이 손을 뗀 이 사건을 여기 모인 우리들이 넘겨받는 게 어떨까 제안하는 것입니다."

로저는 말을 마치고는 주위에 늘어앉아 자기를 바라보는 얼굴들을 기대에 찬 눈으로 둘러보았다.

그 얼굴들은 모두 궁금한 듯 묻고 싶어 하는 표정이었다. 로저는 흥분한 상태에서 조금 누그러진 투로 말했다.

"그 까닭은 알고 계시겠지요. 우리는 모두 예민합니다. 우리는 바보가 아닙니다. 그리고 내 친구 모리스비 주임경감에게는 안됐지만 케케묵은 수사방법에도 구애받지 않습니다. 우리 여섯 사람이 저마다 깊이 생각하여 수사해 본다면 경찰이 실패한 곳에서 누군가가 어떤 성과를 올릴지도 모릅니다. 이것은 지나친 희망일지 모르지만, 전혀 가망이 없다고도 생각지 않습니다. 어떻습니까, 찰스 와일드먼 경?"
이름난 변호사는 깊이 있게 빙긋 웃었다.
"그것은 확실히 재미있는 생각이군요, 셸링검 씨. 그러나 찬성인지 반대인지는 좀더 자세하게 그 제안에 대해 듣고 나서 결정하겠습니다."
필더 플레밍 부인이 큰 소리로 말했다. 그녀는 형식적인 신중함 따위는 아랑곳하지 않았다.
"나는 훌륭한 아이디어라고 생각해요, 셸링검 씨. 오늘 밤부터라도 시작했으면 좋겠어요. 그렇게 생각지 않나요, 앨리시어 더머즈 양?"
그녀의 통통한 볼이 흥분으로 가볍게 떨렸다. 앨리시어 더머즈는 방긋 웃어 보였다.
"좋겠지요."
미스터리 소설작가가 초연한 태도로 입을 열었다.
"솔직히 말하면 나는 이 사건에 대해 이미 내 나름대로의 추론을 끝냈습니다."
그의 이름은 퍼시 로빈슨으로 헬로게이트 블래드리라는 필명을 쓰고 있었는데, 이 이름이 단순한 미국시민에게 큰 환영을 받아 그 힘만으로 처녀작이 3판까지 나왔다. 무슨 까닭인지 분명히는 알 수 없지만, 아무튼 어떤 정서 때문인지 미국인들은 언제나 크리스천적인 이름에 약하며, 특히 그것이 어쩌다보니 영국의 한 해수욕장 이름과 같을 경우에는 더 한층 인기를 모았다.

앰블러즈 치터윅은 조심스럽게 밝은 웃음을 지어보였으나 아무 말도 하지 않았다.

로저가 다시 이야기를 이었다.

"물론 자세한 점에 대해서는 자유롭게 토론해도 좋겠지만, 만약 우리들 모두가 이 계획에 찬성한다면 저마다 따로 조사해 보는 게 더 즐거운 결과가 나오지 않을까 생각합니다.

이제 모리스비 주임경감께서 경찰이 분명하게 알아낸 사실을 있는 그대로 설명해 주실 것입니다. 경감님은 이 사건 담당자가 아니었지만 사건에 관계된 일을 한두 가지 맡아했기 때문에 내용을 잘 알고 계십니다. 게다가 친절하게도 이야기에 실수가 없게하기 위해 오늘 오후 내내 스코틀랜드야드에 보관된 사건 관계 서류를 면밀히 조사해 주셨습니다.

모리스비 주임경감님의 이야기를 듣고 지금 곧 추리할 수 있는 사람도 있을 것입니다. 또 조사에 들어가기 전에 수사를 진행시켜 보고 싶은 여러 가지 가능성을 착안해 낼 분도 있을 것입니다. 아무튼 1주일 동안의 여유를 가지고 이론을 세우고, 가설을 증명하고, 스코틀랜드야드가 수집한 사실에 비추어 저마다 해석을 내리기로 합시다. 그리고 그 기간 동안에는 회원끼리도 사건에 대한 이야기를 나누지 않는 게 어떻겠습니까?

어쩌면 아무 성과도 얻지 못할지 모릅니다만——아마 가망이 없겠지요——아무튼 그것은 아주 흥미 있는 범죄학 연습이 될 것입니다. 저마다의 기호에 따라 어떤 사람에게는 실제연습이 될 것이고, 또 어떤 사람에게는 이론연습이 될 테니까요.

가장 흥미롭게 생각되는 점은, 우리 모두가 같은 결과에 이를 수 있을지 어떨지 하는 것입니다. 그럼, 지금부터 토론으로 들어가겠습니다. 의제는 무엇이라도 좋습니다. 이를테면 지금 말씀드린 이

제안은 어떻습니까?"

그리고 로저는 만족한 태도로 자리에 앉았다. 바지가 자리에 닿을까말까할 때 첫질문이 날아왔다.

"그럼, 우리가 밖으로 나가서 직접 탐정 역할을 하는 건가요, 셸링검 씨? 아니면 주임경감님께서 말씀해 주시는 사실을 바탕으로 작문을 쓰는 건가요?"

이 질문을 던진 사람은 앨리시어 더머즈였다.

로저가 대답했다.

"어느 쪽이든 저마다 좋을 대로 하십시오. 방금 어떤 사람에게는 실제연습이 될 것이고 또 어떤 사람에게는 이론연습이 될 거라고 말한 것은 그런 뜻이었습니다."

그러자 필더 플레밍 부인이 입을 뾰족이 내밀며 물었다.

"실제면에서는 우리보다도 당신이 훨씬 더 경험이 많잖아요?"

로저가 대꾸했다.

"경찰은 나보다 더 경험이 풍부하지요."

모턴 핼로게이트 블래드리가 의견을 말했다.

"그것은 곧 우리가 연역법을 취하느냐 귀납법을 취하느냐에 따라 달라집니다. 연역법을 택하는 사람은 경찰의 조사를 바탕으로 추리하면 되므로 자신이 직접 나서서 조사할 필요는 없을 것입니다. 다만 한두 가지 결론을 증명하기 위해 조사가 필요할 테지요. 그러나 귀납법을 택하는 경우에는 탐문조사가 필요할 것입니다."

로저가 말을 받았다.

"그렇습니다."

그러자 찰스 와일드먼이 잘라말했다.

"경찰이 조사한 사실과 연역법에 의해 우리 나라에서 일어난 어려운 사건이 많이 해결되고 있습니다. 나는 이번 경우에 연역법을 택하겠습니다."

그러자 블래드리가 혼잣말처럼 중얼거렸다.

"이 사건에는 한 가지 큰 특징이 있습니다. 그것을 추구해가면 범인이 밝혀지겠지요. 나는 전부터 그렇게 생각하고 있습니다. 나는 그 한 점을 집중해서 파고들겠습니다."

앰블러즈 치터웍이 불안한 듯이 말했다.

"어떤 점에 대해서 조사하고 싶은 경우 어떤 식으로 시작해야 할지, 나는 그 점을 통 모르겠습니다."

그러나 아무도 그 말에 귀기울이지 않았기 때문에 그 점은 문제가 되지 않았다.

앨리시어 더머즈가 아주 활기 있게 말했다.

"한 가지 이 사건에 대해 깨닫는 점이 있는데, 그것은 이 사건 자체를 볼 때 심리적인 흥미가 전혀 없다는 거예요."

그리고 실제로 말을 하지는 않았지만 그녀는 만일 그런 사건이라면 더 이상 흥미 없다는 듯한 표정을 지었다.

로저가 조용히 말했다.

"모리스비 주임경감님의 이야기를 듣고 나면 그렇게 말할 수 없을 겁니다. 우리는 지금부터 신문에 보도된 것보다 훨씬 많은 사실을 듣게 될 테니까요."

찰스 와일드먼 경이 서두르듯 말했다.

"그럼, 어서 들어봅시다."

"모두들 찬성이겠지요?"

로저는 새 장난감을 받은 어린아이처럼 기뻐하며 주위를 둘러보았다.

"여러분은 정말 기꺼이 이 일을 해볼 생각이겠지요?"

모두들 입을 모아 열심히 말을 했으나 한 사람은 아무 말도 하지 않았다.

앰블러즈 치터윅은 조사가 필요할 경우 어떻게 해야 좋을지 몰라 난처한 기분으로 생각에 잠겨 있었다. 그는 이제껏 발목까지 오는 커다란 검은 구두에 운두 높은 둥근 모자를 쓴 백 명도 넘는 실제 탐정들의 회상록을 읽어보았다.

그러나 지금 그 몇십 권의 두꺼운 책들――18실링 6펜스로 출판되어 두세 달 뒤에는 18펜스로 팔다 남은――에서 생각나는 점은 실제로 존재하는 진짜 탐정은 사건에 손대는 경우 결코 끄트머리를 남기는 일 없이 명쾌하게 해결한다는 것뿐이었다. 하지만 이것은 수수께끼를 푸는 공식으로서 치터윅의 목적에 충분하다고 생각되지 않았다.

모리스비 주임경감이 어리벙벙한 태도로 의자에서 일어나기 전 소란스럽게 떠드는 말소리 덕분에 다행히도 앰블러즈 치터윅의 열등감은 아무에게도 눈치 채이지 않았다.

제2장

모리스비 주임경감은 송구스러운 듯이 박수를 받은 뒤 부디 앉아서 이야기해 달라는 요청에 따라 다행스러워하는 얼굴로 다시 의자에 앉았다.

그는 손에 든 서류를 보면서 주의깊게 귀기울이고 있는 사람들을 향해 벤딕스 부인의 갑작스러운 죽음을 둘러싼 수수께끼 같은 사정을 설명하기 시작했다. 그의 말을 그대로 옮기지 않고, 또 이야기 중간중간에 끼어든 많은 질문을 빼버리니 그의 설명 요지는 다음과 같다.

11월 15일 금요일 아침 10시 30분쯤, 그레엄 벤딕스는 피커딜리 거리에 있는 그가 속한 '레인보우(무지개)' 클럽으로 불쑥 들어가 자기에게 온 편지가 없느냐고 물었다.

문지기가 한 통의 편지와 회보 두 통을 건네주었다. 그는 그것들을 읽기 위해 홀에 있는 난롯가로 다가갔다.

그때 또 한 사람의 클럽 회원이 들어왔다. 중년의 남작 유스티스 펜퍼 경이었다. 그는 거기서 가까운 버클리 거리에 방을 가지고 있었으며 대부분의 시간을 이 레인보우에서 보내고 있었다.

 문지기는 유스티스 펜퍼더 경이 들어오자 언제나처럼 시계를 보았다. 그날도 정각 10시 30분이었다. 시간은 이처럼 그 문지기에 의해 확인되었으므로 의문의 여지가 없다.

 유스티스 경에게 온 편지는 세 통이었으며, 그 밖에 작은 소포 하나가 있었다. 그는 그것을 열어보기 위해 난롯가로 갔으며, 거기서 벤딕스와 마주치자 가볍게 인사를 나누었다. 두 사람은 서로 얼굴만 겨우 아는 사이로, 아마 한자리에서 예닐곱 마디 이상 이야기를 주고받은 적이 없을 것이다.

 편지를 뜯어보고 나서 유스티스 경은 소포를 풀더니 지겨운 듯이 소리 질렀다. 벤딕스는 이상하게 여기고 얼굴을 들었다. 그러자 유스티스 경은 뭐라고 중얼거리며 소포에 들어 있던 편지를 내밀면서 최근의 상술에 대해 못마땅해 하는 의견을 덧붙였다. 벤딕스는 얼굴에 떠오른 웃음을 감추며——유스티스 경의 버릇과 의견은 클럽 회원들 사이에 재미있게 알려져 있었으므로——편지를 읽어보았다.

 대규모 초콜릿 제조회사인 '메이슨 부자(父子) 상회'에서 보낸 것으로, 내용은 이번에 '미식가'의 기호에 맞추어 새로 만들어낸 특제 초콜릿 봉봉을 판매하기 시작했다는 것이었다. 유스티스 경이 바로 그 '미식가'이었던 모양으로, 만일 소포로 부친 1파운드의 초콜릿 상자를 받아준다면 영광으로 알겠으며 제품에 대해 의견이나 감상을 말해주면 더없이 고맙겠다고 쓰여 있었다.

 성격이 까다로운 유스티스 경은 화를 터뜨렸다.

 "그들은 나를 시시한 코러스걸쯤으로 생각하고 있는 모양이지. 맛없는 초콜릿을 먹어보고 감상을 써달라고? 바보 같으니! 그 회사의 시시한 중역들에게 잔소리나 실컷 퍼부어야지. 이 따위 물건을 이런 곳으로 보내다니, 그냥 두지 않을 테다!"

그의 말에 담긴 뜻은, 누구나 다 알고 있듯이 레인보우 클럽은 1734년에 문을 연 '레인보우 커피숍'에서부터 지금까지 계속되어 온 전통 있는 가게로 자랑스럽게 회원을 엄선하는 고급 클럽이라는 것이었다. 아마 황제의 후예를 선조로 하는 가문도 커피숍에서 시작된 이 레인보우 클럽만큼 엄격하게 출입자를 선별하지는 않을 것이다.

벤딕스가 그를 위로했다.

"뭘 그러십니까. 그토록 화낼 것까지는 없다고 생각합니다. 그래서 생각났는데, 나는 어떤 영광스러운 빚을 갚기 위해 초콜릿을 한 상자 사지 않으면 안 된답니다. 아내와 어젯밤 제국극장 특별석에서 연극을 구경했는데, 제2막이 끝날 때까지 범인을 알아맞히지 못하면 나는 아내에게 초콜릿 한 상자를, 아내는 나에게 담배 백 개비를 사주기로 약속했지요.

그런데 아내가 이겼습니다. 그래서 초콜릿을 사가지고 가야 한답니다. 연극은 나쁘지 않았습니다. 〈해골의 울음소리〉인데, 보셨습니까?"

아직 화가 덜 풀렸는지 유스티스 경은 무뚝뚝하게 대답했다.

"보고 싶은 생각이 없습니다. 바보들이 화려하게 물감을 칠하고 조잡한 종이총을 가지고 소란스럽게 설쳐대는 것을 앉아서 구경하기보다는 훨씬 더 좋은 일이 있을 겁니다. 그건 그렇고, 초콜릿이 한 상자 필요하다고 말씀하셨지요? 그렇다면 이걸 가지고 가십시오."

이 선물 덕분에 절약된 금액은 벤딕스에게 있어 아무것도 아니었다. 그는 부유한 사람으로, 아마 그때도 그런 물건을 백 상자라도 살 만한 현금을 가지고 있었을 것이다. 그러나 물건 사는 수고가 덜어졌으니 그만한 가치는 있었다.

그는 예의바르게 다짐하듯 물었다.

"정말 필요 없습니까?"

유스티스 경은 몇 번이나 되풀이 대답했으나 분명히 알아들을 수 있는 말은 오직 한 마디뿐이었다. 그러나 말하는 의도는 뚜렷했다. 그리하여 벤딕스는 고맙다는 인사를 하며 더없이 큰 불행을 가져다줄 선물을 받았던 것이다.

아주 다행스럽게 그 상자의 포장지는 난롯불 속에 던져지지 않았다. 화난 유스티스 경도 집어던지지 않았고, 그 다혈질인 남작이 상자와 편지와 포장지와 끈을 한데 모아 벤딕스의 손에 쑤셔 넣었을 때 그 또한 내던지지 않았다. 두 사람 다 자기에게 온 편지봉투는 이미 난롯불 속에 던진 뒤였던 만큼 더욱 다행스러운 일이었다.

벤딕스는 문지기 책상으로 걸어가 상자를 부탁하고 손에 쥐고 있던 물건들을 모두 그곳에 맡겼다.

문지기는 한옆으로 상자를 치워놓고 포장지는 휴지통에 버렸다. 상자 속 편지는 벤딕스가 홀을 걸어오던 도중 손에서 빠져 바닥으로 떨어졌으나 그는 알아차리지 못했다. 이것 또한 얼마 뒤 문지기가 주워서 휴지통에 집어넣었다.

이것은 포장지와 함께 그 뒤 경찰에 압수되었다.

그 두 가지 물건은 이 살인사건의 세 가지 물적 증거 가운데 두 가지에 해당되었다. 세 번째 증거는 물론 그 초콜릿이었다.

성큼 눈앞에 다가선 그 비극의 주인공으로는, 아직 알지 못하는 세 사람 가운데 아무래도 유스티스 경이 가장 유력한 인물이었다.

그는 50살이 좀 못 되었으며 불그레한 얼굴에 단단한 몸집을 가진 사나이로, 예스러운 기질을 지닌 시골신사의 본보기 같은 인물이었다. 그리고 예의범절이며 말씨도 그 전통에 따르고 있었다. 그 밖에도 여러 가지 비슷한 점이 있었으나 그것들은 모두 표면적인 것이었다.

예스러운 기질을 지닌 시골신사의 목소리는 중년을 넘어설 무렵 얼마쯤 허스키보이스가 되는 경우가 있는데, 그것은 위스키 때문은 아니다. 그들은 사냥을 했다. 유스티스 경도 아주 열중했다. 그러나 시골신사들은 여우만 사냥했고, 유스티스 경은 자신의 약탈적인 성향에 대해 아주 관대한 편이었다.
　유스티스 경을 한 마디로 표현하라면 악으로 똘똘 뭉친 깡패귀족이라 할 수 있다. 그러나 그의 악덕은 한결같이 스케일이 컸기 때문에, 선인과 악인을 막론하고 대개의 남성——2, 3명의 남편이나 한두 사람의 아버지들은 예외도 있겠지——들은 그를 좋아했다. 또한 여자들도 경의 허스키한 음성에 그만 흐물흐물 녹아버리기 일쑤였다.
　그에 비해 벤딕스는 평범한 사나이였다. 키가 크고 살빛이 거무스름한 28살의 만만찮은 젊은이로, 조용하고 내성적이며 어떤 의미로는 호감을 주었으나 어딘지 딱딱하여 쉽게 친해질 수 없는 인상이었다.
　그는 5년 전에 아버지가 세상을 떠나 부자가 되었다. 그의 아버지는 토지로 재산을 만들었다. 그는 땅을 산 뒤 적어도 산 값의 열 배를 받고 팔 수 있다는 빈틈없는 계산 아래 미개간지를 사들였던 것이다. 과연 얼마 뒤 그 땅에 남의 돈으로 집과 공장이 들어서자 땅값이 저절로 뛰었다.
　"가만히 앉아서 다른 사람에게 맡겨두기만 하면 부자가 될 수 있지."
　이것이 그가 입버릇처럼 말하는 모토였다. 그것은 이미 입증이 끝난 모토였다. 그의 아들은 전혀 일하지 않아도 저절로 들어오는 수입을 유산으로 물려받았다. 그 또한 아버지의 기질을 이어받고 있었다. 그리하여——그가 좀 미안한 듯이 설명한 바에 따르면——세상에서 가장 피가 끓어오르고 약동하는 게임이라 할 만한 사업이 좋아 여기저기에 손대고 있었다.

재물은 재물을 부르는 법이다. 그레엄 벤딕스는 재산을 물려받아 더욱 늘리고 또한 다른 도리 없이 재산과 결혼했다. 그의 아내는 이미 세상을 떠난 리버풀의 어느 선주의 딸로, 벤딕스에게는 필요도 없는 50만 파운드 가까운 지참금을 가지고 왔다. 그러나 재산이 없었다 해도 그는 그녀를 원했으므로 돈은 부수적인 것이었다. 만일 그녀가 한 푼 없는 빈털터리였다 해도——그녀의 친구에게 물어보면 알 수 있다——그녀와 결혼했을 것이다.

그만큼 그녀는 벤딕스가 좋아하는 타입이었다. 키가 크고 성실한 성격에 교양 있는 아가씨였으며, 성격이 자리잡힐 만한 시간이 없었다고 할 만큼 젊지도 않았다——3년 전 벤딕스와 결혼했을 때 그녀는 25살이었다. 따라서 그에게는 이상적인 아내였다. 어떻게 보면 아내에게는 얼마쯤 청교도에 가까운 견실함이 있었다. 그러나 그녀 조안 캐런프턴이 그렇다면 벤딕스 자신의 성질도 청교도에 가깝게 될 소질이 있었다.

그 까닭은 성장한 뒤 사람이 되기는 했지만 그 이전까지 벤딕스는 젊은 혈기 탓으로 흔히 말하는 바람을 피운 적이 몇 번 있었기 때문이다. 이를테면 무대 뒷문도 그에게 전혀 낯선 세계는 아니었다. 벤딕스라는 이름과 함께 소문에 오른 바람둥이 여배우들도 한두 명이 아니었다. 그는 자신이 즐기는 방법에는 신중했으나 결코 남의 눈을 피하지는 않았다. 요컨대 돈은 남아도는데 청춘이 너무 짧은 젊은이들이 으레 그렇듯 단순히 도락으로 즐겼던 것이다. 그러나 그것도 결혼과 더불어 세속적인 다른 모든 관계와 함께 끝났다.

그는 드러내놓고 아내를 사랑했으며, 누가 보든지 거리낌이 없었다. 그녀도 남편보다는 좀 조심스러웠으나 깊이 사랑한다는 소문이었다. 이처럼 벤딕스 부부는 누구 앞에서나 정정당당하게 서로 사랑하며 현대의 여덟 번째 기적인 행복한 결혼생활을 성취한 것처럼 보였다.

그 행복의 한가운데로 느닷없이 한 개의 초콜릿 상자가 들이닥쳤다.

모리스비 주임경감은 서류를 뒤적여 해당 문서를 찾으면서 설명을 이었다.

"초콜릿 상자를 문지기에게 맡긴 다음 벤딕스 씨는 유스티스 경이 모닝 포스트를 읽고 있는 휴게실로 들어갔습니다."

로저는 그럴 거라는 듯이 고개를 끄덕였다. 모닝 포스트 말고는 유스티스 경 같은 사람이 읽을 만한 신문이 없을 테니까.

벤딕스는 데일리 텔레그래프를 열심히 읽기 시작했다. 그는 그날 아침 할 일이 없어 심심했다. 그날은 중역회의도 없고 그를 11월 날씨다운 빗속으로 끌어낼 만큼 흥미 있는 일도 없었다. 그는 나머지 오전 시간을 하릴없이 보냈다. 일간신문을 모두 읽고 나자 주간지를 훑어본 다음 그와 마찬가지로 여가 보내기에 골머리 앓는 클럽 회원들과 1백 점까지 당구를 쳤다. 12시 30분쯤 그는 초콜릿 상자를 찾아들고 점심식사를 하기 위해 이튼 광장에 있는 집으로 돌아왔다.

벤딕스 부인은 하녀에게 그날 점심을 집에서 들지 않겠다고 일러두었으나 약속이 어긋나 집에서 식사하게 되었다. 식사가 끝나 둘이 거실에서 커피를 마실 때 벤딕스는 초콜릿 상자를 얻게 된 경위를 설명하며 아내에게 건네주었다. 벤딕스 부인은 웃으며 사오지 않고 얻어 왔느냐고 놀렸으나 유명한 회사의 새로운 제품이라는 것을 알자 한 번 먹어보고 싶은 마음이 들었다. 조안은 성실한 여자였으나 건강한 여성들이 맛있게 먹는 초콜릿을 멀리할 만큼 딱딱하지는 않았다.

그러나 초콜릿 모양이 그리 새롭지 않은 듯했다.

그녀는 은종이에 싸인 초콜릿을 뜯으면서 말했다. 하나하나마다 알맹이의 이름이 깨끗한 파란 글씨로 씌어 있었다.
"큠멜, 커슈, 매러시노——그 밖에는 없군요. 새로운 제품 같지 않은데요. 여기에는 새로 만든 제품이 들어 있지 않아요, 그레엄. 전에 나온 초콜릿 가운데 세 가지를 골라 넣었을 뿐이에요."
"그렇소?"
벤딕스는 초콜릿에 그다지 흥미가 없었다.
"그거야 아무려면 어떻소. 초콜릿은 모두 맛이 똑같은데."
"그리고 담겨진 상자도 여느 초콜릿 상자예요."
조안은 상자뚜껑을 살펴보면서 불평을 터뜨렸다.
"그건 견본이오, 조안. 아직 정식으로 상자를 만들지 못했는지도 모르지."
"전혀 색다른 점이 없어요."
벤딕스 부인은 큠멜의 은종이를 벗겼다. 그녀는 상자를 남편에게 내밀며 물었다.
"한 개 드시겠어요?"
그는 머리를 저었다.
"아니, 생각 없소. 나는 단 것을 좋아하지 않으니까."
"하지만 물건을 제대로 사오지 않은 벌로 한 개 드셔야 해요. 자, 받으세요!"
그녀는 남편에게 초콜릿을 한 개 던졌다. 그가 초콜릿을 받았을 때 그녀는 얼굴을 찡그렸다.
"아! 내가 잘못 생각했어요. 이건 맛이 다르군요. 스무 배나 강해요."
"두말하면 잔소리지!"
벤딕스는 초콜릿 봉봉이라는 이름으로 팔리고 있는 고만고만한 제품들을 떠올리며 빙그레 웃었다.

그는 아내가 건네준 것을 입에 넣고 씹었다. 혀에 느껴지는 리큐르가 참을 수 없을 만큼은 아니었으나 도저히 맛있다고 할 수는 없었다. 입 속이 타는 듯했다. 그는 큰 소리로 말했다.
"굉장한데. 맛이 아주 강하군. 틀림없이 진짜 알코올을 쓴 모양이오."
"그렇게 할 필요가 없을 텐데요."
조안은 다시 초콜릿의 은종이를 떼어내며 덧붙여 말했다.
"아무튼 맛이 강해요. 틀림없이 새로운 제조법으로 만들었나봐요. 정말 혀가 타는 것 같아요. 맛이 있는지 없는지도 잘 모르겠어요. 방금 먹은 커슈는 아몬드 맛치고는 너무 강해요. 이것은 조금 아까 먹은 것보다는 맛있군요. 당신도 매러시노를 들어보세요."
벤딕스는 아내의 비위를 맞추기 위해 한 개 또 먹었으나 먼젓것보다 더 좋지 않았다.
그는 혀끝으로 입천장을 핥으며 중얼거렸다.
"이상한데, 혓바닥이 쓰리도록 아프오."
"나도 처음에는 그렇게 느꼈어요. 지금은 마구 쑤시는 것 같아요. 게다가 커슈도 매러시노도 맛이 전혀 다르지 않군요. 모두 타는 듯할 뿐이에요! 맛이 있는 건지 없는 건지도 모르겠어요."
벤딕스가 딱 잘라 말했다.
"난 안 먹겠소. 아무래도 이건 좀 이상하오. 당신도 이제 먹지 마오."
"이건 시제품일 거예요" 하고 그의 아내는 대답했다.
그리고 나서 몇 분 뒤 벤딕스는 시내에서 약속이 있어 집을 나갔다. 그때도 조안은 그 초콜릿이 자기 기호에 맞는지 어떤지 확인하기 위해 여전히 먹고 있었다. 그녀가 마지막으로 한 말은 입이 타는 듯해서 더 이상 먹을 수 없다는 것이었다.

모리스비 주임경감은 열심히 듣는 사람들을 둘러보았다.

"벤딕스 씨는 그때 아내와 나눈 대화를 또렷하게 기억하고 있습니다. 왜냐하면 그것이 아내와의 마지막 대화였기 때문입니다."

거실에서 두 사람이 나눈 대화는 2시 15분쯤 시작하여 2시 30분까지 이어졌다. 벤딕스는 3시에 약속장소로 나가 거기서 30분쯤 있다가 차를 마시기 위해 택시로 클럽에 돌아왔다.

그는 사업에 대한 일을 의논하는 도중에 몹시 기분이 언짢아졌으며, 택시 안에서는 하마터면 쓰러질 뻔했다. 그래서 운전기사가 문지기를 불러 함께 부축하여 그를 택시에서 내리게 한 뒤 클럽으로 데려가지 않으면 안 되었다.

이 두 사람은 모두 벤딕스가 마치 유령처럼 얼굴이 핼쑥했으며, 눈은 허공을 노려보고 입술은 흙빛인데다 살갗은 식은땀으로 싸늘했다고 증언했다. 그러나 정신은 또렷했던지 두 사람이 현관 입구 층계 위까지 데려다놓자 그 다음에는 문기기의 어깨에 기대어 휴게실로 걸어갔다고 한다.

벤딕스의 모습에 놀란 문지기가 곧 의사를 부르려 하자, 모든 일에 침착한 벤딕스는 악성소화불량의 발작에 지나지 않으니 곧 좋아질 거라며 거절했다. 무언가 몸에 맞지 않는 음식을 먹었음에 틀림없다고 말했다. 문지기는 내키지 않았으나 그의 말에 따랐다.

벤딕스는 그 몇 분 뒤 자신의 증상에 대한 진단을 유스티스 경에게 설명해 주었다. 유스티스 경은 아침부터 계속 휴게실에 있었던 것이다.

그리고 벤딕스는 덧붙여 말했다.

"지금 생각해 보니 이것은 당신이 준 그 초콜릿 때문임에 틀림없습니다. 그것을 입에 넣을 때 어쩐지 이상하다고 생각했지요. 아내에게 전화를 걸어 그녀도 나와 마찬가지인지 확인해 봐야겠습니다."

본래 부드러운 유스티스 경은 문지기 못지않게 놀라고 있었다. 게다가 그것이 자기 책임인 것처럼 말하는 것을 듣자 혼란스러워졌다. 그는 벤딕스에게 지금 움직일 수 없는 상태이니 자기가 대신 그녀에게 전화하겠다고 제의했다.

벤딕스가 막 그 부탁을 하려는 순간 그의 증상에 이상한 변화가 일었다. 그때까지 의자등받이에 깊숙이 파묻고 있던 몸이 갑자기 막대기처럼 뻣뻣하게 굳어졌다. 턱은 어금니를 악물고 흙빛 입술은 보기 흉한 비웃음을 흘리듯 헤벌어졌으며, 두 손은 의자팔걸이를 굳게 움켜잡았다. 그때 유스티스 경은 틀림없이 씁쓸한 아몬드 냄새를 맡았다.

완전히 당황한 유스티스 경은 벤딕스가 눈앞에서 죽어가고 있다고 생각하고 큰 소리로 문지기와 의사를 불렀다. 그 큰 방 맞은편에 있던 두세 사나이가——지금까지 그렇게 큰 소리는 한 번도 듣지 못했을 것이다——허둥지둥 달려왔다. 유스티스 경은 그중 한 사람을 문지기에게 보내 가까운 의사를 곧 불러오도록 시켰다. 그리고 남은 사람들과 함께 환자의 굳어진 몸을 보다 편안한 자세로 뉘었다.

모두 벤딕스가 독을 마셨다고 생각했다. 그들은 벤딕스에게 좀 어떠며 시킬 일이 없느냐고 물어보았으나 그는 대답하지 않았다. 아니, 대답할 수가 없었던 것이다. 그때 이미 그는 완전히 의식을 잃고 있었다.

의사가 와 닿기 전 벤딕스의 집에서 전화가 걸려와 집사가 당황한 목소리로 그곳에 벤딕스 씨가 있는지 없는지, 혹시 있다면 벤딕스 부인이 심한 병에 걸렸으니 곧 돌아올 수 있는지 어떤지 물었다.

이튼 광장의 집에 있는 벤딕스 부인 몸에도 남편과 똑같은 증상이 일어났다. 더욱이 그녀의 증상은 매우 빠르게 악화되었다. 그녀는 남편이 집을 나간 뒤 30분쯤 더 거실에 있었으므로 그동안 아마 초콜릿을 세 개쯤 더 먹었을 것이 틀림없었다. 잠시 뒤 그녀는 2층 침실로 올라가 벨을 눌러 하녀를 불러서 몹시 기분이 나쁘니 잠시 누워 있겠다고 말했다. 그녀는 남편과 마찬가지로 그 증상을 심한 소화불량 탓으로 생각했다.

하녀는 중탄산소다와 창연(비스무트: 금속 원소의 하나. 납·주석·카드뮴과 합금을 만들며 약용·안료 등으로 쓰임)을 주성분으로 한 소화제가 든 병에서 1회분을 꺼내 보온병과 함께 가지고 왔다. 그리고는 여주인이 침대에 조용히 누워 있도록 했다. 하녀가 말한 그녀의 상태는 클럽 문지기와 택시 운전 기사가 말한 벤딕스의 용태와 완전히 똑같았다. 그러나 그들과 달리 하녀는 그다지 당황하지 않았다고 말했다. 그녀가 나중에 설명한 바에 따르면, 벤딕스 부인은 늘 잘 먹었으므로 점심을 너무 많이 들었나 보다 생각했다고 한다.

3시 15분쯤 되었을 때 벤딕스 부인의 방에서 요란한 벨소리가 울려왔다.

하녀가 서둘러 2층으로 뛰어올라가보니 여주인은 간질병 같은 발작을 일으켜 정신을 잃은 채 뻣뻣이 굳어 있었다. 아까와 달리 당황한 하녀는 여주인을 흔들고 부르는 등 쓸데없는 짓을 하며 귀중한 몇 분을 낭비했다. 마침내 그녀는 아래층으로 내려와 의사에게 전화를 걸었다. 단골의사는 마침 집에 없었다.

그 조금 뒤 집사가 거의 히스테리 상태로 전화를 걸고 있는 그녀를 보고 조치를 취해주어 겨우 다른 의사와 연락이 닿았다. 의사가 달려왔을 때는 벤딕스 부인이 벨을 울리고 나서 30분이나 지난 뒤였다. 이미 손쓸 도리가 없었다. 그녀는 혼수상태에 빠져 있어 의사가 모든 조치를 다했지만 의사가 와 닿은 지 10분도 지나지 않아 숨을 거두었다.

집사가 레인보우 클럽으로 전화했을 때 벤딕스 부인은 이미 세상을 떠났던 것이다.

제3장

 여기까지 이야기한 모리스비 주임경감은 잠깐 이야기를 멈추었다. 효과를 올리고 호흡을 가다듬으며 기분을 전환하기 위해서였다.
 지금까지 그의 이야기에 열심히 귀기울였는데도, 청중들은 아무 사실도 끌어내지 못했다. 그들이 듣고 싶었던 것은 경찰의 수사내용이었다. 왜냐하면 그 상세한 내용이 한 번도 보도된 적 없을 뿐 아니라 경찰의 공식적인 견해를 조금이나마 비친 말조차 발표되지 않았기 때문이다.
 듣는 사람들의 이러한 마음을 모리스비 주임경감은 아마도 알아차렸을 것이다. 잠깐 쉬고 난 뒤 그는 가볍게 웃음을 지으며 다시 이야기를 시작했다.
 "그런데 여러분, 나는 이런 자잘한 점에 더 이상 달라붙어 머뭇거릴 생각은 없습니다. 그러나 만일 이 사건의 전모를 파악하고 싶다면 지금 이 기회에 빠짐없이 알아두어야 할 것입니다.
 아시다시피 벤딕스 씨는 죽지 않았습니다. 다행히도 초콜릿을 두 개밖에 먹지 않았기 때문입니다. 그러나 그의 아내는 일곱 개나 먹었습니다. 무엇보다도 벤딕스 씨가 다행스러웠던 점은 유능한 의사의 치료를 받을 수 있었다는 겁니다. 벤딕스 부인이 의사에게 치료받고 있을 때 그 또한 꼼짝할 수 없는 처지에 있었습니다. 그러나 벤딕스 씨는 아내보다 적은 양의 독을 먹었기 때문에 독이 그처럼 매우 빠르게 몸에 퍼지지 않았습니다. 그래서 의사는 그의 목숨을 건질 여유가 있었던 것입니다.

그 의사가 그때 어떤 독물인지 알았던 것은 아닙니다. 그는 여러 가지 징후와 냄새로 벤딕스 씨가 '비타 아몬드' 기름을 먹었음에 틀림없다고 판단하고 주로 청산성 독물에 대한 치료를 했으나 확신할 수가 없어 그 밖에 두세 가지 약을 더 투여했습니다.

아무튼 그는 치사량을 먹지 않았다는 것이 나중에 밝혀졌습니다. 그날 밤 8시쯤 그는 의식을 되찾았습니다. 그들은 한 호텔 방에 그를 뉘어놓았는데, 다음날에는 완전히 정상으로 돌아왔습니다."

모리스비의 계속된 설명에 따르면, 처음에 스코틀랜드야드에서는 벤딕스 부인의 죽음과 그 남편이 가까스로 살아난 사건을 무서운 돌발사고로 생각했다고 한다. 그러나 그녀의 죽음이 보고되어 독물에 의한 사망임이 밝혀지자 경찰은 곧 수사를 시작했다. 얼마 뒤 그 지구 경찰의 경감이 레인보우 클럽에 나타났다. 그는 벤딕스가 의식을 되찾자 의사의 허가를 얻어 아직도 몸이 좋지 않은 환자를 만나 곧 조서를 꾸몄다.

벤딕스는 아직 위험한 상태였으므로 아내의 죽음을 숨기고, 다만 그 자신이 경험한 일만을 물었다. 왜냐하면 이 두 사건은 서로 떼어놓을 수 없는 밀접한 관계가 있으므로, 한쪽이 명백해지면 다른 한쪽도 명백해지기 때문이었다. 경감은 벤딕스에게 단도직입적으로 그가 독물중독임을 말하고, 그 독물을 어떤 경로로 손에 넣었는가 그 경위를 지금 분명히 설명할 수 있는지 엄격하게 물었다.

벤딕스는 그 초콜릿을 생각해 내는 데 그리 시간이 걸리지 않았다. 그는 초콜릿이 혀에 닿자 타는 듯한 맛이었다고 말하고, 병이 난 원인이 그 초콜릿인 것 같다는 말을 유스티스 경에게도 했다고 이야기했다.

그 일은 경감도 이미 알고 있었다.

그는 벤딕스가 정신 차리기 전 시간을 이용하여 그날 오후 그가 클럽으로 되돌아왔을 때 만난 사람들로부터 모든 사실을 들었다. 그는 문지기의 진술을 듣고, 택시 운전 기사를 찾기 위해 이미 손써두었다. 그리고 휴게실에서 벤딕스 주위에 있었던 사람들과 이야기를 나누었으며, 유스티스 경으로부터 벤딕스가 말한 초콜릿 이야기를 들었던 것이다.

경감은 이 일을 그때는 아직 그다지 중요하게 여기지 않았으나 관례상 유스티스 경에게 이것저것 자세히 물어보았으며, 다음 단계로서 휴지통을 뒤져 그 포장지와 동봉되어 온 편지를 찾아냈다.

그 일도 그는 특별히 중대하게 생각지 않았으나 역시 관례상 벤딕스를 신문하기 시작하여 부부가 점심식사 뒤 함께 초콜릿을 먹었으며 벤딕스가 외출하기 전에도 아내가 남편보다 더 많이 먹었다는 말을 듣자 이윽고 사건의 의미를 깨닫기 시작했다.

의사가 더 이상의 면회를 허락하지 않았기 때문에 경감은 방을 나오지 않을 수 없었다. 그가 맨 처음 한 수사 활동은 벤딕스의 집으로 가 있는 부하에게 연락하여 아직 거실에 남아 있으리라 생각되는 초콜릿 상자들을 압수하도록 명령한 일이었다. 동시에 그는 먹은 초콜릿 수를 물었다. 부하는 아홉 개 내지 열 개라고 대답했다. 벤딕스에게서 들은 이야기로 설명되는 것은 여섯 개 내지 일곱 개였으나, 경감은 곧 전화 있는 데로 가서 그때까지 조사한 사실을 스코틀랜드야드에 보고했다.

그때부터 모든 관심이 초콜릿으로 쏠렸다. 초콜릿은 스코틀랜드야드에 압수되어 곧 감식과로 넘겨졌다.

모리스비는 이야기를 계속했다.

"의사의 진단에는 그리 큰 착오가 없었습니다. 초콜릿에 들어 있던 독물은 비타 아몬드 기름이 아니라 니트로벤젠이었습니다. 그러나 그 두 가지는 그다지 차이가 없다고 합니다.

여러분 가운데 화학 지식을 지닌 분이 있다면 그 약품에 대해 나보다 더 잘 아시겠지만, 그것은 비타 아몬드 기름 대용품으로서 아몬드 향기를 내기 위해——옛날처럼 심하지는 않지만——값싼 과자에 이따금 사용되지요. 그것은 말씀드릴 필요도 없이 강력한 독물입니다. 그러나 상업적으로 니트로벤젠이 더 많이 사용되는 곳은 아닐린 염료 제조입니다."

감식 중간보고가 나오자 스코틀랜드야드에서 처음에 생각한 사고사라는 설이 강력해졌다.

초콜릿 및 그 밖의 사탕과자 제조에 니트로벤젠이 사용되는데, 그 과정에서 무서운 실수가 있었음에 틀림없었다. 리큐르 대신으로 쓴 값싼 원료인 니트로벤젠의 양이 너무 지나쳤던 것이다. 은종이에 이름이 씌어 있는 큄멜, 커슈, 매러시노는 모두 많든 적든 아몬드 향기가 나는 것들이었다. 이것이 사고사라는 주장을 뒷받침해 주었다.

그러나 그 초콜릿 제조회사가 경찰의 조사를 받기 전에 다른 사실이 밝혀졌다. 상자 윗부분의 초콜릿에만 독물이 들어 있었던 것이다. 아래쪽 초콜릿에는 독물이 전혀 없었다. 그리고 밑에 놓인 초콜릿은 포장지에 씌어진 이름과 같은 제품이었으나 위쪽의 초콜릿에는 저마다 독물 말고도 앞에 설명한 세 종류 리큐르의 혼합물이 들어 있어서, 이를테면 생 매러시노와 독물만이 결합된 게 아니었다. 게다가 아래쪽 두 단에는 매러시노와 커슈와 큄멜이 들어 있지 않았다.

그리고 자세한 감식 보고로 다음과 같은 흥미 있는 사실이 드러났다. 그러니까 위쪽 초콜릿에는 세 종류의 리큐르가 혼합된 데다 정확하게 6미님(액량의 최소단위. 1미님은 약 0.5cc)의 니트로벤젠이 들어 있던 것이다. 초콜릿이 꽤 크기 때문에 상당량의 합성 리큐르와 그만한 양의 독물을 충분히 넣을 수 있었다. 이것은 중요한 사실이었다. 더욱이 그보다 더 중대한 사실은, 독이 든 초콜릿 밑바닥에 모두 바깥쪽에서 구멍을 뚫은 다음 다시 그곳을 녹여 초콜릿으로 봉한 흔적이 있다는 점이었다. 이제는 경찰이 보기에도 범죄 혐의가 있음이 뚜렷했다.

유스티스 펜퍼더 경을 죽이려는 음모가 있었던 것이다. 살인미수범은 '메이슨 부자 상회'의 초콜릿을 한 상자 구입하여 그 가운데 아몬드 향기가 새어나가지 않을 듯한 것을 골라 작은 구멍을 뚫어 알맹이를 빼냈다. 그리고 만년필용 스포이드 같은 것으로 적당한 양의 독물을 집어넣고 빈 곳에 다시 초콜릿을 채운 뒤 조심스럽게 구멍을 막아 본디 상태로 만들어 은종이에 싼 것이다. 자질구레한 일이 정말 빈틈없이 실행되었다.

초콜릿 상자와 함께 보내져온 편지와 포장지가 가장 중요한 증거물이 되었기 때문에, 그것들을 버리지 않고 압수해 둔 선견지명이 있었던 경감은 스스로 자신을 칭찬했다. 그것들은 초콜릿 상자며 먹다 남은 초콜릿과 함께 이 냉혹한 살인사건의 얼마 안 되는 단서가 되었다.

사건을 담당한 경감은 그 증거물들을 가지고 메이슨 부자 상회의 상무이사인 메이슨을 찾아가 그것이 자기 손에 들어온 사정은 덮어둔 채 편지를 불쑥 내밀며 그에 관련된 몇 가지 질문에 답해줄 것을 요구했다. 이 편지가 몇 통 보내졌으며 이 편지에 대해 알고 있는 사람은 누구인가, 유스티스 경에게 보내진 상자를 다룬 사람은 누구인가

하는 등의 질문이 던져졌다.

만일 경찰이 느닷없이 메이슨의 급소를 찔러 무언가 알아내려 했다면, 그 성과는 그가 경찰을 놀라게 한 일에 비해 아무것도 아니었다.

메이슨이 그 편지를 하루 종일 만지작거리고 있을 것만 같아 경감은 재촉했다.

"어떻습니까, 메이슨 씨?"

메이슨은 편지에서 경감에게로 안경의 각도를 맞추었다. 그는 몸집이 작고 눈빛이 꽤 날카로운 초로의 사나이였다. 그는 해더즈필드 뒷골목에서 스스로의 힘으로 성공한 사람이었는데, 그 사실을 감추려고 하지도 않았다.

"대체 어디서 이것을 손에 넣었소?"

그는 물었다.

여기서 잊어선 안 될 것은, 그때는 신문도 아직 벤딕스 부인의 사망에 대한 충격적인 내용을 다루지 않고 있었다는 점이다.

경감은 위엄을 가지고 되물었다.

"나는 당신이 그것을 보낸 사실에 대해 알아보려고 찾아온 것이지 내가 그것을 어디서 입수했는지 설명해 드리려고 온 게 아닙니다."

그러자 메이슨은 잘라 말했다.

"그렇다면 돌아가주시오."

그리고 그는 재빠른 판단력을 보이며 얼른 덧붙였다.

"스코틀랜드야드에는 볼일이 없으니까요."

경감은 좀 주춤했으나 여전히 엄숙한 태도로 말했다.

"주의 드리겠습니다만, 내 질문에 대한 대답을 거부하시면 일이 귀찮게 될지도 모릅니다."

메이슨은 이 은근한 협박에 의기소침해지기는커녕 오히려 격분한 얼굴이 되었다. 그는 사투리 섞인 말투로 대답했다.

"이 사무실에서 썩 물러가시오! 당신은 바보요? 아니면 농담을 할 생각인 거요? 당신도 아마 나와 마찬가지로 잘 알 거요. 그 편지는 우리가 보낸 게 아니오!"
경감은 한순간 당황하고 놀랐다.
"당신 회사에서 보낸 것이 아니라고요? 틀림없습니까?"
이것은 그가 미처 생각지 못했던 일이었다.
"그렇다면 위조라는 말이 되겠군요?"
"그렇소."
메이슨은 보송보송한 눈썹 아래 찌를 듯한 눈길을 보내며 화를 터뜨렸다. 그러나 경감이 크게 놀라자 그는 얼마쯤 기분이 풀린 듯했다.
경감이 다시 말했다.
"내 질문에 될 수 있는 대로 자세히 대답해 주십시오. 내가 지금 조사하고 있는 것은 어떤 살인사건으로서……."
경감은 잠시 입을 다물고 한 가지 묘책을 생각해 냈다.
"살인범은 범행을 감추기 위해 당신네 상회를 이용한 것 같습니다."
경감의 능청맞은 방법이 효과를 거두었다.
"나쁜 놈이로군! 몹쓸 악당! 무엇이든 물어보시오, 대답할 테니!"
이리하여 서로 의사가 통하자 경감은 질문으로 들어갔다.
그 다음 5분 동안 그의 마음은 점점 무거워졌다. 단순한 사건으로 얕보고 있었는데, 결코 만만치 않은 까다로운 사건임을 재빨리 깨달았다.
지금까지 그는——그리고 윗사람 또한 동의했지만——이 사건을 충동에 의한 단순살인으로 여기고 있었다. 누군지 메이슨 상회 안에 유스티스 경에게 원한을 가진 사람이 있어서, 유스티스 경에게 보내진 그 상자와 편지가 그——아니, 경감 의견으로는 아마도 그녀———의 손 안에 있었다. 잔재주를 부릴 기회는 충분히 있었을 것이며, 공장에서 사용하는 니트로벤젠을 이용하면 손쉽게 할 수 있다. 그런 결과라면 범인을 쉽게 찾아낼 수 있을 거라고 생각했던 것이다.

그러나 이제는 그런 낙관적인 추론을 버리지 않을 수 없게 되었다. 왜냐하면 이 상회에서는 그런 편지를 보낸 적이 없기 때문이다. 상회에서는 초콜릿 신제품을 만든 일도 없었다. 비록 만들었다 해도 견본품 상자를 개인 앞으로 보낸 일이 없다면 편지는 분명 위조된 것이다.

한편 편지용지——그 추론을 뒷받침하는 남겨진 유일한 증거물인데——는 메이슨이 아는 한 분명 그 상회 것이었다. 확실히 단언할 수는 없지만 그것은 여섯 달 전에 사용을 중지한 낡은 재고품이라는 것이었다. 그 머리글도 위조되었는지 모르지만, 메이슨은 그렇게 생각하지 않는다고 대답했다.

경감은 비참한 마음으로 되물었다.

"여섯 달 전이라고요?"

"그쯤 될 거요."

그리고 눈앞의 작은 테이블에서 종이 한 장을 빼냈다.

"이것이 지금 쓰고 있는 용지요."

경감은 그 종이를 살펴보았다. 차이는 곧 드러났다. 새로 쓰는 용지는 더 얇고 컸다. 그러나 머리글은 똑같았다. 경감은 그 두 용지를 인쇄한 회사 이름을 적었다.

그러나 유감스럽게도 낡은 용지의 견본을 구할 수가 없었다. 메이슨이 곧 찾아오도록 지시했으나 한 장도 남아 있지 않았던 것이다.

모리스비 주임경감이 이야기를 계속했다.

"물론 우리도 그 편지가 낡은 용지에 씌어 있었다는 것은 이미 알고 있었습니다. 그 용지 가장자리가 노랗게 변색되어 있었지요. 지금 보여드릴 테니 손에 들고 잘 보십시오. 부디 조심스럽게 다뤄주시기 바랍니다."

한 번은 살인범의 손에 있었던 종이쪽지가 자칭 탐정들에게 차례로 천천히 돌려졌다.

모리스비가 다시 말했다.

"이야기를 간추려서 말씀드리면, 5번 거리에 있는 웹스터 인쇄회사에서 조사해 본 결과 그 용지는 자기 회사에서 인쇄한 것이라고 인정했습니다. 말하자면 그 용지는 진짜였던 겁니다."

찰스 와일드먼 경이 감동섞인 목소리로 끼어들었다.

"만일 그 머리글이 복사한 거라면 그것을 인쇄한 인쇄소를 발견하는 일도 생각보다 간단하리라는 말씀이시지요?"

"그렇습니다, 찰스 경. 그것이 만일 소형 인쇄기를 가진 사람이 집에서 인쇄한 거라면 문제가 다르지만요. 그러나 그럴 경우에도 쉽게 찾아낼 수 있을 겁니다. 결국 지금까지 밝혀진 점은 범인이 여섯 달 전까지 메이슨 상회의 편지용지를 손에 넣고 있었던 사람이라는 것뿐입니다. 이것은 범위가 아주 넓지요."

앨리시어 더머즈가 물었다.

"그 편지용지는 실제로 사용된 그 목적을 위해, 처음부터 그런 의도로 훔쳐낸 거라고 생각하시나요?"

"그런 것 같습니다. 그리고 무엇인가가 범인을 숨겨주고 있는 듯합니다."

포장지에 대해서는 메이슨의 설명도 아무 도움이 되지 못했다. 그것은 엷은 갈색 종이로, 어디서나 살 수 있는 흔한 것이었다. 그 위에 대문자로 유스티스 경의 이름과 주소가 깨끗하게 씌어져 있었다.

그것으로 알아낼 수 있는 일은 전혀 없을 듯했다. 소인을 보니 스틀랜드 거리 사우댐턴 우체국에서 오후 9시 30분 이전에 발송된 것이었다.

모리스비 주임경감이 설명했다.

"편지는 8시 30분과 9시 30분에 한 번씩 모아오지요. 따라서 그 동안에 부친 게 틀림없습니다. 이 소포는 꽤 작으므로 우체통에도 들어갈 수 있습니다. 우표는 정규 요금대로 붙어 있습니다. 그 우체국은 10시에 문을 닫았으므로 창구에서 접수되지는 않았을 것입니다. 자, 이것도 보고 싶으실 테지요."

이어서 갈색 포장지가 정중하게 돌려졌다.

"상자와 초콜릿도 가지고 왔나요?" 하고 필더 플레밍 부인이 물었다.

"아닙니다. 상자는 메이슨 상회에서 흔히 쓰는 것이었습니다. 초콜릿은 감식할 때 모두 써버렸지요."

"어머나! 거기에 지문이 있을지도 모르는데······."

필더 플레밍 부인은 실망의 빛을 뚜렷이 나타내보였다.

"지문감식은 이미 끝났습니다. 그리고 8시 30분에서 9시 30분 사이에 사우댐턴에서 누군가 소포를 넣는 것을 본 사람은 없는지 여러 모로 알아보았습니다. 그러나 아무것도 얻지 못했습니다.

그리고 유스티스 펜퍼더 경에게도 누가 그의 생명을 빼앗으려고 했는지 조금이라도 짚이는 점이 없는가 자세히 물어보았습니다. 그러나 그에게서도 역시 아무것도 얻지 못했습니다. 물론 그가 죽음으로써 이익을 얻을 사람이 누구인가 하는 상투적인 수사도 해보았지만 참고될 만한 것은 한 가지도 나오지 않았습니다.

그의 재산은 거의 다 아내에게 물려주게 되어 있으나, 그녀는 지금 그에 대해 이혼소송 중입니다. 그리고 그녀는 지금 외국에 나가 있습니다. 우리는 그녀의 동정을 조사해 보았습니다만 혐의가 없었습니다. 게다가……."

모리스비 주임경감은 잠시 입을 다물었다. 그는 곧 직업의식을 떠나 덧붙여 말했다.

"그녀는 아주 착한 부인입니다. 이리하여 우리가 알게 된 것은, 범인은 여섯 달 전까지 '메이슨 부자 상회'와 관계를 가지고 있었으며, 사건이 일어난 날 밤 8시 30분에서 9시 30분 사이에 사우댐턴에 있었다고 보아도 틀림없다는 것뿐입니다. 우리는 여기서 벽에 부딪친 것 같은 기분입니다."

모리스비는 눈앞의 아마추어 범죄학자들도 모두 그런 심정이리라고 입 밖에 내어 말하지는 않았지만, 말투에서 확실히 그런 것이 느껴졌다.

침묵이 흘렀다.

"그것뿐입니까?"

로저가 물었다. 그러자 모리스비는 고개를 끄덕였다.

"그렇습니다, 셸링검 씨."

다시 조용한 침묵이 이어졌다.

모턴 헬로게이트 블래드리가 한 발 떨어져 서 있는 느낌으로 말을 던졌다.

"물론 경찰에서도 추론을 세우고 있겠지요?"

모리스비는 망설였다. 로저가 재촉했다.

"그 점을 말해 주십시오, 모리스비 주임경감님. 간단한 논리겠지요, 나는 잘 알고 있습니다."

모리스비 주임경감이 대답했다.

"그렇습니다. 우리는 이 범행을 미치광이가 한 짓이라고 생각했습니다. 꽤 상태가 나쁜 미치광이거나 아니면 어쨌든 유스티스 경과는 알지 못하는 사람이라는 생각이지요, 왜냐하면……."
모리스비는 잠시 망설였다. 그리고 다시 힘을 내어 말을 이었다.
"그렇지 않습니까? 유스티스 경의 생활에는 말하자면 열광적인 데가 있습니다. 그래서 우리 스코틀랜드야드에서는 종교 또는 사회적인 편집광이 그를 사회에서 매장시키려고 한 게 아닌가 해석하고 있습니다. 여러분들도 알고 계실지 모릅니다만, 그의 탈선 행위는 지금까지도 몇 번이나 세상을 놀라게 했지요,

아니면 살인광이 한 짓인지도 모릅니다. 오로지 사람 죽이는 것을 즐거움으로 삼는 사람 말입니다.

예를 들면 하우드 사건이 있지요, 어떤 편집광이 독이 든 초콜릿을 하필이면 경시총감에게 보냈답니다. 이 사건은 크게 세상 사람들의 주목을 끌었지요,

이번 사건도 그 흉내가 아닐까 생각됩니다. 세상을 깜짝 놀라게 한 사건이 일어나면 반드시 그것을 모방한 사건이 되풀이되기 마련이라는 점은 말할 필요도 없겠지요,

이것이 경찰의 추론입니다. 만약 이 추론이 옳다면 범인은 충분히 체포할 수 있습니다. 말하자면……말하자면……."
모리스비 주임경감은 무언가 한 마디로 명쾌하게 표현할 말을 찾는 듯했다.

로저가 옆에서 보충 설명을 해주었다.
"지난 경험으로 보아서겠지요,"

제4장

 모리스비 주임경감이 돌아간 뒤에도 회원들은 한참 동안 자리에서 일어나지 않았다. 아직 토론할 것이 많이 남아 있는데다 저마다 발표하고 싶은 의견이며 제안 사항이며 얼마쯤 윤곽이 잡힌 추론이 있었기 때문이다.
 회원 모두들의 일치된 견해가 한 가지 있었다. 경찰이 그릇된 방향으로 수사했다는 것이었다. 이것은 어느 미치광이가 함부로 저지른 사건이 아니다. 누군가가 명확한 의도를 가지고 유스티스 경을 죽일 계획을 세웠으며, 그 범인은 또한 명확한 동기를 지니고 있다. 대부분의 살인사건이 다 그렇듯 이 사건도 그 동기를 밝히는 게 선결 과제라는 것이 일치된 견해였다.
 로저는 여러 가지 이론의 설명과 토론이 벌어지려는 것을 막았다. 이 실험의 취지는 그가 되풀이 지적했듯이 다른 회원의 의견에 구애받지 않고 독자적인 추리를 해나가 이론을 세워 저마다 독립된 방법으로 그것을 증명하는 데 있는 것이다.
 찰스 와일드먼 경이 항의했다.

"그러나 증거 사실은 제출하는 게 어떻습니까, 셸링검 씨? 조사는 저마다 독립적으로 하더라도 자기가 알아낸 새로운 사실을 모두 자유롭게 이용할 수 있도록 곧 제출하는 것이 좋지 않을까요? 이것은 지적인 게임이지 흔히 보는 미스터리 콘테스트가 아닙니다."
로저가 동의했다.
"그 의견에는 찬성할 점이 많이 있습니다, 찰스 와일드먼 경. 실은 나도 그 점에 대해 신중히 생각해 보았습니다. 그러나 전체로 봐선 오늘 밤 이후 알아내는 새로운 사실은 저마다 덮어두는 게 좋다고 판단했습니다.

알겠습니까, 우리는 이미 경찰이 알아낸 사실을 모두 손에 쥐고 있지 않습니까? 앞으로 어떤 사실이 발견될지는 모르지만 아마 아주 사소한 일일 것입니다. 따라서 그것은 어떤 특정된 추론을 뒷받침해 줄 수는 있을지라도 범인을 분명히 지적할 만큼 중대한 단서가 될 가능성은 적습니다."
찰스 와일드먼 경은 납득할 수 없다는 태도로 뭐라고 중얼거렸다. 로저는 망설임 없이 양보했다.
"투표로 결정해도 좋습니다."
투표가 행해졌다. 찰스 와일드먼 경과 필더 플레밍 부인은 모든 사실을 공개해야 한다는 쪽에 찬성하고, 모턴 헬로게이트 블래드리와 앨리시어 더머즈와 앰블러즈 치터윅——한참 망설이다가 마지막으로 투표했는데——과 로저는 반대했다.
"그럼, 저마다 발견한 사실은 공표하지 않기로 하겠습니다."
로저는 저마다의 입장에 따라 의견을 밝힌 회원의 이름을 머리에 되새겨보았다.

그 투표 상황을 보니 포괄된 추론으로 만족하려는 사람이 있는가 하면, 또 이 게임의 취지를 깊이 이해하고 직접 나서서 수사하려고 생각하는 사람도 있음이 분명히 드러났다. 이것은 어쩌면 다만 이미 추론을 끝낸 사람도 있고 또 아직 아무것도 모르는 사람도 있다는 것을 보여준 데 지나지 않는지도 모른다.

찰스 와일드먼 경은 하는 수 없이 그 결과에 따랐다. 그는 힘 있게 선언했다.

"그럼, 지금부터 모두 시작합시다."

그러자 모턴 헬로게이트 블래드리가 넥타이를 고쳐 매면서 바로잡았다.

"이 방을 나서는 순간부터입니다! 그러나 모리스비 주임경감의 이야기에 지금 곧 무언가 덧붙일 말이 있는 분은 설명해 주셨으면 합니다."

"하지만 그렇게 할 수 있는 분이 있을까요?"

필더 플레밍 부인이 물었다.

그러자 앨리시어 더머즈가 갑자기 덤덤한 태도로 지적했다.

"찰스 와일드먼 경은 벤딕스 부부를 알고 계시지요. 그리고 유스티스 경에 대해서도. 나도 물론 유스티스 경과 잘 아는 사이예요."

로저는 빙그레 웃었다. 이것은 앨리시어 더머즈 특유의 말투로, 스스로를 낮추면서도 말하려는 의도의 효과를 높이는 표현법이었다. 그녀야말로 유스티스 경에게 역습을 가한 유일한 여성이라는 소문이 있다는 것도 누구나 다 아는 일이었다.

유스티스 경은 자기에게 이미 매달려 있는 그다지 영리하지 못한 여자들의 머리에 지적인 여자의 머리를 덧붙여 보려고 생각했다. 인품이 훌륭하고 날씬한 몸매에 말할 나위 없이 고상한 취미를 가진 앨리시어 더머즈는 여자에 대해 아주 까다로운 유스티스 경의 요구조건에 충분히 어울릴 만했다. 그는 앨리시어 더머즈를 유혹하려고 마음먹었다.

그 결과 교제범위가 넓은 앨리시어 더머즈의 모든 친구들에게 좋은 구경거리와 심심풀이가 되었다. 앨리시어 더머즈는 손을 대면 곧 떨어져버릴 상태였다. 당장 유스티스 경의 능수능란한 수단에 굴복할 듯했다. 두 사람은 저녁식사를 함께 하고, 밖으로 나다니고, 점심식사에 초대하고, 등산도 가는 등 한시도 쉬지 않고 만났다. 유스티스 경은 날마다 당장에라도 몸을 허락할 듯한 그녀의 태도에 자극되어 그가 알고 있는 테크닉을 총동원하여 자기의 뜨거운 마음을 호소했다.

앨리시어 더머즈는 그쯤에서 조용히 물러나 다음해 가을 장편을 출간했는데, 그 속에서 그녀는 유스티스 경의 심리를 될 수 있는 한 노골적으로 파헤쳐 세상에 공개했다.

앨리시어 더머즈는 겉으로만 행세하는 작가가 아니라 진짜로 재능이 있었으므로 자기의 '예술'에 대해서는 아무 말도 하지 않았다. 그러나 유스티스 펜퍼더 집안을 포함한 세상 사람들은, 그녀가 남몰래 숭배하고 있는 비밀의 신에게 산제물로 바쳐져야 한다고 굳게 믿고 있는 것만큼은 틀림없었다.

블래드리가 마치 어린아이에게 알파벳 A 다음에는 B라고 가르치는 것처럼 부드러운 목소리로 앨리시어 더머즈에게 말을 건넸다.

"범인의 입장에서 본다면 벤딕스 부부 사건은 이 범행에 부수적으로 일어난 일에 지나지 않습니다. 우리가 아는 한 그 부부와 유스티스 경의 유일한 관계는, 그와 벤딕스 씨가 같은 레인보우 클럽 회원이었다는 것뿐입니다."

앨리시어 더머즈가 말했다.

"유스티스 경에 대한 내 의견을 말할 필요는 없겠지요. 《육체와 악마》라는 책을 읽은 분이라면 내가 그를 어떻게 보고 있었는지 잘 아실 거예요. 그리고 내가 그를 관찰해 보았던 때와 지금의 그가 달라졌다고는 생각지 않아요. 물론 절대로 확신할 수는 없지만 말이에요. 찰스 와일드먼 경의 의견이 내 생각과 일치하는지 어떤지 알아보면 재미있겠는데요."

《육체와 악마》를 읽지 않은 찰스 와일드먼 경은 난처한 표정을 지었다.

"글쎄요, 아까 주임경감님께서 말한 그의 인상에 더 덧붙일 건 없다고 생각합니다. 나는 그를 잘 모르며, 또 알고 싶은 생각도 없습니다."

모두들 무관심한 얼굴을 지었다. 유스티스 경과 찰스 와일드먼 경의 외동딸 사이에 약혼이 이루어졌으며, 찰스 경이 이 혼담을 전혀 기뻐하지 않는다는 한결같은 소문이 있었다. 게다가 이 약혼은 정식으로 성립되기도 전에 발표되었으며, 그 다음날에는 이미 번복되었다는 일도 알려져 있었던 것이다.

찰스 와일드먼 경도 다른 회원들처럼 무관심한 표정을 지으려고 애썼다. 그는 이야기를 털어놓았다.

"아까 모리스비 주임경감께서 언뜻 말한 것처럼 그는 부도덕합니다. 그를 '악당'이라고 부르는 사람도 있지요. 특히 여자분들 가운데 말입니다. 게다가 형편없는 술주정뱅이지요."

분명 찰스 경은 유스티스 펜퍼더 경을 좋게 생각하지 않고 있었다. 앨리시어 더머즈가 찰스 경의 이야기 끝에 냉정하게 덧붙였다.

"나도 한 가지 덧붙일 게 있어요. 순전히 심리학적인 의미에서 말예요. 아무튼 그 일이 있은 뒤 그의 반응은 아주 둔했어요. 그 슬픈 파탄의 소문이 나고, 유스티스 경의 이름이 어떤 젊은 여성과 결부된 뒤에도 그의 반응은 둔했지요.

그 말을 듣고 나는 깜짝 놀랐어요. 그런 말을 듣지 않았다면 나는 아마 그를 편들어 비록 벤딕스 부인과 그가 전혀 모르는 사람이었다 해도 그런 끔찍한 잘못이 일어난 데 대해, 그리고 그 자신을 위해선 다행스러웠던 결과에 대해 그가 좀더 동요했으리라고 생각했을 거예요."

찰스 와일드먼 경이 말을 받았다.

"나는 그 인상을 좀더 빨리 바꾸지 않을 수 없습니다. 벤딕스 부인은 유스티스 경과 전혀 모르는 사이가 아니었습니다. 어쩌면 그는 그녀를 만난 일을 이미 잊어버렸는지도 모르지만. 그러나 아무튼 만난 적이 있습니다. 어느 날 밤 연극 첫날에——제목은 잊어버렸습니다만——내가 벤딕스 부인과 서서 이야기 나누고 있는데, 유스티스 경이 우리 곁으로 다가왔습니다. 그래서 내가 두 사람을 소개해 주었지요. 그때 벤딕스 씨와 같은 레인보우 클럽 회원이라고 소개했던 것 같습니다. 더 자세한 것은 기억하지 못합니다만."

앨리시어 더머즈가 심술궂게 말했다.

"그럼 내가 그를 잘못 보았군요! 사람을 너무 믿었어요."

더머즈 양은 분해했다. 해부실에서는 너무 호의적인 것이 오히려 불친절한 것보다 훨씬 더 큰 잘못이라고 더머즈 양은 생각하는 듯했다. 찰스 경은 애매한 목소리로 말머리를 돌렸다.

"벤딕스 씨에 대해서는 여러분이 알고 있는 것 이상으로 덧붙여 할 말이 없습니다. 아주 행실이 바르고 침착한 사람이지요. 부자지만 돈에 끌려 다니는 사람은 결코 아닙니다. 그의 아내는 매력있는 여자였지요. 좀 딱딱하기는 했지만, 무슨 위원회 같은 자리에 참석하기를 좋아하는 타입이었습니다. 하지만 그것이 결점이 되지는 않지요."

앨리시어 더머즈가 얼른 덧붙였다.

"나는 오히려 그 반대라고 생각해요."

그녀 자신도 그런 위원회에 참석하는 것을 좋아했던 것이다. 찰스 와일드먼 경은 앨리시어 더머즈의 괴상한 성미가 갑자기 생각난 듯 말했다.
"물론 그렇지요. 게다가 내기 같은 것도 하지 않을 만큼 융통성없는 딱딱하고 모난 여자는 아니었습니다. 물론 아주 하찮은 내기지만."
필더 플레밍 부인이 굳어진 목소리에 억양을 깃들이면서 말했다.
"몰라서 그러시는데 그녀는 또 다른 내기도 걸었지요. 물론 자기도 모르게 말예요."
그녀는 벌써 그 상황의 드라마틱한 가능성에 대해 떠올리고 있었던 게 분명했다.
"결코 하찮은 내기가 아니었어요. 목숨을 담보로 한 위험한 도박이었지요. 그리고 그녀는 졌어요."
필더 플레밍 부인은 유감스럽게도 자신의 극적인 감정을 일상생활에 끌어들이려는 경향이 있었다. 그것은 그녀의 가정적인 면과 잘 어울리지 않았다.
그녀는 앨리시어 더머즈를 살짝 보면서 저 여자가 소설소재를 얻기 전에 자기가 먼저 희곡을 구상할 수 있을까 마음속으로 생각했다.
사회자인 로저가 대화를 바른 궤도로 돌려놓았다.
"그렇습니다. 정말 가엾게 되었습니다. 그러나 여기서 문제의 논점을 흐리게해서는 안 된다고 생각합니다. 이 피해자는 사건과 아무 관계가 없다고 생각하기는 어렵다고 말할 수도 있겠지만, 그러나 사실은 그렇습니다. 뜻밖의 우연으로 전혀 다른 사람이 죽었으니까요. 그러므로 우리가 주의를 집중시켜야 할 상대는 유스티스 경입니다. 그런데 또 유스티스 경을 알고 계신 분 없습니까? 또는 그에 대한 일로 이 범죄에 관계있을 듯한 일을 알고 계신 분 없습니까?"

아무도 대답이 없었다.

"이로써 우리는 모두 같은 입장에 서게 되었습니다. 그럼, 다음번 회합 이야기로 옮겨가겠습니다. 저마다 추론을 세워 필요하다고 생각되는 조사를 하기 위한 시간을 1주일로 잡고, 다음주 월요일부터 날마다 밤에 모이는 게 어떻겠습니까? 그때 저마다 내린 결론을 발표하는 순서를 지금 이 자리에서 추첨으로 결정해 두어도 좋겠지요. 아니면 매일 밤 발표자를 한 사람 이상으로 정해야 한다고 생각하시는 분 계십니까?"

한참 의논한 뒤 월요일에, 그러니까 다음주 오늘 다시 모일 것과, 충분히 토론할 수 있도록 하루 저녁에 한 사람씩 발표하기로 결정했다. 그리고 나서 추첨에 들어갔다.

그 결과 찰스 와일드먼 경부터 시작하여 필더 플레밍 부인, 모턴 핼로게이트 블래드리, 로저 셸링검, 앨리시어 더머즈, 앰블러즈 치터윅의 순서로 발표하기로 했다.

치터윅은 자기 이름이 맨 마지막에 불려지자 아주 기뻐했다. 그는 모턴 핼로게이트 블래드리에게 진심으로 말했다.

"내 차례까지 오기 전에 누군가가 반드시 정확한 해결을 내릴 테니까 나는 결론을 발표하지 않아도 될 것입니다. 비록 어떤 결론에 이르렀다 할지라도 말입니다. 탐정은 실제사건에 임해 어떻게 조사를 시작하지요?"

블래드리는 가볍게 웃어 보이며 그에게 자기 책을 한 권 빌려주겠다고 약속했다. 치터윅은 그것을 모두 읽었으며 대부분 가지고 있었으나 고맙다고 인사했다.

이윽고 모임이 끝나기 직전 필더 플레밍 부인은 소극적이나마 극적인 기회를 놓칠 수 없다는 듯 말했다.

"정말 불가사의하군요, 인생이라는 것은."

그녀는 테이블을 사이에 두고 찰스 경을 향해 한숨을 내쉬었다.
"나는 벤딕스 부인이 죽기 전날 밤 제국극장 특별석에 벤딕스 씨와 함께 앉아 있는 것을 보았었지요. 내 눈으로 똑똑히 보았어요. 그분들은 자주 내 연극 공연 첫날에 와 주셨답니다. 나는 두 분 바로 아랫자리에 있었지요. 인생은 정말 소설보다 더 극적인 것 같아요. 그녀의 몸에 덮치려 하고 있던 그 무서운 운명을 내가 조금이라도 알아차릴 수 있었다면, 나는……."
찰스 와일드먼 경이 말을 가로챘다.
"틀림없이 그녀에게 '초콜릿을 조심하세요'라고 경고했겠지요."
찰스 경은 필더 플레밍 부인을 그리 높게 평가하지 않았다.
그런 다음 모임은 끝났다.

로저는 아주 만족스러운 기분으로 앨버니 거리의 아파트로 돌아왔다. 그는 이러한 사건 해결의 여러 가지 시도가 사건 자체 못지않게 즐거운 일이 되리라고 혼자 생각했다.

그는 정열을 기울였다. 추첨에 의한 발표 순번이 그리 유리하지 않았으므로 그는 될 수 있으면 치터윅과 바꾸었으면 하고 생각했다. 그렇게 되면 자기의 결론을 발표하기 전에 경쟁자들에 의해 얻어진 성과를 알 수 있기 때문이다.

물론 다른 사람의 지혜에 의존하려는 생각은 조금도 없었다. 모턴 핼로게이트 블래드리는 이미 그 나름대로 추론이 성립되어 있다고 말했다. 그러나 자신이 발표하기 전에 찰스 와일드먼 경과 블래드리와 앨리시어 더머즈——로저는 이 회원 가운데 세 사람이 가장 머리가 좋다고 생각하고 있었다——의 의견을 듣고서 평가와 비평을 할 수 있다면 즐거우리라고 생각했다. 그리고 그는 지금까지 흥미를 끈 다른 어떤 범죄사건 때보다 이번 사건에서는 올바른 해답을 얻고 싶었다.

그런데 그를 놀라게 만든 일이 있었다. 아파트로 돌아와보니 그의 거실에 모리스비 주임경감이 기다리고 있었던 것이다.

신중한 모리스비 주임경감이 말했다.

"수고하십니다, 셀링검 씨. 잠깐 말씀드리고 싶은 일이 있어서 기다리고 있었습니다. 이해해 주실 줄 믿습니다. 곧바로 주무시지는 않겠지요?"

로저는 테이블 용 술병과 탄산수병을 가져오며 말했다.

"네, 조금도 서두를 건 없습니다. 아직 초저녁이 아닙니까? 이 정도면 되겠습니까?"

모리스비는 일부러 얼굴을 돌리고 있었다.

두 사람이 난로 앞 커다란 가죽 팔걸이의자에 자리잡자 모리스비 주임경감이 먼저 입을 열었다.

"셀링검 씨, 나는 경시총감님으로부터 이 사건 관계로 당신과 당신 회원들을 비공식으로 살피라는 명령을 받았습니다. 그렇다고 해서 당신들을 믿지 않거나 일처리를 잘 못한다고 생각하는 것은 아닙니다. 다만 우리로서는 이런 집단 탐정활동이 어떤 결과를 가져올 것인지 알아두는 편이 유리하기 때문이지요."

"말하자면 만약 우리 회원들 가운데 누군가가 정말 중대한 사항을 알아냈을 경우 당신이 앞장서서 달려와 그것을 이용할 수 있도록 해야 한다는 말씀이지요?"

로저는 빙그레 웃었다.

"네, 당국의 속셈을 잘 알았습니다."

모리스비는 난처한 표정으로 다시 설명했다.

"그렇게 하면 범인이 놀라 달아나지 못하도록 손쓸 수 있지요. 다만 그뿐입니다, 셀링검 씨."

로저는 아직도 의심스러워하는 표정을 감추지 못했다.

"그럴까요? 그러나 우리는 당신들의 보호가 필요하다고 생각지 않습니다. 그렇지 않습니까, 모리스비 주임경감님?"
"솔직히 말하면 그렇습니다. 우리는 범인을 찾아낼 가능성이 조금이라도 있다고 생각되는 동안에는 결코 사건을 포기하지 않습니다. 게다가 이 사건을 담당한 팰러 경감은 수완 있는 사나이지요."
"이 사건이 어떤 살인미치광이가 한 짓이며, 범인을 찾아낼 가능성이 거의 없다는 것은 그 수완 있는 경감의 추리입니까?"
"파 들어가다 보니 그런 견해로 굳혀졌습니다. 셀링검 씨. 그러나 당신들 그룹이 즐기면서 수사하는 것은 상관없습니다."
그리고 모리스비는 아량을 보이며 덧붙였다.
"만일 관여해 보고 싶은 마음과 시간이 많이 남아돌아간다면 말입니다."
"이거 참……"
로저는 물러서지 않으려는 듯 말끝을 흐렸다. 그는 한참 동안 말없이 파이프를 피우고 있었다.
이윽고 그는 조용히 말했다.
"말해 주십시오, 모리스비 주임경감님."
주임경감은 얼굴에 조용히 놀라움을 떠올리며 그를 바라보았다.
"무슨 말씀이신지……"
로저는 머리를 내저었다.
"앞뒤가 맞지 않습니다, 전혀 맞지 않습니다. 자, 모두 솔직하게 털어놓으십시오."
모리스비는 그야말로 공연한 오해라는 듯이 되물었다.
"솔직히 털어놓다니, 무엇을 말입니까, 셀링검 씨?"
로저가 심술궂게 대꾸했다.
"이곳에 온 진짜 이유 말입니다. 당신이 대표하는 저 낡아빠진 관청을 위해 나를 이용하려는 것이지요? 그렇다면 미리 말씀드리겠습니다만, 이번에는 안 되겠습니다. 열 여덟 달 전에는 래드머스에게 보기 좋게 당했지만, 지금은 나도 당신이라는 사람을 잘 알고 있으니까요."
"아니, 어째서 그런 생각을 갖게 되었습니까, 셀링검 씨?"
정말로 오해받은 사람처럼 스코틀랜드야드의 모리스비 주임경감은 크게 놀란 표정을 지었다.
"나는 다만 당신 쪽에서 물어볼 게 있지 않을까 여겨져 찾아왔습니다. 당신 동료들이 범인을 잡아내기 전에 당신이 한 발자국 더 앞으로 내디디도록 해드리려고 생각했지요. 그뿐입니다."
로저는 웃었다.
"모리스비 주임경감님, 당신은 미워할 수가 없군요. 당신은 침체된 세계에 빛나는 밝은 별입니다. 그것은 당신이 체포한 범죄자들보다 당신에게 지장을 주니 하는 말인데, 당신이 체포한 범인들도 하루빨리 그 사실을 깨달았으면 싶군요. 하긴 그들이 전혀 못 믿는다 해도 그다지 놀랄 일도 아니지만. 아무튼 그런 일로 오셨다면 얼마든지 질문해도 되겠군요. 그럼, 이것을 가르쳐주십시오. 당신은 유스티스 펜퍼더 경을 죽이려 한 사람이 누구라고 생각하십니까?"
모리스비는 조용히 하이볼을 마셨다.
"내 생각은 이미 알고 있겠지요, 셀링검 씨?"
"아니, 모릅니다. 나는 당신이 지금까지 이야기해 준 것밖에 알지 못합니다."
모리스비는 미리 예방선을 쳤다.
"나는 이 사건을 다루고 있지 않았기 때문에……."
그러나 로저는 끈질기게 물고 늘어졌다.
"유스티스 펜퍼더 경을 죽이려 한 사람이 누구라고 생각하십니까?

당신은 경찰의 공식적인 견해를 옳다고 여기십니까, 그르다고 생각하십니까?"

모리스비는 드물게 그의 개인적인 의견을 털어놓아야 할 궁지에 몰렸다. 그는 거드름을 피우며 입을 열었다.

"그렇다면 말씀드리지요, 셸링검 씨. 경찰의 추론은 잘 짜여져 있습니다. 그렇다고 생각하지 않습니까? 범인을 찾아내지 못할 경우를 위해서도 알맞은 구실이 준비되어 있으니까요. 아무튼 살인 충동을 가지고 있을 듯한 전국에 있는 미치광이를 일일이 조사해 보기를 기대하는 사람은 아무도 없겠지요.

이 추론은 두 시간쯤 뒤에 열릴 청문회가 끝날 무렵이면 발표될 예정입니다. 이 추론을 뒷받침할 만한 이유와 증거가 제시될 것입니다. 그러나 부정적인 근거는 전혀 손대지 않을 겁니다. 곧 알게 되겠지만 검시의사와 배심원들도 모두 동조했습니다. 물론 신문도 동조하겠지요. 결국 사람들은 범인을 체포하지 못한 데 대해 경찰을 문책할 수 없다는 결론에 만족하겠지요."

"벤딕스 씨만 빼놓고는 그렇겠지요. 그는 살해된 아내의 원수를 갚을 수 없을 테니까요. 당신도 꽤 익살꾼이 되었군요, 모리스비 주임경감님. 내가 보기에 당신은 그 안성맞춤인 일반협정에서 따로 떨어져나온 모양인데, 그렇다면 당신은 이 사건의 수사방향이 잘못되었다고 생각하시는 겁니까?"

로저의 질문이 그 앞말에 곧바로 이어져 나왔기 때문에 모리스비는 경솔한 말을 하지 않도록 생각을 가다듬을 틈도 없이 대답을 내뱉고 말았다.

"결코 그렇지 않습니다, 셸링검 씨. 그렇게 생각하고 있지는 않습니다. 팰러 경감은 수완 좋은 수사관으로, 모든 수단을 다 동원할 것입니다. 말하자면 할 수 있는 모든 수단을 남김없이 다 시도해 볼 것입니다."

모리스비는 뜻 깊게 말을 끊었다.

"그렇습니까?" 하고 로저는 중얼거렸다.

모리스비는 한번 곤욕을 치른 일이니 끝까지 해보고 싶은 모양이었다. 그는 의자 속에서 자세를 고쳐 앉더니 하이볼을 한꺼번에 들이마셨다. 꽤 많은 양이었다. 로저는 자칫 숨소리 때문에 상대방의 기분이 달라지지 않을까 조심하면서 조용히 난롯불을 바라보았다.

모리스비는 다시 강조하듯 말했다.

"아무튼 이것은 아주 어려운 사건입니다, 셀링검 씨. 팰러는 이 사건을 맡았을 때 편견 없는 마음으로 수사를 시작했지요. 유스티스 경이 처음에 생각했던 것보다 멋진 사나이라는 것을 알고 난 뒤에도 그는 편견 없는 마음을 그대로 유지했습니다.

말하자면 팰러 경감은 유스티스 경에게 초콜릿을 보낸 사람은 그와 직접 관계가 없는 편집광으로, 그를 없애는 것이 사회나 하느님께 봉사하는 길이라고 굳게 믿는 사회나 종교에 광신하는 자의 짓이 아닐까 하는 견해를 늘 가지고 있었지요."

"신념에 의한 살인이라는 말씀이군요. 그래서요?"

로저가 중얼거렸다.

"팰러 경감이 주의를 집중한 것은 물론 유스티스 경의 사생활입니다. 그런데 그렇게 되면 우리 경찰이 불리하지요. 남작의 사생활을 파헤치는 것은 쉽지 않거든요.

모두 협조를 꺼립니다. 협조는커녕 우리를 방해하려 합니다. 팰러 경감이 기대를 걸고 있던 방향은 모조리 막혀버렸습니다. 유스티스 경도 그를 녹슨 칼자루처럼 생각하는지 상대하지도 않습니다."

로저는 깊은 생각에 잠겨 말했다.

"물론 그로서는 자기의 방탕한 행동 기록이 법정의 수확제에 올려지기를 바라지 않겠지요."
모리스비가 거칠게 말했다.
"그렇습니다. 자기 때문에 벤딕스 부인이 무덤에 누워 있는데도 말입니다. 그는 간접적으로 그녀의 죽음에 책임이 있습니다. 따라서 사건을 수사하는 경찰에 협력하는 것은 그의 의무입니다.

그러나 결국 팰러 경감은 더 이상 수사를 진행시킬 수 없었습니다. 한두 가지 스캔들을 밝혀내기는 했지만, 그 이상의 것은 전혀 캐내지 못했습니다. 그렇기 때문에──게다가 유스티스 경은 그 사실을 인정하고 있지 않으므로──내가 말할 성질이 아니라는 것을 이해하시겠지요. 부디 여기서 이야기를 끝냅시다. 이만하면 되겠지요?"
"결코 군소리하지 않겠습니다" 하고 로저는 말했다.
"그건 그렇고, 이것은 나 혼자만의 의견입니다만, 팰러 경감은 자기방위를 위해 또 한 가지 결론을 내릴 수가 없었습니다. 그리고 총책임자인 윗분도 자기방위를 위해 그 의견에 동조하지 않을 수 없었습니다. 그러나 만일 당신이 이 사건을 밑바닥까지 파헤쳐보고 싶다면──그렇게 한다면 누구보다도 팰러 경감이 기뻐하겠지요──나는 유스티스 경의 사생활에 주의를 기울이라고 권하겠습니다.

이런 문제에서는 우리 경찰보다 당신이 더 유리하지요. 아무튼 당신은 유스티스 경과 같은 신분이며 그의 클럽 회원과 아는데다 그의 친구를 개인적으로 알고 있으니까요. 게다가 그의 친구의 친구까지도 알고 있지 않습니까? 바로 이 점을……."
그리고 모리스비는 맺음말을 덧붙였다.
"말씀드리려고 찾아 온 것입니다."

로저는 부드럽게 대답했다.

"정말 고맙습니다. 한 잔 더 하시겠습니까?"

"네, 좋습니다, 셀링검 씨. 사양하지 않겠습니다."

로저는 칵테일을 만들면서 생각을 더듬어보았다. 이윽고 그는 천천히 말했다.

"당신 말이 맞는 것 같습니다, 모리스비 주임경감님. 나는 사건 내용을 처음 들었을 때부터 그 방향을 마음에 두었었지요. 진상은 유스티스 경의 사생활에 있다고 보아도 좋을 겁니다. 그리고 만일 내가 미신을 믿는다면——물론 그렇지는 않지만——아마 이렇게 생각하겠지요. 결국 범인의 추측이 빗나가 유스티스 경이 죽음을 모면한 것은 신의 뜻이라고, 희생자로 정해져 있던 그가 우습게도 자기를 죽이려 했던 범인을 법에 의해 처단시키도록 만든 신의 뜻이라고 말입니다'"

"진실로 그렇게 믿고 있습니까, 셀링검 씨?"

모리스비 주임경감도 미신을 믿지는 않았다. 로저는 그런 견해를 취하고 싶은 마음에서 '우연——복수자'란 좋은 영화제목이 될 것 같다고 말했다. 그 말에는 많은 진실이 담겨 있었다.

로저는 다시 말을 이었다.

"당신네 스코틀랜드야드 사람들도 우연에 의하지 않고 중대한 근거를 잡았다고 할 수 있는 일이 몇 번이나 있습니까? 몇 가지 단순한 우연의 일치에 의하지 않고 올바른 해결에 이르렀다고 생각되는 일이 몇 번이나 있었습니까?

나는 당신들의 수사 활동을 비웃는 것이 아닙니다. 그러나 생각해 보십시오, 훌륭한 수사 활동에 의해 거의 해결단계에 이르러 마지막 결정적인 순간에 행운——운도 실력에 포함되지만, 운은 역시 운이지요——의 힘으로 비로소 완전히 해결해 낸 경우가 얼마나 많았는지.

나는 그 예를 몇십 가지나 들 수 있습니다. '밀섬 파울러 살인사건'도 그 좋은 예가 되겠지요. 내가 말하려는 뜻을 아시겠습니까? 복수는 언제나 우연이나 신의 섭리가 아닐까요?"
"그렇기도 하군요. 하지만 솔직히 말해서 그 어느 쪽이 되든 상관없습니다. 진범인을 잡을 수만 있다면 말입니다."
로저가 웃으면서 말했다.
"당신은 단수가 정말 높군요, 모리스비 주임경감님."

제5장

 찰스 와일드먼 경은 그 자신이 했던 말대로 심리학적인 장난보다도 진정한 사실을 더 존중했다.
 그에게 있어 사실이란 아주 귀중한 것이었다. 아니, 사실이란 그에게 있어 더없는 즐거움이었다. 이 사실을 다루는 훌륭한 솜씨 덕분에 그는 1년에 3만 파운드의 수입을 얻고 있었다.
 참된 진실이지만 다루기 어려운 배배 꼬인 사실이라면 보통 사람들——이를테면 검사——이라면 포기해 버릴 일에서 전혀 뜻밖의 해석을 찾아내는 솜씨는 법조계에서 그를 따를 사람이 없었다.
 그는 사실을 거리낌 없이 평면으로 바라보고, 그것을 매만지고, 그 뒤에 숨은 의미를 찾아내고, 다시 그것을 뒤집어 알맹이 속에서 여러 가지 징조를 꺼내 시체 위에서 의기양양하게 춤추고, 그것을 완전히 파헤쳤다가 필요에 따라 다시 전혀 다른 형태로 만들어내기도 하며, 만약 그 사실이 아직 완전히 매듭지어지지 않고 처음 어떤 흔적이 남아 있으면 더없이 위협에 찬 방법으로 거기에 덤벼들기도 한다. 게다가 그 사실을 매듭짓기 위해서라면 법정 한가운데서라도 달려들 마음 자세가 되어 있었다.

 의뢰인에게 불리한 사실을 뜯어고쳐 의뢰인의 결백을 부드럽게 노래하는 작은 비둘기로 만드는 솜씨를 가졌으니 국선변호인 찰스 와일드먼 경이 1년에 3만 파운드의 보수를 받는다 해도 이상할 건 없다. 만일 독자 가운데 통계학에 흥미를 가진 분이 있다면 덧붙여 말하겠는데, 찰스 경이 그의 변호사 생활에서 교수대로부터 구해낸 살인범의 수를 쌓아올린다면 아주 높은 언덕을 이룰 것이다.

 찰스 와일드먼 경이 검찰 측으로서 법정에 나선 적은 거의 없었다. 검사가 짖어대는 행위는 예의에 어긋나는 일이며, 검사에게는 눈물이 필요 없기 때문이다. 짖어대는 일과 눈물의 타협은 그에게 있어 오랜 법의(法衣)와도 같았다. 그는 보수적인 기질을 지닌 사람으로, 그 마지막 대표자라고 해도 좋았다. 그는 이 기질이 크게 도움된다는 것을 알고 있었다.

 따라서 로저가 제안한 그 1주일이 지난 뒤 모임에서 찰스 경이 '범죄연구회' 회원들을 감동에 차서 둘러보며 그 큰 코에 금테안경을 걸쳤을 때 다른 사람들은 지금부터 시작되는 즐거움의 질에 대해 전혀 의아심을 갖지 않았다. 말하자면 그들은 1천 기니(2만 1천 실링)의 소송사건에 버금가는 설명을 무료로 즐길 수 있는 셈이었다.

 찰스 경은 손에 든 수첩을 흘끗 쳐다보고 기침했다. 그만큼 불길한 여운을 남기는 기침을 하는 형사변호사도 없다. 이윽고 그는 무게 있는 목소리로 설명을 시작했다.

 "여러분 가운데 이미 짐작하고 계신 분도 있으리라 생각합니다만, 나는 어떤 개인적인 이유로 누구보다도 이 살인사건에 깊은 관심을 가졌습니다. 아시다시피 유스티스 펜퍼더 경의 이름이 내 딸의 이름과 관련하여 사람들 입에 오르내린 적이 있습니다.

 두 사람의 약혼 소문이 너무 일찍 퍼지기는 했습니다만, 전혀 근거 없는 이야기는 아니었습니다. 그렇기 때문에 내 사위가 될 거라고 사람들 입에 오르내렸던 사나이를 죽이려는 계획이 실패로 끝난 이 사건에 내가 조금이나마 개인적인 연관을 느낀 것은 당연한 일이지요.

나는 이 사건에 대한 내 개인의 감정을 강조할 생각은 없습니다. 그와 반대로 나는 지금까지 내가 손댄 다른 사건들과 마찬가지로 개인감정을 없애고 이 사건을 공평하게 보려고 애썼습니다. 이런 말을 하는 이유는 무엇보다도 변명해야 할 필요를 느꼈기 때문입니다.

이러한 까닭으로 나는 회장님이 제시한 이번 연구과제에 대해 다른 회원들보다 유스티스 경에 대해 보다 자세한 지식을 가지고 시작할 수 있었으며, 게다가 이 수수께끼 같은 사건의 진상을 밝히는 데 도움이 될 자료를 자유롭게 사용할 수 있었습니다. 여러분도 이 자료를 자유롭게 사용할 수 있도록 지난 주일에 제공해야 했겠지요. 그렇게 하지 않은 데 대해 진심으로 사과드립니다.

그러나 솔직히 말씀드려 그때로서는 나의 이 지식이 해결에 깊은 관련이 있으리라는 것을, 아니, 조금이라도 도움이 되리라는 것을 전혀 몰랐습니다. 이 자료가 가지는 중대한 의미가 내 마음속에 깊게 새겨진 것은, 내가 지난날의 슬프고 복잡한 분쟁을 해결하기 위해 이번 사건을 신중하게 생각해 본 뒤였습니다."

찰스 와일드먼 경은 잠시 말을 끊고 숨을 돌리며 연설투의 여운이 방 안에 남도록 했다.

그는 한 사람 한 사람의 얼굴로 엄숙한 눈길을 돌렸다.

"나는 그 도움으로 이 수수께끼를 이미 풀었다고 말씀드릴 수 있습니다."

누구나 기대하고 있던 일이었기 때문에 조금도 거짓이 섞이지 않은 흥분섞인 술렁임이 회원들 사이에 일어났다.

찰스 경은 코안경을 벗어서 독특한 몸짓으로 그것을 폭넓은 리본 끝에 매달았다.

"그럼, 지금부터 여러분에게 이 비열한 범행을 설명해 드리겠습니다. 나는 이 해결에 확신을 가지고 있는 만큼 추첨에 의해 맨 처음 발표하게 된 것을 유감스럽게 생각합니다. 만일 진상을 밝히기 전에 다른 몇 가지 추론을 검토하여 그 잘못을 지적할 수 있다면 좀 더 흥미 있을 텐데, 참으로 아깝게 생각합니다. 물론 검토할 추론이 따로 있다고 가정하고서 하는 말입니다만.

그러나 내가 도달한 결론에 여러분이 이미 모두 이르러 있다 해도 나는 뜻밖으로 여기지 않을 겁니다. 결코 뜻밖이라고 생각지 않겠습니다. 사실로 하여금 입을 열게 하는데 특별한 능력이 필요하다고 고집하지는 않겠습니다. 뿐만 아니라 나는 초인적인 통찰력을 전혀 갖지 못한 우리의 공식 사건해결자, 불가해한 수수께끼 해독자들——말하자면 훈련을 쌓은 경관——보다 더 앞을 잘 내다볼 수 있었다는 데 대해 오히려 자랑스럽게 여길 겁니다.

나는 회원 여러분과 비슷한 능력밖에 없는 평범한 사람입니다. 나는 지금부터 어떤 한 사람이 의심할 여지없이 이 사악한 죄를 저질렀다는 것을 증명하고 그 사람의 유죄를 단정 지을 것입니다. 그러나 이것이 여러분 가운데 누군가의 의견에 따를 뿐이라고 지적해도 나는 전혀 놀라지 않겠습니다."

이렇듯 그는 회원 가운데 누군가가 그와 마찬가지로 현명하다는, 있을 수 없는 우발적인 결과에 대해 미리 예방선을 쳐놓은 다음, 여기저기서 들려오는 소곤거림을 중단시키고 의견 발표를 시작했다.

"나는 마음속으로 오직 한 가지, 오직 한 가지 질문을 하는 일로부터 이 추리를 시작했습니다. 다시 말해 이에 대한 올바른 해답은 지금까지 일어난 거의 모든 살인사건에서 범인을 찾아내는 단서로 증명되고 있는 질문, 그 해답이 나오면 위험하다는 것을 알면서도 어느 범인이나 뒤에 남겨지는 것을 피하기 어려운 'cui bono?'라는 질문이었습니다."

찰스 경은 한동안 뜻있는 침묵을 지켰다.

"그것으로 누가 이익을 얻는가?"

잠시 뒤 그는 친절하게 프랑스어를 번역해 주더니 듣는 사람 가운데 있을지도 모르는 지능 낮은 사람을 위해 설명까지 덧붙였다.

"좀더 쉽게 말하자면 유스티스 펜퍼더 경의 죽음으로 이익을 얻는 사람은 누구인가?"

그는 짙은 눈썹 아래 쏘는 듯한 눈길을 던졌다. 그의 설명을 듣는 사람들은 충실하게도 신사다운 태도를 잃지 않았다. 다시 말해 아무도 그 질문에 서둘러 대답하지 않았다.

찰스 와일드먼 경 쪽에서도 수사학에 완전히 숙달해 있었으므로, 그들의 서스펜스를 섣불리 망가뜨리는 실수를 하지 않았다. 이 질문은 모두들의 마음에 커다란 물음표로 남겨두고 그는 다른 논점으로 방향을 옮겼다.

그는 부드럽게 의논하듯 말했다.

"내가 보기에 이 범죄에는 명확한 단서가 세 가지밖에 없습니다. 물론 그 거짓편지와 포장지와 초콜릿이지요. 이 가운데 포장지는 소인을 알아내는 데 참고가 될 뿐입니다. 인쇄된 주소의 글씨는 도움이 되지 않기 때문에 제외했습니다. 그런 건 누구나 할 수 있으니까요. 그것을 쫓아가봐야 아무 단서도 잡지 못할 거라고 판단했습니다.

그리고 초콜릿과 그것이 들어 있던 상자도 증거물로써 아무 도움이 되지 못한다고 생각합니다. 잘못된 추정일지도 모릅니다만, 아무튼 나는 그렇게 생각했습니다. 초콜릿은 유명회사 제품으로 어느 가게에서나 팔고 있기 때문에 그것을 사간 사람을 찾아낸다는 것은 무리한 일일 겁니다. 만일 어떤 가능성이 있다면 경찰이 이미 조사했겠지요. 그러므로 내 손에는 겨우 두 가지 물적 증거가 있을 뿐입니다. 가짜 편지와 포장지의 소인이지요. 따라서 사건 해명은 이 두 가지 증거를 바탕으로 세워야 했습니다."

그는 다시 숨을 돌리기 위해 말을 끊었다. 이 추론의 중요성이 회원들의 마음속으로 파고들기를 기다리기 위해서. 그는 자신이 말한 문제가 다른 회원들도 이미 다 알고 있다는 것을 모르는 듯했다.

그때까지 한참 동안 잠자코 있던 로저가 이때 조용히 질문을 던졌다.

"범인에 대해서는 이미 결정이 되셨겠지요, 찰스 와일드먼 경?"

찰스 경은 사뭇 위엄 있게 대답했다.

"나는 이미 주어진 문제에 대해 충분한 해답을 얻었습니다. 앞에서도 말씀드렸듯이."

"역시 그러셨군요. 그 점을 들을 수 있다면 재미있겠는데요. 그러면 당신의 추리과정을 좀더 분명하게 추적할 수 있을 테니까요. 그러니까 당신은 귀납법을 택하신 셈이군요?"

찰스 경은 퉁명스럽게 대꾸했다.

"그렇다고 할 수 있지요."

그는 강요당하는 것을 몹시 싫어했다. 한참 동안 얼굴을 찌푸리고 있더니 그는 이 모욕으로부터 다시 기분을 돌려 아까보다 더 엄숙한 목소리로 설명을 이었다.

"처음부터 이 추리가 간단하리라고는 생각지 않았습니다. 주어진 시간은 제한되어 있고, 좀더 깊이 조사해 봐야 할 일도 있었지요. 그러나 시간이 꽉 짜여져 해보고 싶은 조사도 마음대로 할 수 없었습니다.

　그래서 나는 깊이 생각한 끝에 이렇게 판단 내렸지요. 그러니까 내가 어떤 결론에 이를 수 있는 단 한 가지 방법은 지금 자유롭게 널려 있는 자료에서 여러 가지 판단 기준을 만들어내어 어느 것에나 맞아들어가는 이론이 세워질 때까지 충분히 시간을 들여 사건을 자세히 생각하고, 그 뒤 만일 그 이론이 옳다면 사실임에 틀림없으며, 좀더 깊이 파고들 문제점이 나타난다면 다른 사람을 시켜 조사할 수 있고 그 결과 실증이 되면 이 추론은 결국 입증되는 거라고 말입니다."
찰스 경은 다시 한 번 숨을 가다듬었다.
로저는 앨리시어 더머즈에게 웃어 보이며 4백 단어가 넘는 이야기를 한 마디로 요약했다.
"요컨대 '나는 귀납법을 택하기로 결정했다'라는 말씀이군요."
그러나 그의 목소리는 너무 낮았기 때문에 앨리시어 더머즈에게만 들렸다.
그녀는 알아들었다는 듯이 마주 보며 빙긋 웃었다. '문장 기술과 이야기하는 기술은 역시 다르군요'라고 말하듯이.
이윽고 찰스 경이 놀랄 만큼 간결하게 말했다.
"나는 추론을 세웠습니다."
아마 아직도 좀 숨이 가쁜 모양이었다.
"나는 추론을 세웠습니다. 물론 거의 추측에 의한 것입니다. 예를 들어 나는 범인이 메이슨 부자 상회의 편지용지를 가지고 있었다는 데 대해 무엇보다도 당황했습니다. 그것은 내가 생각한 인물이 가지고 있을 법하지 않은 물건으로, 그것을 어떻게 손에 넣을 수 있었는지 도저히 상상이 가지 않았습니다. 범인이 계획을 미리 세워놓고 그 결행에 필요한 편지용지를 나중에 은밀히 의심받지 않도록 손에 넣을 방법을 나는 생각해 낼 수 없었습니다.

　따라서 메이슨 부자 상회의 편지용지를 전혀 의심받지 않고 입수했으므로 틀림없이 그 회사 용지를 사용했다는 결론이 나옵니다."

찰스 경은 무언가를 기대하듯 의젓한 태도로 주위를 둘러보았다.

로저가 곧 그 말에 응답했다. 찰스 경이 강조하는 점은 너무도 명백했기 때문에 새삼스럽게 설명이 필요 없는데도, 또 그 사실을 모두 다 알아차리고 있는데도, 로저는 말을 아끼지 않았다.

"정말 흥미 깊은 착안점입니다, 찰스 경. 아주 독창적이십니다."

찰스 경은 그 말을 듣자 얼른 설명했다.

"그것은 완전히 추측에서 나온 예상입니다. 단순한 예상에 지나지 않습니다. 그러나 결과적으로는 입증이 된 예상이지요."

찰스 경은 자신의 날카로운 관찰력을 찬미하느라 정신이 팔린 나머지, 여느 때 잘 쓰는 지루하게 길고 덧붙임이 심한 문장이며, 끝도 없이 계속 튀어나오는 종속절들을 잊어버렸다. 그의 두툼한 목이 어깨 위에서 꿈틀 움직였다.

"어떻게 하여 그 용지를 손에 넣었을까, 그리고 나는 그것을 가지고 있었다는 것을 나중에 증명할 수 있을까 없을까 깊이 생각해 보았습니다. 그리하여 마침내 대부분의 회사에서는 영수증 계산서에 '감사합니다'라든가 또는 그 밖의 인사말을 인쇄한 종이를 넣어 보내준다는 것이 생각났습니다.

　여기에서 나는 세 가지 의문점을 갖게 되었습니다. 범인은 메이슨 부자 상회와 거래를 했는가? 좀더 자세히 말하자면 그 용지의 가장자리가 누렇게 변색되어 있는 것으로 보아 과거에 거래가 있었던가? 그 종이에서 그와 같은 말을 주의 깊게 지워버린 흔적은 없는가?"

찰스 경은 흥분한 나머지 얼굴을 짙은 갈색으로 물들이며 말에 힘을 주었다.
"여러분도 이 세 가지 의문점에 긍정적인 해답이 주어질 가능성이 많다는 것은 짐작하시겠지요. 그 가능성은 아주 큽니다. 나는 그 의문을 제시하기 전부터 알고 있었습니다만, 만약 그것이 진실이라면 이제 '우연'에 그 죄를 돌릴 수는 없을 것입니다."
찰스 경은 목소리를 낮추어 천천히 말했다.
"만일 이 세 가지 의문점이 긍정적인 해답을 얻는다면 내가 마음에 둔 인물은 독물을 초콜릿에 넣는 현장을 목격당한 것과 마찬가지로 유죄임이 확실합니다."
그는 다시 말을 끊고 회원들의 눈길을 받으며 제풀에 감동에 겨워 주위를 둘러보았다.
"여러분, 그 세 가지 의문점에는 이미 긍정적인 해답이 주어졌습니다!"
웅변은 효과적인 기술이다. 로저는 찰스 경이 습관의 힘으로 그들 앞에서 법정에서의 능란함을 펼치고 있음을 잘 알았다. 로저는 그의 '여러분'이라는 말 대신 '배심원 여러분'이라는 말을 넣고 싶은 충동을 억누르느라 애썼다. 사실 이것은 예상하지 못한 바도 아니었다. 찰스 경은 분명 내용이 있고 그 자신이 크게 확신하는 이야기를 하고 있었다. 그는 지금 오랜 세월에 걸친 훈련에 따라 그로서 가장 자연스럽다고 여겨지는 말솜씨로 그 이야기를 들려주고 있는 것이다. 로저를 괴롭히는 것은 그 일이 아니었다.

로저가 당황하는 것은 다른 일 때문이었다. 그 자신은 냄새로 다른 토끼의 흔적을 뒤쫓고 있었는데, 이것이야말로 노리던 수확물이라고 확신하면서도 자신의 의문부호 둘레를 뱅글뱅글 도는 찰스 경을 보고 있노라니 처음에는 차분한 즐거움이 느껴졌으나 곧 단순한 말장난에 마음속에 동요가 일어나 경박한 일임을 알면서도 미로에 빠지는 자신에 대해 당황한 것이다.

그러나 단순한 말장난 때문에 그가 미로에 빠진 것일까? 찰스 경은 어떤 확고한 사실을 잡은 뒤 웅변술로 형태 없는 직물을 짜는 것처럼 보였다. 그는 존경받고 싶어 하는 노인이기는 하지만 바보는 아니었다. 로저는 확실히 불안을 느끼기 시작했다. 왜냐하면 그 토끼는 매우 잡기 힘든 수확물이라는 것을 인정하지 않을 수 없었기 때문이다.

찰스 경이 그의 주장을 펼쳐나감에 따라 로저의 불안은 아주 심해져 거의 처참한 상태에 이르렀다.

"그 점에는 의문의 여지가 없습니다. 고풍스러운 메이슨 부자 상회에서는 거래하는 개인 손님에게도——물론 거래는 90퍼센트가 도매지요——편지용지 한가운데에 감사하다는 글자를 인쇄한 종이를 넣어 보낸다는 충실한 규칙이 있음을 대리인이 분명히 알아냈습니다. 그리고 문제의 인물이 이 회사와 거래가 있었다는 것도 확인되었습니다. 그런데 그 거래는 여섯 달쯤 전에 끊긴 듯합니다. 그때 수표로 계산이 끝났고, 그 뒤로는 물건 주문이 한 번도 없었습니다.

나는 틈을 내어 직접 스코틀랜드야드로 가서 그 편지용지를 자세히 살펴보았습니다. 그 뒷면 중간쯤에서 나는 알아볼 수는 없지만 분명 타이프라이터로 친 글씨 자국이 있음을 발견했습니다. 그 글자는 편지 문장으로 반쯤 메워져 보이지 않았다는 것을 알았지요. 그 반줄쯤의 글자는 내가 생각했던 말의 길이와 일치했습니다. 그 위를 지워 롤러로 밀고 또 맨들맨들해진 종이를 거칠게 하여 타이프의 잉크 자국뿐 아니라 금속활자가 눌렀던 자국까지 말끔히 없애려고 정성들여 애쓴 흔적이 보였습니다.

이것이야말로 내 추론이 옳다는 걸 증명하는 결정적인 증거로 생각하고, 나는 다른 의문점을 조사하기 시작했습니다. 시간이 없으므로 믿을 만한 흥신소 네 군데에 부탁하여 내가 구하고 있던 자료를 정리시켰습니다. 이것은 시간을 많이 절약해 주었을 뿐 아니라 손에 넣은 자료가 다른 사람 손에 넘어가지 않게 하는 데도 도움이 되었습니다. 나는 흥신소의 누구도 눈치 채지 않게 최선을 다하며 의문점을 풀어나갔습니다. 그리고 이 점에서도 성공했다고 생각합니다.

다음 문제는 그 소인이었습니다. 소포가 부쳐진 시간에 내 용의자가 실제로 스트랜드 거리 가까이에 있었다는 것을 증명해야만 했습니다. 여러분 가운데 어쩌면……"

찰스 경은 말을 끊고 흥미롭게 듣고 있는 얼굴들을 찬찬히 바라보았다. 그리고 자기 설명에 쓸데없이 다른 의견을 내놓으리라 여겨지는 인물로서 모턴 핼로게이트 블래드리를 지적했다.

"당신은 그럴 필요가 없다고 말하겠지요. 그 소포는 누군가 자기도 모르는 사이에 공범자가 된 사람이 부탁을 받고 우체통에 넣었을지도 모릅니다. 따라서 범인은 그 사이에 빈틈없는 알리바이를 가지고 있으리라 생각할 수도 있겠지요. 만일 내가 마음에 둔 범인이 지금 이 나라에 없다면 더욱 그렇게 여겨질 겁니다. 영국에 들르는 친구에게 부탁하여 소포를 부치는 일은 더없이 쉬우니까요. 더욱이 외국우편 요금을 절약하는 데도 도움될 겁니다. 물론 소포 우송요금은 얼마 안 되지만. 그러나 나는 그렇게 생각지 않습니다."

찰스 경은 더욱 긴장한 목소리로 블래드리에게 말했다.

"나는 그 점을 잘 생각해 보았습니다. 내가 마음에 두고 있는 인물이 그처럼 위험스러운 모험을 하리라고 생각되지는 않았습니다. 왜냐하면 만일 범인의 친구가 신문에서 사건기사를 읽는다면 맨 먼저 소포를 부탁받았던 일을 생각해 낼 테니까요. 그것은 피할 수 없는 결과지요."

찰스 경은 다시 말을 끊었다. 그리고 확실하게 단정내리며 문제의 매듭을 지었다.

"그런 위험한 다리를 건널 까닭이 없습니다. 내가 마음에 두고 있는 인물은 그 소포가 우체국에 넘어갈 때까지 다른 사람에게 맡겨서는 안 된다는 것을 잘 알고 있었을 것입니다."

블래드리는 감탄하는 척하며 동조했다.

"물론이지요, 펜퍼더 부인에게는 저도 모르게 공범자가 된 게 아니라 그 죄를 충분히 잘 아는 공범자가 있었을지도 모릅니다. 당신도 물론 거기에 대해 생각해 보았겠지만."

블래드리는 사실 그 문제에 흥미가 없었으며, 다만 아까부터 찰스 경이 자기를 상대로 의견을 펼쳤기 때문에 뭔가 한 마디 하지 않으면 실례될 것 같아 말했을 뿐이었다.

찰스 경의 얼굴이 자줏빛으로 바뀌었다. 그는 지금까지 용의자로 지목한 사람의 이름을 꺼내지 않고 이야기를 진행시켜 왔다. 그는 이 교묘한 처리법을 은근히 자랑스럽게 생각하고 있었다. 본격 미스터리 소설에서처럼 사건을 증명한 뒤 마지막으로 멋지게 그 이름을 발표할 속셈이었다. 그런데 지금 이 밉살맞은 삼류 소설가가 모두 망쳐버렸다.

찰스 경은 위엄을 갖추고 목소리에 억양을 넣어가며 말했다.

"아직 어떤 이름도 지목되지 않았다는 것에 주의하시기 바랍니다. 그런 말을 하는 것은 대단히 무분별한 짓입니다. 명예훼손죄가 있다는 것을 충고해 드리지요."

모턴 핼로게이트 블래드리는 그의 버릇인 사람을 화나게 만드는 건방진 웃음을 빙긋 떠올렸다. 그는 사실 아주 비위에 거슬리는 젊은이였다.

제5장 75

블래드리는 코밑에 조금 자라난 빤질빤질한 수염을 매만지면서 비웃음을 담아 말했다.

"당연한 일 아닙니까, 찰스 경! 나는 펜퍼더 부인이 남편 살해 음모를 꾸미는 소설 따위를 쓸 생각은 없습니다. 만약 당신의 경고가 그런 뜻이라면. 아니면 당신은 구두 비방(口頭誹謗)죄에 대해 말하고 있는 겁니까?"

바로 그 이야기를 했다고 생각하고 있던 찰스 경은 시뻘게진 얼굴로 블래드리를 노려보았다.

로저가 얼른 나섰다. 두 사람을 보고 있노라니 황소와 쇠파리의 싸움이 떠올랐던 것이다. 황소와 쇠파리의 싸움은 아주 재미있다. 그러나 '범죄연구회'는 다른 범죄를 조사하기 위해 만들어진 것이지 새로운 범죄를 발생시키기 위한 모임이 아니다. 로저는 황소와 쇠파리 중 어느 것도 좋아하지는 않았지만, 둘 다 그 나름대로 그를 즐겁게 해주었다. 그는 분명 둘 중 어느 쪽도 싫어하지 않았다.

그러나 블래드리는 로저도 찰스 경도 싫어했다. 그 중에서도 특히 로저를 더 싫어했다. 로저는 신사이면서도 아닌 척하기 때문이었다. 그러나 블래드리 자신은 반대로 신사가 아닌데도 신사인 것처럼 행세했다. 그것은 확실히 사람을 싫어하게 만드는 원인이 될 수 있었다.

로저는 부드럽게 말했다.

"그 점을 충고해 주셔서 다행입니다, 찰스 경. 분명히 고려해야 할 문제지요, 내 생각에는 여기서 구두 비방에 대해 어떤 타협을 지어 놓지 않고는 더 이상 이야기를 진행시킬 수 없을 것 같군요."

찰스 경은 겨우 마음을 가라앉히고 말했다.

"그것은 어려운 문제입니다."

그의 마음속 법률가가 곧 그 죄를 범한 인간의 손발을 못 쓰도록 만들어버렸다. 순수한 법률가는 정말로 해결 곤란한 법률상의 문제에 부딪치면 다른 하찮은 일, 아니, 의뢰받은 다른 소송사건에서까지 얼굴을 돌려버린다. 이것은 마치 깔끔한 여자가 가스 오븐에 코를 들이밀기 전에 가장 훌륭한 속옷을 입고 코에 분을 바르는 것과 같았다.

그러자 로저는 준법적인 감정을 해쳐서는 안 되겠음을 깨닫고——그것을 문외한이 제안하는 것은 무모한 일이므로——조심스럽게 말했다.

"우리는 그런 법률을 무시하는 편이 좋다고 생각합니다. 말하자면……."

그는 법률을 무시해도 너그럽게 보아달라는 말에 고통스러운 표정을 떠올리는 찰스 경을 보자 얼른 덧붙였다.

"말하자면 이 방 안에서만은 허심탄회하게 이야기하기로, 친구 사이의 비밀이야기처럼 솔직하게 따지지 말고 흘러듣기로 합의해 두는 편이 좋다고 생각합니다. 법률상의 까다로운 문제는 제외하고."

전체로 볼 때 그것은 분위기 전환에 그리 재치있는 발언이 못되었다.

찰스 경에게 그 말이 들렸는지 어떤지 의문스러웠다. 사법 업무에 참여하는 상원의원이 귀찮은 법률문제에 대해 감상에 빠져 중얼거릴 때처럼 그의 눈에도 꿈꾸는 듯한 표정이 떠올라 있었다.

그는 낮은 목소리로 말했다.

"다 아시겠지만 구두 비방이라는 것은 피해자의 고소에 의해, 발언자가 소송을 면할 수 없는 말을 다른 사람 앞에서 했을 때 성립됩니다. 이 경우 그 비방이 실제로 형벌에 처해야 할 만큼 무거운가 가벼운가를 따지고, 금전상의 손해는 입증할 필요가 없지만 중상하는 내용이면 그 진위를 문초받으며, 피고는 그것이 사실임을 증명할 의무가 있습니다. 그러므로 명예훼손 소송의 피고가 살인사건에서 원고가 되는 재미있는 일이 벌어지기도 하지요. 그리고 실제로

……."
찰스 경은 아주 난처한 표정을 지으며 말을 끊었다.
"그 뒤 어떻게 되는지는 나로서도 잘 알 수 없습니다."
로저가 자신 없이 말을 던졌다.
"그렇다면 특례가 되는 게 아닙니까?"
찰스 경은 그를 무시해 버렸다.
"물론 고소장에는 말한 그대로 기록되어 있지 않으면 안 됩니다. 단순히 그 의미나 막연한 추측만 적어서는 안 됩니다. 만일 기록된 말을 증명할 수 없다면 원고가 소송을 취하해야 합니다. 따라서 지금 기록도 하지 않고, 남을 헐뜯는 말을 들은 증인들이 서명도 하지 않는다면 소송이 성립될지 어떨지 잘 모르겠군요."
로저가 자포자기한 듯 중얼거렸다.
"특례는 어떤 경우지요?"
찰스 경은 다시 얼굴을 빛내며 말했다.
"이렇게 생각할 수도 있습니다. 우리들의 경우 문제의 발언이 중상하는 내용이거나 거짓이었다 하더라도 발언자에게는 해결할 동기가 있습니다. 게다가 발언자가 그것을 완전히 사실이라고 믿고 말했다면 반드시 명예훼손죄에 저촉된다고 볼 수 없습니다. 그런 경우에는 피고에게 사실 추정이 거꾸로 되어 피고가 악의로 한 행동이 아니라는 것을 배심원들이 납득할 수 있도록 증명할 의무가 주어집니다. 법정은 틀림없이 그 행위가 공익을 위해 행해졌다는 것을 고려하게 될 겁니다. 따라서 틀림없이……."
로저가 큰 소리로 외쳤다.
"특례는!"
찰스 경은 값싼 포도주에 취한 사람처럼 멍청한 눈으로 그를 바라보았다. 그러나 이번에는 로저의 말이 받아들여졌다.

"지금 그 이야기를 하려던 참입니다. 그런데 우리들의 경우에는 공익을 위한다는 주장이 받아들여질 것 같지 않습니다. 하나하나의 특례에 대해 한계를 정하는 것은 곤란합니다. 우리가 여기서 행하는 발언이 모두 단순히 내밀스런 이야기라는 주장이 받아들여질지 모르겠군요. 왜냐하면 이 모임이 개인적인 집회인지 공식 집회인지 의문스럽기 때문입니다."

찰스 경은 큰 흥미를 나타내보였다.

"그 어느 쪽으로도 주장할 수 있겠지요. 공식으로 모임을 갖는 단체라고 할 수도 있고 또 비공식으로 모임을 갖는 공적인 단체라고 말할 수도 있을 것입니다. 이것은 모든 사람들이 이러쿵저러쿵 주장할 수 있는 문제입니다."

찰스 경은 크게 논쟁할 여지가 있는 문제라는 것을 강조하기 위해 잠깐 안경을 흔들었다. 그리고 마침내 화제의 핵심으로 들어갔다.

"그러나 나는 감히 다음과 같은 견해를 밝히려 합니다. 말하자면 전혀 악의 없이 오로지 의무를 이행하기 위해——반드시 법적인 의무가 아니라 도덕, 사회적 의무라도 좋습니다——행해진 발언이라면 특례가 됩니다. 그런 목적으로 논의된 말이라면 발언자 자신과 공공의 이익을 꾀하기 위해 주어진 제약 안에서 이야기되었다는 것을 입증할 경우 우리의 입장도 정당화될 수 있습니다. 그러나 나로서는……"

찰스 경은 문득 정신을 차리고 슬쩍 언질을 준 데 대해 두려운 생각이 들었던지 곧 몸을 도사렸다.

"확실하게 장담할 수 없는 상태에서 직접 어떤 사람의 이름을 입에 올리는 일은 피하는 것이 좋겠습니다. 그러나 예를 들어 암호라든가 어떤 의인화된 표시 등을 이용하여 저마다 생각하고 있는 인물을 지적할 수는 있습니다."

로저가 겸손하면서도 끈질긴 말투로 입을 열었다.
"그러니까 우리들의 경우는 특례에 해당되므로 어떤 이름이든 자유롭게 말해도 좋다는 말씀이지요?"
찰스 와일드먼 경의 안경이 하나의 상징처럼 완전한 동그라미를 그렸다.
"내 생각으로는……."
그는 아주 무게 있는 목소리로 말했다. 만일 그가 이 말을 조금쯤 무게 있게 말해도 아무도 뭐라고 불평할 수 없는 장소에서 이야기했다면, '범죄연구회'는 놀랄 만큼 큰 돈을 지불해야만 할 것이었다.
"내 생각으로는……그 정도의 모험은 해도 좋을 것 같습니다."
로저는 가까스로 결론을 얻었다는 듯이 외쳤다.
"그렇습니다!"

제6장

찰스 와일드먼 경이 이야기를 계속했다.

"여러분들도 아마 범인의 신원에 대해서는 거의 모두 나와 같은 결론에 이르렀으리라 생각합니다. 이 사건은 옛날에 있었던 유명한 살인사건과 아주 비슷합니다. 따라서 그 지난날의 사건을 돌이켜 생각해 보지 않은 사람은 아마 없을 겁니다. 나는 지금 '마리 래퍼쥬 사건'을 이야기하는 것입니다."

"아!"

로저는 놀라 신음 소리를 냈다. 그 유명한 사건을 생각해 내지 못했던 것이다. 그는 어리둥절하여 자세를 바로 했다. 지금 생각해 보니 확실히 비슷한 사건이었다.

"그 사건에서도 한 아내가 등장하고, 남편에게 독이 든 물건을 부친 혐의로 마리 래퍼쥬가 기소되었습니다. 그것이 케이크였는지 초콜릿이었는지는 문제가 되지 않습니다. 그것을 먹는 자리에서……."

앨리시어 더머즈가 느닷없이 부드러운 목소리로 끼어들었다.

"하지만 지금까지도 마리 래퍼쥬의 유죄를 진심으로 믿는 사람은 없잖아요. 그 케이크는 사실 배심장(陪審長)인지 누구인지가 부쳤다는 게 증명되었지요. 데니스라는 이름이었을 거예요. 동기도 그가 훨씬 강했어요."
찰스 경은 험상궂은 눈길을 돌리고 말했다.
"나는 그녀가 케이크를 부친 혐의로 '기소'되었다고 말했습니다. 나는 다만 사실을 설명했을 뿐 의견을 말하지는 않았습니다."
앨리시어 더머즈는 침착한 목소리로 사과했다.
"실례했어요."
그러자 찰스 경도 감정을 없애고 시원스러운 목소리로 말했다.
"아무튼 나는 그 우연의 일치를 사실 그대로 말씀드렸습니다. 그럼, 이야기를 계속하지요. 먼저 펜퍼더 부인에게 의식적으로 범행에 끼어든 공범자가 있지 않았느냐는 질문에 대답하겠습니다. 나는 그런 의심을 품었습니다. 그러나 그렇지 않다는 결론을 얻었습니다. 그녀는 혼자 범행을 계획하여 실천했습니다."
그는 당연히 질문이 있으리라 예상하고 말을 끊었다.
로저가 곧 그 기대를 채워주었다.
"그녀 혼자 어떻게 할 수 있었을까요, 찰스 경? 그녀는 줄곧 남 프랑스에 머물러 있었습니다. 그 점은 경찰 수사로도 명백해졌습니다. 그녀에게는 완전한 알리바이가 있습니다."
찰스 경은 눈에 띄게 기뻐하면서 대답했다.
"그렇지요. 그녀에게는 완전한 알리바이가 있었습니다. 그러나 내가 그것을 무너뜨렸습니다. 지금부터 말하는 것은 실제로 있었던 일입니다. 문제의 소포가 부쳐지기 사흘 전에 펜퍼더 부인은 멘톤(프랑스 지중해의 피한지)을 떠나 1주일 예정으로 역시 프랑스 남부 도시인 아비뇽으로 갔습니다. 그 주말에 그녀는 멘톤으로 다시 돌아왔습니다. 그녀의 서명이 아비뇽의 호텔에 남아 있고 그녀가 영수증까지 가지고 있으니 더없이 확실하지요.

그런데 한 가지 묘한 일이 있습니다. 하녀——생김새도 고운데다 행실도 착실한 아주 훌륭한 아가씨지요——를 데려가지 않았던 겁니다. 호텔 계산서에는 1명으로 되어 있었습니다. 그런데 이 아가씨는 멘톤에도 있지 않았습니다. 그러면 하녀는 공중으로 사라졌단 말입니까?"

찰스 경은 혼자 흥분하여 화를 버럭 냈다.

열심히 귀 기울이고 있던 앰블러즈 치터윅이 갑자기 소리 질렀다.

"아, 역시 교묘하군요!"

"정말 교묘합니다!"

찰스 경은 실수를 저지른 여자의 교묘한 수단을 꿰뚫어 본 실력을 인정받자 만족스러운 모양이었다.

"그 하녀가 대신 여주인 행세를 한 것입니다. 그 사이에 여주인은 몰래 영국으로 건너왔지요. 이 점은 의심할 여지가 없을 만큼 확인되었습니다. 전보로 보낸 내 지시대로 조사하던 사립탐정이 아비뇽의 호텔 주인에게 펜퍼더 부인의 사진을 내보이며 본 적 있느냐고 묻자 그는 한번도 만난 일이 없다고 단언했답니다. 그러나 그녀의 하녀 사진을 보이자 주인은 곧 펜퍼더 부인이라고 말하더랍니다. 나의 '육감적 예측'이 맞은 셈이지요."

블래드리가 네 어린아이들과 《세 마리의 곰》 이야기를 하듯 중얼거렸다.

"그렇다면 펜퍼더 부인에게는 역시 공범자가 있었군요?"

찰스 경이 대꾸했다.

"자기 자신도 모르게 말려든 공범자였지요. 나의 대리인은 재치 있게도 그 하녀로부터 한 가지 사실을 알아냈습니다. 그녀의 여주인이 급한 볼일로 영국에 건너가는데, 영국에서 올해 이미 여섯 달 동안 지냈기 때문에 다시 들어가면 소득세를 물어야 한다고 말했다더군요. 꽤 큰 액수니까 물론 문제가 되겠지요.

 펜퍼더 부인은 세금을 피하기 위해서라는 그럴듯한 구실을 붙였던 겁니다. 물론 부자연스러운 점이 없었기 때문에 그 요구는 받아들여졌지요. 정말 교묘합니다. 너무도 교묘한 수법입니다."

그는 다시 말을 끊고 반응을 기다리면서 웃는 얼굴로 주위를 둘러보았다.

앨리시어 더머즈가 벌떡 일어나서 말했다.

"당신 눈은 정말 날카롭군요, 찰스 경!"

찰스 경은 미흡한 양 말했다.

"그러나 그녀가 영국에 왔었다는 확실한 증거를 잡지 못했습니다. 그러므로 법적인 관점에서 본다면 그녀를 고발하는 조건이 불완전합니다. 하지만 그것은 경찰에서 알아내야 할 문제입니다. 그 밖의 점에서는 고발조건이 완벽합니다. 이런 말씀을 드리게 되어 정말 안됐습니다만, 나는 달리 생각할 수가 없습니다. 그러니까 결론은 펜퍼더 부인이야말로 벤딕스 부인을 죽인 범인입니다."

찰스 경의 이야기가 끝나자 모두들 깊은 생각에 잠긴 듯 조용했다. 여러 가지로 묻고 싶은 일이 많은 것 같았지만 아무도 먼저 입을 열려고 하지 않았다.

로저는 허공을 바라보았다. 마치 자신의 토끼 발자국을 열심히 찾고 있는 것 같았다. 지금으로서는 찰스 경이 자기 추리를 정당하게 증명한 것으로 여겨졌다.

앰블러즈 치터윅이 용기를 내어 침묵을 깨뜨렸다.

"축하의 말을 하지 않으면 안 되겠군요, 찰스 경. 당신의 해결은 뜻밖이지만 훌륭합니다. 다만 한 가지 동기가 무엇인지 납득되지 않습니다. 펜퍼더 부인은 지금 이혼소송을 진행시키고 있는데, 왜 남편이 죽기를 바랐을까요? 무언가 이혼이 성립될 수 없는 문제라도 있었습니까?"

찰스 경은 조용히 대답했다.

"전혀 없습니다. 그녀는 이혼이 성립되리라는 확신이 있었기 때문에 남편의 죽음을 바랐던 것입니다."

치터윅은 더듬더듬 말했다.

"무, 무슨 말씀인지 잘 납득이 안 가는군요."

찰스 경은 회원들이 모두 이해하지 못하고 있는 것을 알면서도 곧 의아심을 풀어주지 않고 한참 동안 뜸을 들였다. 그는 청중들의 분위기에 민감한 웅변가의 감각을 지니고 있었다.

"나는 의견을 발표하기에 앞서 내가 알고 있던 어떤 사소한 지식이 해결에 큰 도움이 되었다는 이야기를 했습니다. 그 지식이 무엇인지 여기서 잠깐 말하려 합니다.

여러분도 이미 아시겠지만, 유스티스 경과 내 딸 사이에 약혼 소문이 있었습니다. 몇 주일 전 유스티스 경이 나를 찾아와 아내와 이혼이 성립되면 곧 내 딸과 결혼하도록 허락해 달라고 정식구혼을 했습니다. 이 사실을 여러분에게 말했다 해서 비밀누설이 되지는 않겠지요.

그때 유스티스 경과 내가 나눈 이야기를 모두 털어놓을 필요는 없을 겁니다. 유스티스 경은 아내가 이혼에 동의하지 않아 하는 수 없이 우스터셔(영국 서부의 주)에 있는 그의 부동산을 포함한 유산을 거의 모두 그녀에게 주겠다는 유언장을 만들어서 겨우 설득시켰다고 고백했습니다. 이것이 바로 이 사건과 관련된 문제입니다.

그녀에게도 얼마쯤 개인 수입이 있었습니다만, 유스티스 경은 거기에 덧붙여 그런 유산을 남겨주려고 했던 것입니다. 하지만 그의 재산에서 나오는 지세와 집세 등은 모두 부동산을 담보로 하여 빌려 쓴 빚의 이자로 들어가는 형편이었지요. 더욱이 그밖의 다른 경상비까지 합친다면 이 유산 증여는 대단한 것이 못되었습니다. 그러나 지금 그의 생활은 펜퍼더 부인이 결혼과 함께 물려받은 부동산을 처분했으므로 충분히 보장되고 있으며, 그 부동산 담보는 증여 형식으로 되어 있으므로 그의 사망과 동시에 빚이 삭감됩니다. 따라서 유스티스 경에게는——그때 솔직하게 고백한 것처럼——내 딸에게 물려줄 재산이 거의 없었습니다."
찰스 경은 잠시 말을 끊었다가 다시 감동적으로 이었다.
"이제 여러분은 사건의 뜻을 이해하시리라 믿습니다. 그때 만들어진 유언장에 따르면, 펜퍼더 부인은 그리 풍족하지 못한 생활을 하고 있으나 남편이 세상을 떠나면 비교적 유복하게 될 처지였습니다. 이때 이혼이 성립되는 대로 남편과 다른 여자가 곧 약혼한다는 소문이 그녀의 귀에 들어갔습니다. 이 약혼이 정말로 성립될 경우 무엇보다도 먼저 떠오르는 생각은 유언장을 만들지도 모른다는 것이었습니다.

그녀의 성격이 이혼승낙 조건으로 유산증여 제시를 선선히 받아들인 것만 보아도 잘 알 수 있습니다. 그녀는 틀림없이 탐욕스러운 구두쇠일 것입니다. 그런 여자에 있어 살인은 크게 망설이지 않고 선택할 수 있는 수단입니다. 살인은 그녀에게 주어진 단 한 가지 수단이었습니다. 더 이상……."
찰스 경은 이야기를 맺기 위해 잠시 숨을 돌렸다.
"그 점을 설명할 필요는 없다고 생각합니다."
얼마쯤 한숨 섞인 목소리로 로저가 입을 열었다.
"아주 설득력 있는 설명입니다. 그 자료를 경찰에 넘길 생각입니까, 찰스 경?"

"그렇게 하지 않는다면 시민으로서의 의무를 다하지 못하는 셈이 되겠지요."

찰스 경은 자기만족의 기분을 숨길 필요가 없다는 듯 자랑스러운 태도를 보였다.

블래드리가 못마땅한 듯이 소리를 질렀다.

"그런데 초콜릿은 어떻게 된 것입니까? 그녀가 영국에 와서 준비했습니까, 아니면 가지고 왔습니까? 이것도 물론 생각해 보셨겠지요."

그는 찰스 경의 의견에 대해 발표자만큼 만족하지 않고 있음에 틀림없었다.

찰스 경은 가볍게 손을 내저었다.

"그것이 중요합니까?"

"그녀와 독물의 관계를 증명하기 위해서는 아주 중요하지요."

"니트로벤젠 말씀이지요? 어쩌면 그녀와 초콜릿 구입 경로 쪽으로 눈길을 돌릴 사람도 있을 것입니다. 하지만 일단 손에 넣으려고 생각한다면 어려울 것도 없습니다. 그녀가 선택한 독물에 대해 나는 그녀가 다른 세밀한 점에서 보인 교활함 못지않게 아주 현명했다고 생각합니다."

블래드리는 콧수염을 매만지며 찰스 경에게 도전적인 눈길을 던졌다.

"그렇게 생각하신다면 이미 끝장이 난 거지요. 당신은 펜퍼더 부인이 범인이라는 추리를 전혀 증명하지 못했습니다. 당신이 증명한 것은 동기와 기회뿐입니다."

그러자 뜻밖의 동조자가 그 옆자리에서 소리를 질렀다. 필더 플레밍 부인이었다.

"그래요! 나도 지금 그것을 지적하려던 참이었어요. 당신이 모은 자료를 넘겨준다 해도 경찰은 아마 달갑게 여기지 않을 거예요, 찰스 경. 블래드리 씨가 말씀하신 대로 당신은 펜퍼더 부인이 유죄라는 것도, 유죄인 듯하다는 것도 증명하지 못했어요. 당신 추리는 완전히 틀렸다고 분명히 말할 수 있어요."

찰스 경은 너무도 갑작스럽게 허점을 찔렸기 때문에 한참 동안 멍하니 눈을 한곳에 못 박고 있었다.

이윽고 그는 낮게 한 마디 내뱉었다.

"내 추리가 틀렸다고요!"

자신의 추리가 틀렸을지도 모른다는 가능성은 그의 사고 범위에 한 번도 들어오지 않았던 것이 틀림없었다.

"글쎄요, 아마 당신이 잘못 생각하셨을 것입니다, 플레밍 부인."

그러나 필더 플레밍 부인은 아주 새침한 목소리로 자기 주장을 되풀이했다.

찰스 경은 어이없다는 듯이 물었다.

"대체 그 이유가 뭡니까?"

그리고 그는 맥없이 의자등받이에 몸을 기댔다.

필더 플레밍 부인은 불만스럽게 대답했다.

"나는 확신이 있어요."

로저는 차츰 기분이 달라지는 것을 느끼며 이 광경을 지켜보았다. 마치 최면술에 걸린 듯 찰스 경의 설득력과 자신만만한 태도에 말려들어갔던 상태에서, 자신도 모르게 그의 의견에 동조해 가던 상태에서 지금 그는 반동적으로 극단에서 극단으로 치달렸다.

이 블래드리라는 젊은이는 결국 자기보다 더 명석한 두뇌를 가지고 있지 않은가! 게다가 그의 말에는 빈틈이 없었다. 찰스 경의 설명에는 몇 가지 결함이 있었다. 찰스 경은 그 결함을 알지 못한 채 스스로 펜퍼더 부인의 변호인이 되어 육두마차를 몰았던 것이다.

블래드리는 곰곰이 생각하면서 말했다.
"물론 펜퍼더 부인이 외국으로 나가기 전에 메이슨 상회와 거래가 있었다 해도 놀랄 일은 아니지요. 그리고 메이슨 상회가 영수증과 함께 감사의 뜻을 적은 편지를 보냈다 해도 역시 놀랄 일이 못됩니다. 찰스 경께서 말한 것처럼 오랜 신용을 자랑하는 많은 회사들이 그렇게 하고 있으니까요.

 그리고 편지가 씌어진 종이가 그런 목적으로 사용되었다 해도 잘 생각해 보면 놀랄 일이 아닙니다. 오히려 당연한 일이지요. 범인이 누구든, 편지용지를 입수하는 문제에 부딪치게 됩니다. 그렇습니다. 찰스 경이 처음에 말한 세 가지 의문이 공교롭게도 모두 긍정적인 해답을 얻은 것은 단순한 우연의 일치였다고 생각합니다."
찰스 경은 상처 입은 황소처럼 이 새로운 적에게로 몸을 돌렸다.
"하지만 그것이 우연의 일치일 확률은 아주 적었소! 만일 그것이 우연의 일치라면 지금까지 겪어온 내 경험에서 가장 믿기 어려운 우연일 거요."
블래드리가 조용히 타이르듯 말했다.
"당신은 편견에 사로잡혀 있습니다, 찰스 경. 게다가 과장이 지나쳤습니다. 당신은 우연의 일치일 확률을 1백만분의 1 쯤으로 보는 모양인데, 나라면 6분의 1로 보겠습니다. 순열결합이라고나 할까요?"
찰스 경이 드디어 크게 화를 터뜨렸다.
"흥, 순열결합이라고! 돼먹잖은 말이야. 당신의 콤비네이션(아래위가 붙은 속옷)도 역시 그래!"
블래드리가 로저 쪽을 보며 말했다.
"회장님, 다른 회원의 콤비네이션을 공격해도 좋다는 모임의 규칙이 있습니까?"

그리고 다시 잔뜩 화가 나 있는 투사를 향해 덧붙였다.

"찰스 경, 나는 그런 콤비네이션을 입고 있지 않습니다. 그런 건 한 번도 입어본 적이 없습니다. 어렸을 때부터."

회장석의 존엄을 위해 로저는 테이블 둘레에서 일어나는 흥미로운 이야기에 끼어들 수 없었다. 토론을 진행시키기 위해 그는 이 들끓는 바다에 기름을 붓지 않으면 안 되었다.

"블래드리 씨는 이야기의 본궤도에서 벗어난 것 같군요. 찰스 경, 당신의 추리에 반박하고 싶지는 않습니다. 그리고 그것을 입증한 놀라운 방법에 대해 핀잔주고 싶지도 않습니다. 그러나 만일 그 추리가 올바른 근거 위에 세워진 것이라면 우리가 제시하는 어떤 반론도 받아넘길 수 있어야 합니다. 그뿐입니다. 그리고 솔직히 말하면 당신은 그 세 가지 의문점에 대한 해답에 너무 비중을 둔 것 같습니다. 어떻습니까, 앨리시어 더머즈 양?"

앨리시어 더머즈가 밝게 대답했다.

"나도 같은 생각이에요. 찰스 경이 그 중요성을 강조하는 방법을 보노라니 문득 미스터리 소설작가의 장기인 '트릭'이 떠오르더군요. 확실히 찰스 경은 이렇게 말했지요.

'만일 이 세 가지 의문점이 긍정적인 해답을 얻는다면 내가 마음에 둔 인물은 초콜릿에 독물을 넣는 현장을 목격당한 거나 마찬가지로 유죄임이 확실합니다. 왜냐하면 그런 세 가지 의문에 꼭 들어맞는 우연하고도 긍정적인 해답이 나올 확률은 계산할 수 없을 만큼 아주 적으니까.'

다시 말해서 찰스 경은 증거나 논증을 들어 증명하지 않고 강렬한 판정을 내렸을 뿐이에요."

블래드리가 너그러운 웃음을 지으며 물었다.

"미스터리 작가들이 그렇게 한단 말이지요, 앨리시어 더머즈 양?"

"언제나 변함이 없지요. 나는 당신 책에서도 몇 번이나 그것을 느꼈어요. 당신은 한 가지 일을 너무 강조해서 쓰기 때문에 독자들은 그 단정을 의심해 보는 것을 잊어버려요. 소설 속 탐정은 이렇게 말해요. '여기 붉은 액체를 넣은 병이 있습니다. 여기 파란 액체를 넣은 병이 있습니다. 만일 그런 두 종류의 액체가 잉크라고 한다면, 누구누구의 서재에 비어 있는 잉크 스탠드에 넣기 위해 구입했으리라는 것은 죽은 사람의 마음을 읽듯이 분명한 일입니다' 라고.

그러나 붉은 잉크는 하녀가 점퍼를 물들이기 위해 산 것이고, 파란 잉크는 비서가 만년필에 넣기 위해 샀다는 등 설명은 얼마든지 가능해요. 그런데도 이런 가능성들이 묵살되고 있지요. 그렇지 않나요, 블래드리 씨?"

블래드리는 침착한 어조로 동의했다.

"하긴 그렇군요. 하지만 중요하지 않은 일에 시간을 낭비해서는 안 됩니다. 독자가 무엇을 생각해야 좋은지 소리 높여 말할 필요가 있습니다. 그렇게 하면 독자들은 그 방향을 따라가며 추리할 수 있지요. 당신은 완벽한 기술을 가지고 있는 모양인데, 시험 삼아 한 번 미스터리 소설에 손대보는 게 어떻습니까? 손해 볼 건 없습니다."

"언제고 한 번 해보겠어요. 그러나 블래드리 씨, 당신의 탐정들은 확실히 추리를 하고 있기는 해요. 그건 인정하겠어요. 흐리멍덩한 미스터리 소설에 등장하는 대부분의 흐리멍덩한 탐정들처럼 멍청하게 팔짱끼고 앉아 누가 범인인지 가르쳐주기를 기다리지는 않으니까요."

"고맙습니다. 당신도 미스터리 소설을 읽고 있군요."

앨리시어 더머즈가 기운차게 대답했다.

"물론이지요. 읽지 않을 이유가 없잖아요."

그녀는 블래드리의 도전에 응했을 때처럼 느닷없이 그 응수를 그만

뒤버렸다.

"그리고 편지 말이에요, 찰스 경. 타이프라이터의 종류에 대해서는 조금도 중요하게 생각하지 않나요?"

"세부 사항에 들어가면 물론 그것도 고려되어야겠지요. 나는 사건을 대충 스케치해 보았을 뿐입니다."

찰스 경은 이미 황소같지 않았다.

"경찰에서도 그런 종류의 최종적인 증거를 여러 모로 수집하고 있을 것입니다."

그러자 필더 플레밍 부인이 신랄하게 비평했다.

"경찰에서는 폴링 펜퍼더 부인과 그 편지를 친 타이프라이터의 관계에 대해 고심하지 않을까 모르겠군요."

감정의 흐름은 찰스 경에게 불리하게 흘러가고 있었다. 그는 이제 가련하게 방어태세를 취하며 변명했다.

"그러나 동기가 절대적이라는 것을 인정해 줘야겠지요."

"당신은 폴링을 잘 모르는군요, 찰스 경. 폴링 펜퍼더 부인을 말이에요."

"모릅니다."

앨리시어 더머즈가 비평하듯 말했다.

"역시 그랬군요……."

이때 치터윅이 용기를 내어 그녀에게 물었다.

"당신은 찰스 경의 주장에 반대하시는 것 같군요?"

앨리시어 더머즈는 힘 있게 대답했다.

"그래요."

치터윅은 좀더 깊이 캐물었다.

"그 까닭을 들려줄 수 있습니까, 더머즈 양?"

"설명해 드리지요. 아마 결정적인 반론이 될 거예요, 찰스 경. 나는 그 범죄가 일어났을 때 파리에 있었으며, 마침 소포가 부쳐진 시간에 오페라하우스 현관홀에서 폴링 펜퍼더 부인과 서서 이야기를 나누었으니까요."

"뭐라고요?"

찰스 경은 완전히 당황했다. 그 훌륭한 추론의 나머지 부분들이 모두 와르르 무너지는 소리가 귓가에 들렸다.

앨리시어 더머즈가 침착한 태도로 말했다.

"미리 그 자료를 말하지 못한 것을 사과드립니다. 하지만 나는 당신이 그녀에 대해 어떤 추리를 하는지 보고 싶었어요. 그리고 정말 훌륭한 귀납적 추리를 해내신 데 대해 축하드리겠어요. 만약 그 추리가 완전히 오해에 바탕을 두고 세워진 것임을 몰랐다면 나도 틀림없이 당신 의견에 동조했을 거예요."

찰스 경이 겨우 들릴락말락한 목소리로 중얼거렸다.

"그러나, 그러나 만약 죄의식이 전혀 없었다면 무엇 때문에 남의 눈을 속이는 일을, 그것도 하녀에게 대신 시켰을까요?"

그의 머리는 개인계약 비행기와 오페라하우스에서 트라팔가 광장까지 가는 데 필요한 시간을 둘러싸고 맹렬하게 돌아갔다.

앨리시어 더머즈가 무뚝뚝한 얼굴로 말을 되받았다.

"나는 결코 그녀가 전혀 죄의식이 없었다고 말하지는 않았어요. 재혼하기 위해 이혼판결을 기다리고 있는 사람은 유스티스 경이었어요. 폴링이 그 사이의 귀중한 시간을 낭비할 이유가 없다고 생각한 것은 아주 당연하지요. 아무튼 그녀는 이미 옛날처럼 젊지 않아요. 게다가 고문변호사라는 편리한 대리인이 늘 있잖아요?"

그리고 한참 뒤 회장인 로저가 그날 밤의 모임을 폐회했다. 회원 가운데 한 사람이 졸도사건으로 숨져 자기 책임이 되면 난처하다고 생각했기 때문이다.

제7장

 필더 플레밍 부인은 신경이 곤두서 있었다. 겉으로 보아도 신경이 아주 날카로운 것을 알 수 있었다.
 회장이 그녀의 추리를 발표하도록 지명하기 이전에 벌어진 예비 토론 시간에 그녀는 뜻없이 노트를 넘기며 안절부절못하는 모습이었다.
 그녀는 이미 앨리시어 더머즈에게만은 은밀히 벤딕스 부인 살해사건의 의심할 나위 없이 올바른 해답을 알고 있다고 이야기해 주었다. 그처럼 유력한 논거가 가슴에 있다면 필더 플레밍 부인은 극적으로 행동할 행운의 기회를 얻었다고 사람들은 생각하겠지만, 어찌된 일인지 이번만은 그 좋은 기회를 활용하지 못했다. 만일 그녀가 필더 플레밍 부인이 아니었다면 그녀가 온몸을 부들부들 떨고 있었다고 말하는 사람조차 있었을지도 모른다.
 로저는 이 뜻밖의 태도를 보며 물었다.
 "준비되었습니까, 필더 플레밍 부인?"
 필더 플레밍 부인은 그녀에게 전혀 어울리지 않는 모자를 다시 고쳐 쓰고 코를 문지르며——분을 바르지 않았으므로 이 습관적인 손

버릇에도 피부는 아무런 피해를 입지 않고 다만 당황하여 핑크 빛이 된 얼굴이 지금까지보다 좀더 밝게 빛났을 뿐이었다——테이블 주위를 흘끗 둘러보았다.

로저는 다시 놀란 눈길을 보냈다. 필더 플레밍 부인은 분명 무대의 주목을 피하고 싶어하는 눈치였다. 뭔지 알 수 없는 까닭으로 그녀는 억지로 이 일에 관계하고 있는 듯했다. 게다가 그 마음은 이 일의 의미와 비교할 수 없을 만큼 절실한 것 같았다. 그녀는 신경질적으로 기침을 했다. 그리고 낮은 목소리로 설명을 시작했다.

"이 의무를 수행하는 것이 나는 정말 힘들군요. 어젯밤에는 거의 한잠도 이루지 못했답니다. 나 같은 여자에게 이보다 더 싫은 일은 아마 없을 거예요."

그녀는 입술을 축이며 한숨 돌렸다.

로저는 격려하지 않고는 견딜 수 없는 기분이 되었다.

"아, 사양하지 마십시오, 필더 플레밍 부인. 우리도 모두 같은 입장입니다. 나는 당신이 연극 공연 첫날 멋지게 연설하는 것을 극장에서 들었지요."

그러나 필더 플레밍 부인은 전혀 그런 칭찬에 고무된 표정을 떠올리지 않고 그를 쳐다보았다.

"나는 그런 뜻으로 말하고 있는 게 아니에요, 셸링검 씨. 어떤 정보가 들어와 마음에 큰 부담을 느끼게 되었기 때문에 그런 말씀을 드린 거예요. 그 결과 나는 정말 딱한 입장에서 의무를 이행해야 하게 되었지요."

블래드리가 다짜고짜 물었다.

"그럼, 이 사건을 해결했단 말입니까?"

필더 플레밍 부인은 어두운 얼굴을 그쪽으로 돌리고 여자다운 낮은 목소리로 말했다.

"정말 유감스러운 일이지만, 해결했어요."

마침내 그녀는 침착을 되찾았다.

그녀는 잠시 노트를 들여다보고 있더니 이윽고 또렷한 목소리로 설명을 시작했다.

"나는 지금까지 범죄학이라는 것을 직업적인 눈으로 보았지요. 나로서는 그곳에 수없이 많은 드라마가 숨겨져 있기 때문에 흥미를 느꼈습니다. 살인하지 않을 수 없는 강력한 동기. 운명을 향해 자기도 모르게 헛되이 반항하는 숙명적인 희생자. 처음에는 무의식적으로 했다가 마침내 그 비정함을 충분히 인식한 뒤에도 자신의 저주받은 운명을 향해 나아가는 숙명적인 살인자. 희생자도 살인자도 깨닫지 못하고 있는 원인. 그러면서도 끊임없이 그들을 목적 실현으로 내모는 숨겨진 원인.

그 행위의 액션이나 공포는 제쳐두고라도, 아주 흔한 살인사건에조차 인간에게 일어날 수 있는 다른 어떤 상황보다 더 극적인 드라마가 많이 숨어 있다고 나는 늘 느껴왔습니다. 우리가 '운명'이라 부르는 어떤 상황에서 생겨나는 필연적인 결과를 그린 노르웨이의 입센, 방관자의 감정에 클라이맥스를 맛보게 하여 파국을 만들어 내는 영국의 에드거 웰레스는 서로 우열을 가릴 수 없습니다.

내가 이번 사건 자체뿐만 아니라 그 해결까지도 직업적인 관점에서 바라본 것은——사실 그보다 더 극적으로 만들 수는 없지요——당연한 일이겠지요. 그건 그렇고, 아무튼 나는 다음과 같이 추리했습니다. 그리고 그 결과 나는 끔찍스럽게도 내 추리가 옳음을 증명했습니다.

나는 이 사건을 가장 고전적이고 극적인 상황에 비추어 보았습니다. 그러자 곧 모든 사실이 명백해졌지요. 그것은 다시 말해 요즘 우리들 사이에 연극비평가로 알려진 남자분들이 여전히 '영원한 삼각관계'라고 부르는 상황입니다.

 나는 그 삼각관계에 놓인 세 사람 가운데 하나인 유스티스 경을 출발점으로 하여 실마리를 풀어나가야 했습니다. 나머지 둘 가운데 한 사람은 여자이고, 또 한 사람은 여자 아니면 남자지요. 그리하여 나는 또 다른 의미 깊은 옛 격언에 따라 '그늘의 여자'를 찾아보기로 했습니다."

필더 플레밍 부인은 잠시 말을 끊었다. 그리고 아주 엄숙하게 덧붙였다.

"나는 그 여자를 찾아냈습니다."

그때까지는 이야기를 듣는 사람들이 특별히 감동을 느끼지 않았었다. 신경 쓰게 만든 도입부도 그들의 마음을 움직이지 못했다. 왜냐하면 필더 플레밍 부인은 범인을 법의 손에 넘겨주는 것을 의무로 생각하면서도 여자답게 망설이리라 예상했기 때문이었다. 그리고 특별히 이때를 위해 암기해 왔음에 틀림없는 어딘지 어색한 말투 때문에 그녀가 꼭 하고 싶어 하는 이야기의 흥미가 크게 줄어들었다.

그녀는 마지막의 결정적인 말에서 탄성이 터져 나오리라 기대했으나 헛일이었다. 그리하여 다시 설명을 시작했을 때는 계산된 딱딱함이 사라지고 보다 훨씬 호소력 있게 솔직히 진실을 털어놓는 말투가 되어 있었다.

그녀는 의기소침한 찰스 경을 보며 심술궂게 말했다.

"나는 그 삼각관계가 흔한 것이라고 생각지는 않았어요. 펜퍼더 부인에게 중점을 두고 생각지도 않았어요. 나는 이 범죄가 미묘한 것은 어떤 미묘한 상황이 반영되어 있기 때문이라고 느꼈지요. 삼각관계에 남편과 아내가 꼭 포함되어야 할 필요는 없거든요. 사정에 따라서는 어떤 삼각관계든 성립되니까요. 삼각관계란 그 상황을 이르는 것이지, 세 사람의 주인공을 말하는 것은 아니에요.

찰스 경은 이 사건에서 '마리 래퍼쥬 사건'을 떠올렸다고 말씀했지만, 보는 견해에 따라서는——찰스 경도 덧붙여 설명할 작정이었는지 모르지만——'메리 안셀 사건'도 생각나지요. 나는 비슷한 사건을 또 하나 생각해 냈는데, '뉴욕에서 일어난 모리노 사건' 쪽이 내가 보기에는 앞의 두 사건보다 훨씬 이번 범죄와 비슷한 것 같아요.

이 사건의 상세한 내용은 여러분도 기억하실 거예요. 유명한 뉴요커 스포츠클럽의 간부 코니슈 씨는 크리스마스 선물로 클럽에 보내져온 작은 은컵과 약병에 담긴 브롬(유독성을 이용한 살균제, 기타 / 각종 브롬화물의 원료가 됨)이 든 탄산수를 받았습니다. 그는 누군가가 장난친 것으로 생각하고, 그 재미있는 장난꾸러기를 밝혀내기 위해 포장지를 뜯었던 것입니다.

며칠 뒤 코니슈 씨와 같은 아파트에 사는 한 여자가 두통을 호소하자 그는 브롬이 들어간 탄산수를 조금 마시게 했지요. 그녀는 곧 숨졌습니다. 그러나 코니슈 씨는 그녀가 맛이 쓰다고 하여 한 모금만 마셨기 때문에 나쁜 현상이 일어나긴 했으나 곧 회복되었습니다.

그리하여 같은 클럽 회원인 모리노라는 사나이가 체포되어 재판에 넘겨졌지요. 그에게는 불리한 증거가 많았습니다. 게다가 그는 코니슈 씨를 아주 미워했으며, 전에도 그를 죽이려고 했던 사실이 드러났습니다.

더욱이 그 클럽 회원인 배니트라는 사나이가 그해 정월 초 역시 클럽으로 보내져온 유명회사의 두통약 견본품을 먹고 죽은 일이 있었습니다. 코니슈 사건이 일어나기 직전에 모리노는 배니트의 약혼녀였던 아가씨와 결혼했지요. 그때까지 줄곧 그녀에게 구혼했으나 그녀는 배니트를 더 좋아했었던 거지요.

여러분들도 기억하시겠지만, 모리노는 제1심에서 유죄판결을 받고 제2심에서 무죄로 풀려나왔습니다. 그러나 그는 그 뒤 미쳐버리고 말았습니다.

나는 이 점이 아주 비슷하다고 생각됩니다. 이 사건은 아무리 보아도 코니슈와 배니트 사건을 한데 묶은 경우입니다. 놀랄 만큼 비슷한 점이 많지요.

남성 클럽으로 독이 든 물건이 배달된 점, 코니슈 사건의 경우 엉뚱한 사람이 희생된 점, 포장지가 보존되어 있는 점, 배니트 사건의 경우 삼각관계의 요소가 있다는 점——부부가 포함되지 않은 삼각관계도 있다는 것을 알겠지요——정말 놀라운 일이에요. 아니, 놀라운 정도로 끝날 일이 아니지요. 실로 의미심장한 일이에요. 완전히 우연하게 이처럼 여러 가지 점이 일치되고 있으니 말이에요."

필더 플레밍 부인은 다시 한숨 돌리고 코를 풀었다. 그 행동은 조용하고 품위 있었으나 감정이 섞여 있었다. 그녀의 이야기는 차츰 열기를 더해갔고, 듣는 사람들도 더욱 주의를 모았다. 숨소리 하나 없이 그녀가 다시 말하기 시작할 때까지 물을 끼얹은 듯 조용히 기다렸다.

"나는 지금 그 두 사건의 비슷한 점에 놀라며 의미심장하다고 말했습니다. 그 의미에 대해서는 나중에 설명하겠습니다. 지금은 다만 그것이 사건 해결에 큰 도움이 되었다는 것만 이야기하면 충분하겠지요. 나는 이 두 가지 사건이 많이 닮은 점에 문득 생각이 미치자 충격을 받았습니다. 일단 그 충격이 지나자 벤딕스 부인 살해사건을 푸는 열쇠도 바로 이 유사성에 있다는 이상할 만큼 강한 확신이 생겼습니다. 그 확신이 너무도 강해 나는 이미 증거를 잡은 듯한 기분이 들었습니다. 나는 이런 직감——이것을 어떻게 해석하든 괜찮습니다——에 의해 사실을 파악한 경험이 많답니다. 이 직감이 잘못되었던 예는 아직 한 번도 없었어요. 이번 경우도 그렇습니다.

나는 이 사건을 모리노 사건과 비교하여 조사하기 시작했지요. 그 사건을 참고로 내가 찾는 여자를 밝혀낼 수 있을까? 배니트 사건이 암시해 주는 것은 무엇일까? 배니트는 살인자가 결혼하고 싶어 하던 아가씨와 약혼했기 때문에 독이 든 소포를 받는 불행을 맞았습니다. 이것만 보아도 이 두 사건은 닮은 점이 있는데다……"
　필더 플레밍 부인은 삐뚜름한 모자를 더욱 보기 싫은 각도로 치켜 올리며 천천히 테이블 주위를 둘러보았다. 그 모습은 마치 초기 그리스도교 신자가 인간이 가진 눈의 힘으로 한 무리의 사자를 물리치려고 하는 것 같았다.
　"또 한 가지 중대한 유사점이 '여기에' 있습니다!"
　이번에는 놀라는 소리가 필더 플레밍 부인의 귀에 정말로 들려왔다.
　찰스 경의 목소리가 특히 뚜렷이 들렸다. 그것은 다짜고짜 코를 들이대는 듯한 노여움과 분노가 담긴 목소리였다.
　앰블러즈 치터윅은 걱정스러워하는 소리를 냈다. 그는 찰스 경과 필더 플레밍 부인 사이에 날카로운 눈길이 오고간 것을 보고 다음 순간 어떤 물리적인 충돌이 일어나지 않을까 염려하는 듯했다. 찰스 경의 눈길은 조심하지 않으면 큰 봉변을 당할 거라고 드러내놓고 위협했으며, 플레밍 부인의 태도는 그에 반항하여 무엇인가 말하려는 듯했다.
　로저는 놀란 표정을 지었다. 그는 두 회원이, 그것도 남자와 여자 회원이 눈앞에서 주먹다짐이라도 하면 회장으로서 어떻게 행동할 것인가 생각해 보았다.
　블래드리만이 혼자 더없는 황홀감에 젖어 감탄의 소리를 지르는 것도 잊어버리고 있었다. 필더 플레밍 부인은 투우라면 남자보다 뛰어난 솜씨를 보여주겠다는 듯한 얼굴을 지었으나 블래드리는 청중의 한 사람으로 팔짱을 끼고 앉아 있는 것이 허용되는 한 그녀가 투우사의 영예를 차지하든 말든 상관없다는 태도였다.

그로서는 기분 나는 대로 투우사 같은 얼뜬 시늉을 했다 할지라도 막상 그 희생이 된 아가씨를 이 살인사건의 원인으로 가정할 배짱은 없었다. 이 여장부는 정말 그런 대담한 착상을 뒷받침할 만한 증거를 찾아낸 것일까?

그리고 만일 그것이 진실로 밝혀졌을 경우 어떻게 될까? 하기야 충분히 있을 수 있는 일이다. 지금까지 사랑스러운 여인을 위해 살인이 저질러진 예는 얼마든지 있다. 그렇다면 저 의젓하게 버티고 앉아 있는 늙은 변호사의 사랑하는 딸을 위해 살인이 일어났다고 해도 이상할 것은 없다. 하느님 대체 이것이 어찌된 일입니까?

마침내 필더 플레밍 부인도 자기의 생각에 한숨을 내뱉었다.

다만 숨소리도 달라지지 않고 의자에 앉아 있는 한 사람은 앨리시어 더머즈였다. 그녀의 얼굴은 오직 지적인 흥미를 가지고 논증을 펼치는 회원들을 지켜보고 있을 뿐 조금도 개인적인 감정에 치우치지 않았다.

앨리시어 더머즈는 자기가 그곳에 참여함으로써 머리를 날카롭게 하고 지성을 자극하는 기회를 얻을 수 있다면 이 살인사건에 어머니가 관계되어 있어도 문제 삼지 않을 것이다. 그녀는 지금 조사에 개인적인 요소가 끼어들었음을 인정하는지 어떤지조차 입 밖에 내지 않았다. 그러나 그녀의 얼굴은, 찰스 경은 자기 딸이 그런 큰 역할에 발탁되려는 움직임을 사심 없이 기뻐해도 좋다고 말하는 듯했다.

그러나 찰스 경은 기뻐하기는커녕 점점 얼굴이 붉어져 금방이라도 무슨 일이 일어날 것만 같았다.

필더 플레밍 부인은 당황하면서도 담력 있는 암탉같이 그 사이를 박차고 뛰어올랐다.

"여기에서는 명예훼손 법규를 무시하기로 했지요. 개인은 존재하지 않아요. 개인적으로 아는 사람의 이름이 나와도 완전히 모르는 사람처럼 전혀 구애받지 않고 말할 것. 이것은 어젯밤에 분명히 결정된 일이지요, 회장님? 어떤 개인 사정에도 구애받지 말고 사회에 대한 의무로 생각되는 일을 실행하자고 말하지 않았나요?"

순간 로저는 몸이 떨리는 것을 느꼈다. 자신의 이 훌륭한 모임이 흙먼지를 일으키며 부서져 두 번 다시 되돌릴 수 없는 상태가 되는 결과는 바라지 않았다. 그렇게 생각하며 필더 플레밍 부인의 성급하지만 두려움 없는 용기를 칭찬하지 않을 수 없었으나, 찰스 경에 관한 한 그 용기를 부러운 마음으로 바라보며 참아야 했다. 왜냐하면 그 자신은 그런 용기를 가지고 있지 못했기 때문이다.

한편, 발언권을 가진 사람은 그녀이므로 회장으로서 인정할 점은 인정하고 정당하게 처리하는 수밖에 없었다.

"그렇습니다, 필더 플레밍 부인."

로저는 자기 목소리에 되도록 확고한 울림이 담겨 있었으면 좋겠다고 생각했다.

순간 찰스 경으로부터 파란 불꽃이 불티를 날리며 로저쪽으로 날아왔다. 그러나 정식으로 지지하는 명백한 힘을 얻은 필더 플레밍 부인이 다시 다음 폭탄을 들어올렸기 때문에 파란 불꽃 광선은 그녀 쪽으로 돌려졌다. 로저는 조마조마하게 두 사람을 지켜보며 파란 불꽃이 폭탄에 맞지 않기를 빌었다.

필더 플레밍 부인은 솜씨 좋게 폭탄을 다루었다. 금방이라도 폭탄이 그녀의 손가락 사이에서 빠져나갈 듯싶은 순간이 몇 번이나 있었다. 그러나 폭탄은 결코 땅에 떨어지지 않았고 폭발하지도 않았다.

"그렇다면 다행이군요. 이야기를 계속하겠어요. 나의 삼각관계는 지금 두 번째 등장인물을 맞이했습니다. 배니트의 경우 그 어디에서 제3의 인물이 발견되었습니까? 모리노의 예를 보면 제1의 인물과 제2의 인물의 결혼을 원하지 않는 사람이었습니다.

여기까지는 어제 저녁 찰스 경이 내놓은 결론과 다를 바가 없음을 아시겠지요? 하지만 거기에 이르는 방법에는 좀 차이가 있습니다. 찰스 경도 삼각관계를 들고 나왔습니다. 그러나 그것을 명백하게 지적하지는 않았습니다. 아마 확실히 몰랐기 때문이겠지요. 그리고 그가 말한 삼각관계의 두 인물은 내가 말하는 두 인물과 똑같습니다."

필더 플레밍 부인은 잠시 말을 끊고 찰스 경의 따가운 눈총에 한 마디 반격하려고 애쓰면서 반박할 수 있으면 해보라는 듯한 태도를 보였다.

그러나 그녀는 분명한 사실을 말했기 때문에 찰스 경으로서도 반박할 여지가 없었다. 반박하려면 어제 저녁에 말한 것은 모두 제정신이 아니었다고 변명하는 수밖에 없었으므로 그녀의 도전은 응전을 받지 않고 끝났다. 게다가 찰스 경의 눈총은 차츰 힘을 잃어갔다. 그러나 그럼에도——찰스 경의 얼굴에 뚜렷이 나타나 있듯이——다른 어떤 이름에 의한 삼각관계도 그토록 크게 비위 상하지는 않을 듯했다.

필더 플레밍 부인은 자세를 고치며 이야기를 이었다.

"제3의 인물을 생각할 단계에서 비로소 우리 의견에 견해 차이가 생깁니다. 찰스 경은 펜퍼더 부인을 지적했습니다. 나는 그녀와 친하지 않습니다만, 앨리시어 더머즈 양은 잘 알고 있습니다. 더머즈 양의 말에 따르면 그녀의 성격에 대한 찰스 경의 평가는 거의 모든 세세한 점에 이르기까지 잘못되어 있습니다. 펜퍼더 부인은 심술궂거나 못되지도, 인색하거나 탐욕스럽지도 않으며, 아무리 생각해도 찰스 경이 좀 너무 서둘러 그녀에게 죄를 뒤집어씌운 것 같습니다. 그녀는 그처럼 무서운 짓을 할 여자가 아닙니다. 펜퍼더 부인은 보기 드물게 사랑스럽고 품위 있는 부인이라고 생각합니다. 틀림없이 차분한 성품일 겁니다. 그것은 조금도 해로운 요소가 아니지요, 오히려 아주 훌륭한 점이 아닐까요?"

펜퍼더 부인은 악의 없는 사소한 바람기쯤은 너그럽게 보아 넘길 뿐만 아니라, 경우에 따라서는 그녀 자신이 중개역할을 해줄 만큼 속이 트인 여자라고 필더 플레밍 부인은 자신 있게 말했다.

사실 펜퍼더 부인은 일부러 친구들을 찾아다니며 이 점을 간접적으로 강조한 적도 있었다. 그런데 하필이면 조카딸의 남편인 중년의 사내가 제 욕심을 채우느라 영국 여기저기에 첩을 두고도 모자라 안전한 스코틀랜드에까지 여자 하나를 둔 사실이 밝혀졌고, 조카딸은 마침 열렬한 연애관계에 있던 젊은 남자와 달아나버렸다. 그 뒤 펜퍼더 부인은 조카딸과는 인연을 끊겠다며 절교를 하였는데, 이 사실을 알게 된 친구들은 더 이상 그녀를 상대해주지 않았다.

필더 플레밍 부인은 이제 그런 추억이야기 따위는 깨끗이 잊고 설명을 계속했다.

"이 삼각관계의 제3의 인물을 찾아내는 데 있어 나와 찰스 경은 의견이 다릅니다. 그 사람을 찾아내는 방법에도 차이가 있습니다. 우리는 사건의 핵심과 동기에 대해서도 전혀 다른 의견을 가지고 있습니다.

찰스 경은 이것이 돈에 대한 욕심 때문에 저질러진──아니, 미수에 그친──살인사건이라고 말했지만, 살인은 결코 정당화될 수 없다고 배웠습니다만, 정당화되어도 좋은 경우가 있습니다. 내 생각에는 이번 사건이 그 경우에 해당되는 듯싶습니다.

유스티스 경의 성격 속에서 나는 제3의 인물을 찾아 낼 실마리를 발견했습니다. 그 점에 대해서 잠깐 생각해 봅시다. 여기서는 명예훼손 문제를 걱정할 필요가 없으므로 솔직하게 말할 수 있습니다만, 유스티스 경은 우리 사회의 구성원으로서 달갑지 않은 인물입니다. 예를 들어 어떤 젊은 여자와 연애하고 있는 한 젊은이는 무슨 일이 있어도 그 아가씨가 유스티스 경과 관계하는 것을 원치 않는다고 말했습니다.

유스티스 경은 처신이 나쁠 뿐만 아니라 행실도 성실하지 못하고 보다 심각한 문제에 대해서도 전혀 변명할 여지가 없는 사람입니다. 그는 방탕하고 돈을 물 쓰듯 하며, 여자관계에서는 파렴치하여 양심의 가책을 느끼지 않는 사람입니다.

사실 지금 그는 아주 매력적인 부인과의 결혼생활을 파괴하고 있습니다. 그 부인은 결코 남자들이 흔히 저지르는 작은 실수나 도락을 너그럽게 보아주지 못할 만큼 생각 좁은 사람이 아닌데도요. 젊은 여자의 남편감으로 유스티스 펜퍼더 경은 그야말로 절망적인 사람이지요.

더구나 어떤 사나이가 진심으로 사랑하는 젊은 여성의 미래 남편감으로는. 그 남자의 입장에서 볼 때 유스티스 펜퍼더 경은 그야말로 낙제감이지요. 사나이다운 사나이라면……."

그녀는 얼굴이 파랗게 질릴 정도로 힘을 주었다.

"그처럼 남자 축에 끼워줄 수 없는 남자를 허용하지 못할 것입니다!"

그리고 나서 그녀는 의미심장한 침묵의 사이를 두었다.

이때 블래드리가 치터윅을 향해 나직이 말했다.

"제1막 끝."

치터윅은 주위를 조심스럽게 둘러보면서 빙긋 웃었다.

제8장

 모두들 예상했던 대로 막간 휴게시간을 이용하여 찰스 와일드먼 경이 자리에서 일어났다. 요즘 관객들이 거의 모두 그렇듯——문제되고 있는 작품이 필더 플레밍 부인의 희곡이 아니라면——그는 최초의 막간 휴게시간까지 가만히 자리에 앉아 있는 일을 육체적으로 견딜 수 없었을 것이다.
 그는 방 안이 울릴 만큼 크게 소리쳤다.
 "회장, 이 점을 분명히 해둡시다! 필더 플레밍 부인은 내 딸의 친구들 가운데 이 범죄의 책임을 질 사람이 있다는 상식 밖의 구실을 찾으려는 것인지 아닌지 알고 싶습니다."
 로저는 자기 앞에 버티고 서 있는 벽을 처치 곤란한 태도로 쳐다보며 자기가 회장이 아니었으면 좋겠다고 생각했다.
 "나로서는 뭐라고 말할 수가 없군요, 찰스 경."
 그는 뚜렷이 말했으나 힘없는 거짓말이었다.
 그러나 이때 이미 필더 플레밍 부인은 발언할 자세가 되어 있었다.
 그녀는 차가운 위엄을 보이면서 말했다.

"나는 아직 이 범죄에 대해 어떤 사람을 지목하여 비난하지 않았습니다, 찰스 경."

그때까지 주인과 함께 감정을 나누고 있는 듯이 생각되었던 모자가 왼쪽 귀 위에 동그마니 얹혀 있어 아주 꼴사나웠다.

"지금까지 나는 내 추리의 본 줄거리를 전개해 왔을 뿐이에요."

만일 상대가 블래드리였다면 찰스 경은 과장된 말투로 그 핑계를 비웃으며 당신 추리는 엉터리라고 대꾸했을 것이다. 그러나 이 경우에는 여성에 대한 예의, 교양 있는 신사로서의 품위 있는 예절이 방해가 되었으므로 그는 결국 파랗게 빛나는 눈빛으로 다시 한 번 쏘아보는 수밖에 없었다.

필더 플레밍 부인은 여성의 꾀바른 습성으로 그의 불리한 조건을 곧 이용했다.

그녀는 날카롭게 말했다.

"그리고 아직 본줄거리의 전개가 끝나지도 않았어요."

찰스 경은 자리에 앉았다. 그야말로 가엾은 남성의 상징이었다. 그러나 그는 마음속으로 입에 담지 못할 욕설을 내뱉고 있었다.

블래드리는 치터윅의 등을 두드리며 터져 나오려는 웃음을 겨우 참았다.

너무나 자연스러워서 오히려 일부러 꾸며낸 게 아닐까 생각될 만큼 침착해진 필더 플레밍 부인은 휴게시간이 끝나자 제2막을 올렸다.

"내가 가정한 삼각관계 제3의 인물, 다시 말해서 범인을 찾아내는 경로에 대해서는 지금까지 이야기했으므로, 이제부터는 증거 사실을 설명하여 그것이 내 결론을 어떻게 뒷받침하고 있는지 보여주려고 합니다. 나는 지금 '뒷받침한다'고 말했지요? 그것은 다시 말해 결론을 의심할 여지없이 증명해 준다는 뜻입니다."

블래드리가 조용히 흥미를 보이며 물었다.

"대체 그 결론이 무엇입니까, 플레밍 부인? 당신은 아직 그 점을 명확히 말해 주지 않았습니다. 당신은 다만 살인범은 유스티스 경의 라이벌이며 와일드먼 양 편이라는 것을 비추었을 뿐입니다."

앨리시어 더머즈가 그와 뜻을 함께 했다.

"그래요, 그 남자의 이름을 밝히고 싶지 않다면 좀더 범위를 좁혀 줄 수는 없나요?"

앨리시어 더머즈는 애매한 것을 싫어했다. 흐리멍덩한 일은 뒤축이 망가진 구두를 신고 있는 사람과도 같았으며, 그녀가 그처럼 싫어하는 일도 없었다. 게다가 그녀는 필더 플레밍 부인이 어떤 사람을 찾아낼 것인지 아주 흥미로웠다. 더머즈는 필더 플레밍 부인이 어딘지 멍청해 보이고 말솜씨며 태도도 바보스럽지만 실제로는 전혀 빈틈이 없는 사람이라는 것을 알고 있었다.

필더 플레밍 부인은 아주 쑥스러워하고 있었다.

"아직 말할 수 없어요, 어떤 사정 때문에 그 말을 하기 전에 우선 이 추리를 논증해 두고 싶어요. 듣고 나면 이해해 주리라 생각해요."

앨리시어 더머즈는 한숨을 내쉬었다.

"알겠어요. 하지만 미스터리 소설 같은 분위기는 피하도록 해요. 우리는 이 어려운 사건을 해결하려는 것이지 서로 열기를 뿜으며 꼬리를 감추는 짓을 하려는 건 아니잖아요?"

"나에게도 내 나름의 이유가 있답니다, 더머즈 양."

필더 플레밍 부인은 얼굴을 찌푸리고 생각을 가다듬는 표정을 지었다.

"어디까지 이야기했었나…… 아, 그래, 증거를 제시하겠다고 말했지요. 이 대목은 아주 재미있답니다. 나는 중대한 증거, 아직 아무도 찾지 못한 두 가지 중대한 증거를 손에 넣는 데 성공했습니다.

첫째는 유스티스 경에게 조금도 연애감정이 없었다는 것입니다. 말하자면……."

필더 플레밍 부인은 잠깐 망설였다. 그러나 다음 논증을 대담하게 추구하고 있었기 때문에 그녀는 거침없는 블래드리의 뒤를 이어 어디까지나 공평무사한 바다로 뛰어들었다.

"말하자면 와일드먼 양에 대해서지요. 그는 돈을 목적으로 그녀와 결혼할 생각이었습니다. 그보다 그녀의 아버지로부터 얻게 될 유산이 목적이었다고 말하는 편이 더 좋겠군요. 미리 양해를 구하겠습니다만, 찰스 경……."

그리고 필더 플레밍 부인은 냉담한 목소리로 덧붙였다.

"당신이 부자라는 것을 들먹여도 명예훼손으로 생각지 말아주시기 바랍니다. 그것은 나의 추리에 아주 중대한 의미를 지니는 문제니까요."

찰스 와일드먼 경은 커다랗고 훌륭한 머리를 갸우뚱한 채 말했다.

"그것은 명예훼손에 해당되지 않습니다. 단순한 취미 문제지요. 이것은 내 전문분야 밖의 일로, 그 취미에 대해 의견을 말하는 것은 시간낭비입니다."

로저가 얼른 그녀의 말대꾸를 가로막았다.

"아주 재미있는 착상입니다, 필더 플레밍 부인. 그것을 어떻게 발견하셨습니까?"

그녀는 얼마쯤 자랑스러움을 담아 대답했다.

"유스티스 경의 인물 됨됨이에서 끌어냈답니다. 셀링검 씨. 그를 만나서 여러 가지로 물어보았지요. 그는 조금도 숨기는 눈치가 없었어요. 자기 성격을 대수롭지 않게 드러내 보이는 사람인 듯했지요. 어떻든 그는 빚을 갚고, 경마용 말도 한두 마리 가지게 되고, 지금의 펜퍼더 부인을 부양하며 분명히 수치스러운 새생활을 시작할 수 있다고 생각하는 것 같았어요.

그는 하인 바커에게 '저 말괄량이 아가씨를 제단 앞으로 끌고 가면 1백 파운드를 주지' 하고 약속했답니다. 찰스 경, 당신 감정을 상하게 해서 미안합니다. 그러나 나는 사실을 말하고 있을 뿐이에요. 사실을 위해서는 감정을 억제하지 않으면 안 됩니다. 겨우 10파운드에 하인은 내가 필요로 했던 정보를 모조리 들려주었답니다. 그것이 정말 놀라운 정보라는 것이 나중에 밝혀졌지요."

그녀는 마치 승리한 사람처럼 자랑스럽게 주위를 둘러보았다.

이때 앰블러즈 치터윅이 미안한 듯한 웃음을 띠면서 말했다.

"당신은 설마 그런 허황된 정보를 완전히 믿는 건 아니겠지요? 아무래도 그 증거의 출처를 믿을 수가 없군요. 그렇지 않습니까? 내 하인이 겨우 10파운드에 나를 배반하리라고는 생각되지 않습니다."

필더 플레밍 부인은 억지스럽게 대답했다.

"그 주인에 그 하인이라고나 할까요. 하인의 정보는 완전히 믿을 만한 것이었어요. 그가 말한 것은 거의 모두 확인되었기 때문에 확인할 수 없었던 몇 가지도 믿을 만하다고 보아도 좋을 거예요.

유스티스 경의 비밀을 한 가지 더 폭로하겠어요. 그다지 좋은 일은 아니지만, 사건 해결에 밝은 빛을 던져주었지요. 그는 '팩 독' 레스토랑의 한 방에서 와일드먼 양을 유혹한 일이 있습니다. 이것도 나중에 조사한 결과 사실로 확인되었습니다. 그는 결혼의 확증을 보여 달라고 강요했지요. 정말 미안합니다, 찰스 경. 그러나 이런 사실을 제출하지 않을 수 없군요. 물론 그 유혹은 성공하지 못했다는 것을 덧붙여두겠습니다.

그날 밤 유스티스 경은 말했습니다. 이것은 하인들이 모두 모인 앞에서 한 말임을 잊지 마세요. '저 말괄량이 아가씨를 제단으로 데려갈 수는 있으나 취하게 만들 수는 없단 말이야'라고. 이것은 나의 어떤 설명보다도 웅변적으로 유스티스 펜퍼더 경이 어떤 생활 태도를 지닌 사람인지 말해 주고 있다고 생각합니다. 그리고 이 사실에 의해, 그토록 야비한 남자이므로 그녀를 진실로 사랑한 사나이가 그녀로부터 그를 영원히 떼어놓으려고 생각한 동기는 아주 강한 것이었음을 알 수 있으리라 여깁니다.

이것을 설명해 두고 두 번째 증거로 옮겨가겠습니다. 이 증거는 이번 사건의 밑바탕이라고 해도 좋을 만한 것입니다. 살인의 필연성——범인 쪽에서 볼 때——은 그곳에 있으며, 또한 내가 이 사건을 재구성하기 위한 바탕이 되었지요. 와일드먼 양은 자기로서도 어쩔 수 없이 무작정 오로지 유스티스 펜퍼더 경을 사랑하고 말았던 것입니다."

극적인 효과에 사는 극작가인 만큼 필더 플레밍 부인은 몇 번이나 침묵을 취하며 이 정보의 의미가 관객들 마음에 스며들기를 기다렸다.

그러나 찰스 경은 너무나 개인적인 감정에 사로잡혀 있었기 때문에 그 의미를 여러 모로 새겨보려 하지 않았다.

그는 익살맞게 물었다.

"그 일을 어떻게 알아냈는지 설명해 주시겠습니까, 플레밍 부인? 내 딸 하녀로부터 들었습니까?"

필더 플레밍 부인은 부드러운 말투로 대답했다.

"그래요, 와일드먼 양의 하녀에게서 들었어요. 탐정이란 돈이 많이 드는 취미더군요. 그러나 뚜렷한 이유가 있어서 쓴 돈을 아깝게 생각해서는 안 되겠지요."

로저는 한숨을 내쉬었다. 그 자신이 생각해 낸 이 불행한 모임이 가엾게도 죽음을 맞게 된다면, 이 모임——지금도 완전히 정비되어 있지는 않지만——에서 필더 플레밍 부인이나 찰스 와일드먼 경 중 한 사람이 빠져나갈 게 틀림없었다. 그리고 그 가운데 누가 빠질지는 그로서도 짐작이 갔다. 유감스러운 일이었다. 찰스 경은 직업면으로 보아 귀중한 존재인데다, 또한 앰블즈 치터윅만 빼놓고는 모두 문학자들인 회원들에 맞설 수 있는 유일한 사람이었다. 그리고 로저는 젊은 시절 몇몇 문학 서클에 가입한 적이 있었기 때문에 타이프라이터로 생계비를 버는 사람들의 모임에는 도저히 정면으로 대항할 수 없다는 것을 잘 알고 있었다.

지금도 필더 플레밍 부인이 노인을 얼마쯤 놀리고 있지 않은가. 아무튼 지금 문제가 되고 있는 것은 찰스 경의 딸이니까.

필더 플레밍 부인이 말했다.

"나는 지금 마음에 둔 어떤 인물이 유스티스 경을 없애 버릴 강력한 동기를 가지고 있었음을 설명했습니다. 분명히 말씀드리지만, 그처럼 참을 수 없는 상황에서 빠져나갈 길은 그것밖에 없었을 겁니다. 여기서 그 인물, 그 이름모르는 살인범이 우리에게 남긴 몇 가지 사실을 관련지어 보겠습니다.

저번에 모리스비 주임경감이 메이슨 부자 상회에서 부친 것처럼 보이게 한 가짜편지를 보여주었을 때 나는 타이프라이터에 대해 얼마쯤 지식이 있었으므로 그 편지를 자세히 조사해 보았습니다.

그 편지는 해밀턴 회사에서 만든 타이프라이터로 친 것이었습니다. 내가 마음에 둔 인물의 직장에는 해밀턴 회사 제품의 타이프라이터가 있습니다. 해밀턴 회사의 타이프라이터는 널리 쓰여지고 있으므로 우연의 일치라고 말할지도 모르겠군요. 어쩌면 그럴지도 모릅니다. 그러나 많은 우연의 일치를 모아 하나로 만들어보니 거기에는 우연성이 아닌 필연성이 있었습니다.

마찬가지로 그보다 더 우연성이 강한 메이슨 상회의 편지용지에도 문제가 있습니다. 이 인물은 메이슨 상회와도 분명 관계가 있습니다. 여러분들도 기억할지 모릅니다만, 3년 전 메이슨 상회는 대규모 소송을 낸 적이 있지요. 자세한 내용은 잊었습니다만, 분명히 경쟁회사 중 하나를 상대로 소송을 냈던 것입니다. 당신도 기억하시겠지요, 찰스 경?"

찰스 경은 이런 하찮은 정보에서까지 적수에게 힘을 빌려 주는 것이 못마땅한지 언짢은 얼굴로 고개를 끄덕이며 퉁명스럽게 말했다.

"물론입니다. 광고 포스터 사진에 대한 판권 침해 문제로 메이슨 상회가 화니 초콜릿 회사를 고소한 사건이었지요. 내가 메이슨 상회측 수석변호인이었습니다."

"네, 그랬지요. 확실히 그랬습니다. 감사합니다. 그런데 내가 마음에 두고 있는 사람도 그 소송사건에 관계하고 있었지요. 법적으로 메이슨 상회의 힘이 되어주었습니다. 그는 당연히 메이슨 상회에 드나들었겠지요. 메이슨 상회의 편지용지를 한 장 손에 넣을 기회는 얼마든지 있었을 거예요.

그리고 3년 동안 그 용지를 간직하고 있었다는 것도 알아차릴 수 있습니다. 그 용지는 가장자리가 누렇게 변색되어 있었습니다. 3년이나 지났으니 당연하지요. 그리고 거기에는 글씨를 지운 흔적이 있습니다. 그 흔적은 메이슨 상회에서 타이프한 소송관계 메모의 한 부분이 아닐까요? 일은 명백합니다. 모두 꼭 들어맞아요.

이제 소인 문제가 남았습니다. 찰스 경의 말대로 범인은 교활하고 알리바이를 만드는 데 큰 관심이 있었던 만큼 운명을 결정짓는 소포를 다른 사람에게 부탁하여 부쳤을 리가 없습니다. 나도 동감입니다.

이것은 문제에서 제외해도 좋다고 생각합니다. 공범자라면 몰라도 그 밖의 누군가에게 부탁한다는 것은 너무나 위험합니다. 유스티스 펜퍼더 경의 주소를 보지 못하게 할 수는 없지요. 그러므로 나중에 그 누군가가 사건과 관련지어 이 일을 생각해 내면 빠져나갈 수 없는 궁지에 몰리게 되지요.

범인은 아무에게도 의심받을 염려가 없다는 확신이 생기면——지금까지 살인범들이 모두 그랬지요——알리바이를 거는 모험이긴 하지만 그 소포를 자기 손으로 부칩니다. 따라서 그를 이 사건의 범인으로 결론지으려면 범행이 일어나기 전날 밤 8시 30분에서 9시 30분 사이에 스트랜드 거리 근처에 있었는지 어떤지 조사해 봐야겠지요.

놀랍게도 가장 곤란하리라 생각했던 이 일이 더없이 깨끗하게 해결됐습니다. 그 인물은 그날 밤 세실 호텔에서 열린 만찬회에 참석해 있었지요. 좀더 정확히 말하면 옛 친구들이 오랜만에 한자리에 모인 만찬회였습니다.

세실 호텔은 사우댐턴 거리 건너편에 있습니다. 사우댐턴 우체국은 그 호텔에서 가장 가까운 우체국이지요. 5분 동안——5분이면 충분합니다——자리를 비웠다가 옆 사람이 알아차리기 전에 다시 돌아와 있으면 됩니다. 이보다 쉬운 일이 어디 있겠습니까?"
이야기에 귀 기울이고 있던 블래드리가 중얼거렸다.
"과연!"
"마지막으로 두 가지 점을 강조해 두겠습니다. 기억하고 계시겠지만 이 사건이 모리노 사건과 비슷하다는 점을 지적했을 때 나는 그 유사함에는 전혀 놀랄 게 없으며, 참으로 의미심장하다고 말했지요. 그게 무슨 뜻이었는지 설명하겠습니다. 나는 그 두 사건의 유사점이 단순히 우연의 일치로 보기엔 너무나 닮았다고 말하고 싶습니다.

이것은 그 사건을 의식하고 흉내 낸 범죄입니다. 그렇다면 결론은 한 가지밖에 없습니다. 범인은 범죄역사에 몰두해 있는 인물——말하자면 범죄학에 조예가 깊은 사람이라는 것입니다. 그리고 내가 마음에 둔 인물도 범죄학에 조예 깊은 사람입니다.

　마지막으로 강조하고 싶은 것은 유스티스 경과 와일드먼 양의 약혼 소문을 부정한 신문기사입니다. 유스티스 경 집 하인들 이야기를 들으니 그는 약혼 부정 기사를 내지 않았답니다. 와일드먼 양도 마찬가지였지요, 유스티스 경은 그 기사를 보자 크게 화를 냈습니다. 그렇다면 내가 살인혐의로 고발하고 있는 인물이 당사자들과 의논도 없이 혼자 생각으로 기사를 실은 것입니다."
블래드리가 순간 팔짱끼고 있던 손에서 힘을 늦추었다.
"그럼, 니트로벤젠은? 그것도 그 인물과 관련지을 수 있었습니까?"
"그것은 나와 찰스 경의 의견이 일치한 얼마 안 되는 논점 가운데 하나입니다. 니트로벤젠은 어디서든지 아주 간단하게 살 수 있으므로 그처럼 흔해빠진 물건과 그를 애써 관련 지을 필요가 있다고 생각되지는 않으며 또 관련 지워지리라고 생각되지도 않습니다."
　필더 플레밍 부인은 자제하려고 애쓰는 모습이 뚜렷했다. 그녀의 설명은 문장으로 읽으면 냉정하고 논리정연했으며, 연설로서도 여기까지는 냉정하고 논리적으로 말하려는 노력을 인정할 수 있었다.
　그러나 한 마디 한 마디 이야기할 때마다 그 노력이 점점 더 곤란해져 가는 게 뚜렷했다. 필더 플레밍 부인은 매우 흥분해 있다는 것을 숨기지 못했다. 옆에서 보기에는 그처럼 흥분할 필요가 없는 것 같았으나, 아무튼 그녀는 그런 말을 두세 마디 계속하면 숨이 막혀버릴 것 같았다. 물론 그녀는 지금 클라이맥스에 이르러 있었지만, 그러나 그것조차도 얼굴이 자줏빛이 되고 머리 뒤쪽에 얹힌 모자가 주인을 동정하듯 바들바들 떨리는 것을 설명할 구실은 못되리라.

그녀는 갑자기 소리쳤다.

"이것으로 내 추리의 논증을 끝내겠어요. 이 사람이야말로 이번 사건의 범인입니다."

주위가 조용해졌다.

앨리시어 더머즈가 초조한 듯이 입을 열었다.

"그렇다면 그 범인이 누구지요?"

그때까지 불쾌한 심정이 끓어올라 얼굴을 찌푸린 채 이야기를 듣고 있던 찰스 경이 위협적으로 눈앞의 테이블을 내리쳤다. 그는 신음하듯 말했다.

"역시…… 우리 서로 툭 터놓고 이야기합시다. 당신이 유죄를 증명한 그 사람은 누구지요, 필더 플레밍 부인?"

찰스 경은 그녀의 결론이 무엇인지 알고 아예 그 결론에 찬성할 수 없다고 정하고 대드는 것 같았다.

필더 플레밍 부인은 날카로운 목소리로 그의 말을 바로잡았다.

"이것은 증명이 아니라 고발이에요, 찰스 경. 당신은 모른 척하고 있군요."

찰스 경은 위엄을 부리며 대답했다.

"모른 척하는 게 아니라 유감스럽게도 정말로 종잡을 수가 없습니다."

그러자 필더 플레밍 부인의 태도가 연극적으로 바뀌었다. 그녀는 비극에 나오는 여왕처럼 느릿느릿 자리에서 일어나——다만 비극에 나오는 여왕들은 비스듬히 쓴 모자를 떨게 하지도 않고, 흥분하여 얼굴이 자줏빛으로 될 듯하면 적당히 분장으로 감춰버리지만——의자가 둔하고 불길한 소리를 내며 뒤로 쓰러지는데도 아랑곳없이 떨리는 손가락으로 테이블 위를 짚고서 조그마한 5피트밖에 안 되는 온몸으로 찰스 경과 정면으로 맞섰다.

그녀는 떨려나오는 목소리로 말했다.

"찰스 경! 당신이야말로 누구에게도 용서받지 못할 사람입니다!"

앞으로 내밀어진 그녀의 손가락은 선풍기에 달린 리본처럼 떨렸다.

"카인(아담과 이브의 맏아들로 동생 아벨을 죽였음)의 낙인을 그 이마에 찍겠어요! 살인자라고!"

모두들 정신을 잃어버린 공포의 침묵이 흘렀다. 블래드리는 넋을 잃고 치터윅의 팔을 붙잡았다.

찰스 경은 한참 동안 잊어버리고 있던 말을 용케도 찾아냈다.

"저 여자는 미쳤소!"

찰스 경은 숨을 헐떡였다.

그의 두 눈에서 튀어나온 퍼런 번갯불로 당장 사살되거나 아니면 폭풍에 튕겨갈 거라고 생각하며 필더 플레밍 부인은 떨었으나 아무 일도 일어나지 않았다. 그러자 그녀는 흥분을 좀 가라앉히고 고소 이유를 설명하기 시작했다.

"나는 미치지 않았어요, 찰스 경. 나는 완전히 제정신이에요. 당신은 따님을 사랑하고 있었어요. 게다가 아내를 잃은 남자가 자기에게 남겨진 단 하나 혈육에 대해 품는 애정은 몇 배나 더 크게 작용하고 있었지요. 당신은 따님이 유스티스 경 손에 떨어지는 것을 막기 위해서라면 어떤 수단을 쓰더라도 정당화된다고 생각했어요. 딸의 젊음과 순결과 재산을 그런 파렴치한 사람에게 빼앗겨서는 안 된다고 생각한 거지요.

나는 당신 자신의 말에서 확증을 얻었어요. 당신은 유스티스 경과 만나 나눈 이야기를 모조리 털어놓을 필요는 없다고 말했었지요. 털어놓을 수 없었을 거예요. 왜냐하면 당신은 딸이 그와 결혼하는 것을 보기보다는 차라리 자신의 손으로 그를 죽여 버리겠다고 말했으니까요.

　가엾은 따님의 강렬한 사랑과 물러서지 않는 단호한 태도와 그것을 미끼로 삼는 유스티스 경의 결심 탓으로 일이 여기에 이르자 파국을 면하기 위해 당신에게 남겨진 길은 이 최후수단밖에 없었어요. 찰스 경, 하느님께서 당신을 심판해 주시기를 빌 뿐이에요. 나로서는 어찌할 수가 없으니까요!"

필더 플레밍 부인은 무겁고 힘겨운 숨을 몰아쉬며 쓰러진 의자를 일으켜 세우고 앉았다.

블래드리는 부풀어 오른 가슴이 금방이라도 터질 듯했다.

"정말 놀랐습니다, 찰스 경. 당신이 그런 일을 저지르다니, 생각지도 못했습니다. 사람을 죽이다니, 정말 비열한 일입니다. 참으로 비열한 일입니다!"

이때만은 찰스 경도 이 말썽꾸러기 젊은이를 무시했다. 그 말이 귀에 들렸는지 어떤지도 의심스러웠다. 필더 플레밍 부인은 틀림없이 진지한 태도로 고발하고 있는 것이며, 결코 일시적인 정신이상의 결과가 아니라는 것이 깊이 의식되었기 때문에 그의 가슴도 블래드리의 가슴처럼 크게 부풀어 올랐다. 그의 얼굴은 필더 플레밍 부인의 얼굴에서 사라지려 하는 자줏빛을 물려받아 자기 파멸의 한계를 깨닫지 못한 우화 속 개구리처럼 되었다.

로저는 필더 플레밍 부인의 억누를 수 없는 감정의 폭발에 휘말려 뒤죽박죽으로 혼란에 빠졌기 때문에 곧 정신을 가다듬으려고 애썼다.

이윽고 찰스 경은 폭발 직전에 발언을 한다는 안전판을 찾아냈다.

"회장, 만약 이 발언을 저 부인의 우스갯소리──우스갯소리치고는 너무 악질이지만──로 받아들이는 것이 잘못이라면 나는 이 지리멸렬한 난센스를 심각하게 받아들이지 않을 수 없습니다."

로저는 지금 아주 무정해 보이는 필더 플레밍 부인의 얼굴을 흘끗 쳐다보고 마른침을 삼켰다. 찰스 경은 이 추리가 '지리멸렬'하다고 말했지만, 그의 적은 명확하게 그 추리를 논증했으며 결코 속이 뻔히 들여다보이는 밑도 끝도 없는 허망한 추측이 아니었다. 로저는 될 수 있는 한 신중하게 입을 열었다.

"만일 지금 당신 아닌 다른 누군가가 문제되어 있다면 이 고발은——그것을 뒷받침하는 참된 증거가 있는 한——적어도 논박을 필요로 하는 데까지는 진실로 받아들여야 한다는 것에 당신도 동의하시겠지요, 찰스 경?"

찰스 경은 콧소리를 울렸고, 필더 플레밍 부인은 몇 번이나 힘주어 머리를 끄덕였다.

그러자 블래드리가 덧붙였다.

"만일 논박이 가능하다면 말이지요. 아무튼 나 개인으로는 마음이 흔들리게 되었다는 것을 인정하지 않을 수 없군요. 나는 필더 플레밍 부인이 사건을 해결했다고 생각합니다. 경찰에 전화를 걸고 올까요, 셀링검 씨?"

그는 아무리 싫은 일이라도 시민으로서의 의무를 지켜야 한다는 태도였다.

찰스 경은 울컥 화가 치밀어 그를 노려보았으나 할 말이 입에서 나오지 않는 모양이었다. 로저가 조용히 말했다.

"그건 좀 이릅니다. 우리는 아직 찰스 경의 설명을 듣지 않았으니까요."

블래드리가 한 걸음 양보했다.

"그럼, 그의 설명을 들어볼까요?"

다섯 쌍의 눈이 그에게 못 박히고 다섯 쌍의 귀가 크게 뚫렸다.

블래드리가 다시 중얼거렸다.

"역시 생각한 대로 논박할 수 없을 겁니다. 수많은 살인범들에게서 오랏줄을 풀어준 노장 찰스 경께서도 이 빈틈없는 고발에는 할 말이 없는 것 같군요. 슬퍼할 일입니다."

찰스 경은 멋대로 채찍을 휘둘러대는 젊은이를 흘끗 바라보았다. 그 표정은 마치 두 사람만 있는 자리라면 얼마든지 할 말이 있다고 소리치는 듯했다. 그러나 이 자리에서는 다만 나직이 중얼거릴 뿐이었다.

앨리시어 더머즈가 날카로운 목소리로 말했다.

"회장님, 제안이 있습니다. 찰스 경이 무조건 자신의 유죄를 인정하는 듯하므로 블래드리 씨가 선량한 시민으로서 그를 경찰에 넘기려 하고 있습니다."

"그렇지요!" 하고 선량한 시민 블래드리가 말했다.

"내 개인적인 생각으로는 참을 수 없는 일이에요. 찰스 경은 얼마든지 변호 받아도 좋다고 생각해요. 사람을 죽이는 것은 어떤 이유가 있든 반사회적인 행위라고 배웠습니다. 그러나 찰스 경이 이 세상에서——그리고 공교롭게도 따님 앞에서——유스티스 펜퍼더 경을 없애려 한 것은 오직 세상을 위해서였습니다. 필더 플레밍 부인도 결론에서 자기는 그를 재판할 자격이 없다고 말했지요. 플레밍 부인도 배심원들이 그에게 유죄판결을 내리는 것이 당연한지 어떤지 판단할 수 없었던 모양입니다.

나는 플레밍 부인과 의견이 다릅니다. 내가 정상적인 지성을 갖추고 있는지 어떤지는 제쳐두고라도 나에게는 그를 재판할 완전한 자격이 있다고 생각합니다. 더 나아가 우리 다섯 명 모두에게 그를 재판할 자격이 있다고 생각합니다. 그러므로 지금 우리 손으로 그를 재판해 보는 것이 어떻습니까?

필더 플레밍 부인을 검사로 하고 누군가 다른 분——나는 블래드리 씨를 추천합니다만——이 그를 변호하는 거예요. 그리고 우리 다섯 명이 배심원이 되어 다수결로 판결을 내리도록 하면 어떨까요? 물론 그 결과를 존중하여 만일 그가 유죄판결 받으면 경찰에 넘겨주고 무죄판결을 받으면 그의 죄가 결코 이 방 밖으로 새어나가지 않도록 해요. 이 제안에 대해 동의를 구해도 좋겠지요?"

로저는 빙긋 웃는 눈으로 앨리시어 더머즈를 돌아보았다. 그녀 역시 자기처럼 찰스 경의 유죄를 믿지 않는다는 것을 그는 잘 알고 있었다.

로저와 마찬가지로 그녀는 다만 이 유명한 변호사의 발목을 잡아당기고 있는 데 지나지 않았다. 좀 매정한 짓이지만 그에게 약이 되리라 믿고 있는 듯했다. 앨리시어 더머즈는 다른 각도에서 이 사건을 보고 거기에 대해 강한 자신을 가지고 있었기 때문에 다른 사람에게 사형을 구형하는 사나이가 이번만은 그런 무서운 혐의로 피고석에 앉아보는 것도 크게 도움되리라 생각하는 것이다.

한편 블래드리도 찰스 경의 유죄를 믿고 있지는 않았으나, 그는 다만 더 바랄 것 없이 인생에서 성공한 찰스 경에 대한 앙갚음으로 그렇게 덤비고 있는 것이었다.

로저는 앰블러즈 치터윅 또한 찰스 경의 유죄를 믿고 있지 않으리라 생각했다. 치터윅은 그런 이야기를 예사롭게 입 밖에 낸 필더 플레밍 부인의 무모한 태도에 두려움을 느껴 좀처럼 자기 의견을 말할 것 같지 않았다.

결국 필더 플레밍 부인만 빼면 아무도 찰스 경의 무죄를 의심하지 않았다. 얼굴표정으로 보아 찰스 경 자신도 그러리라고 로저는 확신했다. 그 모욕 받은 신사가 지적했듯이 그 추리는 침착하게 잘 생각해 보니 더없이 지리멸렬한 난센스였다. 찰스 경이 유죄일 리 없다. 왜냐하면 그는 찰스 경이기 때문에, 그리고 그런 일이 일어날 까닭이 없기 때문에, 더욱이 분명 그가 그런 일을 저지를 까닭이 없기 때문이다.

그런데도 필더 플레밍 부인은 그의 유죄를 실로 솜씨 있게 증명해 보였다. 찰스 경은 아직 자신의 무죄를 증명하려고조차 하지 않았다.

로저가 진심으로 누구든 다른 사람이 회장 자리에 앉아 있다면 얼마나 좋을까, 하고 생각한 것은 이번이 처음이 아니었다. 그는 말했다.

"나는 어떤 조치를 취하기에 앞서 우선 찰스 경의 설명을 들어야 한다고 생각합니다."

그는 적당한 단어를 생각하면서 얼른 덧붙였다.

"찰스 경은 이 모든 고발에 대해 훌륭하게 자신의 입장을 밝힐 것입니다."

그리고 그는 '피고' 쪽으로 기대에 찬 눈을 돌렸다.

찰스 경은 격렬한 노여움으로 잠시 몽롱한 의식상태에 빠졌다가 문득 정신을 차리고 입을 열었다.

"그 고발에 대해 자기변호를 해보라는 말씀인 것 같군요, 그 히스테리에 대해."

그 목소리는 짖어대는 듯했다.

"좋습니다. 먼저 나는 필더 플레밍 부인이 더없이 유감스럽게도 범죄학 전문가라는 것을 인정합니다. 그날 밤 세실 호텔의 만찬회에 참석했다는 것도 인정합니다. 내 목에 오랏줄을 던지기에는 이것만으로도 충분한 듯싶습니다. 게다가 내 개인적인 문제가 공공연하게 제기되었으므로 말씀드립니다만, 확실히 나는 딸이 유스티스 경과 결혼하는 것을 보기보다는 내 손으로 그를 죽이는 편이 낫다고 생각했습니다."

그는 한숨을 내쉬며 지긋지긋한 듯이 그 훌륭한 이마를 쓸어 올렸다. 그는 이미 두려운 위압감을 주는 사람이 아니라 좀 당황한 듯한 한 노인에 지나지 않았다.

로저는 그가 아주 가엾게 생각되었다. 그러나 필더 플레밍 부인이 교묘하게 그의 유죄를 논증해 보였으니 이대로 그를 풀어줄 수는 없었다.

"이 일들을 모두 인정합니다만, 그 가운데 어느 것도 법정에서 중요한 증거가 되지는 못합니다. 그 초콜릿은 내가 부치지 않았다는 것을 증명해 보이라면, 글쎄, 어떻게 할까요…… 나는 그날 만찬회에서 같은 테이블에 있던 두 사람을 데려올 수도 있습니다. 그들은 내가 그때——아마 10시가 넘었을 겁니다——한 번도 자리를 비운 적이 없었음을 분명히 증언해 줄 것입니다.

그리고 내 딸이 마침내 내 의견을 받아들여 유스티스 경과의 결혼을 단념하고 얼마 동안 데번(영국 서남부의 주)에 있는 친척집에 가 있기 위해 런던을 떠났다는 것을 다른 증인을 세워 증명할 수도 있습니다. 그러나 역시 이런 일들이 초콜릿이 우송된 날짜보다 뒷날에 일어났다는 사실을 인정하지 않을 수 없군요.

아무튼 필더 플레밍 부인은 얼른 보아 나에게 불리한 사실을 아주 교묘하게 조립해 놓았습니다만, 그것은 잘못된 가정 위에 세워진 추리입니다. 필요하다면 가르쳐 드리겠습니다만, 변호사란 결코 의뢰인의 사무실이나 집에 드나들지 않습니다. 자기 사무실이나 법원 대기실에서 대개 사무변호사의 입회 아래 의뢰인과 만나지요.

만일 우리 모임에서 필요하다고 인정한다면 나는 이 문제를 경찰에 넘겨 공식적으로 조사하도록 요구하겠습니다. 나에게 씌워진 누명을 벗기 위해서도 그런 수사는 크게 환영합니다.

셸링검 씨, 나는 회원들의 뜻을 대표하는 당신에게 부탁합니다. 아무쪼록 당신이 적절하다고 생각되는 조치를 취해 주십시오."

로저는 신중한 방향을 선택하기로 마음먹었다.

"내 개인적인 의견을 이야기하라면 자신 있게 말할 수 있습니다. 필더 플레밍 부인의 추리는 아주 교묘하지만 당신 말씀대로 어떤 오해에 근거를 두고 있는 듯합니다.

단순히 상식으로 보아도 아버지가 딸의 약혼자가 될지도 모르는 남자에게 독물이 든 초콜릿을 보낸다는 것은 좀 생각할 수 없는 일입니다. 조금만 더 생각하면 그 초콜릿이 딸의 입에 들어갈 가능성도 충분히 있다는 것을 깨달을 테니까요. 이 사건에 대해서 나도 내 나름대로의 의견을 가지고 있지만 그것은 우선 제쳐두고, 나는 진심으로 찰스 경에 대한 고발이 전혀 증명되지 않았다고 확신합니다."

필더 플레밍 부인이 열기띤 목소리로 가로막았다.

"셀링검 씨, 무슨 말을 하든 그것은 자유지만, 그러나 이것은……."

"나도 동감이에요, 셀링검 씨" 하고 앨리시어 더머즈가 얼른 끼어들었다. "찰스 경이 그 초콜릿을 보냈다고는 도저히 생각할 수 없어요."

블래드리는 더없이 즐거운 구경거리가 이처럼 쉽게 사라져버리는 것이 마음에 안 드는지 나직이 한숨을 내쉬었다.

그러자 치터윅이 놀랄 만큼 확고하게 말했다.

"동감입니다!"

로저가 다시 말머리를 돌렸다.

"찰스 경이 자신의 명예를 위해 공식 수사를 요청할 자격이 있는 것과 마찬가지로 필더 플레밍 부인도 그것을 요구할 자격이 있다고 생각합니다. 그리고 나는 플레밍 부인이 수사를 요구할 만큼 설명했다고 인정한 찰스 경의 의견에 찬성합니다.

그러나 여기서 강조하고 싶은 것은 지금까지 우리들 중 두 사람이 발표를 끝냈을 뿐이라는 점입니다. 앞으로 우리 회원이 모두 발표를 끝냈을 무렵에는 더없이 놀랍고 새로운 사실이 밝혀질지도 모릅니다. 그러면 지금 우리가 토론하고 있는 문제는 이미 아무 의미가 없게 될지도——물론 그렇게 될 거라고 말하는 것은 아닙니다만——모릅니다."

블래드리가 낮은 목소리로 물었다.

"흠, 우리가 존경해 마지않는 회장님께서는 어떤 으뜸 패를 가지고 계십니까?"

로저는 자기 쪽으로 돌려진 필더 플레밍 부인의 씁쓸한 표정을 못 본 척하며 말을 맺었다.

"따라서 나는 정식 동의로 제안합니다. 찰스 경에 대한 문제는 오늘부터 1주일 동안 이 방 안에서도 밖에서도 토론이나 보고를 금합니다. 만일 1주일 뒤 다시 희망자가 있다면 토의안건에 부쳐도 좋을 터이고 그럴 필요가 없으면 영원히 잊어버리는 겁니다. 이 제안에 대해 투표할까요? 아니면 그냥 찬성으로 생각해도 좋겠습니까?"

로저의 제안은 회원 모두의 승인을 받았다.

만일 투표를 했다면 필더 플레밍 부인은 반대하고 싶었을 것이다. 하지만 그녀는 아직 회원 전원 일치로 승인되지 않는 모임에 가입해 본 적이 없으며, 습관도 그녀에게는 굉장히 강력하게 작용했다.

이윽고 모임은 휴회되었다기보다 회장의 권한으로 중지되었다.

제9장

로저는 스코틀랜드야드 모리스비 주임경감 방에서 테이블에 걸터앉아 심술사납게 다리를 흔들거리고 있었다. 모리스비는 전혀 도움이 될 것 같지 않았다.

주임경감은 참을성 있게 말했다.

"방금도 말씀드렸지만 셀링검 씨, 나에게서 무엇인가 정보를 끌어내려 해도 소용없습니다. 우리가 알고 있는 것은 모조리 말씀드렸습니다. 나도 될 수 있다면 힘이 되어드리고 싶습니다만……."

로저가 시큰둥한 태도로 코를 실룩거리는 것을 보면서 모리스비는 말을 이었다.

"그러나 우리는 완전히 막다른 골목에 몰렸습니다."

그러자 로저가 능청스럽게 얼버무렸다.

"나도 마찬가지입니다. 아무래도 재미가 없군요."

모리스비가 위로하듯 말했다.

"곧 익숙해질 겁니다, 셀링검 씨. 이런 일을 늘 맡아해 나가다 보면 말입니다."

로저는 낙심했다.
"도무지 앞으로 나아갈 수 없습니다. 실은 앞으로 나아가고 싶지도 않습니다만. 나는 틀림없이 완전히 잘못된 선에서 추리해 온 모양입니다. 어떤 단서가 정말 유스티스 경의 사생활에 있다면 그는 완강히 그것을 숨기겠지요. 그런데 나로서는 거기에 있다고 생각되지 않거든요."
"흠" 하고 모리스비는 말했다.
"나는 줄곧 유스티스 경의 친구들을 붙잡고 물어왔기 때문에 그들은 나를 보기만 해도 질려버린답니다. 그리고 그 친구의 친구까지 소개를 받아 모조리 물어보았지요. 그의 클럽을 뒤지기도 했습니다.

 거기서 무엇을 얻었는지 아십니까? 당신에게서도 이미 들었지만, 유스티스 경은 그야말로 훌륭한 사나이일 뿐 아니라 더없이 분별없는 친구라는 것이었지요. 정말 불쾌한 사나이입니다. 다행히 이런 타입의 남자는 여자들이 생각하는 것보다 훨씬 적기는 하지만, 아무튼 그는 날만 새면 여자를 농락한 이야기를 이름까지 들며 말할 정도랍니다.

 유스티스 경의 경우 이런 버릇은 단순히 상상력이 부족한 데에서 비롯된 것으로, 타고난 야비한 성품 때문은 아니라고 생각합니다. 그거야 어떻든 내가 이야기하려는 뜻을 알겠지요? 나는 수십 명의 여자 이름을 모아보았습니다. 그들 중 누구를 들춰보아도 아무것도 나오지 않았습니다. 만일 '사건 뒤에는 여자가 있다'면 지금쯤 그 여자 이야기가 내 귀에 들어와 있어야 할 것입니다. 그러나 아무것도 없습니다."
"그 미국에서 있었던 사건은 어떻습니까, 셸링검 씨? 비슷한 점이 많다고 하셨는데요."

로저는 침울한 표정으로 말했다.

"그 이야기는 어젯밤에도 한 회원이 꺼냈지요. 그리고 그 사건에서 아주 교묘한 연역적인 추론을 끌어냈답니다."

"아, 알았습니다."

주임경감은 머리를 끄덕였다.

"혹시 그 회원이란 필더 플레밍 부인이 아닙니까? 그녀는 찰스 와일드먼 경을 범인으로 생각하고 있지 않았습니까?"

로저는 그를 쳐다보았다.

"아니, 어떻게 그것을 아시지요? 흠, 그야말로 잠시도 한눈팔거나 마음을 늦출 수 없군요. 그녀가 당신에게 눈짓으로 가르쳐주기라도 했습니까?"

"물론 그럴 리야 없지요."

모리스비는 점잖은 태도를 보였다. 마치 스코틀랜드야드가 해결한 어려운 사건은 거의 모두 '채택된 정보'를 바탕으로 처음부터 올바른 선을 따라가 풀어낸 것만은 아니었다고 말하는 듯했다.

"그녀는 우리들에게 아무 말도 하지 않았습니다. 물론 그것을 말하는 것이 그녀의 의무라고 할 수는 없지요. 그러나 우리는 당신들이 하는 일을 모두 알고 있습니다. 당신들이 생각하는 것도 모두 알고 있지요."

로저는 만족스럽게 말했다.

"우리는 미행당하고 있었군요. 그러고 보니 처음부터 당신이 우리가 감시받게 될 거라고 말해 준 기억이 납니다. 쯧쯧, 그렇다면 당신은 찰스 경을 체포할 생각입니까?"

모리스비는 천천히 대답했다.

"아직 그럴 시기는 아닙니다, 셀링검 씨."

"그런데 그 추리를 어떻게 생각하십니까, 모리스비 경감님? 플레밍 부인은 아주 놀라운 추리를 해보였는데."
모리스비는 조심스럽게 대답했다.
"나도 정말 놀랐습니다. 찰스 경은 우리가 다른 살인범을 교수형에 처하는 것을 말려야 하는 입장인데, 그 자신이 살인범이라면 다들 놀라겠지요."
로저는 맞장구쳤다.
"그렇게 되면 사정이 더 딱하겠지요. 사실 그 추리는 전혀 근거 없는 것이지만, 아무튼 재미있는 착상이었습니다."
"당신은 어떤 추론을 발표할 예정입니까, 셸링검 씨?"
"모리스비 씨, 나는 전혀 예상할 수가 없답니다. 그런데 내일 밤이면 어쩔 수 없이 의견을 발표해야 합니다. 무언가 조작해서 적당히 얼버무릴 수는 없겠지요. 그렇게 되면 얼마나 서글픈 일입니까."
로저는 잠시 생각에 잠겼다.
"이번 경우는 내 흥미가 오직 학구적인 데 있다는 점이 가장 곤란합니다. 지금까지 다루어온 사건에서는 모두 개인적인 흥미를 느꼈었지요.

 개인적인 흥미가 있으면 그런 흥미가 없을 때보다 사건을 더 철저하게 파고들려는 동기가 훨씬 강해질 뿐만 아니라 조사에도 실제로 도움이 되지요. 자료도 그만큼 많이 취할 수 있고, 관계자들에게도 좀더 자세히 조명을 비춰볼 수 있으니까요."
모리스비가 좀 심술궂게 대꾸했다.
"셸링검 씨, 그러나 우리 스코틀랜드야드 사람들에게는 전혀 개인적인 흥미가 없으므로——'개인적'이라는 것이 사건을 밖에서가 아니라 안에서 바라본다는 의미라면 말입니다만——이 사건을 해결하지 못한 경우에도 얼마쯤 구실은 되겠지요. 그렇지 않습니까. 그러나 해결하지 못하는 경우는 좀처럼 없습니다."

모리스비는 직업적인 긍지를 가지고 말을 맺었다.

로저는 뜻있는 목소리로 그 말을 시인했다.

"확실히 그렇겠지요. 하지만 나는 점심시간 바로 전에 모자를 사러 간다는 식의 케케묵은 방법으로 해나갈 수밖에 없습니다. 본드 거리까지 나를 미행할 생각은 하지 마십시오. 그 뒤 가까운 레스토랑에 들를지 모르므로 거기까지 미행할 수만 있다면 손해볼 것은 없겠지만."

모리스비 주임경감이 분명하게 말했다.

"유감스럽지만 셀링검 씨, 나는 다른 볼일이 있어서 이만 실례합니다."

로저는 그곳을 나왔다.

그는 아주 우울했기 때문에 기분전환삼아 본드 거리까지 택시를 타고 가기로 했다. 로저는 옛날 전쟁이 있었을 때는 이따금 런던에 나온 적이 있었다. 그 무렵 택시 운전 기사들이 엉뚱한 곳으로 끌고다니는 등 골탕 먹인 일을 기억하고 있기 때문에 그 뒤로는 주로 버스를 탔으며, 시간이 충분할 때는 걸어 다녔다. 사람의 기억은 아주 빨리 사라지지만 편견은 그야말로 영원히 남는다.

로저의 기분이 우울한 데에는 까닭이 있었다. 조금 전 모리스비 주임경감에게도 말했듯이 그는 지금 막다른 골목에 부닥쳐 지금까지 더듬어온 선이 완전히 잘못되었다는 생각이 마음속에서 고개를 들기 시작했던 것이다.

이 사건에 기울인 노력도 시간낭비에 지나지 않았다는 생각이 짙어지자 슬퍼졌다. 그는 이 사건에 큰 흥미를 가졌으나 그것은 그가 학구적인 흥미에 지나지 않는다고 생각하고 있듯이 교묘하게 계획된 다른 어떤 살인사건에 대해서나 느끼는 그런 흥미였다. 사건 관계자들 중 누군가와 친분이 있는 인물에게 다리를 놓아보기는 했으나 역시 자기는 사건 밖에서 어슬렁거리고 있다고 느껴질 뿐이었다.

무엇인가 그에게 핵심을 잡을 단서를 던져줄 것 같은 개인적인 접선은 하나도 없었다. 그는 차츰 의심스러워졌다. 어쩌면 이 사건은 문외한인 개인이 조사하기에는 도무지 구름을 잡는 것 같은, 끝없는 탐문수사를 펼쳐야 하는 일이 아닐까 싶은 생각이 들었다. 실제로 이런 일을 할 수 있는 사람은 경찰밖에 없다.

바로 그날 한 시간도 채 안 되는 사이에 두 가지 우연한 사건이 일어나 로저의 눈에 이 사건이 전혀 다른 양상으로 보였으며, 마침내 그의 흥미를 학구적인 것에서 개인적인 것으로 바꾸어버렸으니 그야말로 다행한 일이었다.

첫 번째 일은 본드 거리에서 일어났다.

그가 새로 맞춘 모자를 단정하게 쓰고 단골 모자가게를 나섰을 때 그쪽으로 곧장 다가오는 베라클 라 매지레 부인이 눈에 띄었다. 베라클 라 매지레 부인은 몸집이 작지만 품위 있는 부잣집 젊은 미망인으로, 로저를 끈질기게 설득하고 있는 중이었다.

그런데 세상의 다른 사람만큼 자만심을 가지고 있는 로저도 그녀가 무슨 생각에서 자기에게 그렇게 하는지 이해하지 못했다. 그녀는 그가 기회만 준다면 발밑에 꿇어앉아——이를테면 그렇다는 것이지, 그녀에게 정말로 그런 기회를 줄 생각은 없었다——조용히 그를 바라보며 뽐내는 다갈색 눈빛이 녹아버릴 정도로 눈물지을 것이다. 그러나 그녀는 수다쟁이였다. 끝없이 지껄여대는 수다쟁이였다. 로저도 이야기하는 것을 아주 싫어하는 편은 아니었으나 그녀에게만은 두 손 들었다.

그는 곧장 길을 건너가려고 했으나 자동차들 때문에 틈이 없었다. 그는 나아갈 수도, 물러설 수도 없는 궁지에 몰렸다. 곧 욕지거리가 쏟아져 나올 것 같은 마음을 억누르고 잿빛 웃음을 띠며 그는 새 모자를 들었다 놓았다.

베라클 라 매지레 부인은 환한 얼굴로 그에게 다가왔다.

"어머나, 셀링검 씨, 만나 뵈었으면 하던 참인데 마침 잘되었어요. 저, 물어볼 것이 있어요. 물론 절대로 비밀을 지켜주셔야 해요. 당신은 가엾은 조안 벤딕스 부인의 사망사건에 손대고 계시다지요? 모르는 척 시치미 떼면 안 돼요."

로저는 그 사건에 손대볼 생각이었으나 지금은 포기했다고 말하려 했지만, 그녀는 틈을 주지 않았다.

"역시 그렇군요. 정말 무서운 일이잖아요, 셀링검 씨? 당신은 반드시 누가 유스티스 펜퍼더 경에게 초콜릿을 보냈는지 알아내주지 않으면 안 돼요. 만약 그렇게 해주지 않는다면 난 당신을 원망하겠어요."

로저는 상대가 일단 문명인이라면 무조건 얼굴에 억지 웃음을 띤 채 다시 이런저런 말을 주워섬기려고 했으나 이번에는 보기 좋게 실패하고 말았다.

"그 이야기를 들었을 때는 정말 무서웠어요. 소름이 끼칠 만큼."

베라클 라 매지레 부인은 잔뜩 겁먹은 표정을 지어보였다.

"아시겠지요? 그녀와 나는 아주 친한 사이였답니다. 진실한 친구였지요. 학교도 함께 다녔어요. 방금 뭐라고 말씀하셨지요, 셀링검 씨?"

로저는 좀 미심쩍음이 담긴 비명이 곧 목구멍에서 튀어나오려는 것을 억지로 참으며 머리를 내저었다.

"정말 무서운 일이에요. 끔찍한 짓이에요. 조안이 혼자 불행을 걸머지고 죽다니…… 소름끼치는 일이잖아요, 셀링검 씨?"

로저는 이미 달아날 생각이 없어졌다. 그는 아무래도 믿을 수 없는 듯 겨우 물었다.

"뭐라고 했습니까?"
"이 사건은 말하자면 '슬픈 익살'이라고나 할까요?"
베라클 라 매지레 부인은 즐거운 듯이 계속 재잘거렸다.
"정말 비극이에요. 나는 이처럼 무섭고 익살맞은 사건은 처음 보았어요. 그녀가 남편과 내기를 했다는 것은 물론 알고 계시겠지요? 그래서 벤딕스 씨는 그녀에게 초콜릿을 한 상자 사줘야 했어요. 만일 그렇지 않았다면 유스티스 경은 그 독물 초콜릿을 선물하지 못했을 테고, 그 결과 자신이 죽었겠지요. 이렇게 되었으니 유스티스 경은 소문대로 액을 쫓은 셈이지요? 그렇지 않아요, 셸링검 씨?"
베라클 라 매지레 부인은 공모자라도 되는 듯 목소리를 낮추고 멋을 부리는 태도로 주위를 살폈다.
"이 이야기는 아직 아무에게도 말하지 않았는데, 당신이 반가워할 것 같아 말씀드리는 거예요. 당신도 익살을 좋아하시지요?"
로저는 기계적으로 대꾸했다.
"재미있지요. 그런데요?"
"그런데 조안이 페어플레이를 하지 않았어요!"
"그건 무슨 뜻입니까?"
로저는 어리둥절했다.
베라클 라 매지레 부인은 자기의 폭탄선언이 효과를 나타내자 무척 흐뭇한 모양이었다.
"그녀는 그런 내기를 해서는 안 되었던 거예요. 이것은 그 천벌일지도 몰라요. 무서운 천벌이지만 정말 끔찍한 일이에요. 어떤 뜻에서는 자업자득이라고도 할 수가 있어요. 그래서 나는 몹시 괴로웠지요. 정말이에요, 셸링검 씨. 침대에 들어서도 도저히 불을 끌 용기가 나지 않아요. 어둠 속에서 나를 쳐다보고 있는 조안의 얼굴이 보이거든요. 아, 정말 무서워요!"

말을 마친 순간 베라클 라 매지레 부인의 얼굴에 그녀의 말과 같은 감정이 뚜렷이 나타났다. 그것은 정말 기분 나쁜 표정이었다.

로저는 참을성 있게 물었다.

"벤딕스 부인이 그런 내기를 해서는 안 되었다니, 그 까닭이 무엇이지요?"

"왜냐고요! 그녀는 전에 이미 그 연극을 보았으니까요. 우리와 함께 상연 첫주일에 가보았거든요. 그녀는 연극에서 범인이 누구인지 미리 알고 있었어요."

"뭐라고요!"

로저는 베라클 라 매지레 부인이 기대했던 것보다 훨씬 더 큰 동요를 느꼈다.

"또 '우연의 심판'이란 말입니까? 우리는 아무도 그것으로부터 빠져나올 수 없군요."

"시적인 정의(正義)라는 말씀이지요?"

베라클 라 매지레 부인은 자신도 확실하게 이해하지 못하는 말이었으므로 목소리를 낮추었다.

"그래요, 말하자면 그런 뜻이겠지요. 그 벌이 죄와 전혀 어울리지 않는 사건이긴 하지만. 그러나 만일 내기에서 속인 여자가 모두 그런 벌을 받는다면 세상에 여자는 한 사람도 남지 않을 거예요."

베라클 라 매지레 부인은 자기도 모르게 속마음을 털어놓았다.

"흠!"

로저는 모르는 척하며 고개를 끄덕였다.

베라클 라 매지레 부인은 얼른 길 앞뒤를 둘러보고는 입술을 적셨다.

로저는 이상하게 생각했다.

그녀는 여느 때처럼 단순히 수다를 떨기 위해 재잘거리는 게 아니라 무언가 입 밖에 내어 말하지 않은 사실에서 헤어나려고 괴로워하는 것처럼 보였다. 마치 자신이 표현하려는 것보다 더 이 친구의 죽음을 슬퍼하며, 무언가 지껄임으로써 얼마쯤 위로받으려는 것 같았다.

더욱이 그녀는 죽은 벤딕스 부인을 좋아했을 터인데도, 지금 그 친구를 칭찬하고 있는 동안에도 탓하고 싶은 마음이 자기 의지와는 달리 말 뒤에 스며 나오는 듯한 것도 로저의 흥미를 돋우었다. 그것은 마치 이렇게 함으로써 그 현실에서 있었던 죽음에 대해 조금이라도 위로를 받을 수 있다고 말하는 듯했다.

"하필이면 조안이 이런 일을 당하다니! 그것이 아무래도 마음에 걸려요. 조안이 그런 일에 구애받다니, 도무지 생각할 수 없어요. 조안은 정말 좋은 여자였어요. 그녀가 부자였던 것을 생각하면 돈에 너무 잔신경을 쓴 편이지만, 그런 일이야 아무것도 아니잖아요? 물론 내기로 능청을 떨기는 했지만 단순한 장난이었을 거예요. 보나마나 남편을 놀려주고 싶었던 거겠지요. 하지만 나는 늘 조안이 '요사스러운 여자'라는 생각을 가지고 있었기 때문에…… 무슨 말인지 아시겠어요?"

"알고말고요."

로저는 일상영어라면 누구 못지않게 잘 알아들었다.

"여느 사람들은 '명예'라든가 '진실'이라든가 '공명정대'라든가 하는 당연한 일에 대해서는 잘 이야기하지 않지요. 그런데 조안은 그렇지 않았어요. 그녀는 늘 이것은 명예스럽지 못한 일이라느니, 저것은 공명정대하지 못하다느니 하고 따졌어요. 그런데 그녀 자신이 공명정대하지 못한 일로 보복 당하다니, 가엾은 일 아니에요? 지금도 역시 옛날 격언 그대로 통용되는 거예요."

로저는 이 걷잡을 수 없는 수다쟁이의 암시에 걸려든 듯 얼른 물었다.
"어떤 격언 말입니까?"
"어떤 격언이라니요, '깊은 강물은 소리가 없다'는 거지요. 조안은 말하자면 깊은 강물 같은 여자였어요."
베라클 라 매지레 부인은 한숨을 쉬었다. 그녀의 말 속에 나타난 '깊다'는 뜻은 어떤 커다란 사회적 과오를 암시하는 듯했다.
"난 죽은 사람을 나쁘게 말할 생각은 없어요. 가엾은 조안! 그럴 생각은 조금도 없지만——저, 나는 말이에요. 인간의 심리란 정말 흥미롭다고 생각해요. 그렇게 생각지 않으세요, 셀링검 씨?"
로저는 얼굴을 찌푸리며 맞장구쳤다.
"참으로 매력 있지요. 그건 그렇고, 나는 이제 그만······."
"그런데 말이에요, 유스티스 펜퍼더 경은 이 일을 어떻게 생각하고 있지요?"
베라클 라 매지레 부인은 의미심장한 표정을 지었다.
"조안의 죽음은 누구보다도 그의 책임이에요."
"아, 잠깐만, 부인!"
로저는 유스티스 경에 대해 특별히 호의를 가지고 있지는 않았지만 이 비난을 듣자 그를 변호해 주어야 할 것 같은 생각이 들었다.
"당신에게 그런 말을 할 자격은 없다고 생각하는데요, 베라클 라 매지레 부인."
그녀는 힘주어 대답했다.
"아니에요, 있어요. 있고말고요! 그를 만나본 적 있으세요? 그는 정말 무서운 사람이라더군요. 일년 내내 이 여자 저 여자를 쫓아다니다 싫증나면 차버린대요. 그게 정말인가요?"
로저는 무표정하게 대답했다.
"나로서는 뭐라고 말할 수가 없군요. 한 번도 만난 적이 없으니까요."

베라클 라 매지레 부인은 반박했다.

"하지만 지금 그가 누구와 즐기고 있는지 소문이 파다해요."

그녀의 핑크빛 두 볼이 여느 때보다 좀더 붉어져 그 일을 증명해주었다.

"대여섯 사람이 나에게 이야기해 주었어요. 그 블라이스 집안 여자라니, 그녀가 어쩌면 그럴 수 있을까요? 당신도 아시지요? 기름인가 석유로——직업이야 아무래도 좋지만——돈을 번 집 여자 말이에요."

로저는 전혀 상대할 수 없다는 듯이 대꾸했다.

"그녀의 소문은 들은 적이 없는데요."

"1주일쯤 전부터 그렇게 되었대요."

수다쟁이 부인은 얼굴을 붉히며 말을 이었다.

"도러 와일드먼 양을 유혹하지 못한 위로로 택한 거겠지요. 찰스 경이 반대한 것은 앞일을 내다보았기 때문이라고 생각해요. 그렇지 않아요? 당신도 그 소문은 들었겠지요? 아무튼 무서운 남자예요! 가엾은 조안의 죽음에 책임이 있는 만큼 그런 무서운 일이 있으면 그도 조금은 정신 차릴 줄 알았는데, 조금도 그렇지 않군요. 어쩌면 그……."

로저가 큰 소리로 물었다.

"요즘 어떤 연극을 보셨습니까?"

베라클 라 매지레 부인은 도무지 납득되지 않는 듯 당황한 얼굴로 한참 동안 그를 가만히 바라보았다.

"연극이라고요? 상연되는 것은 거의 모두 보고 있어요. 그런데 그건 왜 묻지요, 셀링검 씨?"

"그냥 생각났을 뿐입니다. 파빌리온 극장의 이번 작품은 꽤 좋은 모양이더군요. 그럼, 나는 이제 그만……."
"앗, 안 돼요!"
베라클 라 매지레 부인은 가늘게 떨고 있었다.
"조안이 죽기 전날 밤 나는 거기에 가 있었어요."
그 사건에서 잠시라도 피할 수 있는 화제는 없을까 로저는 생각했다.
"케이블스톡 부인이 특별석 관람권을 가지고 있어서 나도 함께 갔었지요."
"그렇습니까?"
로저는 이 부인을 손으로 밀어젖히고 가까운 자동차 흐름 사이로 뛰어들면 무례하다는 말을 들을까, 하고 생각했다.
"참 훌륭한 연극이었지요."
로저는 마음에도 없는 말을 지껄이면서 침착하지 못하게 길 가장자리로 다가섰다.
"특히 그 '영원한 삼각관계'라는 단막극은 아주 좋았습니다."
베라클 라 매지레 부인은 멍청하게 되물었다.
"'영원한 삼각관계'?"
"네, 본공연이 시작되기 전에 올려졌었지요."
"어머나! 그걸 나는 보지 못했어요. 2, 3분 늦게 들어갔거든요. 나는 무슨 일에나 지각을 해요."
베라클 라 매지레 부인은 안타까운 표정을 지었다.
로저는 마음속으로 2, 3분 늦었다는 것은 아주 애매하게 꾸민 말이라고 생각했다.
그녀는 자기에 대해 이야기할 때면 대개 어물쩍 얼버무리는 모양이었다. '영원한 삼각관계'는 막이 열리고 30분이 지나서도 아직 시작되지 않았었다.

로저는 마침 자기 쪽으로 달려오는 버스로 눈길을 보내며 성의 있는 나직한 목소리로 말했다.

"미안하지만 실례해야겠습니다, 베라클 라 매지레 부인. 저 버스에 나와 이야기할 사람이 타고 있군요. 스코틀랜드야드 사람이지요."

"어머나! 그렇다면 당신은 역시 가엾은 조안의 일을 조사하고 있군요, 셸링검 씨. 가르쳐줘요. 절대로 입 밖에 내지 않을 테니까요."

로저는 뜻있게 주위를 둘러보고 나서 긍정을 나타내듯 얼굴을 찡그려보였다.

"그렇습니다!"

그는 손가락을 입술에 대고 마지막 주의를 주었다.

"그러나 절대로 다른 사람에게 말해서는 안 됩니다, 베라클 라 매지레 부인."

"물론이지요, 약속하겠어요."

로저는 그녀가 기대한 만큼 놀라지 않는 데 실망했다. 그 표정으로 보건대 그녀는 그의 노력이 헛되지 않았나 의심하며, 너무 벅찬 일을 맡았다고 측은하게 여기는 듯했다.

그러나 버스가 마침 그들 앞에 와 닿았으므로 로저는 재빨리 작별인사를 하고 지나치려는 버스 발판에 뛰어올랐다.

로저는 깜짝 놀란 다갈색 눈동자가 자기 등을 쳐다보는 것을 느끼며 버스 발판을 올라갔다. 예의 없게도 샅샅이 살펴보는 승객들의 눈길을 피하며 그는 있는지 없는지 잘 눈에 띄지도 않을 만큼 몸집 작은 실크햇을 쓴 사나이 옆에 앉았다.

그 사나이는 토팅의 묘비 제작업자 사무실에서 일하는 직원이었다. 그는 성난 듯이 로저를 돌아보았다. 그들 둘레에는 빈자리가 많이 있었기 때문이다.

버스가 피커딜리로 들어서자 로저는 레인보우 클럽 앞에서 내렸다. 어떤 회원과 함께 점심을 하기로 약속되어 있었기 때문이다. 그는 이 열흘 동안 레인보우 클럽 회원 가운데 조금이라도 아는 사람이면 모두 점심식사에 초대하고 있었다.

그 답례로 클럽에 들어오라는 제안이 나오기를 바랐던 것이다. 그러나 지금까지는 이런 노력도 아무 효과가 없었으며, 참고될 만한 일도 전혀 나오지 않았다. 오늘도 특별히 무언가를 목표하고 있지는 않았다.

그 회원이 이번 사건에 대해 말해 줄 것이 그리 많지 않으리라는 뜻은 아니다. 그는 벤딕스와 동창으로 베라클 라 매지레 부인이 벤딕스 부인의 죽음에 책임을 느끼고 있는 것만큼 그도 친구 벤딕스의 일에 책임을 느끼고 있었다. 따라서 그는 다른 회원들보다 이 사건에 좀더 관련이 강한 것을 자랑스럽게 여기고 있었다. 어떤 뜻에서 보면 유스티스 경보다 그가 더 깊이 관련되어 있다고 할 수도 있었다. 로저가 초대한 사람은 그런 인물이었다. 그들이 이야기를 나누고 있을 때 한 사나이가 들어와 테이블 옆을 지나갔다. 로저와 마주앉은 사나이가 갑자기 입을 다물었다. 들어온 사나이가 흘끗 눈인사를 했다.

로저의 손님은 테이블 위로 몸을 내밀고 무언가 계시를 받은 사람처럼 조용히 억누른 목소리로 말을 꺼냈다.

"호랑이도 제 말을 하면 나타난다더니, 저 사람이 바로 벤딕스 씨입니다. 그 사건이 일어난 뒤 여기서 그를 보는 것은 처음입니다. 정말 가엾은 사람이지요. 완전히 맥이 빠졌군요. 저 사람처럼 아내를 깊이 사랑한 남자는 본 적이 없습니다. 누구나 다 그렇게 말했지요. 저 침통한 얼굴을 보셨습니까?"

그처럼 소리죽여 이야기하는 편이 있는 힘을 다해 떠드는 것보다 그 내용에 어울린다고 생각한 모양이다. 만일 그 사나이가 우연히 그들을 쳐다보고 있었다면.

로저는 고개를 끄덕여 수긍했다. 로저는 그가 벤딕스임을 알기 전부터 이미 그 얼굴표정이 끔찍하다고 생각했었다. 지쳐서 핼쑥했으며 슬픔으로 깊이 주름잡힌 '젊은 늙은이' 같은 얼굴이었다.

로저는 마음에 큰 자극을 받고 속으로 중얼거렸다.

'저런! 누군가가 정말 힘써야겠군. 곧 범인이 잡히지 않으면 저 사람까지 죽겠는걸.'

그리고 나서 로저는 생각나는 대로, 확실히 별다른 속뜻은 없는 투로 말을 꺼냈다.

"그가 당신 목을 물고 늘어진 적은 없을 것 같군요. 당신들 두 사람은 진실한 친구라고 생각합니까?"

로저의 손님은 계면쩍은 표정으로 대답했다.

"이런 형편이니 정상을 참작해 주시기 바랍니다. 엄격히 말하면 전에도 마음의 친구라고 할 사이는 못 됐습니다. 그는 나보다 1, 2년 선배입니다. 아니, 3년 선배일지도 모르겠군요. 기숙사도 달랐지요. 게다가 그는 유행을 따르는 멋쟁이였거든요. 그 아버지에 그 아들이니 다를 리가 있습니까? 그러나 나는 클래식한 편이었지요."

로저는 천천히 대꾸했다.

"그랬었군요."

그는 이 사나이와 벤딕스의 학창시절의 관계는 아주 제한된 것으로, 기껏해야 이따금 얼굴을 마주친 정도였으리라는 것을 깨달았다.

그 이야기는 거기서 중단되었다.

그때부터 점심식사가 끝날 때까지 로저는 무뚝뚝한 표정이었다. 머릿속에서 무언가가 짜증스레 자기에게 이야기하는 듯한 느낌이었으나 그것이 무엇인지 잡히지 않았다. 지금 이 순간에도 어디선가 넌지시 중요한 자료가 그에게 전해져오는데 그 중요성을 깨닫지 못하는 듯했다.

30분 뒤 코트를 걸치며 이 전리품을 포기하려고 했을 때 문득 머리에 떠오르는 일이 있었다. 어떤 사물이 문득 머리에 떠오를 때 경험하는 당돌한 느낌과 함께.

로저는 한 팔을 코트 소매에 집어넣고 다른 한 팔로 소매를 찾으며 우뚝 멈춰 섰다. 그는 나직이 중얼거렸다.

"아, 그렇군!"

그러자 포도주로 한층 얼큰해진 초대 손님이 물었다.

"무슨 말씀이십니까?"

"아니, 아닙니다. 아무것도 아닙니다."

로저는 당황하여 얼른 밖으로 뛰어나갔다.

클럽 앞에서 그는 택시를 불러 세웠다.

베라클 라 매지레 부인이 다른 사람으로 하여금 건설적인 착상을 떠올리게 한 것은 이번이 처음이리라.

그로부터 꼬박 하루 동안 로저는 더없이 바빴다.

제10장

 로저는 블래드리를 지명하여 의견을 발표하도록 했다.
 블래드리는 입 언저리의 수염을 쓰다듬으면서 마음속으로 주먹을 휘둘렀다.
 그는——아직 퍼시 로빈슨으로 통할 무렵——자동차 세일즈맨으로 인생의 첫발을 내디뎠다. 그러나 곧 물건을 만드는 일이 훨씬 돈벌이에 좋다는 것을 알았다. 그리하여 지금 그는 미스터리 소설을 만들어내고 있는데, 세상 사람들이 쉽사리 속아 넘어가는 점을 이용한 그전의 경험이 조금은 도움이 되었다.
 그는 지금도 자신을 파는 세일즈맨이지만, 이미 올림픽 경기장 시상대에 올라서는 것 같은, 승리의 영관(榮冠)을 차지하는 빛나는 날은 그에게 없다는 사실을 이따금 잊는 수가 있었다. 모턴 핼로게이트 블래드리를 포함한 이 세상 모든 사물과 인간을 진심으로 경멸했으나 퍼시 로빈슨만은 예외였다. 그는 몇만 부에 이르는 자기 소설을 팔아넘겼다.
 그는 이윽고 머리 나쁜 청중들을 향해 말하듯 정확하고 신사다운 느릿한 말솜씨로 설명을 시작했다.

"이 일은 나에게 있어 아주 불운합니다. 지금까지의 예로 보아 내가 뜻밖의 인물을 살인범으로 끌어내지 않을까 기대하시겠지요. 그러나 필더 플레밍 부인이 이미 선수쳤기 때문에 나는 당황하고 있습니다. 여기 계시는 찰스 경만큼 뜻밖으로 여겨지는 살인범은 도저히 찾아내기 힘들 테니까요. 불행하게도 필더 플레밍 부인보다 나중에 의견을 발표하게 된 우리들은 모두 흥미 없는 추리를 사람수대로 되풀이하는 일에 만족해야겠지요.

그렇다고 내가 최선을 다하지 않았다는 말은 아닙니다. 나는 내 나름대로의 견해에 따라 이 사건을 검토했습니다. 그 결과 나 스스로도 깜짝 놀랄 만한 결론에 이르렀습니다. 그러나 조금 전에도 말씀드렸듯이 어제 저녁 이야기에 비하면 이 결론도 크게 흥미를 끌지는 못할 겁니다. 그건 그렇고, 어디서부터 시작할까…… 아, 그렇지, 바로 그 독물에 대해서부터 이야기하겠습니다.

나는 독물로 니트로벤젠이 사용된 점에 큰 흥미를 느꼈습니다. 여기에 커다란 의미가 감춰져 있다고 본 거지요. 아무도 니트로벤젠이 초콜릿 속에 들어 있으리라고는 예상하지 못할 것입니다. 나는 직업상 독물에 대해 좀 연구해 보았는데, 지금까지 니트로벤젠이 살인에 사용되었다는 이야기는 들어본 적이 없습니다. 자살과 실수로 일어난 중독사건에 사용된 예는 몇 가지 기록되어 있지만, 그것도 겨우 서너 건에 지나지 않았습니다.

이미 의견을 발표하신 회원이 모두 이 점에 생각이 미치지 못했다니, 정말 뜻밖이었습니다. 무엇보다도 흥미 있는 것은 니트로벤젠이 독물임을 아는 사람이 거의 없다는 사실입니다. 전문가들도 모르고 있습니다. 나는 케임브리지 대학에서 자연과학 부문 화학박사 학위를 얻은 사람과 이야기를 나눠보았으나, 그 사나이도 니트로벤젠이 독물이라는 사실을 모르더군요. 니트로벤젠에 대해서라면 그 사람보다 내가 훨씬 더 많이 알고 있음을 깨달았습니다. 약제사 같은 사람도 그것이 독물 가운데 한 종류라는 것을 모를 것이며, 단지 니트로벤젠만으로 흔히 통용되고 있지요.

지금 말씀드린 이야기에는 아주 중대한 뜻이 담겨 있다고 나는 생각합니다.

다음으로 이 약품에는 또 다른 특징이 있습니다. 그것은 상업에서 널리 상용되고 있는 점이지요. 거의 모든 제품에 사용되고 있다고 해도 지나치지 않습니다. 그 중요한 용도는, 다 아시겠지만 아닐린 염료의 원료로 쓰이고 있습니다. 이것이 가장 중요한 용도일 겁니다. 아무튼 그 용도에 가장 많은 양이 사용되고 있습니다.

그리고 아시는 바와 같이 과자 만드는 데 많이 사용되고 있습니다. 향료 제조에도 사용되고 있습니다. 이처럼 그 용도를 한 가지 한 가지 다 들 수는 없습니다. 그 범위는 초콜릿에서 자동차 타이어에까지 이르고 있으니까요. 아무튼 아주 손쉽게 구할 수 있다는 점이 중요합니다.

덧붙여 말하면, 만들기도 아주 쉽습니다. 초등학교 학생이라도 벤젠과 질산을 섞어 니트로벤젠을 만드는 방법을 알고 있습니다. 나도 그것을 만들어본 경험이 있습니다. 화학 지식만 좀 있으면 충분합니다. 돈이 드는 실험 설비는 아무것도 필요 없습니다. 사용법만 알고 있으면 화학 지식이 전혀 없는 사람도 만들 수 있습니다. 게다가 남몰래 만들 수도 있습니다. 머리를 쓸 필요도 없습니다. 그러나 아무튼 그것을 만들려면 조금이라도 화학 지식이 있어야 합니다. 적어도 이런 목적에 사용하려면.

나는 사건 전체를 살펴볼 때 이 니트로벤젠이 단 한 가지 독창적인 특색이며 가장 중요한 증거라고 생각합니다. 그러나 손쉽게 구할 수 있으므로 유력한 증거가 된다는 뜻은 결코 아닙니다. 니트로벤젠을 쓰기로 결정했다면 누구라도 손쉽게 구하거나 만들 수 있으므로, 이것은 물론 범인의 입장에서 보면 아주 유리한 점이지요. 하지만 내가 말하려는 것은 그런 뜻이 아니라 니트로벤젠을 사용하려고 마음먹은 인물의 범위를 뜻밖에도 좁힐 수 있다는 것입니다."

블래드리는 잠시 말을 끊고 담배에 불을 붙였다. 만일 그가 다시 말을 이을 때까지 동료 회원들이 말없이 앉아 있는 것을 자신이 그만큼 흥미를 가지게 한 증거라고 생각하며 기뻐했다면 그야말로 사실의 밑바닥을 꿰뚫어보지 못한 것이다.

그는 마치 바보들을 모아놓은 학급을 둘러보듯 그들을 바라보고 나서 이야기를 이었다.

"그러므로 우선 이 니트로벤젠을 사용한 인물은 최소한의 화학지식을 갖춘 사람이라고 여겨집니다. 아니, 그것으로 한정시켜야 합니다. 말하자면 그것은 단순한 화학지식이든지 아니면 직업에 따르는 지식일 겁니다.

만일 어떤 약제사 조수로서 가게 문을 닫은 뒤에도 약품에 대해 공부할 만큼 열성스러운 사나이가 있다면 전자의 경우에 해당될 것이고, 니트로벤젠을 사용하는 공장에서 고용주로부터 그 독성에 대해 주의를 들은 적이 있는 여자라면 후자의 예가 되겠지요.

그 약품을 독물로 사용하려고 생각할 수 있는 인물은 두 종류밖에 없습니다. 그 첫째는 지금 예를 든 두 무리지요. 그러나 이 사건에 좀더 깊이 관계되어 있으리라 여겨지는 것은 두 번째 종류입니다. 이들이 더 지능적이지요.

이 구별에서 약제사 조수는 취미삼아 화학 지식을 익힌 초심자라고 할 수 있겠지요. 직업으로 화학 지식을 갖춘 여성이라면 독물학에 흥미를 가진 여의사를 생각할 수 있으며, 또는 직업이라고 말할 수는 없지만 범죄학, 그 중에서도 독물학에 깊은 관심을 가진 고급 인텔리 여성을 들 수 있습니다. 예를 들면 필더 플레밍 부인 같은 여성이 되겠지요."

필더 플레밍 부인은 화가 치밀어 올라 숨을 들이마셨다. 찰스 경은 얼마 전 자기를 난처하게 만든 데 대한 보복이 뜻밖에도 쉽게 이루어진 것이 신이 나 갑작스럽게 웃음을 터뜨렸다.

블래드리는 아주 침착한 태도로 말을 이었다.

"여러분도 이미 잘 알고 계시겠지만, 자신의 책장에 《법의학》 책을 꽂아두고 있을 뿐 아니라 그것을 자주 참고로 들춰보는 인물들이지요.

이 범행 방법에는 범죄학 지식이 응용된 흔적이 있다는 당신의 의견에 나도 찬성입니다, 필더 플레밍 부인. 당신은 이 사건과 아주 비슷한 사건을 한 가지 인용했으며, 찰스 경 또한 다른 예를 제시했지요. 그러나 나는 좀더 나아가 세 번째 예를 들겠습니다. 이것은 지금까지 일어난 사건들을 여러 모로 짜 맞춘 것입니다. 나 또한 이것은 단순한 우연의 일치가 아니라고 확신합니다.

범인이 범죄학 지식을 갖춘 인물이라는 것은 당신들 이야기를 듣기 전부터 이미 알고 있었습니다. 이런 결론에 이르는 데 도움이 된 것은, 유스티스 경에게 초콜릿을 보낸 사람이 누구든 그는 틀림없이 테일러의 《법의학》을 가지고 있으리라는 확신이었습니다.

물론 이것은 완전히 추리에 지나지 않습니다. 내가 가지고 있는 테일러의 《법의학》을 보면 청산가리 다음 페이지에 니트로벤젠이 나와 있습니다. 나는 여기에 고려해야 할 점이 있다고 생각합니다."

그는 잠시 이야기를 끊고 한숨 돌렸다.

치터윅이 끼어들었다.

"무슨 말씀인지 알 것 같습니다. 당신은 누군가가 어떤 목적에 사용할 독물을 찾기 위해 그 책을 열심히 뒤적이다가······."
블래드리는 고개를 끄덕였다.
"그렇습니다."
찰스 경이 목소리에 호의를 담아 말했다.
"독물에 대해 크게 강조하는 것 같은데, 그 점에 맞는 연역 추리법으로 이미 살인범을 알아냈단 말씀입니까?"
"아닙니다, 찰스 경. 나는 아직 거기에까지 이르지 못했습니다. 내가 그 점을 강조한 것은, 아까도 말했듯 이것이 이 범죄의 단 한 가지 진정한 독창성 있는 특색이기 때문입니다. 그것만으로 문제가 해결되지는 않겠지만, 그러나 다른 여러 가지 특징과 종합해 보면 해결 방향에 쉽게 접근할 수 있으리라 생각합니다. 아무튼 다른 까닭으로 혐의를 받고 있는 인물이 결백한지 어떤지 확인하고, 혐의를 확실하게 하는 데 도움되리라 믿습니다.

이것을 사건 전체와 연결시켜 봅시다. 우선 알 수 있는 것은 이 범죄가 지능적일 뿐 아니라 교육 정도가 높은 인물의 짓이라는 점입니다.

그렇다면 니트로벤젠을 독물로 택할 만한 사람 가운데 첫 번째 종류에 해당되는 사람들은 제외해도 좋겠지요. 다시 말해 약제사나 조수나 공장 여자종업원은 제외됩니다. 그러므로 범죄학에 흥미를 가지고 독물학 지식을 얼마쯤 갖추고 있으며, 게다가 만일 내가 크게 잘못 짚은 게 아니라면——지금으로서는 잘못 짚지 않았다고 생각합니다만——책장에 테일러의 《법의학》이나 또는 그와 비슷한 책을 꽂아둔 교육 수준 높은 인텔리로 범위를 좁힐 수 있습니다.

범인이 니트로벤젠이라는 특이한 독물을 선택한 점에서 내가 끌어낸 사실은 이것입니다, 친애하는 왓슨 씨!"

블래드리는 지독한 자기만족에 취한 모습으로 윗입술 언저리의 수염을 만지작거렸다.

그는 사람들에게 스스로 자신의 추리에 만족하고 있다는 것을 보여주기 위해 애썼는데, 그런 태도를 보이는 데는 사실 그럴 만한 까닭이 있었다. 치터윅이 정말 교묘한 추리라고 감탄했던 것이다.

앨리시어 더머즈가 무표정한 얼굴로 한 마디 던졌다.

"그 이야기를 들려주시겠어요, 블래드리 씨? 결론이 뭐지요? 정말로 추리가 성립되었다면 말이에요."

"그야 물론 성립되어 있지요."

블래드리는 의기양양한 태도로 빙그레 웃었다.

처음으로 앨리시어 더머즈를 자극하여 자기에게 반발하도록 만드는 데 성공했으므로 그는 흐뭇한 듯했다.

"그러나 정확한 순서로 생각해 봅시다. 나는 필연으로 이 결론에 이른 경위를 말씀드리고 싶습니다. 그러려면 나 자신이 조사해 온 발자취를 더듬어갈 수밖에 없습니다. 나는 그 독물에 연역추리법을 적용시킨 뒤 다른 단서를 조사하기 시작했습니다. 그것들을 추적해 들어가 독물로 그 진위를 가릴 수 있을지 어떨지 알아보기 위해서였습니다. 먼저 그 가짜 편지에 주의를 기울였습니다. 독물을 빼놓으면 진짜 가치 있는 단 한 가지 단서였기 때문이지요.

그런데 나는 당황했습니다. 무언지 확실하게 알 수는 없지만, 나는 메이슨 상회의 이름에서 짚이는 바가 있었습니다. 고급 초콜릿뿐만 아니라 무언가 다른 일과 관련하여 그 회사 이름을 들은 적이 있는 것 같아 초조했습니다. 그런데 겨우 생각이 났습니다.

여기서 잠시 내 개인적인 이야기를 하지 않을 수 없군요. 이 점은 먼저 사과드리겠습니다, 찰스 경. 내 누이동생은 결혼하기 전 속기 타이피스트로 일했답니다."

블래드리의 거북해 하는 태도로 이 관계를 옹호할 필요가 있어 말하고 싶어하지 않는 것이 뚜렷해졌다.

이윽고 그는 사실을 털어놓았다.

"그녀는 학력 덕분에 여느 속기 타이피스트와는 격이 다른 유능한 비서였습니다. 그녀는 어떤 부인이 운영하는 협회에서 일하고 있었지요. 그곳에서는 어떤 회사의 비서가 병이 나거나 휴가중이어서 자리가 비게 될 경우 잠시 일해 주는 대리 비서를 알선해 주고 있었습니다.

그 협회에는 내 누이동생까지 포함하여 두세 여자가 있을 뿐이었으며, 대리로 일보는 기일은 대개 2, 3주일이었습니다. 따라서 그녀들은 1년 동안에 그런 일을 꽤 많이 맡아했습니다. 지금도 분명히 기억합니다만, 누이동생이 그곳에 있을 때 일을 보아준 회사 가운데 메이슨 상회가 있었습니다. 그녀는 그곳 중역 가운데 한 사람의 임시비서가 되었지요.

그 일이 나에게 큰 참고가 되었습니다. 물론 그녀가 이 살인사건을 해결하는 빛을 던져준 것은 아닙니다. 그러나 필요하다면 그녀로부터 메이슨 상회의 중역 가운데 한두 사람을 소개받을 수 있을 것 같았습니다. 그래서 나는 누이동생을 찾아갔습니다.

그녀는 아주 잘 기억하고 있었습니다. 그것은 3년 전부터 4년 전까지 사이의 일이었고, 그녀는 그곳이 퍽 마음에 들어 비서 채용이 있으면 응모해 볼까 생각했기 때문이었지요. 물론 특별히 친한 간부는 없었지만, 내가 바란다면 소개해 줄 정도는 알고 있었습니다.

나는 별 뜻 없이 누이동생에게 말했습니다.

'초콜릿과 함께 유스티스 경에게 보낸 편지를 보았는데, 메이슨 상회 이름뿐만 아니라 실은 그 편지용지도 본 기억이 있는 듯하더구나. 혹시 그곳에서 일하는 동안 나에게 편지 보낸 적이 없었

니?'

'글쎄요, 잘 모르겠어요. 하지만 그 용지는 본 기억이 있을 거예요. 여기서 페이퍼 게임(종이에 그림이나 글씨를 써서 겨루는 놀이)을 했잖아요? 그 게임에 언제나 그 종이를 썼지요. 크기가 아주 알맞았으니까요.'

이 말에 설명을 붙일 필요는 없었습니다. 페이퍼 게임은 우리집에서 흔히 즐기던 놀이였으니까요.

연상이란 묘한 것입니다만, 그 게임의 실제 광경을 떠올리지 않아도 좋겠지요. 물론 나는 곧 생각이 났습니다. 확실히 누이동생의 책상서랍 하나에 그 종이가 제법 많이 들어 있었지요. 나는 페이퍼 게임에 쓰기 위해 그 종이를 작게 자르기도 했었답니다.

나는 다시 누이동생에게 물어보았습니다.

'하지만 어째서 그 종이를 가지고 있었지?'

누이동생은 메이슨 상회에서 일하고 있을 때 사무실에서 가지고 왔다며 애매하게 대답을 얼버무렸습니다. 그래도 내가 짓궂게 캐묻자 그녀는 겨우 설명해 주었습니다.

어느 날 저녁 사무실을 나오려는데, 문득 저녁식사 뒤 친구가 집에 오기로 되어 있다는 생각이 났답니다. 페이퍼 게임을 하게 될 텐데 집에는 마침 종이가 떨어지고 없었답니다. 그래서 그녀는 층계를 뛰어올라가 사무실로 들어가서 서류 넣는 손가방을 책상 위에 열어놓고 타이프라이터 옆에 쌓인 종이를 한 뭉치 넣었지요. 몹시 서둘렀기 때문에 몇 장쯤 넣었는지 몰랐지만, 하룻밤 즐길 수 있는 분량이었습니다. 그날 밤에는 게임이 네 시간도 넘게 계속되었으니, 한 240장쯤이 아니었을까 하더군요.

나는 좀 놀란 기분으로 누이동생의 집을 나왔습니다. 나오기 전에 그녀의 집에 남아 있는 용지를 조사해 보았는데, 바로 그 가짜 편지용지와 비슷했습니다. 가장자리도 색이 변해 있었습니다.

나는 크게 놀라지는 않았습니다. 당황했을 뿐입니다. 왜냐하면 유스티스 경에게 그 소포를 부친 인물을 찾아내는 방법에는 여러 가지가 있겠지만, 특히 그 회사의 현직 종업원이나 전 종업원 가운데 그 편지를 타이프한 사람을 찾아내는 것이 가장 효과가 있으리라는 생각이 떠올랐기 때문입니다.

나는 이 발견에서 아주 낭패감을 느꼈습니다. 이 사건을 잘 생각해 보니 나는 전부터 경찰이나 다른 사람들 모두 편지용지와 범행 방법이라는 두 가지 문제에서 말 앞에 수레를 가져다 매는 듯한 짓을 해온 게 아닌가 하는 생각을 가지고 있었던 것입니다. 말하자면 모두들 당연하게 살인범은 우선 범행방법을 정해놓고 그것을 실행하기 위해 용지를 손에 넣었다고 생각했습니다,

그러나 용지가 이미 범인 곁에 있고, 우연히 그것을 가지게 되어 범행 방법을 생각해 냈다고 보는 편이 보다 더 자연스럽지 않을까요? 앞의 경우에는 용지에서 범인을 추측해 낼 수 있는 가능성이 아주 적습니다. 그러나 나중 경우에는 가능성이 큽니다. 여러분 가운데 누구든 이것을 생각해 본 적이 있습니까? 회장님은 어떻습니까?"

로저는 정직하게 대답했다.

"솔직히 말해서 없었습니다. 그 착상은 홈즈의 기지 같은 것으로 그 가능성은 아주 명료합니다. 아무튼 확실히 훌륭한 착상이라고 생각합니다, 블래드리 씨."

앨리시어 더머즈가 동의했다.

"심리적인 면에서도 완벽해요."

블래드리는 낮은 목소리로 인사했다.

"고맙습니다. 이제는 나의 발견에 내가 얼마나 낭패했는지 아셨겠

지요? 만일 그 추리에 조금이라도 의미가 있다면 메이슨 상회의 가장자리 색이 변한 오래된 편지용지를 가진 사람을 곧 용의자로 보아야 했기 때문입니다."

"흠!"

찰스 경이 한 마디 하고 싶은 듯 헛기침을 했다. 말하려는 내용은 뚜렷했다. 신사는 자기 누이동생을 의심해서는 안 된다는 것이었으리라.

치터윅은 좀더 인정 있는 태도를 보였다.

"정말 안됐군요."

블래드리는 말을 이었다.

"게다가 그냥 보아 넘길 수 없는 문제가 또 있었습니다. 누이동생은 비서 훈련을 받기 전에 간호사가 되려고 생각한 적이 있습니다. 그녀는 간호사 단기양성 강좌를 들었었지요. 그 공부를 아주 열심히 했습니다. 간호학 책뿐만 아니라 의학서적도 많이 읽었지요. 나는 몇 번이나……"

그는 말을 끊고 엄숙한 얼굴을 지었다.

"그녀가 테일러의 《법의학》을 공부하는 것을 보았습니다. 더욱이 아주 열중해서 읽는 듯했습니다."

블래드리는 다시 한참 동안 사이를 두었으나 이번에는 아무도 의견을 말하지 않았다. 아무래도 이야기가 진지해질 듯하자 모두 허튼 소리를 할 수 없었던 것이다.

"나는 집으로 돌아가서 이 일을 잘 생각해 보았습니다. 물론 누이동생을 용의자 명단에, 그것도 맨 첫 번째에 놓는 것은 어리석게 생각되었습니다. 사람은 누구나 자기 육친이 살인을 저지르리라고는 생각하지 않는 법이니까요. 그 두 가지는 물과 기름 같습니다.

만일 누이동생 아닌 다른 사람이었다면 나는 사건 해결의 전망에 기쁨을 감추지 못했을 것입니다. 그러나 사실이 이렇게 되자 나는 어쩔 줄 몰랐습니다. 깊이 생각한 뒤……."
블래드리는 몸을 젖히는 듯한 몸짓을 해보였다.
"나는 의무라고 여겨지는 일을 하리라 마음먹었습니다. 나는 다음 날 다시 누이동생 집으로 갔습니다. 그리고 그녀가 유스티스 펜퍼더 경과 관계를 가진 일이 있는지 없는지, 만일 있다면 어떤 관계인지 다그쳤습니다.

그녀는 멍하니 나를 바라보고 있더니 이윽고 살인사건이 일어나기 전까지는 그런 이름을 들어본 적도 없다고 말했습니다. 나는 누이동생을 믿었습니다. 나는 사건이 일어났던 날 밤 그녀가 무엇을 했는지 기억할 수 있느냐고 물었습니다. 그녀는 더욱 어이없어하는 태도를 보였으나, 그날 밤 남편과 함께 맨체스터 거리로 나가 피코크 호텔에서 시간을 보내고, 저녁은 극장에 가서 자기가 기억하는 한, '운명의 불꽃'이라는 영화를 보았다고 대답했습니다.

나는 그녀의 말을 믿었습니다. 그러나 나는 언제나처럼 나중에 조사해 보았습니다. 그 결과 그녀의 말이 진실이었음이 확인되었습니다. 말하자면 소포가 부쳐진 시간의 그녀 알리바이는 확고했습니다. 나는 말할 수 없이 마음이 놓여 가슴을 쓸어내렸습니다."
블래드리는 슬픔과 긴장으로 목소리를 낮추었다. 그러나 언뜻 얼굴을 들었을 때 그 눈에 비웃음 같은 빛이 어려 있는 것을 보고 로저는 막연한 불안을 느꼈다.

로저는 좀처럼 진심을 알아낼 수 없는 점이 블래드리를 대할 때 느끼는 가장 난처한 일이라고 생각했다.

"첫 번째 추리가 헛되었으므로 나는 그때까지 얻은 사실들을 일람표로 정리하여 사건을 다른 각도에서 생각하기 시작했습니다.

나는 스코틀랜드야드의 모리스비 주임경감이 그날 밤 여기서 이야기한 증거에 대해 어딘지 애매한 느낌을 받았기 때문에 그에게 전화 걸어 머리에 떠오르는 대로 두세 가지 물어보았습니다. 그 결과 그 타이프라이터는 해밀턴 4형으로 시장에 흔히 나와 있는 것이고, 포장지에 적힌 주소는 만년필로 씌어졌는데 그 만년필은 중간 크기 글씨를 쓸 때 사용하는 펜촉이 달린 오닉스 만년필임에 틀림없고, 잉크는 허필드 만년필 잉크며, 그 흔해빠진 포장지와 끈에서 찾아낼 단서는 아무것도 없다는 것을 알았습니다. 어디서도 지문이 검출되지 않았다는 것은 이미 이야기되었지요.

내가 어떤 일로 밥을 먹고 사는지 생각하면 이런 일을 인정하기 난처하지만, 솔직히 말해서 나는 형사들이 어떻게 수사를 하는지 전혀 모릅니다. 소설에서는 아주 간단한 일이지요. 작가는 발견시키고 싶은 일을 미리 정해놓고 그것을 탐정이 발견하도록 하며, 나중 일에 대해서는 눈감아 버리면 됩니다. 그러나 실제로는 일이 그렇게 뜻대로 잘 되지 않지요.

아무튼 나는 내 소설 속 탐정이 한 것처럼 될 수 있는 한 계통이 서는 방법으로 사건해결에 착수했습니다. 말하자면 사실과 관계인들 양쪽에 걸쳐 이용될 수 있는 증거를 모아 일람표로 만들고——얼마나 많은지 놀랐습니다——그런 다음 한 가지 한 가지 증거에서 가능한 한 많은 연역추리를 끌어냈습니다. 동시에 완성된 결론 속에서 밝혀지는 인물을 찾는 데 편견이 없도록 노력했습니다. 다시 말하자면……"

블래드리는 괴로운 듯한 표정을 지었다.

"나는 A부인이나 B경처럼 이 범죄에서 충분한 동기가 있다고 인정되면 곧 그 또는 그녀의 짓임에 틀림없다고 결론짓고 자기 추리에 맞추어 편의로 증거사실을 왜곡시키지 않도록 노력했습니다."

"동감입니다!"

로저는 그 말을 인정하지 않을 수 없었다. 앨리시어 더머즈와 치터윅이 잇달아 소리쳤다.

"나도 동감입니다!"

"동감입니다!"

찰스 경과 필더 플레밍 부인은 흘끗 눈길을 주고받더니 당황하며 얼굴을 돌렸다. 마치 같이 장난하다 들킨 주일학교 아이들 같았다.

"정말 힘들군." 블래드리가 중얼거렸다. "몸도 마음도 지치는 일입니다. 셀링검 씨, 5분쯤 쉬며 담배를 좀 피울 수 없겠습니까?"

로저는 동정하여 블래드리가 기운을 되찾도록 휴게시간을 주었다.

제11장

블래드리는 기운을 되찾아 다시 설명을 시작했다.
"살인사건에는 두 가지 종류가 있다고 생각합니다. 한정형과 개방형입니다.

한정형이란 어떤 한정된 그룹 안에서 행해지는 살인을 말하지요. 예를 들면 시골 저택에 손님을 초대해 놓았을 때 벌어지는 살인 같은 것입니다. 이런 경우 범인은 저택에 있는 사람 가운데 누군가일 것입니다. 이것은 소설에서 가장 흔히 다루어지는 종류지요.

개방형이란 범인이 어떤 그룹에 한정되지 않고 세계 어느 곳에 있는 누구일 수도 있는 살인입니다. 실제생활에서 일어나는 살인사건은 거의 모두 여기에 포함되지요.

우리가 문제 삼고 있는 사건은 이 점에서 좀 다르며, 그 어느 쪽이라고 뚜렷하게 구별 지을 수 없는 것이 특징입니다. 경찰은 개방형으로 생각하고 있고, 앞서 의견을 말한 두 분은 한정형으로 보고 있는 것 같습니다.

이것은 동기에 따라 달라지지요. 만일 어떤 편집광이나 범죄 기질이 있는 사람의 짓이라는 경찰 의견에 동의한다면 이것은 확실히 개방형 살인입니다. 말하자면 그날 밤 알리바이가 없던 런던 시내의 누구든지 그 소포를 부쳤을 가능성이 있는 것입니다. 그러나 동기가 개인적이며 유스티스 경에게 관련되어 있다는 견해에 동의한다면 범인은 유스티스 경과 관계를 가진 일정한 사람으로 한정됩니다.

소포 문제가 나왔으니 잠깐 옆길로 빠져 재미있는 이야기를 들려 드리지요.

나는 어쩌면 내 눈으로 살인범을 보았을지도 모릅니다. 범인이 소포를 부치는 현장을 보았을지도 모릅니다! 바로 그날 밤 9시 15분 전쯤에 나는 사우댐턴 거리를 걷고 있었으니까요. 그러나 나는 ——에드거 웰레스 언저리인 듯한데——아무것도 모르는 내 바로 앞에서 이 비극의 제1막이 열리고 있는 줄은 꿈에도 몰랐습니다. 불길한 예감 때문에 갑자기 걸음을 비틀거린 일도 없었습니다. 그날 밤 하느님은 분명 무언가 조짐을 보여주는 것을 보류하셨던 모양입니다. 만일 내 둔한 직감력에 무언가 짚이는 일이 있다면 우리 인간들의 수고가 얼마나 많이 덜어질까요. 안타까운 일입니다." 블래드리는 슬픈 표정을 지었다.
"이것이 인생입니다. 그러나 지금 이런 일은 아무래도 좋습니다. 우리는 한정형과 개방형 살인사건에 대해 이야기하고 있으니까요.

나는 어느 쪽이라고 분명히 단정내리지 않기로 마음먹었으므로, 안전을 기해 이 사건을 개방형으로 다루기로 했습니다.

그리하여 나는 이 넓은 세상 사람들을 모두 용의자로 보게 되었습니다. 그 범위를 조금 좁히기 위해 그 또는 그녀가 우리에게 남겨준 아주 보잘것없는 증거로 범인을 찾아내는 일에 들어갔습니다.

나는 범인이 니트로벤젠을 선택한 사실에서 이미 결론을 내렸다고 말씀드렸었습니다. 그러나 교육 정도가 높다는 사실에다 나는 의미심장한 꼬리를 하나 덧붙였습니다. 하지만 퍼블릭 스쿨(상중류계급 자녀들이 다니는 학교)이나 대학을 뜻하는 것은 아니었습니다. 당신도 그렇게 생각하시겠지요, 찰스 경? 그런 학교 출신자가 이런 흉내를 낼 리 없지 않습니까?"
찰스 경이 좀 딱하다는 듯이 말했다.
"퍼블릭 스쿨을 나온 친구들 가운데 살인을 저지른 예는 얼마든지 있답니다."
"물론 그렇겠지요. 그러나 이처럼 비열한 수단을 쓰지는 않았습니다. 퍼블릭 스쿨의 규율은 살인을 저지를 때에도 영향을 미치는 듯합니다. 퍼블릭 스쿨 출신자라면 아마 틀림없이 그렇게 말할 것입니다.

이 사건은 결코 신사답지 못합니다. 퍼블릭 스쿨 출신자라면 살인같이 세상 관습에 어긋나는 일을 하지 않으면 안 될 경우에는 도끼나 권총 등 피해자와 서로 맞겨루는 물건을 사용할 것입니다. 다시 말해 등 뒤에서 습격하여 살해하는 짓은 하지 않을 것입니다. 나는 그렇게 확신합니다.

그리고 또 한 가지 분명한 결론은 범인은 특별히 손재주가 있다는 점입니다. 초콜릿 포장지를 열고 알맹이를 바꿔넣은 뒤 그 구멍을 녹인 초콜릿으로 메워 전혀 손댄 흔적이 없는 것처럼 만들어 깨끗이 은종이에 싸서 본디대로 넣은 솜씨, 확실히 쉬운 일이 아닙니다. 더욱이 장갑을 끼고 했던 것입니다.

나는 그 감쪽같은 솜씨를 보고 용의자는 틀림없이 여자이리라 생각했습니다. 하지만 나는 어떤 실험을 하여 내 남자, 여자 친구 12명에게 그것을 시도해 보았더니, 그 가운데 가장 깨끗이 해낼 수 있었던 사람은——결코 자랑하려는 것은 아닙니다만——나 혼자

뿐이었습니다. 따라서 여자에 한한다고 볼 수 없습니다. 그러나 손재주가 좋아야 한다는 점은 강조해 두어도 좋으리라 생각합니다.

다음으로 초콜릿에 든 독은 어느 것이나 모두 6미님의 분량이라는 문제가 있습니다. 이것은 사건 해결에 밝은 빛을 던져주는 것입니다. 이것으로 미루어보면 균형이라는 점에 골몰하는 꼼꼼하고 빈틈없는 마음의 소유자임이 분명합니다. 그런 사람들은 벽의 그림이 정확하게 간격이 맞지 않으면 참을 수 없어하지요.

나는 그것을 잘 압니다. 내게도 그런 경향이 있기 때문이지요. 균형이란 내게 있어 질서와 같은 뜻입니다. 범인이 구멍을 초콜릿으로 감쪽같이 메울 수 있었던 경위를 나는 잘 알 수 있습니다. 나라도 아마 그렇게 했을 것입니다. 무의식으로 해치워버렸겠지요.

그리고 범인은 또한 독창성 있는 마음의 소유자라고 보아야 할 겁니다. 이런 범죄는 순간적인 충동으로 할 수 있는 일이 아닙니다. 그것은 깊은 생각으로 조금씩 이루어져 연극이 구성되는 것처럼 한 장면 한 장면 조립되는 것입니다. 어떻습니까, 필더 플레밍 부인?"

"그런 식으로 생각해 본 적은 없지만, 어쩌면 그랬을지도 모르겠군요."

"물론 그렇겠지요. 한 편의 연극을 만들기까지에는 온갖 생각을 다 기울이겠지요. 우리로서는 다른 범죄를 본뜬 게 아닌가 걱정할 필요는 없다고 봅니다. 물론 위대한 독창력을 지닌 두뇌도 다른 사람의 아이디어를 받아들여 자기 것으로 만들어 사용하는 경우가 있습니다. 나도 그렇게 한답니다. 당신도 그렇지 않습니까, 셀링검 씨? 그리고 앨리시어 더머즈 양과 필더 플레밍 부인도 이따금 그렇게 하리라 생각합니다. 솔직하게 말해 주십시오, 여러분!"

숨죽인 정직한 속삭임이 들리며 때로 그러한 잘못이 있음을 모두 시인했다.

"그렇습니다. 설리번(아서 설리번, 영국 작곡가)이 옛 교회음악을 편곡하거나, 그레고리안 성가풍의 노래를 '빛나는 눈동자'로 바꾸거나, 또 대중곡이 아닌 아리아로 바꾼 사실을 생각해 보십시오.

그것은 분명 있을 수 있는 일입니다. 그러나 이런 견해도 미지의 인물 프로필을 그리는 데는 도움이 안 됩니다. 결국 범인의 정신 기반인 심리에는 독살자 특유의 인간답지 못한 냉혹함이 있을 것입니다. 바로 이 이야기를 하고 싶었던 것입니다만, 중요한 일이 아닙니까?

만일 이런 여러 가지 특징을 갖춘 인물을 우연히 만났을 경우, 이것은 그가 이 사건의 범인이라고 인정하는 데 큰 도움이 될 겁니다.

그런데 또 한 가지 잊어서는 안 될 일이 있습니다. 유사범죄에 관한 것입니다. 아무도 이 문제를 언급하지 않다니, 뜻밖입니다. 이제부터 말하려는 사건은 지금까지 인용된 어느 범죄보다도 이번 사건과 닮았습니다만, 그다지 유명한 사건은 아닙니다. 그러나 이 이야기는 모두 들었을 것입니다. 꼭 20년 전 필라델피아에서 일어난 윌슨 박사 살해사건입니다.

그 내용을 간추려서 말씀드리지요. 윌슨 박사는 어느 날 아침 한 유명한 양조회사로부터 엘(맥주의 한 종류)의 시음품을 받았습니다. 소포에는 제조회사의 정식 편지용지로 보이는 종이에 씌어진 편지가 들어 있었고, 주소를 쓴 꼬리표에도 회사이름이 인쇄되어 있었습니다. 윌슨 박사는 점심식사 때 그 맥주를 마시고 곧 숨졌습니다. 독물은 청산가리로 판정되었습니다.

얼마 뒤 그 맥주는 그 회사에서 보낸 게 아니라는 사실이 밝혀졌습니다. 그 회사에서는 시음품을 한 번도 보낸 일이 없었으니까요.

소포는 그 지방 운송회사를 통해 배달되었는데, 그곳에서 알아낸 일은 어떤 사나이가 배달을 부탁했다는 것뿐이었습니다. 주소가 씌어진 꼬리표와 편지용지는 그 일을 위해 인쇄된 가짜였습니다.

이 수수께끼 사건은 끝내 해결되지 못했습니다. 경찰은 미국에 있는 모든 인쇄소를 샅샅이 뒤졌습니다만, 그 편지용지의 머리글과 주소용 꼬리표를 인쇄한 인쇄소는 찾아내지 못했습니다. 살인 동기도 만족할 만한 것이 없었습니다. 전형적인 개방형 살인이었지요. 그 맥주병은 마른 하늘에 날벼락같이 굴러 떨어졌으며, 범인은 그곳에 숨어 있는 것이었습니다.

여기에서 특히 새 상품의 선전용품을 가장한 점이 이번 사건과 아주 비슷하다는 것을 아시겠지요. 필더 플레밍 부인도 지적하셨듯이, 이것을 우연의 일치로 보기에는 이야기가 너무 잘 꾸며져 있습니다. 우리들이 찾고자 하는 범인도 그 사건을 알고 있었음에 틀림없습니다. 특히 범인의 입장에서 볼 때 실로 교묘하게 마무리 지어진 결말을 알고 있었을 것입니다.

솔직히 말씀드리자면 동기라고 여겨지는 점이 있긴 했습니다. 월슨 박사는 이름난 낙태수술 전문 의사였으므로 누군가가 그의 위법 행위를 저지시키려고 했는지도 모릅니다. 하늘이 내리는 벌을 깊이 의식하는 사람들이 있습니다. 이것도 이번 사건과 아주 비슷하다고 봅니다. 아시겠습니까? 유스티스 경은 이름난 악한입니다. 이것은 경찰의 견해, 그러니까 이름 없는 편집광의 범행이라는 견해를 뒷받침해 줍니다. 이 견해는 높이 평가되어도 좋으리라 생각합니다.

그러나 나는 자신의 논증을 진행시켜야겠습니다.

이 단계에까지 이르자 나는 결론을 일람표로 만들어 우리들이 찾고자 하는 범인이 갖추고 있어야 할 조건을 리스트로 작성해 보았습니다. 그 결과 나는 다음과 같은 점을 지적하려고 합니다.

여기에 든 조건들은 너무 많은데다 아주 다양하기 때문에 이것을 갖춘 사람이 발견되어 그 또는 그녀가 범인으로 추정될 확률은 1백분의 1은커녕 7백 분의 1밖에 안 됩니다, 찰스 경. 이것은 단순한 추측에서 나온 숫자가 아니라 정확한 수학에 따른 계산입니다'

나는 12가지 조건을 들어보았으므로, 이것이 모두 한 사람의 인물로 충족될 확률은——만약 내 계산이 옳다면——4억 7천9백만 1천7백 분의 1이 됩니다. 그것은 모두 되고 안 되는 가능성이 반반인 경우입니다.

실제로 범인이 얼마쯤 범죄학 지식을 가지고 있을 확률은 10분의 1입니다. 그리고 메이슨 상회의 편지용지를 손에 넣을 확률은 1백분의 1도 안 됩니다.

이처럼 여러 가지 사항을 종합해 보니 실제 확률은 약 47억 9천51만 6천4백58분의 1이었습니다. 다시 말하면 그것은 제로(0)와 같습니다. 아무도 다른 의견이 없겠지요?"

너무도 황당하여 모두들 멍하니 이론을 내세울 엄두도 내지 못했다. 그러자 블래드리가 밝은 목소리로 말했다.

"좋습니다. 그럼, 모두 같은 의견으로 보고 내 리스트를 읽어드리겠습니다."

그는 재빨리 작은 수첩의 페이지를 넘기며 읽어나갔다.

범인이 갖추고 있어야 할 조건
1 적어도 초보 화학 지식을 가지고 있지 않으면 안 된다.
2 적어도 초보 범죄학 지식을 가지고 있지 않으면 안 된다.
3 학력이 훌륭해야 하지만, 퍼블릭 스쿨이나 대학 출신은 아니다.
4 메이슨 상회의 편지용지를 가지고 있거나 또는 손에 넣을 기회를 가진 사람이어야 한다.

5 해밀턴 4형 타이프라이터를 가지고 있거나 입수할 기회를 가진 사람이어야 한다.

6 범행이 일어나기 전날 밤 8시 30분부터 9시 30분 사이에 스트랜드 거리 사우댐턴 언저리에 있었어야 한다.

7 중간 크기 글씨를 쓸 때 사용하는 펜촉이 달린 오닉스 만년필을 가지고 있거나 입수할 기회가 있는 사람이어야 한다.

8 허필드 만년필 잉크를 가지고 있거나 입수할 기회를 가진 사람이어야 한다.

9 얼마쯤 독창성 있는 두뇌를 가지고 있어야 하지만, 다른 사람의 아이디어를 끌어들여 자기 것으로 완성 지을 정도면 된다.

10 특별히 손재주가 뛰어나지 않으면 안 된다.

11 규칙적인 성격을 가진 인물이어야 한다. 아마 균형과 조화에 대한 감각이 뛰어난 인물일 것이다.

12 독살자 특유의 인간답지 못한 냉혹함을 지니고 있지 않으면 안 된다.

블래드리는 수첩을 덮어 안주머니에 넣었다.

"찰스 경, 범인이 다른 사람을 시켜 소포를 부치지 않았으리라는 당신의 의견에 나는 찬성했습니다. 그런데 한 가지 문제가 있습니다. 어느 분이든 참고로 중간 크기 글씨를 쓸 때 사용하는 펜촉이 달린 오닉스 만년필을 보고 싶다면 내 것을 보십시오. 기묘하게도 허필드 만년필용 잉크가 들어 있습니다."

만년필이 천천히 회원들 앞의 테이블을 한 바퀴 돌 동안 블래드리는 의자등받이에 기대어 자부심이 담긴 웃음을 지으며 그 광경을 지켜보고 있었다.

이윽고 만년필이 자기 손에 돌아오자 그는 말했다.

"이상입니다."

로저는 가끔 블래드리의 눈에 나타나는 빛의 의미가 무엇인지 알 듯했다.

"말하자면 사건은 여전히 미해결상태라는 뜻이겠지요? 확률이 40억 분의 1이라면 당신에게도 무리입니다. 그런 조건을 갖춘 사람이 발견되지 않았다는 뜻이겠지요?"

블래드리는 마음 내키지 않는 듯이 말했다.

"그렇다면 대답을 해야겠군요. 그런 조건을 갖춘 사람을 나는 발견했습니다."

"그렇습니까? 정말 굉장한 일이로군요! 누구입니까?"

"글쎄, 대답하기 난처한데요."

블래드리는 망설였다.

"말하고 싶지 않습니다. 정말 어처구니가 없습니다."

그러자 곧 비난과 칭찬과 격려의 소리가 한꺼번에 그에게로 쏟아졌다. 블래드리는 그때까지 이만큼 인기를 끌어 본 적이 없었다.

"이야기하면 웃음거리가 될 것입니다."

모두들 블래드리의 말에 웃는다면 '종교재판'의 고문을 받겠다는 듯한 표정이었다. 블래드리를 웃음거리로 삼아 즐기려는 속셈을 가진 사람이 다섯 명이나 모여 있을 리 없었다.

마침내 블래드리도 마음을 고쳐먹는 듯했다.

"정말 난처하군요. 솔직히 말해서 어떻게 이야기해야 할지 모르겠습니다. 내가 마음에 둔 인물이 나의 조건을 완전히 만족시킬 뿐 아니라 유스티스 경에게 초콜릿을 보내는 일에도 어떤 흥미──물론 간접적인 사실이지만 증명될 수 있습니다──를 가지고 있었음을 증명할 수 있다면, 꼭 그렇게 해야 할 의무가 있다고 진정으로 충고해 주실 수 있겠습니까, 셀링검 씨?"

로저는 흥분하여 그 자리에서 동의했다.

"일이 아주 교묘하게 되었군요, 알았습니다, 좋습니다!"

로저는 문제 해결 바로 문턱에 와 있는 듯한 기분이 들었으나 블래드리의 해답이 자기와 똑같지 않다는 것은 거의 확실하다고 생각되었다. 만일 블래드리가 정말 누군가를 찾아냈다면……

블래드리는 걱정스러운 듯이 테이블을 둘러보았다.

"네, 좋습니다. 내가 누구를 마음에 두고 있는지 모르십니까? 나는 지금까지 정말 많은 이야기를 했습니다."

그러나 그가 누구 이야기를 하고 있는지 아무도 꿰뚫어 보지 못했다.

"그 12가지 조건을 모두 만족시킬 수 있는 오직 한 사람의 인물은?"

블래드리는 곱게 빗어 넘긴 머리칼을 어루만지면서 딱한 표정을 지었다.

"그것은 성가시게도 내 누이동생이기는커녕 실은 나 자신이었습니다!"

한동안 멍청한 침묵이 흘렀다.

가까스로 치터윅이 입을 열었다.

"뭐라고요, 다, 당신이라고요?"

블래드리는 침울한 눈을 그에게로 돌렸다.

"유감스럽지만 명백한 일입니다. 나는 꽤 자세한 화학 지식을 가지고 있습니다. 나는 니트로벤젠을 만들 수 있으며, 가끔 만들어본 적도 있습니다. 게다가 나는 범죄학 전문가지요. 또 나는 제법 훌륭한 교육을 받았지만 퍼블릭 스쿨이나 대학 출신은 아닙니다. 나에게는 메이슨 상회의 편지용지를 손에 넣을 기회가 있었습니다. 그리고 해밀턴 4형 타이프라이터를 가지고 있지요.

또한 나는 결정적인 시간에 사우댐턴 거리에 있었습니다. 나는 중간 크기 글씨를 쓸 때 사용하는 펜촉이 달리고 허필드 만년필용 잉크가 든 오닉스 만년필을 가지고 있습니다. 나는 독창성 있는 두뇌를 가지고 있으나 다른 사람의 아이디어를 전혀 빌리지 않고 일을 완성시킬 수는 없습니다. 그리고 나는 손재주가 남보다 뛰어납니다. 그리고 나는 독살자 특유의 인간답지 못한 냉혹함을 가지고 있는 것 같습니다. 그렇습니다."

블래드리는 말을 끊고 한숨을 내쉬었다.

"어쩔 수 없습니다. 내가 그 초콜릿을 유스티스 경에게 보냈습니다. 내가 보냈음에 틀림없습니다. 나는 그것을 결정적으로 증명합니다.

그런데 이상한 것은 내가 전혀 그 일을 기억하고 있지 않다는 점입니다. 아마 뭔가 다른 일을 생각하고 있을 때 해치운 모양입니다. 나는 이따금 정신 나간 듯 멍청할 때가 있거든요."

로저는 터져 나오는 웃음을 참느라고 애썼다. 그러나 가까스로 진지하게 그 말에 귀 기울일 수 있었다.

"당신의 범죄 동기는 무엇이라고 생각하고 있습니까, 블래드리 씨?"

블래드리의 얼굴이 얼마쯤 밝아졌다.

"그 점이 난처합니다. 오랫동안 나는 그 동기를 결정할 수 없었습니다

유스티스 경과 나 자신을 관련시킬 수조차 없었습니다. 물론 그에 대한 소문을 듣기는 했습니다만, 레인보우 클럽에 가본 적이 있는 사람이라면 누구나 들었겠지요. 소문을 듣고 나는 그를 평판 좋은 사람으로 생각하고 있었습니다. 하기야 나로서는 그 사람에 대한 원한이 없었으니까요.

그가 일부러 좋은 평판을 퍼뜨렸는지 어떤지는 내가 알 바 아닙니다. 나는 그를 만나본 적도 없습니다. 네, 동기 문제에 대해서는 그야말로 한 마디도 할 수가 없군요. 아무튼 뭔가 동기가 있었을 텐데…… 그렇지 않다면 내가 그를 죽이려고 할 리가 없잖습니까?"

"그럼, 그 동기를 밝혀냈습니까?"

"가까스로 진정한 동기라고 생각되는 것을 조작해 낼 수 있었습니다."

그의 말투에는 얼마쯤 자랑스러워하는 울림이 있었다.

"몹시 애쓴 끝에 나는 언젠가 친구들과 미스터리 소설에 대해 토론할 때 나는 일생에 꼭 한 번 결코 발각되지 않는 살인을 해보고 싶다고 말했던 것을 기억해 냈습니다.

그때 나는 이렇게 말했습니다. '살인의 흥분이란 그야말로 굉장한 걸세. 지금까지 발명된 어떤 도박도 이 흥분에 미치지 못할 거야. 살인범은 자기와 피해자의 목숨을 걸고 경찰을 상대로 큰 도박을 벌이는 거라네. 만일 잘 처리하면 그는 양쪽의 승리자가 되고 지면 다 잃어버리지. 가엾게도 흔해빠진 레크리에이션에 진절머리 난 나 같은 사람에게 살인은 멋진 도락임에 틀림없네' 라고."

"아!"

로저는 엄숙한 표정으로 고개를 끄덕여보았다.

블래드리는 진심으로 이야기를 계속했다.

"이 대화를 생각해 내자 더없이 의미 깊게 생각되었습니다. 나는 곧 친구를 찾아가 그 이야기를 기억하고 있는지 어떤지, 확실히 그런 일이 있었다고 증언할 수 있는지 어떤지 물어보았습니다. 그는 할 수 있다고 말했습니다.

그는 좀더 자세하게 그야말로 더 끔찍한 이야기를 덧붙여 들려주었습니다. 나는 그의 이야기를 조서로 기록해 두었습니다.

내 이야기를 더 진행시키면——그 조서에 따르면——나는 살인을 실행에 옮기는 데 더없이 교묘한 방법까지 생각해 두었던 것 같습니다. 가장 손쉬운 방법은 그가 없어지면 세상이 기뻐할 인물을 골라——반드시 정치가일 필요는 없습니다만, 이 가장 손쉬운 상대를 없애는 데 나는 얼마쯤 고통을 느꼈습니다——멀리서 죽이는 일이라고 결론 내렸습니다. 정정당당하게 승부를 겨루려면 단서를, 애매한 단서를 한두 가지 남겨야 합니다. 그런데 내가 생각했던 것보다 더 많은 단서를 남긴 것 같습니다.

친구는 마지막으로 그날 밤 내가 기회가 주어지는 대로 반드시 살인을 실행에 옮겨 보이겠다고 큰소리치며 자기 집을 나갔다고 말했습니다. 살인을 직접 해보는 것은 훌륭한 즐거움이 될 뿐 아니라 나 같은 미스터리 소설작가에게는 그 체험이 귀중한 도움이 된다고 지껄였다고 합니다. 유감이지만 이것은 너무도 확실할 만큼 충분한 동기가 된다고 생각합니다.”

블래드리는 짐짓 위엄 있는 태도를 지어보였다.

"실험적 살인입니까?” 로저가 물었다. “새로운 분야로군요. 정말 재미있습니다.”

그러자 블래드리가 말을 바로잡았다.

"권태로운 향락주의자가 저지른 살인입니다. 아시겠지만, 이 일에도 전례가 있었습니다. 레옵과 레오폴드 사건입니다. 이것으로 충분히 이해하셨으리라 믿습니다. 나는 이제 자신의 추리를 충분히 논증했다고 생각합니다, 셸링검 씨.”

"완벽합니다. 내가 보기에 당신 논증에서는 전혀 결점을 찾을 수 없습니다.”

"자신의 소설 속에서도 귀찮은데, 더 이상 빈틈없이 긴밀한 논리를 펴나가는 것은 고통입니다. 이 추리를 따라 내가 범인이라는 기묘한 사건에 대해 논쟁할 수도 있겠지요, 찰스 경?"
"좋습니다. 그 점에 대해서는 좀더 자세히 추구해 보겠으나, 먼저 언뜻 상황증거만 본다면——내 생각에는 그것으로 충분한 가치가 있다고 봅니다만——당신이 유스티스 경에게 초콜릿을 보낸 것은 거의 틀림없는 듯합니다."
"만일 지금 내가 여기서 정말로 그 초콜릿을 부쳤다고 말한다면?"
"당신을 믿지 않을 수 없겠지요, 블래드리 씨."
"그러나 나는 보내지 않았습니다. 시간만 준다면 나는 뚜렷하고 자신 있게 증명해 보이겠습니다. 초콜릿을 보낸 사람은 캔터베리 대주교나 시빌 손다이크나 토팅 거리 아카시아 가로수길 월계수 장원의 로빈슨 스미스 부인이나 그 밖에 세상 어떤 이름의 사람이라도 좋다는 것을.

증명은 이것으로 그치겠습니다. 나는 공교롭게도 누이동생이 메이슨 상회의 편지용지를 몇 장 가지고 있었던 우연한 일로 자신을 범인으로 간주하여 사건을 구성해 보았던 겁니다. 지금 말한 건 모두 사실입니다. 그러나 진상을 다 이야기하지는 않았습니다. 기교 있는 논증은, 다른 기교 있는 일들이 모두 그렇듯 선택이 문제입니다.

무엇을 말하고 무엇을 말하지 말아야 하는지 알고 있다면 어떤 일이든 마음먹은 대로 충분히 설득력 있게 논증할 수 있습니다. 나는 내 작품에서 그렇게 하고 있습니다. 그러나 아직 한 번도 비평가들이 이 엉성한 논리에 군소리한 적은 없습니다. 하지만 설마 비평가가 내 책을 한 권도 읽은 적이 없기 때문이라고 말할 수는 없겠지요."
"아무튼 아주 독창성 있는 추리였어요." 앨리시어 더머즈가 말했다. "게다가 얻은 바도 많았어요."

"고맙습니다, 더머즈 양."

그러자 필더 플레밍 부인이 얼마쯤 날카로운 목소리로 끼어들었다. "그러니까 결국 당신은 범인이 누구인지 전혀 판단할 수 없었다는 말씀이지요, 블래드리 씨?"

블래드리가 귀찮은 듯이 대답했다.

"네, 범인은 알고 있습니다. 다만 증거를 세울 수 없을 뿐입니다. 그러므로 사실 나로서는 그다지 말하고 싶지 않습니다."

회원들은 모두 자세를 고쳐 앉았다.

찰스 경이 물었다.

"그처럼 확률이 낮은데도, 당신의 조건을 만족시키는 사람이 또 있었습니까?"

블래드리가 대답했다.

"그 여자가 틀림없다고 생각합니다. 그 여자 짓입니다. 아직 그 조건을 모두 대조하여 밝히지는 못했습니다만."

치터윅이 옆에서 물었다.

"그 여자라고요?"

"네, 범인은 여자입니다. 이것은 사건 전체로 볼 때 명백한 사실입니다. 이것은 우연히도 내가 이미 조심스럽게 말해 두었던 일 가운데 하나입니다. 그런데 왜 지금까지 한 번도 화제에 오르지 않았는지 모르겠군요.

만일 이 사건에서 분명한 점이 있다면, 그것은 여자가 저지른 범행이라는 사실입니다. 남자가 같은 남자에게 독이 든 초콜릿을 보낸다는 것은 생각하기 어렵습니다. 남자라면 독을 칠한 면도칼이나 위스키나 가엾은 윌슨 박사의 친구같이 맥주를 보냈겠지요. 이 사건이 여자가 한 짓이라는 것은 너무나 명백합니다."

로저가 조용한 목소리로 중얼거렸다.

"글쎄요······."

블래드리는 날카로운 눈길을 그에게로 던졌다.

"당신은 찬성하지 않습니까, 셀링검 씨?"

"나는 다만 그럴까, 하고 생각해 보았을 뿐입니다. 물론 당신 의견은 충분히 지지를 받을 수 있습니다."

"나라면 틀림없다고 말할 것입니다!"

앨리시어 더머즈가 그런 쓸데없는 응수에 싫증난 듯 물었다.

"어떻게 된 거지요? 우리는 누가 범행을 저질렀는지 밝히고 있는 게 아닌가요, 블래드리 씨?"

블래드리는 차갑게 그녀를 노려보았다.

"나로서는 그것을 증명할 수 없기 때문에 말하고 싶지 않다고 했었지요. 게다가 그녀의 명예에도 어느 만큼 관계있는 일이니까요."

"어려운 입장에서 빠져나가기 위해 또 명예훼손 문제를 들먹이는군요."

"천만에요, 조금도 그럴 생각은 없습니다. 그 여자를 살인범으로 밝혀내도 나로서는 아무 상관없습니다. 문제는 그보다 더 중대합니다. 그 여자는 한때 유스티스 경의 첩이었지요. 잠시였지만. 아시겠습니까? 그런데 그런 일을 단속하는 법률이 있기 때문에 말할 수가 없습니다."

"흠!"

치터웍이 신음 소리를 내자 블래드리가 예의바르게 그쪽을 보며 물었다.

"뭐라고 하셨지요?"

"아니, 아무것도 아닙니다. 당신도 내가 생각하고 있던 것과 같은 선을 밟았구나, 생각했지요. 그뿐입니다."

"그럼, 지금 말한 그 버림받은 첩 이야기 말입니까?"
치터윅은 어색한 표정을 지었다.
"글쎄요…… 네, 그렇습니다."
"어리석은 일입니다. 당신도 그런 선에 이르렀습니까?"
블래드리의 말투는 마음씨 좋은 교장선생이 똑똑한 학생의 머리를 쓰다듬어주는 것 같았다.

"분명히 적절한 선입니다. 범행의 전체 상황과 유스티스 경의 성격에 비추어볼 때 질투심에 불타는 버려진 첩이 그 한가운데로 등대같이 튀어나옵니다. 이것도 내가 편의상 조건 리스트에서 빼놓은 것 가운데 하나입니다. 조건 제13항, 범인은 여자가 아니면 안 된다.

여기서 다시 작위스런 증명에 저촉됩니다만, 찰스 경도 필더 플레밍 부인도 모두 마찬가지였지요. 두 분은 범인과 니트로벤젠의 관계를 입증하는 데 노력을 기울였고, 그 관계는 두 분의 추리에 있어 아주 중요한 것이었으니까요."
치터윅이 정면으로 다그쳐물었다.
"정말 질투가 동기였다고 생각하십니까?"
블래드리가 대답했다.
"절대 확신합니다. 그러나 한 가지 아직 자신 없는 문제가 있습니다. 과연 노리는 피해자가 유스티스 펜퍼더 경이었을까, 하는 문제입니다."
그러자 로저가 불안스럽게 물었다.
"범인이 노린 상대는 유스티스 경이 아니었다는 말입니까? 왜 그런 생각을 하게 되었지요?"
"조사 결과 밝혀진 것입니다."
블래드리는 애써 자랑스러움을 숨겼다.

"살인이 일어난 날 유스티스 경은 점심식사 약속이 있었습니다. 그는 이 일을 비밀로 했던 것 같습니다. 상대는 틀림없이 여성이었습니다. 그것도 유스티스 경이 적잖이 흥미를 가지고 있던 여성이었습니다.

아마도 그녀는 와일드먼 양은 아니며, 유스티스 경이 와일드먼 양에게 절대로 숨기고 싶었던 여자라고 생각됩니다. 그러나 내가 보기에 초콜릿을 보낸 여자는 그 일을 알고 있었습니다. 그 약속은 취소되었지만, 그녀는 취소된 것을 알지 못했지요.

나의 착상은――이것은 단순한 착상에 지나지 않으나 어떻게 보면 초콜릿 문제를 보다 더 합리적으로 설명할 수 있을 듯합니다――초콜릿은 유스티스 경을 목표로 보내진 게 아니라 보낸 사람의 라이벌이 목표가 아니었나, 하는 것입니다."

"아!"

필더 플레밍 부인이 갑자기 소리 지르자 찰스 경도 한 마디 거들었다.

"정말 새로운 착상입니다!"

로저는 재빨리 유스티스 경의 여자들 이름을 머리에 떠올렸다. 지금까지 그는 그 가운데 한 사람도 이 범죄에 결부시킬 수 없었으며 지금도 마찬가지로 할 수 없었다. 그렇다고 해서 누군가를 잊고 있다고 할 수도 없다.

그는 추궁하는 듯한 목소리로 말했다.

"만일 당신이 생각하고 있는 여성, 그러니까 초콜릿을 부친 여자가 정말 유스티스 경의 첩이었다면 너무 고심하여 생각할 필요가 없지 않을까요? 그런 여자의 이름이라면 레인보우 클럽에서 공공연하게 입에 오르내리고 있으니까요. 런던의 모든 클럽에서 그렇다고 말할 수는 없지만, 유스티스 경은 입이 무거운 사람이 아니었거든요."
이때 앨리시어 더머즈가 익살맞게 덧붙였다.
"내가 대신 말하겠어요, 블래드리. 유스티스 경이 다른 사람의 명예를 존중하는 기준은 그 자신의 기준에 미치지 못한답니다."
블래드리는 아무런 감동 없는 얼굴로 말했다.
"그러나 이 경우는 다르다고 생각합니다."
"어째서지요?"
"자신도 모르게 그 비밀을 내게 털어놓은 사람과 유스티스 경과 나 자신을 빼면 그 관계를 아는 사람이 하나도 없으니까요. 물론 초콜릿을 보낸 여자는 다릅니다만."
블래드리는 이어서 조리 있게 덧붙였다.
"물론 그녀가 그것을 잊어버릴 까닭이 없지요."
앨리시어 더머즈가 다시 물었다.
"그런데 당신은 그것을 어떻게 알아냈지요?"
블래드리는 침착하게 그녀의 질문에 대답했다.
"유감스럽지만 내 입장에서는 말할 수가 없습니다, 더머즈 양."
로저는 턱을 문질렀다. 대체 자기가 아직 들어보지 못한 여성이 있단 말인가? 만일 그렇다면 그의 새로운 주장은 어떻게 전개되어 나갈 것인가.
필더 플레밍 부인이 단정 짓듯 물었다.
"그럼, 당신이 아까 말한 비슷한 사건은 의미가 없어진 셈이군요?"
"반드시 그렇다고 볼 수는 없습니다. 만일 그렇다면 또 다른 것을 내놓지요. 크리스티너 에드먼드. 광기만 빼놓는다면 거의 같은 사건입니다. 질투심으로 미친 여자, 독이 든 초콜릿. 아주 비슷하지요."

찰스 경이 말했다.

"흠, 당신이 앞에서 말한 추론에 대한 근거라고 할까, 아무튼 그 출발점은 범인이 니트로벤젠을 택했다는 사실이었습니다. 지금 당신이 거기에서 끌어낸 추리의 선은 아주 중요한 것 같군요. 그럼, 그 여성은 책장에 《법의학》 책을 꽂아둔 아마추어 화학자라고 보아도 좋습니까?"

블래드리는 조용히 웃었다.

"지적하신 대로 그것은 내가 이미 말씀드린 사건의 골자였습니다, 찰스 경. 그러나 이번에는 다릅니다. 먼저 독물 선택에 대해 말씀드린 것은 특정한 목적에 맞도록 구성한 이론이었습니다. 나는 이야기를 차츰 어떤 인물에게로 끌고 갔습니다. 그러므로 그 특정한 인물에 맞는 추론을 끌어낸 셈입니다.

그렇지만 그 추론에는 진실로 생각되는 여러 가지 사실이 포함되어 있었습니다. 물론 나는 이 가능성을 그때 보여주었던 것만큼 비싸게 살 생각은 없습니다만. 니트로벤젠은 아주 쉽게 손에 넣을 수 있다는 그 한 가지 이유로 사용된 듯싶습니다. 그러나 이 약품이 독물인 줄 아는 사람이 많지 않다는 것은 틀림없는 사실입니다."

"그럼, 이번 경우에는 그것을 이용하지 않는 모양이지요?"

"천만에요! 나는 범인이 그것을 사용했다는 것보다 그것이 독약임을 알고 있었다는 점에 비중을 두는 견해가 더 옳다고 믿습니다. 나는 아까 테일러의 《법의학》이 필수조건이라고 주장했는데, 지금도 그 생각에는 변함이 없습니다. 틀림없이 그 여자는 테일러의 《법의학》을 가지고 있습니다."

필더 플레밍 부인이 물었다.

"그렇다면 그녀는 범죄학 전문가인가 보지요?"

블래드리는 의자등받이에 몸을 기대고 가만히 천장을 올려다보았다.

"그런 의문이 떠오르는 것도 당연합니다. 솔직히 말해서 나도 범죄학에 대해 늘 머리를 짜내고 있습니다. 내가 보기에 그 여자는 어떤 종류의 전문가도 아닌 듯합니다. 그 여자의 하루 일과는 아주 단순합니다. 유스티스 경을 위해서 하는 일 말고 다른 솜씨가 있다고는 생각지 않습니다. 예쁘게 보이기 위해 코에 분을 바르거나 화려하게 차려 입는 게 고작이지요.

그것이 그녀가 존재하는 이유 가운데 중요한 한 부분입니다. 아무래도 그녀를 범죄학 '전문가'로 생각할 수는 없습니다. 카나리아가 범죄학 전문가가 아닌 것처럼. 그러나 그녀가 범죄학에 대해 겉핥기식으로나마 알고 있다는 것은 확실합니다. 그 증거로써 그녀의 집에는 범죄학 관련 책들이 가득 꽂힌 책장이 있습니다."
필더 플레밍 부인이 능청스럽게 물었다.
"그렇다면 그녀는 당신이 아는 사람이군요?"
"아니, 그렇지 않습니다. 나는 그녀와 꼭 한 번 만났을 뿐입니다. 얼마 전에 출판된 잘 알려진 살인사건을 다룬 책을 안고 그녀의 집을 찾아가 나는 출판사 외판원으로 그 책의 예약을 받으러 다니는 사람인데, 사지 않겠느냐고 물었지요.

그 책은 나온 지 나흘밖에 안 되었습니다만 그녀는 이미 책장에 꽂혀 있는 그 책을 자랑스럽게 보여주었습니다. 그래서 나는 범죄학에 흥미가 있느냐고 물어보았지요. '네, 아주 흥미 있어요. 살인이란 퍽 매력있잖아요?' 하고 그녀는 대답했습니다. 이것은 결정적인 단서라고 생각합니다."
그러자 찰스 경이 말했다.
"그녀의 이야기는 좀 바보스럽게 들리는군요."
블래드리는 고개를 끄덕였다.

"인상도 어딘지 바보스러워 보였습니다. 말투도 그렇고, 티파티에서 만났다면 아마 나는 그녀를 바보로 생각했을 겁니다. 그런데도 그녀는 아주 교묘하게 계획된 살인을 해치웠습니다. 도저히 바보라고는 생각할 수 없습니다."

앨리시어 더머즈가 물었다.

"그녀가 그런 짓을 할 리 없다고 생각되지는 않으세요?"

"글쎄요…… 그렇게 생각할 수가 없군요. 그녀는 비교적 최근에 버려진 유스티스 경의 정부입니다. 3년도 채 되지 않았으니, 아직 그 상처가 가시지 않았겠지요. 게다가 그녀는 자존심이 강하고 살인에 더없는 매력을 느끼고 있습니다.

그렇습니다. 만일 그녀가 유스티스 경의 노리개였다는 확실한 증거를 대라고 한다면, 그녀의 집에서 본 그의 사진을 들겠습니다. 그 사진은 폭넓은 가장자리 장식이 달린 액자에 들어 있었습니다. 액자에는 '당신의'라고 씌어 있었으며 그 나머지 부분은 꼭 알맞게 가려져 있었습니다. '당신의 것'이 아니라 '당신의'였습니다. 그 화려한 가장자리 장식 아래에 무언가 아주 애정이 담긴 말이 숨겨져 있는 듯했습니다."

앨리시어 더머즈가 또렷한 목소리로 말했다.

"나는 직접 본인에게서 들었는데, 유스티스 경은 모자를 바꾸듯 자주 여자를 갈아 치운답니다. 그렇다면 질투의 늪에서 괴로워하는 여자는 한 사람만이 아니겠지요?"

블래드리는 자기주장을 고집했다.

"그러나 모두 테일러의 《법의학》을 가지고 있다고 볼 수는 없습니다."

그러자 치터윅이 깊이 생각에 잠긴 목소리로 말했다.

"아까 니트로벤젠이 한 역할을 이번에는 범죄학적 지식이 물려받은 셈이군요. 그렇게 생각해도 좋겠습니까, 블래드리 씨?"
블래드리는 부드럽게 인정했다.
"그렇습니다. 그것은 더없이 중요한 단서라고 생각합니다. 나는 이 점을 충분히 강조했습니다. 우리는 독물의 선택과 사건 자체를 잘 생각해 본 뒤 두 가지 전혀 다른 각도에서 그것을 확인한 셈입니다. 아니, 실제로는 처음부터 줄곧 이 문제와 부딪쳐왔습니다."
치터윅은 줄곧 어떤 일에 부닥치고 있었으면서도 끝내 그것을 알아차리지 못한 사람이 자신의 미련함을 느끼듯 중얼거렸다.
"하긴 그렇군요."
한참 조용한 시간이 흘렀다. 치터윅은 엉뚱하게도 이 침묵은 자신의 아둔함을 비웃는 것이라고 생각했다.
앨리시어 더머즈가 다시 추궁했다.
"당신은 아까 제시한 그 조건을 모두 대조해 볼 수는 없었다고 말하셨지요? 그 가운데 어떤 조건이 그녀에게 적용되고 어떤 조건이 적용되지 않았나요?"
블래드리는 빈틈없는 태도를 보이며 대답했다.
"첫째, 그녀가 화학 지식을 가지고 있는지 어떤지 알 수 없습니다. 둘째, 그녀가 적어도 초보적인 범죄학 지식을 가지고 있는지 어떤지 알 수 없습니다. 셋째, 꽤 훌륭한 교육을 받았다는 것은 거의 확실합니다. 물론 어떤 교육을 받았는지는 전혀 딴 문제입니다만. 그리고 그녀는 퍼블릭 스쿨 출신이 아니라고 생각해도 될 것입니다.

넷째, 그녀와 메이슨 상회의 편지용지를 관련시킬 수가 없었습니다. 다만 그녀가 메이슨 상회에 결제 장부가 있다는 것은 제쳐두기로 합시다. 만약 이 정도로 찰스 경이 만족하신다면 나도 충분합니다. 다섯째, 그녀와 해밀턴 타이프라이터를 연결시킬 수가 없었습니다. 그러나 사용하려면 간단히 할 수 있었겠지요. 그녀의 친구 가운데 한 사람이 그것을 가지고 있으니까요.

여섯째, 그녀는 그 시각에 사우댐턴 거리에 있었을지도 모릅니다. 그녀는 알리바이를 증명하려 했으나 보기 좋게 실패했지요. 그것은 당치도 않은 주장이었습니다. 그녀는 극장에 있었다고 했는데, 9시 넘도록 그곳에 가 있지 않았습니다. 일곱째, 그녀의 책상에서 오닉스 만년필을 볼 수 있었습니다. 여덟째, 그 책상의 정리 서랍 가운데 하나에 허필드 만년필용 잉크병이 있는 것을 보았습니다.

아홉째, 독창성 있는 두뇌를 가진 여자라고는 생각되지 않았습니다. 우선 그녀에게 두뇌가 있을지조차 의문스러웠습니다. 아무튼 이런 의문을 가져서 손해될 건 없겠지요. 열 번째, 얼굴생김으로 보아 그녀는 손재주가 뛰어난 것 같았습니다. 열한 번째, 만일 그녀가 규칙적인 성격의 소유자라면 스스로 그것을 죄 되는 결점으로 느끼고 있음에 틀림없습니다. 왜냐하면 그녀가 그것을 아주 교묘하게 숨기고 있기 때문입니다. 열두 번째, 이 항목은 '독살자의 완전한 상상력 결핍'이라고 바꿔 써도 좋을 것입니다. 대충 이렇습니다."

"알겠어요. 여러 가지가 맞지 않는군요."

블래드리는 조용히 시인했다.

"그렇습니다, 더머즈 양. 사실대로 말하면 이 여자는 참을 수 없는 이유로 범행을 저질렀음에 틀림없습니다. 그러나 나로서는 그것을 믿을 수가 없군요."

필더 플레밍 부인이 교묘한 문장을 한 마디로 줄여서 말했다.

"아!"

블래드리가 말했다.

"셸링검 씨, 당신은 이 괘씸한 여자를 알고 있습니다."
"알고 있다고요? 내가?"
로저는 방심상태에서 눈이 번쩍 뜨여진 모습이었다.
"알고 있을 것 같기도 하군요, 블래드리 씨. 그럼, 종이에 그녀의 이름을 적을 테니 맞는지 틀리는지 말해 주시겠습니까?"
블래드리가 조용히 대답했다.
"좋습니다. 실은 나도 그 비슷한 제안을 하려던 참입니다. 내가 누구에 대해 말하고 있는지 회장으로서 당연히 알아두어야 할 것입니다. 더욱이 무언가 뜻이 있다면 말입니다."
로저는 종이를 반으로 접어서 테이블 저쪽으로 던졌다.
"그녀가 맞습니까?"
"그렇습니다."
"그런데 당신의 추리는 주로 그녀가 범죄학에 흥미를 갖게 된 까닭에 바탕을 두고 있군요?"
블래드리는 로저의 말에 양보하지 않을 수 없었다.
"그렇다고 말할 수 있지요."
저도 모르게 로저는 얼굴을 조금 붉혔다. 베라클 라 매지레 부인이 왜 그토록 범죄학에 강한 관심을 가지고 있다는 것을 고백했는지 곧 깨달을 만한 충분한 이유가 있었기 때문이다.

그러나 사실대로 말하자면 그는 강매를 당하는 듯한 기분으로 이야기를 듣고 있었다.

그는 서슴없이 말했다.
"그렇다면 당신은 완전히 잘못 추리한 것입니다, 블래드리 씨. 완전히."
"그럴까요, 셸링검 씨?"
로저는 저도 모르게 몸이 떨려오는 것을 억지로 참았다. 그는 분명하게 말했다.
"단언해도 좋습니다."
그러자 블래드리가 시치미 뗀 얼굴로 말했다.
"정말은 나도 진심으로 그녀의 범행이라고 생각해 본 적은 한 번도 없었습니다."

제12장

로저는 아주 바빴다.

거리의 큰 시계가 몇 시를 알리든 전혀 아랑곳없이 그는 택시를 타고 이곳저곳 뛰어다니며 저녁까지는 어떻게든 추론을 완성시키려 애썼다. 이런 모습을 저 소박한 범죄애호가 베라클 라 매지레 부인이 본다면, 다른 사람에게 방해될 뿐 아니라 아주 요령 없는 방법이라고 생각했을지 모른다.

그는 전날 오후 택시를 타고 우선 홀번 도서관으로 가서 더없이 쓸데없는 기록이 담긴 책을 조사했다. 그런 다음 윌즈 앤드 윌슨 사무소에 들렀다.

윌즈 앤드 윌슨 사무소는 개인 투자 주식을 보호하고, 주식응모자가 투자하고 싶어하는 회사의 안정성에 관한 극비 정보를 모아 상담하기로 유명한 회사였다.

로저는 입담 좋게 고액투자를 하고 싶은 사람이라고 자기를 소개하고 예약자 이름을 써넣은 뒤 위쪽에 '극비'라고 인쇄된 몇 장의 특별 상담 서류에 필요사항을 기입했다. 그리고 윌즈와 윌슨이 어떤 액수의 놀고 있는 돈 이용법에 대해 27시간 안으로 필요한 자료를 마련해 주겠다고 약속할 때까지 그 자리를 떠나지 않았다.

그리고 나자 그는 신문을 사들고 스코틀랜드야드로 갔다. 그곳에서 모리스비 주임경감을 만났다.

그는 바로 용건을 말했다.

"당신에게 큰 부탁이 있습니다. 벤딕스 부인이 살해되기 전날 밤 9시 10분쯤 피커딜리나 그 근처에서 손님을 태우고 사우댐턴 거리 또는 스트랜드 거리 끝쪽 어디에 내려준 택시 운전 기사를 찾아주시겠습니까? 아니면——이것만으로도 좋습니다만——9시 15분 지나 사우댐턴 거리 가까운 스트랜드 거리 어디에서 손님을 태우고 피커딜리 근처에서 내려준 택시를 찾아줄 수 있습니까?

내가 보기에 나중 것이 더 가능성 있을 듯합니다. 앞의 경우는 자신이 없습니다. 어쩌면 한 대의 택시가 왕복에 쓰였는지도 모르지만 나는 그쪽을 택하지 않겠습니다. 이 부탁을 들어주시겠습니까?"

모리스비는 의아한 표정을 지었다.

"아무래도 결과는 기대할 수 없을 겁니다. 정말 중요한 일입니까?"

"네, 아주 중요합니다."

"다른 사람도 아닌 당신 부탁이고, 아주 중요한 일이라니 그대로 믿고 알아보아야지요. 다른 사람 부탁이라면 사양할 겁니다."

로저는 진심으로 말했다.

"고맙습니다. 서둘러주시기 바랍니다. 만일 내가 찾는 사람이 발견되거든 내일 3시쯤 앨버니 호텔의 내 방으로 전화해 주시면 고맙겠습니다."

"그런데 목적이 무엇입니까, 셀링검 씨?"

"좀 흥미 있는 알리바이를 무너뜨려볼 생각입니다."

로저는 식사하러 방으로 돌아왔다.

식사가 끝난 뒤 머리가 빙빙 돌아 다른 일은 전혀 할 수가 없었다. 그리하여 산책을 나섰다. 차분하지 못한 기분으로 그는 앨버니 호텔을 나와 피커딜리 거리 쪽으로 걸음을 옮겼다.

그는 이런저런 생각에 잠겨 피커딜리 거리를 돌아다니며, 습관에 따라 한참 동안 걸음을 멈추고 파빌리온 극장문 앞에 붙여놓은 새 프로그램의 스틸 사진을 무심코 쳐다보았다.

그 다음에 정신을 차리고 보니 웨스트엔드의 번화가인 헤이마켓을 나와 그 언저리를 한 바퀴 돈 뒤 이곳 저밍 거리로 왔음에 틀림없었다.

그런데 지금 다시 보니 그는 번화가에 있는 제국극장 앞에 서서 밤 공연을 구경하기 위해 몰려오는 관객들을 멍청히 바라보고 있었다.

'해골의 울음소리'라는 선전 그림을 흘끗 쳐다보며 저 무서운 연극은 8시 30분에 시작하는구나, 생각했다.

손목시계를 보니 마침 8시 29분이었다. 이따금 그다지 권태를 느끼지 않고 지내는 밤도 있다.

그는 극장으로 들어갔다.

그날 밤도 순식간에 지나갔다.

다음날 아침 일찍——10시 30분쯤이었으니 로저로서는 빠른 편이었다——그는 문화가 끝나는 곳, 더없이 황량한 곳, 액튼 거리의 앵글로 이스턴 향수회사 사무실에서 어떤 젊은 여자와 이야기를 나누고 있었다.

그녀는 가운데 현관 입구의 칸막이벽 안쪽에 앉아 있었으므로 외부와의 통신방법은 오직 뿌연 유리가 끼워진 작은 창구를 통해 이야기하는 것이었다.

그녀는 꽤 오랫동안 큰 소리로 불러야만 잠깐 창구를 열고 끈질긴 손님에게 두어 마디 아무렇게나 내던진 뒤 제멋대로 판단하여 면담은 끝났다는 듯 요란하게 다시 닫았다.

로저는 조용하게 말을 걸었다.

"안녕하십니까."

세 번 문을 두드린 끝에 겨우 깊숙이 앉은 아가씨를 불러낼 수 있었다.

"저, 실은······."

"외판 방문객은 화요일과 금요일 아침 10시에서 11시까지입니다."

그녀는 퉁명스럽게 말을 던지더니 아주 요란스럽게 소리 내어 문을 닫았다. '미안하지만 목요일 아침에는 어딘지 그럴듯한 큰 회사에 가서 장사하세요'라고 말하는 것 같았다.

로저는 닫힌 창구를 멍청히 바라보았다. 그리고 겨우 상대가 자기를 외판원으로 잘못 알고 있음을 알아차렸다. 그는 다시 창구를 두드렸다. 그리고 또······.

네 번째 두드렸을 때 저쪽에서 무언가가 폭발할 듯이 창구가 홱 열렸다.

그녀는 화가 치민 목소리로 외쳤다.

"방금 말했잖아요! 외판원은······."

로저는 마음이 초조하여 하나마나한 말을 서둘러 중얼거렸다.

"나는 외판원이 아니오. 적어도······."

황량한 사막을 탐색하고 난 뒤 겨우 찾아낸 오아시스가 이렇게 기분잡치게 하는 곳인가 생각하며 그는 말을 맺었다.

"적어도 세일즈맨은 아니오."

그녀는 의심스러워하는 눈길로 물었다.

"물건을 팔러 온 게 아니라고요?"

영국식 장사법에는 적극적인 정신이 뿌리깊이 박혀 있는 만큼, 누군가가 회사로 어떤 물건을 팔러 와서 비능률적이고 어처구니없는 짓을 할 경우, 그를 상대하는 아가씨가 더없이 심한 불신에 찬 눈초리를 보이는 것도 무리는 아니다.

"아무것도 팔러 온 게 아니오."

로저는 힘 있게 말하여 그녀를 안심시켰다. 그는 자신의 비굴한 태도에 울화가 치밀었다.

그런 가운데 여자는——결코 마음의 여유를 보여주지는 않았으나——아무튼 몇초 동안 참아주는 듯했다.

"그럼, 무슨 일이시지요?"

그녀는 무료함을 참는 듯한, 아니 용기 있게 견디고 있는 듯한 모습이었다.

그녀의 말투로 미루어보건대 그녀의 회사와 거래를 트려는 수치스러운 속셈이 없는 한, 좀처럼 이 창구를 찾아올 사람은 없을 것 같았다. 정말 놀라운 일이었다.

로저는 나오는 대로 아무렇게나 말했다.

"나는 변호사입니다. 이 회사에서 일했던 조지프 리 허드윅이라는 사람에 대해 물어볼 일이 있어 찾아왔습니다. 유감스럽게도 실은……."

"미안하지만 그런 사람은 알지 못해요."

안내 아가씨는 새침한 얼굴로 너무 오래 이야기했다는 듯한 표정을 지어보였다.

로저는 다시 한 번 스틱을 바쁘게 움직여야 할 난처한 입장이 되었다. 다시 일곱 번이나 창구를 두드린 뒤 겨우 화가 치민 젊은 영국 아가씨의 얼굴을 대할 수 있었다.

"아까부터 말씀드린 대로……."

하지만 이런 말은 이제 더 들을 처지가 아니었다.

"이번에는 내가 말할 차례요, 아가씨. 미리 말해 두지만, 내 질문에 답변을 거부하면 어처구니없이 귀찮은 일이 생길 테니 조심하시오, 법정모욕죄라는 말을 들어본 적 있소?"

거짓말도 때에 따라서는 약이 되듯 몇 마디 말로 속여 넘기는 일이 허용되는 경우도 있다. 곤봉으로 한 대 '탁' 맞는 일조차도 변명이 가능할 때가 있다. 이 경우는 양쪽 다 필요했다.

그녀는 기가 꺾이지는 않았으나 겨우 마음이 움직였다.

그녀는 지겨운 듯이 물었다.

"무엇을 알고 싶은 거예요?"

"조지프 리 해드윅 씨는……."

"이야기했잖아요, 그런 이름은 들어본 적도 없어요."

문제의 신사는 로저의 머릿속에서나마 2, 3분 동안 삶을 즐기고 있었기 때문에 그를 태어나게 한 부모는 그 사이에 다음과 같은 말을 준비할 수 있었다.

"어쩌면 다른 이름으로 불렸을지도 모르오."

그녀는 이 말에 흥미를 보였다. 당황하는 모습이 뚜렷하게 나타났다. 이윽고 그녀는 성량이 풍부한 목소리로 말했다.

"만일 이혼 이야기라면 내가 들어봐야 아무 소용없어요. 그가 기혼자였다는 것도 몰랐으니까요. 게다가 무슨 까닭이 있는 것 같지도 않았어요. 말하자면 그……아니……아무튼 그것은 거짓투성이예요. 나는 한 번도……."

"이혼 소송 얘기가 아닙니다."

로저는 서둘러 말의 흐름을 막았다. 뜻밖에 그녀답지 않은 태도를 보게 되어 그는 적잖이 당황하고 있었다.

"말하자면 이것은 당신 사생활과 아무 관계가 없습니다. 나는 다만 이곳에서 일하고 있던 남자에 대해 물었을 뿐입니다."
"어머나!"
그녀의 안도감은 곧 분개로 바뀌었다.
"그렇다면 왜 진작 그렇게 말하지 않았어요?"
로저는 딱 잘라 못박았다.
"그는 여기서 일하고 있었소. 니트로벤젠을 사용하는 과에서 일했지요. 이곳에 니트로벤젠을 사용하는 과가 있지요?"
"내가 아는 한 없어요. 정말이에요."
로저는 흔히 "쳇!"이라고 표현되는 소리를 냈다.
"내가 말하는 뜻을 잘 알 거요. 이 회사에는 니트로벤젠을 취급하는 과가 있소. 니트로벤젠을 사용하는 과가 없다고 부정하는 건 아니지요? 꽤 대규모로 사용하고 있으니까."
"글쎄요, 만약 그렇다면요?"
"그 약품의 위험성에 대해 종업원들에게 충분히 주의주지 않았기 때문에 그 남자가 살인을 저질렀다는 보고가 내 사무실에 들어왔소."
"뭐라고요? 우리 회사 종업원이 살인을 했다고요? 그럴 리가 없어요. 만약 무슨 일이 있다면 맨 먼저 이곳에서 알 수 있을 텐데……."
로저는 재빨리 말을 가로챘다.
"비밀로 해두었지요. 공장 안에 게시된 니트로벤젠에 대한 주의문 사본을 보여주시겠소?"
"글쎄요, 미안하지만 그 부탁을 들어드릴 수 없는데요."
로저는 울컥 화가 치밀었다.
"그렇다면 이 위험하기 짝이 없는 약품을 다루는 종업원들에게 아무런 주의도 주지 않았단 말이오? 그것이 독약이라는 것을 종업원들이 몰랐단 말이오?"

"물론 그것이 독약이라는 주의는 들었어요. 모두들 알고 있지요. 따라서 그 취급에 특히 주의하고 있을 거예요. 공교롭게도 지금은 주의문이 게시되어 있지 않지만. 만일 이 일에 대해 좀더 듣고 싶으시다면 중역 가운데 누군가를 만나보는 게 좋을 거예요. 나는……"

"아, 고맙소."

로저는 마침내 본성을 드러냈다.

"알고 싶었던 것은 이미 다 알았소. 그럼 안녕……."

그는 의기양양하게 물러나왔다.

그는 곧 택시를 타고 웹스터 인쇄회사로 달려갔다.

웹스터 인쇄회사는 말할 것도 없이 인쇄업계에서 리비에라의 몬테카를로 같은 존재다. 웹스터 인쇄회사가 사실 인쇄물을 거의 모두 다루고 있다 해도 지나치지 않는다. 따라서 새로운 편지용지를 특별히 주문하여 인쇄하고 싶으면 누구나 그리로 발길을 돌린다. 그리하여 로저도 그렇게 했다.

그는 카운터 뒤의 젊은 여자에게 바라는 것을 빠짐없이 정확하게 설명했다.

젊은 여자는 견본책을 건네주고 그가 주문한 형이 그곳에 있느냐고 물었다. 그가 견본책을 들춰보는 동안 그녀는 다른 손님을 상대했다. 사실 그 젊은 여사무원은 로저에 대해서도 그의 주문에 대해서도 얼마쯤 짜증이 나 있었던 것이다.

로저는 주문에 맞는 형이 없으므로 견본책을 덮고 카운터를 따라 걸음을 옮겨 두 번째 여사무원에게 다가갔다. 그는 다시 그녀를 향해 자신이 요구하는 조건을 낱낱이 자세하게 설명했다.

그러자 그녀는 견본수집책을 꺼내 그 속에서 한 가지를 뽑아보라고 말했다. 그것도 먼저 본 것과 같은 판이라 로저에게는 아무 쓸모가 없었다.

로저는 다시 카운터를 따라 자리를 옮겨가서 마지막으로 세 번째 젊은 여사무원에게 설명을 되풀이했다.

이야기는 이미 다 알고 있었으므로 그녀는 곧 견본책을 건네주었다.

이번에는 수확이 있었다. 그 견본책이 같은 판이기는 했으나 아주 똑같지는 않았다.

로저는 책장을 넘기면서 지껄였다.

"이 견본책이라면 내 주문에 맞는 물건이 반드시 있을 것 같군요. 실은 취미가 아주 까다로운 친구로부터 이곳을 추천받았답니다. 정말 까다로운 친구지요."

"그러세요?"

젊은 여사무원은 크게 관심이 있다는 것을 나타내보이려고 애썼다.

그녀는 아주 젊었다. 쉬는 시간이면 틈틈이 장사솜씨를 열심히 익히고 있을 것으로 생각되었다. 그리고 그녀가 배운 장사법 제1조는 오늘은 날씨가 좋다는 식의 하찮은 손님의 말에도 예리한 관찰력과 열성을 가지고 은근한 태도로 받아들이는 것이었다.

점쟁이가 그녀를 점쳐서 바다 저쪽의 알지 못하는 속 검은 사람으로부터 증정용 수표가 동봉된 편지를 받을 거라고 말한다면, 그 점괘가 약속어음에 지나지 않는다는 것을 알면서도 정성들여 귀 기울이듯 손님 말에 열심히 마음 쓰며 대하는 것이다.

그녀는 열심히 말했다.

"네, 사람들 중에는 취미가 아주 까다로운 분도 있지요. 그것은 사실이에요."

로저는 동감이라는 듯이 재빨리 대꾸했다.

"그렇고말고요! 확실히 내 주머니에 그 친구 사진이 있을 겁니다. 이건 정말 기묘한 우연이군요."

"어머나, 나는 한 번도……."

그러나 젊은 여사무원은 하는 수 없다는 듯이 받아들였다.

로저는 우연히 갖고 있다고 말한 사진을 꺼내 카운터 너머로 건네주었다.

"이것입니다! 본 기억이 있습니까?"

젊은 여자는 사진을 받아들고 찬찬히 들여다보았다.

"어머나, 이분이 친구분이세요! 정말 이상하군요. 물론 기억하고 있어요. 세상은 정말 좁군요."

"보름쯤 전에 여기 온 게 마지막이었을 겁니다."

젊은 여사무원은 한참 생각에 잠겼다.

"네, 보름쯤 전이었을 거예요. 아마 맞을 거예요. 그런데 지금 그 종류를 우리 회사에서 대대적으로 판매하고 있답니다."

로저는 조금도 필요 없었으나 이야기 끝에 어처구니없게도 꽤 많은 편지용지를 사고 말았다. 그녀가 너무 젊고 붙임성 있었기 때문에 그녀를 이용하기만 하는 것이 마음에 걸렸기 때문이었다.

이윽고 그는 점심식사를 하기 위해 호텔 방으로 돌아갔다.

그날 오후는 거의 밖에서 지냈는데, 아마도 중고 타이프라이터를 사려는 것 같았다.

로저는 취향이 아주 까다로워 꼭 해밀턴 4형을 사야겠다고 말했다. 점원이 다른 회사 물건을 권했으나 그는 전에도 해밀턴을 가지고 있었고, 3주일 전에도 같은 형의 중고 타이프라이터를 산 친구로부터 열심히 권유받았기 때문에 다른 물건은 보고 싶지도 않다고 거절했다.

'이 가게가 아닐까? 이 가게에서는 지난 두 달 동안 해밀턴 4형을

판 일이 없었다고? 이상하다.'

그러나 해밀턴 4형 타이프라이터를 팔았다는 가게가 있었다. 게다가 친절한 점원이 그 날짜를 조사해 준 바에 따르면 더욱 이상하게도 꼭 한 달 전이라는 것을 알 수 있었다. 로저가 그 친구의 인상을 설명하자 점원은 곧 그가 물건사간 손님과 같은 사람이라고 인정했다.

로저는 큰 소리로 말했다.

"참 이상하군요. 아참, 지금 어렴풋이 생각났는데, 분명 그 친구 사진이 내 주머니에 있을 겁니다."

그는 주머니를 뒤져서 그야말로 놀란 듯이 사진을 꺼내 보였다.

점원은 그 사진의 사나이가 물건을 사간 손님임을 곧 알아보았다. 그리고 점원이 공손하게 중고 해밀턴 4형을 권했기 때문에 일에 열중한 탐정은 사지 않겠다고 거절할 수가 없었다.

탐정 일이란 경찰이 뒤에서 협조해 주지 않는 한 돈이 많이 드는 직업이라는 것을 그는 알았다. 그러나 필더 플레밍 부인처럼 그도 이유 있게 쓰는 돈은 아깝지 않다고 생각했다.

그는 차를 마시러 호텔 방으로 돌아갔다. 이제 남은 일은 모리스비로부터의 전화를 기다리는 것뿐이었다.

전화는 생각보다 빨리 걸려왔다.

모리스비의 화난 목소리가 들렸다.

"셀링검 씨입니까? 지금 여기에 14명의 택시 운전 기사가 모여 있습니다. 이 사람들은 모두 당신이 말한 시간에 피커딜리에서 손님을 태워갔거나 그 반대로 손님을 태웠다고 합니다. 이 사람들을 어떻게 하지요?"

"내가 갈 때까지 미안하지만 기다려 주십시오."

로저는 위엄 있게 대답하고는 모자를 집어 들었다.

그는 기껏해야 세 사람이면 적당하다고 생각하고 있었지만, 그 생각을 모리스비에게 눈치 채이지 않도록 할 작정이었다.

운전 기사 14명과의 면접은 간단했다. 싱글벙글 웃고 있는 사나이들을 한 사람씩 불러——로저는 자기가 오기 전에 모리스비가 쓸데없는 농담을 했다고 짐작했다——모리스비에게 보이지 않도록 신경 쓰며 사진을 꺼내 그 손님인지 아닌지 물었다.

아무도 그를 태웠다고 말하지 않았다.

모리스비는 온 얼굴에 웃음을 띠며 운전 기사들을 돌려보냈다.

"안됐군요, 셀링검 씨. 조사에 보람이 없어 정말 안됐습니다. 이것으로 일단 중지할까요?"

그러나 로저는 태연하게 웃어 보였다.

"아니, 그 반대입니다, 모리스비 씨. 이것으로 겨우 목표가 세워진 셈이니까요."

"세워진 뭐라고요?"

모리스비는 깜짝 놀라 문법을 잘못 말했다.

"무슨 이야기입니까, 셀링검 씨?"

"당신은 모든 것을 다 알고 있으리라 생각했는데요. 우리는 감시받고 있는 게 아닙니까?"

"천만에요!"

모리스비는 무척 면목이 없는 듯했다.

"솔직히 말하자면 셀링검 씨, 당신들이 모두 무언가 잘못 판단하는 것 같아서 부하를 감시임무에서 해제시켰습니다. 계속해야 할 필요가 없다고 생각되어서요."

"그래요?"

로저는 조용한 말투로 돌아갔다.

"그거 놀라운 말인데요. 역시 세상은 좁군요."

"그런데 무슨 일을 하고 계셨지요, 셀링검 씨. 나에게는 말해 주어도 괜찮지 않습니까?"

"그야 물론이지요. 이건 당신에게 도움되는 일이기도 하니까요. 당신도 흥미를 가질지 모르겠지만, 나는 유스티스 경에게 초콜릿을 보낸 사람을 찾아냈습니다."

모리스비는 날카로운 눈길로 그를 바라보았다.

"진정이라면 물론 흥미를 갖지요."

로저는 대단치 않다는 듯이 말을 내뱉었다.

"네, 나는 그를 찾아냈습니다. 틀림없이. 증거 정리가 끝나는 대로 당신에게 보고하지요. 흥미 있는 사건입니다."

블래드리라 하더라도 이처럼 아무렇지 않게 말하지는 못했을 것이다.

로저는 하품을 삼켰다.

모리스비가 숨을 죽이며 말했다.

"해결되고 보면 모든 일이 다 그렇답니다, 셸링검 씨."

"하긴 그렇지요. 하지만 가장 중요한 골자를 잡고 나면 우스꽝스러울 만큼 단순합니다. 정말 우스울 만큼. 곧 보고 드리지요. 자, 그럼 이만 실례하겠습니다."

로저는 말을 마치자마자 훌쩍 나왔으나 실은 악전고투하고 있는 중이었다.

제13장

로저는 자신을 발표자로 지명했다.

"여러분, 이 게임의 책임자로서 나는 자신에게 축하한다고 말할 수 있으리라 생각합니다.

지금까지 추론을 발표하신 세 분은 관찰과 논증에서 뛰어난 실력을 보여주셨습니다. 이것은 다른 탐정사에서 도저히 따르지 못할 정도입니다.

저마다 발언에 나서서 이 문제를 해명하고 그것을 뒷받침할 강력한 논증을 제시할 수 있다는 자신에 차 있었으며, 지금도 저마다의 수수께끼 해명이 확정적으로 부정되지는 않았음을 주장할 자격을 가지고 계시다고 생각합니다. 찰스 경이 펜퍼더 부인을 지적한 일조차도, 앨리시어 더머즈 양이 펜퍼더 부인의 확고한 알리바이를 제시했음에도, 토론의 여지를 남겨놓고 있습니다.

다시 말하자면 찰스 경은 아직도 펜퍼더 부인에게 공범자가 있다고 주장할 자격이 있으며, 그것을 뒷받침하기 위해 부인의 파리 체류를 둘러싼 얼마쯤 미심쩍은 동태를 방증으로 제시할 자격이 있습니다.

  덧붙여 말씀드립니다만, 나는 이 기회를 이용하여 어젯밤 내가 블래드리 씨에게 한 말을 취소하겠습니다. 나는 그가 마음에 짚은 유스티스 경의 첩이 이 살인을 저질렀을 리 없다고 분명히 말했습니다. 그러나 그것은 잘못이었습니다. 내 말에는 명확한 논리가 없었습니다. 나는 다만 개인적으로 그녀를 알고 있었기 때문에 그 추론이 믿어지지 않았던 것입니다. 더욱이"

로저는 말에 더욱 힘을 주었다.

"나는 어떤 까닭으로 그녀가 범죄학에 흥미를 가지게 된 동기에 의문을 품었습니다만, 그 동기는 블래드리 씨가 말하는 동기와 큰 차이가 있습니다. 내가 말하고 싶었던 점은, 그녀는 심리적으로 이 범죄를 저지를 수 없었으리라는 것이었습니다.

  그러나 사실 심리적 불가능성은 증명할 수 없습니다. 블래드리 씨는 아직 그녀를 범인으로 믿을 권리가 있습니다. 어쨌든 그녀는 용의자 리스트에 남겨두어야 합니다."

블래드리가 말했다.

"심리적으로 불가능하다는 의견에는 나도 찬성합니다. 셸링검 씨. 어젯밤에도 그렇게 말했지요. 다만 곤란한 점은 내가 그녀의 유죄를 분명히 증명해 버린 것입니다."

"그러나 당신은 자신이 유죄라는 것도 증명하셨지요."

필더 플레밍 부인이 지적했다.

"그렇습니다. 그러나 거기에 뚜렷한 모순이 있었으므로 난처할 것 없습니다. 거기에는 심리적인 불가능성이 포함되어 있지 않았습니다. 그렇지요?"

"그래요, 아마 없을 거예요." 필더 플레밍 부인이 말했다.

찰스 경이 참을 수 없다는 듯이 말했다.

"심리적 불가능성이라! 당신네 소설가들에게는 질렸습니다. 요즘은 모두들 프로이트에 묶여 인간성을 보는 눈이 완전히 망가졌습니다. 내가 젊었을 때는 심리적 불가능성이라는 말을 하는 사람이 하나도 없었지요. 왜냐하면 우리는 그런 게 없다는 것을 잘 알고 있었기 때문입니다."

그러자 필더 플레밍 부인이 알기 쉽게 해명했다.

"다시 말하자면 생각지도 못한 인물이 어떤 상황에서 뜻밖의 일을 저지르는 수가 있다는 것이지요. 나는 구식인지 모르지만 찰스 경 이야기에 동의하고 싶군요."

찰스 경이 직접 예를 들어 말했다.

"콘스턴스 켄트도 그랬소."

"리치 보덴도 그랬어요." 필더 플레밍 부인이 덧붙였다.

찰스 경이 맞장구쳤다.

"에덜레이드 버틀렛 사건도 그랬소."

필더 플레밍 부인이 이야기를 모아 정리했다.

"내가 보기에 심리적 불가능성을 이야기하는 사람들은 자기 소설의 등장인물을 그 실험대상으로 삼는 것 같아요. 그들은 자기 성격의 일부를 대상으로 이입시켜, 그 결과 그들이 불가능하다고 생각되는 일도 다른 사람에게는 가능하다는——현실에서는 드물지만——사실을 잘 이해하지 못하는 거예요."

그러자 블래드리가 중얼거렸다.

"그렇다면 미스터리 소설을 써서 파는 사람들이 금과옥조로 삼고 있는 '범인의 의외성'이라는 원리는 변호할 여지가 있는 셈이로군요. 그거 다행입니다."

앨리시어 더머즈가 마침내 재촉했다.

"셸링검 씨의 이야기를 계속 들어보기로 해요."

로저는 곧 그 말에 따랐다.

"이미 발표한 세 분은 저마다 다른 인물을 범인으로 지적했습니다. 그 때문에 이 게임은 더없이 흥미로워졌습니다.

덧붙여 말하자면 나는 또 다른 인물을 제시할 예정입니다. 그러므로 앨리시어 더머즈 양과 치터윅 씨가 우리 가운데 누군가의 의견에 동의할 경우 여기에는 네 가지 가능성이 있는 셈입니다.

솔직히 털어놓겠습니다만, 나는 구해도 얻기 어려운 눈부신 결과를 이루기 위해 속으로 헛공상을 하고 있었답니다.

블래드리 씨가 한정형 살인과 개방형 살인에 대해 설명했을 때 지적한 것처럼 이 사건의 해석 가능성은 무한합니다. 그러므로 이 사건은 우리들에게 아주 흥미진진한 것이 되었습니다.

이를테면 나는 유스티스 경의 사생활에서 이 조사를 시작했습니다. 거기에서 이 살인사건의 단서가 발견되리라 확신했기 때문입니다. 블래드리 씨가 취한 방법과 같은 거지요. 나도 그처럼 버림받은 첩의 선을 따라가면 단서가 발견되리라 생각했습니다.

말하자면 질투나 복수가 범죄의 중요한 동기임에 틀림없다고 생각했던 거지요. 블래드리 씨가 마지막으로 단정내린 것처럼 나도 이 사건에 대해 맨 처음 언뜻 들었을 때 범인은 여자라고 확신했습니다.

그리하여 나는 유스티스 경의 여성관계부터 조사를 시작했습니다. 자료를 모으는 동안에는 그다지 신통한 일이 없었습니다만, 마침내 지난 5년 동안의 행적을 모두 리스트로 만들어 정리하면서 확신을 가지게 되었습니다. 행적 조사는 그리 어렵지 않았습니다.

어젯밤에도 이야기했던 대로 유스티스 경은 입이 무거운 사람이 아니니까요. 그러나 내가 만든 리스트가 완전하지 못했던 것 같습니다. 왜냐하면 어젯밤에 이름을 덮어둔 문제의 부인이 내 리스트에 오르지 않았기 때문입니다. 한 사람이 빠져 있는 만큼 그보다 더 많은 실수가 있었을지도 모릅니다. 그러나 아무튼 공평하게 말해서 유스티스 경은 확실히 분별없는 생활을 했다고 말할 수 있습니다.

그러나 지금에 와서는 그것도 얼마쯤 요점에서 빗나간 문제입니다. 나는 우선 이 범죄는 여자의 짓이며, 그것도 비교적 최근까지 유스티스 경의 첩이었던 여자의 짓이라고 확신했습니다. 그러나 나는 지금 이 주장을 완전히 바꾸었습니다."

블래드리가 고함치듯 말했다.

"그거 참, 놀라운 일인데요! 혹시 내 추리가 잘못되었다고 말하는 건 아니겠지요?"

"그런데 아무래도 당신 추리가 미심쩍습니다, 블래드리 씨."

로저는 자기가 이겼다는 자랑스러운 기분이 겉으로 드러나지 않도록 조심했다. 그것은 아주 힘든 일이었다. 문제를 올바르게 해명하고 난 지금, 머리 좋은 동료들의 코를 납작하게 해놓았다고 확신하면서 전혀 그런 생각을 하지 않는 척하려니 꽤 힘들었다.

로저는 진심으로 겸손한 태도를 보이려고 생각하면서 말을 이었다.

"유감스럽지만 사실을 털어놓지 않을 수 없군요. 단순히 내 통찰력 때문에 이 견해가 바뀌었다고 볼 수는 없습니다. 솔직히 말하자면 운이 좋았습니다. 우연히 본드 거리에서 한 부인을 만나 그녀로부터 어떤 정보를 얻었습니다.

정보 자체는 하찮은 것이었습니다. 물론 그 말을 한 부인은 거기에 담긴 뜻을 전혀 깨닫지 못했습니다. 하지만 이것을 계기로 내 추리는 완전히 바뀌었습니다. 그 순간 나는 출발점에서부터 잘못되어 있었음을 깨달았지요. 나 자신이 근본적인 오류를 범하고 있었는데, 그것이야말로 범인이 경찰을 비롯하여 다른 모든 사람들이 저지르도록 하려 했던 오류였지요.

수수께끼의 범죄를 해결할 때 이런 요행이 큰 역할을 하다니, 기묘한 일입니다."

로저는 잠깐 말을 끊고 생각에 잠겼다.

"우연한 기회에 나는 이 사건에 대해 모리스비 주임경감과 이야기를 나누었습니다. 그때 나는 스코틀랜드야드에 서로 요행에 의해 해결하는 큰 사건이 적지 않다는 것을 지적했지요. 말하자면 결정적인 증거가 그 스스로 홀연히 나타난다든가, 남편이 사건 바로 직전에 질투의 불씨가 되는 문제를 일으켰다고 화가 난 부인이 가지고 온 정보라든가……

이런 것은 어느 경우에나 있습니다. 만약 모리스비 주임경감이 그런 이야깃거리로 영화를 만든다면, 나는 〈우연의 심판〉이라는 제목이 어떻겠냐고 권할 겁니다.

그렇습니다, 우연의 심판이 여기서도 일어났습니다. 본드 거리에서 운 좋게 그 부인을 만남으로써 빛이 보이고, 순간 나는 유스티스 펜퍼더 경에게 그 초콜릿을 보낸 진범을 알아낸 것입니다."

블래드리가 회원 전체의 감정을 혼자 도맡아 표현했다.

"굉장한데요!"

앨리시어 더머즈가 물었다.

"그럼, 범인은 누구지요?"

그녀에게는 뜻밖에도 극적인 감정이 결핍되어 있었다.

이야기가 나왔으니 말이지만, 앨리시어 더머즈는 자기에게 구성감각이 없고, 그녀의 작품 가운데 구성이 뛰어난 작품이 없다는 것을 오히려 자랑스럽게 생각했다. 대체로 '가치'라든가 '투영'이라든가 '오이디푸스 콤플렉스' 등을 다루는 소설가는 구성에 신경 쓰지 않는다.

"그 흥미 깊은 계시에 의해 당신에게 모습을 드러낸 사람이 누구였지요, 셀링검 씨?"

"그보다 먼저 내 이야기를 끝까지 들어주십시오."

앨리시어 더머즈는 한숨을 내쉬었다. 같은 직업을 가진 로저라면 알고 있겠지만 요즘은 이야기를 완결짓지 않는 것이 유행이다.

로저는 베스트셀러 작가로, 그런 사람은 무엇이든지 할 수 있다.

이런 생각 따위에는 아랑곳없이 로저는 편안한 자세로 의자등받이에 기대어 조용히 생각에 잠겼다.

다시 입을 열었을 때, 그는 지금까지보다 훨씬 더 부드러운 목소리로 말했다.

"이것은 사실 특기해야 할 사건입니다. 블래드리 씨도 필더 플레밍 부인도 이 사건을 다른 여러 사건과 복잡하게 뒤얽혔다고 말했는데, 그것은 이 경우 범인을 바르게 평가한 것이 못됩니다.

물론 지금까지 있었던 갖가지 사건에서 모방한 점은 있을지도 모릅니다. 그러나 필딩이 《톰 존즈》에서 말했듯이 고전으로부터 아이디어를 따오는 것은 비록 무단 차용이라 해도 작품의 독창성을 전혀 떨어뜨리지 않습니다. 그렇다면 이 범죄에도 훌륭한 독창성이 있습니다. 이 사건에는 한 가지 두드러진 특색이 있습니다. 그 특색이 독창적이 아니라는 온갖 비난을 물리치고, 평범하게 흉내 낸 다른 사건들보다 뛰어나보이게 합니다. 그 자체가 하나의 고전적인 사건이 되어 있다고 말해도 좋을 것입니다. 만일 그 총명한 두뇌에도 불구하고 범인이 전혀 예견하지 못했던 아주 하찮은 점만 뺀다면, 이 사건은 고전적인 수수께끼 가운데 하나가 되었을 겁니다.

아무튼 전체로 볼 때 이 사건은 내가 지금까지 들어온 것 가운데 가장 완벽한 계획된 살인사건이라고 생각됩니다. 왜냐하면 이보다 더 완벽한 계획 아래 행해진 살인사건 이야기를 듣지 못했기 때문입니다. 이것은 그만큼 완벽하고 교묘하며 단순한, 게다가 빈틈없이 확실한 계획이었다고 생각합니다."
찰스 경이 언짢은 표정으로 물었다.
"흠! 그런데 뚜껑을 열고 보니 그처럼 확실하지도 않았다는 말씀입니까, 셀링검 씨?"
로저는 빙긋 웃었다.
"알고 나면 동기가 뻔한데, 당신들은 알아내지 못했습니다. 일단 윤곽이 잡히고 보면 범행방법 또한 의미심장하게 생각됩니다. 범행 흔적은 얇은 베일에 싸여 있을 뿐이었으므로 그 베일만 알아차리면 되는데, 당신들은 그것을 알아차리지 못했습니다.

모든 것은 계산되어 있었습니다. 비누가 덩어리째 굴러다녔기 때문에 우리는 당황한 나머지 얼른 그 덩어리째로 보아버리고 말았습니다. 뚜렷이 밝혀지지 못한 것도 당연하지요. 그 계획은 너무도 훌륭하고 교묘했으니까요. 경찰과 대중과 신문, 모두 완전히 한 대 얻어맞았습니다. 너무나도 감쪽같아서 범인을 밝혀내기가 아깝기조차합니다."
필더 플레밍 부인이 장난스럽게 한 마디 던졌다.
"셀링검 씨, 너무 감상으로 흐르는 것 같군요."
"완전살인을 보면 감상어린 기분이 들지요. 만일 내가 그 범인이라면 지난 보름 동안 자신을 찬미하는 시를 쓰면서 지냈을 겁니다."
앨리시어 더머즈가 참견했다.
"실은 그 진상을 밝혀낸 당신 자신을 위해 시를 쓰고 싶겠지요, 셀링검 씨?"
로저는 머리를 끄덕였다.
"어쩌면 그럴지도 모릅니다. 그럼, 먼저 증거부터 들겠습니다. 나로서는 블래드리 씨가 자신의 추론을 증명하기 위해 수집한 만큼 자세한 증거를 모으지는 못했지만, 제법 충분한 자료가 모아졌습니다. 이 증거는 여러분도 인정해 주리라 생각합니다. 내가 하는 일은 블래드리 씨가 내놓은 12가지 조건을 다시 한 번 복습하는 데 지나지 않을 것입니다. 나중에 알게 되겠지만, 그렇다고 해서 그 12가지 조건에 완전히 찬성하는 것은 아닙니다.

그 가운데 첫 번째와 두 번째 조건은 나도 인정하고, 또 증거를 세울 수도 있습니다. 말하자면 범인은 적어도 화학과 범죄학의 초보 지식을 가지고 있지 않으면 안 된다는 것이지요.

그러나 세 번째 조건은 찬성할 수 없습니다. 훌륭한 학력이 꼭 필요하다고 보지 않으며, 퍼블릭 스쿨이나 대학에서 교육받은 사람을 예외로 인정하고 싶지도 않습니다. 그 까닭은 나중에 설명하겠습니다.

네 번째는 범인이 메이슨 상회의 편지용지를 가지고 있거나 입수할 기회를 가진 사람이어야 한다는 조건이었는데, 이것도 찬성할 수 없습니다. 편지용지가 손에 있어 그런 범행방법이 떠오르게 되었다는 블래드리 씨의 착상은 뛰어나지만, 나로서는 잘못되었다고 생각합니다.

범행방법은 지난날 있었던 사건에서 따왔고, 초콜릿은 독물을 넣은 용기로 선택된 것이며——나중에 설명하겠지만 여기에는 그럴 만한 까닭이 있습니다——메이슨 상회는 가장 유명한 초콜릿 제조회사이기 때문에 선택된 것입니다. 그리하여 그 상회의 편지용지가 필요해졌습니다. 나는 범인이 어떤 방법으로 그것을 손에 넣었는지 증명할 수 있습니다.

다섯 번째 조건은 내용을 한정시키고 싶습니다. 범인이 해밀턴 4형 타이프라이터를 가지고 있거나 손에 넣을 기회를 가지고 있어야 한다고 했는데, 나는 이 의견에 찬성할 수 없습니다.

그러나 그런 물건을 가지고 있었으리라는 생각에는 찬성합니다.

다시 말하자면 나는 그 조건을 과거형으로 고치고 싶습니다. 우리는 더없이 교활한 범인과 치밀하게 계획된 범죄를 앞에 놓고 있습니다. 아무리 생각해도 실제로 사용한 타이프라이터 같은 결정적인 증거물을 눈에 띄는 장소에 두었을 리 없습니다.

그보다 그 범행을 위해 구입했을 가능성이 훨씬 더 큽니다. 타이프라이터가 새것이 아니었다는 것은 편지 활자로 보아 분명합니다. 나는 이 추론에 용기를 얻어 반나절이나 걸려 중고 타이프라이터 가게를 돌아다니며 조사해 보았습니다. 그 결과 그것을 판 가게를 찾아냈으며 범인이 사갔다는 확증을 얻었습니다. 그 가게 점원은 내가 가지고 있던 사진을 보고 범인과 동일 인물임을 인정했습니다."

필더 플레밍 부인이 궁금한 듯이 물었다.

"그 타이프라이터는 지금 어디 있지요?"

"아마 템스 강 바닥에 있을 겁니다. 나는 그렇게 짐작합니다. 내가 마음에 둔 인물은 그런 물건을 그대로 두는 일은 결코 하지 않습니다.

여섯 번째 조건으로 범인이 문제의 시각에 사우댐턴 거리 언저리에 있었다는 견해에는 찬성합니다. 내가 마음에 둔 용의자는 알리바이를 가지고 있습니다만, 절대적인 것은 아닙니다. 그리고 만년필과 잉크에 대해서는 전혀 확인할 수가 없었습니다. 그것들을 가지고 있다면 증거를 뒷받침하는 데 얼마쯤 도움이 되겠지만, 이 조건은 그리 중요하지 않습니다. 오닉스 만년필은 널리 사용되고 있고 허필드 만년필용 잉크도 많이 쓰여지기 때문에 대단한 증거는 못됩니다.

게다가 그 두 가지는 자신이 가지고 있지 않더라도 남의 것을 빌려 쓸 수 있습니다. 내가 보기에 나의 용의자는 이 방법을 택한 것 같습니다. 마지막으로 독창성이 있어야 한다는 조건에는 찬성합니다. 그리고 손재주가 뛰어나야 하며 범죄 기질을 가지고 있어야 한다는 조건에도 찬성합니다. 그러나 반드시 규칙적인 성격일 필요는 없다고 봅니다."
블래드리가 불쾌한 얼굴로 말했다.
"그것은 확고하게 논거가 선 추리였다고 생각하는데요. 더욱이 그것은 이치에도 맞습니다."
그러자 로저가 반박했다.
"나의 이치에는 맞지 않습니다."
블래드리는 어깨를 으쓱했다.
찰스 경이 이야기에 끼어들었다.
"나는 그 편지용지에 흥미가 있습니다. 누구를 범인으로 추리하든 그것은 빠뜨릴 수 없는 논점입니다. 그 용지를 가지고 있었다는 것을 어떻게 증명하시겠습니까, 셀링검 씨?"
"그 용지는 3주일쯤 전 웹스터 인쇄회사의 편지용지 견본책에서 뽑은 것입니다. 지워버린 글자의 흔적은 웹스터 인쇄회사에서 사용하고 있는 부호, 예를 들면 가격부호 같은 게 아니었을까요? '5s, 9d형' 등. 웹스터 인쇄회사에는 세 권의 견본책이 있는데, 어느 것이나 똑같은 견본이 들어 있습니다. 그중 두 권째 견본책까지는 메이슨 상회의 편지용지가 들어 있는데, 세 권째에는 없었습니다. 나는 3주일쯤 전 그 견본책과 나의 용의자 사이에 접촉이 있었음을 증명해 보일 수 있습니다."
찰스 경의 마음이 움직인 모양이었다.
"정말입니까? 정말 증명할 수 있습니까, 셀링검 씨? 정말이라면 결정적인 이야기가 될 것 같군요. 어디서 그 견본책에 대한 착상을 얻었습니까?"

"종이 가장자리가 노랗게 변색된 것에서 착안했지요."
로저는 뿌듯한 만족감을 느꼈다.
"만일 종이를 쌓아두었다면 그처럼 가장자리가 변색되지 않을 것입니다. 따라서 그것은 따로 놓여져 있었음에 틀림없다고 생각했지요.

런던 시내를 돌아다니면 인쇄소의 진열창 게시판에 흔히 종이를 붙여놓은 것을 볼 수 있습니다. 나는 문득 그것이 기억났습니다. 하지만 그 편지에는 핀의 흔적도 게시판에 붙였던 흔적도 전혀 없었습니다. 그리고 게시판에서 떼어내는 건 골치 아픈 일이지요.

그렇다면 가능성 있는 길이 무엇일까 생각해 보았습니다. 말할 것도 없이 견본이지요. 대부분의 인쇄소에는 모두 그런 견본책이 있습니다. 그래서 메이슨 상회의 편지 용지를 인쇄한 인쇄회사로 가보니, 과연 세 권째의 견본책 속에 그 견본 한 장이 없었습니다."
찰스 경은 긍정을 나타내며 한숨을 내쉬었다.
"흠, 확실히 그것은 결정적인 논거가 될 것 같군요."
그는 펜퍼더 부인의 모습이 퇴색하고, 그녀를 중심으로 만들어낸 자기의 추론이 차츰 힘을 잃어가는 것을 가만히 마음의 눈으로 지켜보고 있는 듯했다.

다음 순간 그의 얼굴이 밝게 빛났다. 이번에는 아마 찰스 와일드먼 경의 모습이 퇴색하고 그를 중심으로 날조된 추론 또한 힘을 잃어간다는 사실을 눈여겨보았던 모양이다.

로저는 더 이상 머뭇거릴 수 없을 만큼 마음이 급했다.
"그러니까 우리는 지금 말한 기본적인 오류를 범하고 있었으며, 그야말로 범인이 장치해 놓은 덫에 보기 좋게 걸려들었다고 할 수 있습니다."

회원들은 모두 정신을 긴장시키고 자세를 고쳤다.

로저는 어깨를 으쓱하며 그들을 둘러보았다.

"어젯밤 당신은 아주 재미있는 이야기를 했지요, 블래드리 씨. 유스티스 펜퍼더 경은 어쩌면 범인이 노린 상대가 아닐지도 모른다고 말입니다. 네, 바로 그렇습니다. 그러나 나는 그보다 한 걸음 더 앞으로 나가 있습니다."

블래드리가 불쾌한 듯이 물었다.

"나는 함정에 빠졌지만, 당신은 한 걸음 더 나가 있었다는 말입니까? 그 함정이란 대체 무엇입니까? 우리 모두가 저지른 근본 오류란 무엇입니까?"

로저는 이 질문을 받자 자랑스럽게 대답했다.

"말하자면 범행 계획이 실패했다고 생각한 것, 엉뚱한 사람이 피해를 입었다고 생각한 점입니다."

회원들 사이에 재빨리 반응이 나타났다. 모두 거의 한꺼번에 외쳤다.

"뭐라고요! 그렇다면 당신은 설마……?"

로저는 크게 만족감을 느끼며 대답했다.

"그렇습니다. 이것이 계획의 교묘한 점입니다. 계획이 실패하기는커녕 훌륭하게 성공한 겁니다. 엉뚱한 사람이 피해를 입은 게 아니라 바로 범인이 노린 사람이 어김없이 살해되었습니다."

"그게 무슨 뜻입니까?"

찰스 경은 놀라서 제대로 말을 하지 못했다.

"대체 어떻게 그런 생각을 할 수 있었습니까, 셸링검 씨?"

로저는 침착을 되찾으며 말했다.

"처음부터 벤딕스 부인이 목표였습니다. 자, 얼마나 교묘한 계획입니까! 하나에서 열까지 완전히 계산되어 있었습니다.

범인은 만일 유스티스 경이 소포를 풀 때 벤딕스를 자연스럽게 그 옆에 있도록 하면 초콜릿을 벤딕스에게 주리라고 처음부터 계산하고 있었습니다. 경찰은 유스티스 경 주위에서 범인을 찾을 것이며 피해자 주변을 뒤지는 일은 없으리라고 처음부터 계산되어 있었습니다.

  죽이려는 상대가 여자인 만큼 초콜릿이 사용되었으며, 그 점에서 범인은 아마 범행이 여자의 계획이라고 단정지어지리라는 점도 미리 예측했을 것입니다. 블래드리 씨."

블래드리는 우물쭈물했다.

"글쎄요, 어떨지……."

그러자 찰스 경이 다짐하듯 말했다.

"어서 당신 추론을 말씀해 주시오, 셀링검 씨. 범인은 피해자와 아는 사이로, 유스티스 경과는 전혀 관계가 없었다는 말씀입니까?"

로저의 추론에 결코 반대하지 않는다는 말투였다.

로저가 대답했다.

"그렇습니다. 하지만 그 점을 설명 드리기 전에 먼저 결정적으로 내 눈을 뜨게 해준 것이 무엇이었는지 말씀드리지요.

  나는 본드 거리에서 우연히 만난 부인으로부터 벤딕스 부인이 남편과 함께 '해골의 울음 소리'라는 연극을 보기 전에 이미 그것을 구경했다는 중대한 정보를 들었습니다. 그것은 틀림없는 사실입니다. 나에게 이 정보를 말해 준 부인과 함께 갔으니까요.

  여러분은 이미 그 뜻을 아실 겁니다. 말하자면 그녀는 남편과 연극 속의 범인 알아맞히기 내기를 할 때 실은 이미 답을 알고 있었던 셈이지요."

잠시 이어진 숨죽인 분위기가 회원들이 모두 이 정보를 높이 평가하고 있음을 뚜렷이 말해 주었다.

앨리시어 더머즈가 여느 때처럼 감정을 섞지 않고 사물을 보는 능력을 발휘했다.

"정말 재미있군요. 그렇다면 그녀는 자업자득이었다고 봐야겠는데요. 내기에서 이기고 목숨을 잃었군요."

로저가 대답했다.

"그렇습니다. 나에게 정보를 제공해 준 부인도 그 아이러니를 알아차렸을 정도니까요. 그녀의 말대로 하늘의 벌은 무엇보다도 훨씬 큰 것입니다. 그러나 나는……."

로저는 한바탕 연설하고 싶은 마음을 애써 누르면서 아주 부드럽게 말했다.

"여러분은 아직도 내 추론을 충분히 납득하지 못한 것 같군요."

모두들 무언가 물어보고 싶은 표정이었다.

"여러분은 꽤 자주 벤딕스 부인 사건에 대해 이야기를 들어왔습니다. 그러므로 이제는 그녀의 이미지가 꽤 명확해졌을 것입니다.

그녀는 뒤틀린 일을 싫어하는 정직한 여자로——이것도 그 부인이 말해 준 정보입니다.——거의 극단적이라고 할 만큼 페어플레이 정신을 존중한 모양입니다. 그렇다면 답을 이미 알고 있는 문제로 내기를 했다는 것은 그녀의 이미지에 일치합니까, 일치하지 않습니까?"

마침내 블래드리가 소리 질렀다.

"아, 정말 기막히군요!"

"그럴 겁니다. 이것은 찰스 경에게는 미안합니다만 심리적으로 불가능한 일입니다. 그녀가 장난삼아 내기에 응했다고 생각되지는 않습니다. 장난이란 아무리 보아도 그녀의 특기가 아니니까요. 따라서……."

로저는 열띤 목소리로 결론을 내렸다.

"그녀는 그런 내기를 하지 않았습니다. 그러므로 그런 내기는 결코 행해지지 않았지요. '따라서' 그런 물건이 내기에 걸릴 까닭이 없었습니다.

그러므로 벤딕스 씨가 초콜릿을 받은 까닭은 그 자신이 증언한 이유와 다른 것이었다는 결론이 나옵니다. 바로 그 초콜릿이 그런 물건이었다면 이유는 단 한 가지밖에 없습니다.

이것이 나의 추리입니다."

제14장

 이 혁명에 가까운 해석을 맞이한 흥분이 가라앉자 로저는 좀더 자세하게 자신의 추리에 대한 설명을 시작했다.
 "벤딕스 씨를 아내를 살해한 교활한 범인으로 보는 것은 나로서는 충격이었습니다. 그러나 모든 편견을 없애고 보니 이 결론에 이르지 않을 수 없었습니다. 증거 한 가지 한 가지가——아무리 하찮은 것이라도——이 사실을 입증해 주고 있습니다."
 필더 플레밍 부인이 불쑥 물었다.
 "그러나 동기가 무엇이지요?"
 "동기 말입니까? 물론 그에게는 분명한 동기가 있었습니다. 첫째, 그는 분명——아니, 남몰래——아내에 대해 싫증을 느끼고 있었습니다. 그의 성격에 대해서는 여러분도 이미 들으셨겠지요. 그는 꽤 일찍부터 여자를 밝혔다고 하더군요.
 그런데 결혼한 뒤에도 옛날처럼 대개 여배우를 상대로 소문을 퍼뜨리고 다닌 것을 보면 여전히 그런 짓을 그만두지 않았던 모양입니다.

벤딕스 씨는 결코 고지식한 바보가 아니었습니다. 그는 장난을 좋아했으며 그의 아내는 그런 감각을 전혀 이해하지 못했습니다.

그가 바란 것은 아내의 돈이었던 모양이지만, 그렇다고 해서 결혼 첫 무렵에 그녀를 좋아하지 않았다는 말은 아닙니다. 하지만 그녀는 차츰 참을 수 없이 권태로운 여자가 되었습니다. 솔직하게 말하자면……."

로저는 제법 공평한 태도로 설명을 이어나갔다.

"그 일로 벤딕스 씨를 나무랄 수는 없을 것입니다. 아무리 아름다운 여자라도 언제나 명예니 공명정대해야 한다느니 하고 떠들면 여느 남자들은 대개 싫증을 느끼기 마련이지요. 그런데 벤딕스 부인에게는 그런 말들이 거의 습관이 되어 있었습니다.

이 새로운 조명 아래 그 집안 생활을 비춰보십시오. 아내는 아무리 작은 실수도 용납하지 않습니다. 문제될 일도 아닌 작은 도락을 가지고 몇 해 동안이나 들볶는 도구로 삼습니다. 그녀가 하는 일은 모두 옳고, 남편이 하는 일은 모두 틀린 것입니다. 그녀의 신앙심 깊은 정당성이 남편의 부도덕한 행실과 늘 비교됩니다.

그는 불행하게도 그녀와 결혼해야 할 입장에 놓이기 이전, 다시 말해서 아직 만나기 이전인 옛날까지 거슬러 올라가 남편에게 다른 여자들과 놀아난 과거가 있으면 마구 욕설을 퍼붓는 반미치광이 같은 아내의 행패를 당했을지도 모릅니다.

나는 결코 벤딕스 부인을 나쁘게 말할 생각은 없습니다. 다만 그런 여자와 함께 생활한다는 것은 견디기 어려웠으리라는 점을 지적하고 싶을 뿐입니다.

그러나 이것은 부수적인 동기에 지나지 않습니다. 진정한 동기는 그녀가 돈에 인색했던 데 있었습니다. 이것을 나는 사실로 알고 있습니다. 그 때문에 그녀는 스스로 사형선고를 받은 것입니다. 벤딕스 씨는 그 돈을 또는 그 돈의 일부를 탐냈습니다. 어떻게 해서든 그 돈이 필요했습니다. 그것이 결혼목적이었으니까요. 그러나 그녀는 돈을 움켜쥐고 내놓지 않았습니다.

내가 맨 처음 한 일은 상공 인명록을 뒤적여 그가 손대고 있던 회사의 리스트를 만드는 것이었습니다. 그 회사들의 재정상태를 은밀히 알아보기 위해서였지요. 그 보고는 내가 아파트를 나오기 바로 전에 도착했습니다. 내가 예상했던 대로였습니다. 그 회사들은 모두 경영상태가 시원치 않았습니다.

겨우 현상유지를 하고 있거나, 도산 직전에 몰린 회사도 있습니다. 아무튼 어느 회사나 다시 일어서기 위해서는 자금이 필요했습니다. 이제 아시겠지요? 그는 자기 재산이 모두 바닥났기 때문에 좀더 돈이 필요했습니다. 나는 등기소에도 가보았는데, 그곳에서도 내 예상이 맞았습니다.

그녀의 유언장에는 모든 재산을 남편에게 주도록 되어 있었습니다. 여기서 가장 중요한 점은——아무도 의심해 본 적이 없습니다만——그에게는 사업가다운 수완이 없다는 것입니다. 그는 사업가로서 낙제입니다. 그래서 50만 파운드를…… 자, 어떻습니까!"
"아, 그렇다면 동기는 충분히 있었던 셈이군요."
그러자 블래드리가 끼어들었다.
"동기에 대해서는 인정합니다. 그런데 니트로벤젠은 어떻게 구했습니까? 분명 벤딕스 씨에게는 화학 지식이 있다고 하셨지요?"
로저는 빙그레 웃었다.
"당신 이야기를 듣고 있으니 바그너의 오페라가 생각나는군요, 블래드리 씨. 유력한 용의자가 이야기에 등장하면 반드시 니트로벤젠이 중요한 주제로 나오니 말입니다.

그러나 이번에는 당신도 납득하시리라 믿습니다. 니트로벤젠은 아시다시피 향수 제조에 사용됩니다. 벤딕스 씨가 손댄 사업체 리스트에는 앵글로 이스턴 향수회사가 있습니다. 나는 이 앵글로 이스턴 향수회사가 니트로벤젠을 쓰고 있는지 어떤지, 만일 쓰고 있다면 사용인들이 그 독성을 완전히 알고 있는지 어떤지 알고 싶어 일부러 그곳까지 찾아가보았습니다.

이 두 가지 질문에 대한 해답은 긍정적이었습니다. 그러므로 벤딕스 씨는 이 독물에 대해 잘 알고 있었음에 틀림없습니다.

만일 그 회사에서 필요한 만큼 구하려면 아주 쉽게 손에 넣을 수 있었겠지요. 그러나 나는 그가 그렇게 했으리라고 생각되지는 않습니다. 그는 좀더 영리합니다. 아마 그는 자신이 직접 그것을 만들었을 것입니다. 만일 블래드리 씨 이야기처럼 간단히 만들 수 있다면 말입니다. 왜냐하면 그는 셀체스터 대학에서——이것도 우연히 알게 된 일입니다만——가장 유행에 민감한 학생이었다고 하니까요. 따라서 초보 화학 지식 쯤은 가지고 있었을 것입니다. 이것으로 납득하시겠습니까, 블래드리 씨?"

블래드리는 마치 자기가 회장인 듯한 태도로 말했다.

"니트로벤젠에 대해서는 납득했습니다."

로저는 생각에 잠겨 손가락 끝으로 테이블을 똑똑 두들겼다.

그는 조용히 말했다.

"정말 교묘하게 계획된 범죄가 아닙니까? 그러므로 재구성하기는 아주 쉽습니다. 그는 예상할 수 있는 모든 우발사건에 대해 준비가 갖추어져 있었을 것입니다. 그 계획은 거의 완벽하게 짜여져 있었습니다. 다만 수없이 많은 교묘한 범죄의 경우처럼 운 나쁘게도 거친 모래 한 알이 마찰 없이 돌아가는 기계에 들어가 고장을 일으킨 것이었지요.

말하자면 그는 아내가 그 연극을 이미 보았다는 사실을 몰랐던 것입니다. 그는 만의 하나라도 자기에게 혐의가 주어지면 안 되기 때문에 연극을 구경했다는 거짓 알리바이를 꾸며놓았습니다. 틀림없이 그는 그 연극을 꼭 보고 싶다며 아내를 데리고 갔을 것입니다.

벤딕스 부인은 남편의 호의를 무시하지 않으려고 이미 본 것이라 또 보고 싶지 않다는 말을 하지 못했습니다. 그 희생이 그의 범행을 실패로 돌아가게 만들었습니다.

그녀가 내기에 이기기 위해, 말없이 그것을 자기 이익에 이롭도록 했다고 믿을 수는 없습니다. 내기를 했다는 것은 거짓말입니다.

그는 첫 번째 휴식시간에 극장을 빠져나와 소포를 부치기 위해 발길 닿는 대로 10분쯤 갈 수 있는 곳까지 갔습니다. 나는 어젯밤 휴식시간이 얼마나 되는지 알아보기 위해 그 무서운 연극을 보았습니다만, 처음 휴식시간이 꼭 알맞게 들어맞았습니다.

처음에 나는 그가 시간이 모자라 택시를 타지 않았을까 생각해 보았습니다. 그러나 그날 밤 내가 생각한 코스로 손님을 태워다준 택시 운전 기사 가운데 한 사람도 그를 기억하지 못했습니다.

어쩌면 그를 태워다준 운전 기사가 아직 나타나지 않았다고 생각할 수도 있었지요. 그리하여 이 점은 스코틀랜드야드에 조사하도록 부탁했습니다. 그러나 그는 버스나 지하철을 탔다고 보는 편이 지금까지 보여준 그의 교활함에 어울린다고 생각합니다.

그러면 택시가 흔적을 남기기 쉽다는 사실쯤 알고 있었을 것입니다. 만약 그렇다면 그는 정말 멋지게 해치운 셈이며, 그가 몇 분 뒤에 자리로 돌아왔다고 해도 놀랄 건 없습니다. 경찰은 그 사실을 확인할 수 있을지도 모릅니다."

그러자 블래드리가 말을 받았다.

"글쎄요. 우리는 그를 이 모임의 회원으로 받아들이기를 거절했었는데, 아무래도 잘못한 것 같군요. 그의 범죄학에 대한 지식은 표준에 이르지 못했다고 판단했잖습니까. 참 어처구니가 없군요."
"우리로서는 그가 단순한 범죄학자라기보다 실제적인 범죄애호가라는 것을 알 수가 없었지요."
그리고 로저는 빙그레 웃어보였다.
"그를 거절한 것은 확실히 실패였습니다. 회원 가운데 실제적인 범죄애호가가 있다면 좀더 재미있을 텐데, 유감입니다."
그러자 필더 플레밍 부인이 미안한 듯이 말했다.
"나는 한때 회원 가운데 실제로 그런 범죄애호가가 있다고 생각했었지요. 찰스 경, 진심으로 사과드립니다."
사실 이 마지막 말은 하지 않아도 될 말이었다. 찰스 경은 은근한 예의를 갖추었다.
"그 이야기는 이제 그만둡시다. 아무튼 나로서는 정말 재미있는 경험이었습니다."
필더 플레밍 부인은 아직도 얼마쯤 미련을 가지고 중얼거렸다.
"인용한 사건에 현혹되어 그런 착각을 한 것 같아요. 너무도 두 사건이 비슷해서……."
로저는 그 말에 동의했다.
"나도 그 비슷한 점이 맨 먼저 머리에 떠올랐습니다. 어떤 결정적인 힌트를 얻을 수 있을까 하여 모리노 사건을 꽤 자세히 연구했지요. 그러나 지금 만일 그와 비슷한 사건을 묻는다면 칼라일 해리스 사건을 들겠습니다.

　기억하고 계시겠지요. 젊은 의학도가 모르핀이 든 환약을 헬렌 포트라는 아가씨에게 보냈습니다. 이 아가씨와 그가 1년 전부터 은밀히 결혼해 살고 있었다는 사실이 나중에 드러났습니다. 그는 품행 나쁜 망나니였습니다. 아시다시피 이 사건을 모델로 한 뛰어난 장편소설이 나왔으니만큼 유명한 사건이라고 할 수 있겠지요."
앨리시어 더머즈가 궁금한 듯이 입을 열었다.
"왜 벤딕스 씨는 기회가 있었는데도 가짜 편지와 포장지를 없애지 않고 그냥 두는 위험을 무릅썼을까요?"
로저가 곧 대답했다.
"그는 아주 세심했기 때문에 그렇게 하지 않았습니다. 왜냐하면 가짜 편지와 포장지는 그가 혐의를 받지 않도록 해줄 뿐만 아니라 누군가 다른 용의자를 지목하는 구실을 하리라 계산했기 때문이지요. 예를 들면 메이슨 상회 사원이나 이름모르는 미치광이 등. 실제로 경찰은 그 수단에 걸려들었잖습니까."
이때 치터윅이 슬며시 의문점을 제기했다.
"하지만 그런 식으로 유스티스 경에게 초콜릿을 보낸다는 것은 아무래도 위험하지 않을까요? 유스티스 경이 다음날 아침 병으로 누워 있을지도 모르고, 또 벤딕스 부부에게 초콜릿을 주지 않을지도 모르니까요. 만일 벤딕스 씨에게 주지 않고 다른 누군가에게 준다면 어떻게 되겠습니까?"
로저는 치터윅에게 의문을 품게 하는 씨를 마구 뿌리기 시작했다. 지금 로저는 벤딕스를 은근히 자랑스럽게 여기고 있었기 때문에 위대한 범죄자가 그처럼 시시한 인물로 취급되는 데 크게 실망했다.
"농담 마십시오! 그의 진가를 인정해 주어야 합니다. 그는 결코 바보가 아닙니다. 만일 유스티스 경이 다음날 아침 병으로 누워 있었더라도, 혹시 그가 소포로 부친 초콜릿을 먹었더라도, 또는 배달 도중 도난을 당하거나 우체국의 예쁜 아가씨가 먹거나 그 밖의 어떤 우연한 일이 일어났을지라도 중대한 결과가 생기지는 않았을 것입니다, 치터윅 씨.

당신은 설마 그가 독이 든 초콜릿을 부쳤다고 생각하는 건 아니겠지요? 물론 그렇지 않을 것입니다. 그가 소포로 부친 것은 보통 초콜릿이며, 집으로 가는 도중 다른 것으로 바꿔치기했습니다. 얄밉게도 그는 그 기회를 우연에 맡겨두는 실수를 저지르지 않았습니다."

치터윅은 적당히 감정을 억누르며 나직이 말했다.

"아, 그렇구먼!"

로저는 좀더 부드러운 목소리로 다시 말을 이었다.

"우리의 상대는 거물급입니다. 어떤 점으로 보나 그렇다는 것을 알 수 있습니다. 예를 들어 클럽에 도착한 시간을 생각해 보십시오. 여느 때보다 빨리 나왔지만——만일 그에게 범행 의사가 없었다면 왜 그렇게 빨리 나왔겠습니까?——밖에서 기다려 스스로도 의식하지 못하는 공범자를 따라 들어가는 실수를 저지르지 않았습니다.

 그는 유스티스 경이 매일 아침 정확히 10시 30분에 클럽에 나온다는 것을 알고 있었기 때문에 그를 선택했습니다. 유스티스 경은 그것을 다른 사람에게도 자랑하며 늘 그 습관을 지키고 있었으니까요. 그래서 벤딕스 씨는 10시 35분에 도착했습니다. 과연 모든 일은 예정대로 들어맞았습니다. 나는 처음부터 왜 초콜릿이 유스티스 경의 아파트로 보내지지 않고 클럽으로 배달되었을까 궁금했는데, 지금 그 까닭을 뚜렷이 알았습니다."

블래드리가 스스로 위로하듯 말했다.

"내 조건 리스트가 거기까지 미치지 못했군요. 그런데 범인은 퍼블릭 스쿨이나 대학 출신이 아니라고 한 내 말에 왜 동의하지 않습니까, 셸링검 씨? 공교롭게도 벤딕스 씨가 셀체스터와 옥스퍼드 대학 출신이기 때문입니까?"

"아닙니다. 나는 그보다 좀더 미묘한 점을 지적하고 싶습니다. 퍼블릭 스쿨이나 대학의 규칙은 남자를 죽일 경우에는 그 방법에 영향을 미칠지 모릅니다.

 그러나 상대가 여성일 경우에는 그다지 영향을 주지 못할 것입니다. 만약 벤딕스 씨가 유스티스 경을 없애려고 했다면 아마 보다 훌륭하고 직접적인 남자다운 방법으로 해치웠을 것입니다. 하지만 여자인 경우 남자답게 직접 행동에 호소하여 곤봉이나 다른 어떤 흉기로 여자의 머리를 내리칠 수는 없지 않습니까? 그렇다면 역시 독살이 생각났겠지요. 게다가 니트로벤젠을 많이 먹었을 경우에는 괴로움이 적습니다. 곧 의식을 잃어버리니까요."

블래드리는 시인했다.

"그렇습니다. 그런데 비심리적인 조건으로서는 좀 너무 미묘하군요."

"나중 조건은 거의 언급했으므로 이제 규칙적인 성격에 대해서 이야기하겠습니다."

 당신은 초콜릿 하나하나에 정확하게 같은 양의 니트로벤젠이 들어 있다는 데서 그런 결론을 끌어냈지만, 내 생각은 다릅니다. 나는 벤딕스 씨 자신이 그 가운데 두어 개쯤 먹어도 몸 속에 들어가는 니트로벤젠의 양이 위험하지 않도록, 필요한 증상이 나타나긴 해도 결코 위험하지 않도록 하기 위한 조처였다고 생각합니다.

 그 자신도 독을 먹다니, 그야말로 얄미운 일이지요. 남자는 여자처럼 초콜릿 같은 건 잘 먹지 않는데 말입니다. 그는 증상을 꽤 과장했을 것입니다. 그래도 다른 사람에게 주는 효과는 실로 컸습니다.

 여기서 돌이켜보건대 그가 거실에서 초콜릿을 먹으며 아내와 나누었던 이야기 내용을 우리는 그리 문제 삼지 않았습니다. 내기를 했다는 말을 그대로 믿었듯이 조금도 추궁하지 않았습니다. 물론 이야기 내용은 대체로 그때 주고받았던 그대로일 것입니다.

 벤딕스 씨는 실로 위대한 예술가여서 모든 사실을 충분히 이용하여 거짓말할 수 있는 사나이입니다. 그는 물론 그날 오후 아내가 초콜릿을 적어도 여섯 개쯤 먹을 때까지, 또는 어떻게든 여섯 개쯤 먹일 때까지 그녀 곁을 떠나지 않았을 것입니다. 여섯 개면 치사량이 넘으니까요. 그 점을 위해서도 독을 정확하게 한 개에 6미님씩 넣어두는 편이 편리했습니다."

블래드리는 요약했다.

"요컨대 우리들의 벤딕스 씨는 대단한 사람이군요!"

로저는 진지한 표정으로 대꾸했다.

"정말 그렇습니다."

이때 앨리시어 더머즈가 물었다.

"그가 범인이라는 주장에 조금도 의심을 품고 있지 않나요, 셀링검 씨?"

로저는 뜻밖이라는 표정을 지었다.

"네, 조금도."

앨리시어 더머즈는 미심쩍은 듯이 중얼거렸다.

"그래요?……"

로저가 물었다.

"그럼, 당신은 의심을 갖고 있습니까, 더머즈 양?"

앨리시어 더머즈의 대답은 확신이 있었다.

"네, 그래요."

그러나 이 대화는 여기서 중단되고 말았다.

블래드리가 끼어들었다.

"그렇다면 여러분이 셀링검 씨의 추론에서 잘못된 점을 지적해 주시겠습니까?"

필더 플레밍 부인이 긴장된 표정으로 목소리를 낮추어 말했다.

"나는 셀링검 씨의 추론이 옳다고 생각해요."

그러나 블래드리의 태도는 여전히 태연했다.
"내 눈에는 한두 가지 구멍이 보이는데요. 당신은 동기를 크게 중요시하는 것 같은데, 셀링검 씨, 좀 과장되지 않았을까요? 싫증났다고 해서 아내를 독살하는 사람은 없습니다. 이혼하면 되니까요.
 그 밖에도 미심쩍은 점이 두세 가지 있습니다. 첫째, 벤딕스가 정말 사업에 댈 돈이 없어 아내를 죽였을까요? 둘째, 벤딕스 부인은 남편이 더없이 곤란한 처지에 놓였는데도 도움을 거부할 만큼 구두쇠였을까요?"
"당신은 두 사람의 성격을 잘 알지 못하는 것 같군요. 그들은 둘 다 꽤 능수능란했습니다. 그의 사업이 막다른 처지에 몰렸다는 사실을 알아차린 것도 남편이 아니라 벤딕스 부인이었으니까요. 벤딕스 씨보다 훨씬 작은 동기로 살인을 저지른 예도 얼마든지 있습니다."
"동기는 그것으로 좋다고 합시다. 벤딕스 부인이 살해된 날 그녀의 점심 약속이 취소되었는데, 벤딕스 씨는 그것을 몰랐습니까? 만일 알고 있었다면 아내가 밖에서 점심식사를 하여 집에 없는 날을 택했을 리 없지요."
앨리시어 더머즈가 불쑥 말을 던졌다.
"내가 셀링검 씨에게 묻고 싶었던 것도 바로 그거예요."
로저는 당황한 얼굴로 대답했다.
"그것은 대단한 문제가 아닙니다. 그렇지 않습니까? 점심식사 때 반드시 초콜릿을 주어야만 할 이유는 없었으니까요."
그러자 블래드리가 슬쩍 반격을 했다.
"아내에게 빨리 초콜릿을 주어야 할 이유가 두 가지 있습니다. 첫째는 될 수 있으면 빨리 계획을 실행에 옮기고 싶기 때문이고, 둘째는 내기 이야기를 부인할 수 있는 사람은 아내뿐이기 때문에 당연히 가능한 한 빨리 없애고 싶기 때문이지요."
로저는 빙그레 웃었다.
"그것은 말장난에 지나지 않습니다, 블래드리 씨. 그런 말로 내 논증을 뒤엎으려 해도 모두 헛일입니다. 덧붙여 말하겠는데, 벤딕스 씨가 아내의 점심 약속 같은 것을 알았을 리 없습니다. 그들은 곧잘 밖에서 점심식사를 했으므로 일부러 미리 양해를 구하는 수고는 필요 없을 겁니다."
"흠!"
블래드리는 손으로 턱을 문질렀다.
치터윅이 아까 한 번 당했던 얼굴을 들고 다시 말했다.
"당신의 추리는 완전히 그 내기에 기초를 두고 있군요, 셸링검 씨."
"내기와 그 이야기에서 추측해 낸 심리적인 추론을 합친 거지요."
"만일 내기가 정말 행해졌다고 증명된다면 당신의 추리는 여지없이 무너지겠군요?"
"뭐라고요!"
로저는 얼마쯤 당황한 빛을 보였다.
"내기가 행해진 확실한 증거가 있습니까, 치터윅 씨?"
"아닙니다. 그런 증거는 하나도 없습니다. 나는 다만 누구든 블래드리 씨처럼 당신 추론을 부정하고 싶다면 이 내기 문제를 집중 공격하면 좋겠구나 하고 생각했을 뿐입니다."
그러자 블래드리가 꾸밈없이 말했다.
"그렇다면 동기나 점심 약속 같은 그런 부수적인 문제는 말해 봐야 아무 의미 없다는 뜻이지요? 동감입니다. 셸링검 씨, 나는 당신의 추론을 테스트했을 뿐 부정할 생각은 없습니다. 왜냐하면 나도 당신의 추리가 옳다고 생각하니까요. 내가 보기에 '독초콜릿사건'은 이제 해결된 것 같습니다."
"고맙습니다, 블래드리 씨."
블래드리는 진심으로 다시 말했다.
"자, 우리의 명탐정 회장님을 위해 만세삼창을 할까요? 아울러 우리에게 크나큰 즐거움을 맛보게 해준 그레엄 벤딕스 씨의 명예를 칭송하면서, 하하하……."
앨리시어 더머즈가 물었다.
"타이프라이터 구입 문제와 벤딕스 씨가 웹스터 인쇄회사 견본에서 메이슨 상회 편지용지를 입수한 것도 분명히 확인했나요, 셸링검 씨?"
그녀는 지금까지 자기 생각에 잠겨 있었던 것 같았다.
"확인했습니다, 더머즈 양."
로저의 말투에는 어딘지 자기만족감이 담겨 있었다.
"그 타이프라이터 가게 이름을 가르쳐 주시겠어요?"
"좋습니다."
로저는 수첩의 종이를 찢어서 가게 이름과 주소를 적어 주었다.
"고마워요. 그리고 벤딕스의 사진을 확인한 웹스터 인쇄회사 여사무원의 인상을 말해 주시겠어요?"
로저는 얼마쯤 불안한 눈길로 그녀를 바라보았다. 그녀는 언제나처럼 조용한 표정으로 마주보았다. 로저는 불안한 마음이 더해졌다. 그는 기억할 수 있는 데까지 자세하게 웹스터 인쇄회사 여사무원의 생김새를 설명해 주었다.

앨리시어 더머즈는 침착한 태도로 고맙다고 인사했다.

블래드리가 생각을 바꾸지 않고 말했다.

"이제 이 추론을 어떻게 다루면 좋겠습니까, 여러분?"

그는 회장을 위해 뒷바라지하기로 나선 것 같았다.

"셸링검 씨와 내가 대표로 스코틀랜드야드에 가서 난처한 사건이 이제 끝났다고 보고할까요?"

앨리시어 더머즈가 물었다.

"회원들이 모두 셸링검 씨의 추론에 찬성하고 있다고 생각하세요?"

"물론입니다."

"이런 문제는 투표로 결정하는 게 정해진 규칙 아닌가요?"

앨리시어 더머즈의 태도는 냉정하고 침착했다.

"좋습니다. 그럼, 정식 절차를 밟도록 하지요. 지금부터 독초콜릿 사건에 대한 셸링검 씨 추론을 정답으로 인정하고 회장과 내가 대표로 스코틀랜드야드에 가서 그대로 보고해도 좋은지 어떤지 의견을 묻겠습니다. 나는 찬성입니다. 찬성하는 분 없습니까? 필더 플레밍 부인은?"

필더 플레밍 부인은 블래드리의 제안에 찬성했으나 그의 태도에 대해서는 언짢게 생각하는 기분이 뚜렷이 나타나 있었다.

그녀는 딱딱한 목소리로 말했다.

"나는 셸링검 씨가 사건을 해결했다고 생각합니다."

"찰스 경은?"

찰스 경 또한 블래드리의 경솔함을 비난하면서 엄격한 목소리로 대답했다.

"찬성!"

"치터윅 씨는?"

"나도 찬성입니다."

그가 대답하기 바로 전에 무언가 마음속에 걸리는 일이 있어 난처해하는 듯한 표정을 지어보였던 것은 로저가 잘못 본 것일까, 아니면 치터윅이 머뭇거렸기 때문일까?

로저는 자기가 잘못 본 것이었으리라고 생각했다.

블래드리가 마지막으로 물었다.

"그리고 더머즈 양은?"

앨리시어 더머즈는 침착한 얼굴로 테이블을 둘러보았다.

"나는 전혀 찬성할 수 없어요. 셀링검 씨의 추론은 아주 훌륭한 것으로 그의 명성에 부끄럽지 않은 결론이라고 생각합니다. 그러나 잘못 짚은 점이 있는 것 같아요. 내일 내가 이 사건의 범인이 누구인지 증명해 드릴 수 있으리라 생각해요."

로저는 자신의 귀가 잘못되지 않았나 의심하면서 혀가 제대로 돌아가지 않는 상태임을 알아차렸다. 이상한 소리가 그의 입에서 흘러나왔다.

블래드리가 먼저 정신을 차리고 입을 열었다.

"반대 한 명. 회장님, 이것은 한 가지 선례가 되리라 생각합니다. 해결안이 회원 전원일치로 승인되지 않는 경우에는 어떻게 되는지 아는 분 안 계십니까?"

회장이 더 이상 회의를 진행시킬 수 없는 상태에 빠졌기 때문에 앨리시어 더머즈가 대신 결론을 내렸다.

"휴회로 들어가는 거예요."

그리고 모임은 자연스레 휴회로 들어갔다.

제15장

다음날 저녁 로저는 회의장으로 쓰고 있는 방에 이르렀다. 그의 신경은 여느 때보다 곤두서 있었다. 그는 앨리시어 더머즈가 자신의 벤딕스 범인설을 뒤집어엎으리라고는, 아니, 크게 흔들어놓으리라고는 도저히 생각할 수 없었다.

아무튼 그녀의 이야기는 비록 로저 자신의 추론에 비판을 가하지 못하더라도 크게 관심을 집중시키는 재미있는 것이 될 게 틀림없었다. 로저는 지금까지 누가 한 추리보다도 앨리시어 더머즈의 이야기를 즐겁게 기대하고 있었다.

앨리시어 더머즈는 그야말로 그 시대를 반영하는 여자였다.

만약 그녀가 50년 전에 태어났다면 어떤 생활을 하고 있을지 좀처럼 상상되지 않았다. 그 시대에도 그녀가 여류작가가 되었으리라고는 여길 수 없었다. 통속적인 상상이 허용된다면 그 시대 여류작가들은 흰 무명 장갑을 끼고 지나치게 거만한 태도를 보이며, 아무리 보아도 불행과는 인연이 먼 로맨스에 대해 거의 병적일 만큼 열렬한 동경을 품고 있는 이상한 생물이었다.

앨리시어 더머즈의 장갑은 입고 있는 옷과 같은 최고급품으로, 무명 같은 것은 아마 10살 때부터――그때 있었다 해도――살갗에 대 본 적이 없을 것이다. 그리고 거만한 태도는 그녀가 가장 좋지 않은 행실로 보는 것이었으며, 사모의 정을 알고 있다 해도 그녀라면 아마 마음속에만 간직해 둘 뿐 겉으로 나타내지 않을 것이다.

정열이나 화려한 진홍빛 따위는 훨씬 저속한 사람들의 것으로 보는 견해는 흥미 있는 현상인데, 그녀 자신에게는 전혀 필요 없는 것으로 여기는 듯했다.

앨리시어 더머즈는 무명 장갑을 낀 애벌레에서 성장하여 필더 플레밍 부인이 아직도 머물고 있는 곤충시대를 거쳐 이제 독립한 진지한 나비로 변모해 있었다. 이따금 우수에 찬 얼굴이 되어도 더욱 아름다워 보이며, 그 화려한 묘사는 그림이 들어간 주간지가 요즈음 즐겨 게재한다.

치밀한 사고로 말미암아 미세한 주름이 진 시원한 이마를 가진 나비. 익살스럽게 말하면 '회의적인 나비'. 금속투성이의 해부실에 모여드는, 그리고 염치없이 말하라면 이따금 그곳에 오래 날아다니는 외과의사 같은 나비. 한 가지로 선명하게 칠해진 콤플렉스에서 우아하게 다른 콤플렉스로 날아가는 냉정한 나비.

이따금 완전한 유머 감각을 잃어버려 고통스러울 만큼 권태로운 나비, 그 날개의 가루를 모으면 진흙색이 되어 버릴 듯하다.

앨리시어 더머즈를 만나 그 미묘하고도 작은 입 언저리며 코며 부드러운 잿빛 눈을 가진 참외 같은 고전적인 얼굴을 보고 있으면, 좀 위로 치켜 올라간 어깨에 걸친 아름다운 드레스 차림의 모습을 바라보고 있으면 통속적인 상상력밖에 없는 사람은 어느 누구도 그녀를 여류작가로 생각하지 못할 것이다.

그녀 자신의 의견에 따르면, 그런 모습에 덧붙여 좋은 책을 쓰는 능력을 갖춘 사람이야말로 이상적인 현대 여류작가이다.

그녀가 직접 체험해 보지 못한 온갖 감정을 그토록 잘 분석해 보이는 방법을 물어볼 만큼 용감한 사람은 아직 아무도 없었다. 아마 그 까닭은 그녀가 그것을 할 수 있고, 지금도 훌륭하게 하고 있기 때문일 것이다.

다음날 밤 9시 5분이 지나자 앨리시어 더머즈가 말머리를 꺼냈다.

"어젯밤 우리는 이 범행을 해명하는 아주 흥미로운 추론을 들었습니다. 나에게 말하라면 셀링검 씨의 추리법은 우리 모두의 모범이라고 할 만한 것이었습니다.

그는 연역추론으로 시작하여 거의 범인을 지목하는 단계에까지 그 선을 따라갔습니다. 그런 다음 추론을 실증하기 위해 귀납법을 응용했습니다. 그렇게 함으로써 두 가지 추리법을 더없이 훌륭하게 활용할 수 있었습니다. 그러나 이 교묘한 절충법이 잘못된 판단에 바탕을 두었기 때문에 마침내 바른 해답에 도달하는 기회를 놓치고 말았습니다. 그러나 이것은 셀링검 씨 탓이라기보다 어떤 불운 때문이라고 생각됩니다."

로저는 자기가 사건의 진상에 이르지 못했다는 말을 아직 믿을 수 없었기 때문에 어리벙벙하게 웃어 보일 수밖에 없었다.

앨리시어 더머즈는 여느 때처럼 명쾌하고 침착한 목소리로 설명을 이었다.

"셀링검 씨의 해석이 아주 참신하다고 생각한 분들도 있었을 것입니다. 이렇게 말하는 까닭은 나 자신의 추론도 그와 같은 출발점에서 시작되었기 때문입니다. 말하자면 범행 목적이 이루어졌다고 보는 견해입니다. 나는 이것이 참신하다기보다 흥미롭다고 말하고 싶습니다."

로저는 귀를 곤두세웠다.

"치터윅 씨가 지적했듯이 셸링검 씨의 추론은 모두 벤딕스 부부 사이에서 행해진 내기에 바탕을 두고 있습니다. 그리고 벤딕스 씨가 내기에 대해 한 이야기 가운데에서 그런 일이 없었다는 심리적인 추론을 끄집어냈습니다.

그것은 아주 교묘한 추론입니다만, 잘못되어 있습니다. 셸링검 씨는 여성심리에 대한 해석에 너무 너그러운 것 같습니다. 나도 바로 그 내기에서 출발했다고 해도 좋습니다. 그러나 나는 초콜릿보다 같은 여자에 대해 보다 더 자세히 알고 있습니다. 그러므로 내가 이 내기에서 끌어낸 결론은 벤딕스 부인이 평판처럼 정숙한 여자가 아니었다는 것입니다."

로저가 중간에 끼어들어 변명했다.

"나도 물론 거기에 대해서 생각해 보았습니다. 그러나 논리적인 이유에서 그것을 제외했습니다. 벤딕스 경 부인의 생활태도에는 부정한 흔적이 전혀 없었습니다. 오직 정숙했다는 것을 보여주는 증거들뿐이었습니다. 그런데다 벤딕스 씨 자신의 말 말고는 내기했다는 것을 뒷받침할 만한 증거가 하나도 없습니다."

그러자 앨리시어 더머즈가 상대의 허점을 찌르듯 소리쳤다.

"아니에요, 있어요. 나는 오늘 하루 종일 그것을 뒷받침할 증거를 찾아다녔어요. 내기가 행해졌다는 확실한 증거가 없는 한 당신의 추론을 뒤엎을 수 없다고 생각되었기 때문이었지요. 내가 지금 곧 그 괴로움에서 풀어드리겠어요, 셸링검 씨. 나는 그들이 내기를 했다는 결정적인 증거를 가지고 있어요."

로저가 당황하여 물었다.

"증거가 있다고요?"

"네, 분명히. 이것은 당신의 추론에 있어 중요한 일이기 때문에 사실은 당신이 입증해야 했다고 봐요."

앨리시어 더머즈는 친절하게 대답하고 나서 말을 이었다.

"나에게는 두 사람의 증인이 있어요. 벤딕스 부인은 눕기 위해 2층 침실로 올라갔을 때 하녀에게 내기에 대해 말했어요. 병의 원인은 지독한 소화불량이 틀림없지만, 이것은 내기에 대한 벌이라고 분명히 말했답니다.

두 번째 증인은 내 친구로 벤딕스 부부와 잘 아는 사람이에요. 그녀는 두 번째 휴식시간에 벤딕스 부인이 특별석에 혼자 앉아 있기에 말을 건네러 갔었습니다.

이런저런 이야기 끝에 벤딕스 부인이 남편과 연극 속의 범인 알아맞히기 내기를 하고 있다고 말하며, 자신이 범인으로 생각하는 등장인물의 이름을 이야기했다고 합니다. 그러나——이것은 내 추론을 훌륭하게 뒷받침해 주는 증거입니다만——벤딕스 부인은 전에 그 연극을 본 적이 있다는 말은 전혀 하지 않았습니다."

로저는 풀이 죽어서 힘없이 중얼거렸다.

"그래요……."

앨리시어 더머즈는 되도록 그를 위로하며 말을 이었다.

"그 내기에서 끌어낼 수 있는 추론은 오직 두 가지뿐입니다. 당신은 운나쁘게 잘못된 쪽을 택한 거예요, 셸링검 씨."

로저는 마침내 세 번째 질문을 들이댔다.

"그것을 어떻게 알았지요? 벤딕스 부인이 전에 그 연극을 보았다는 것을 나는 겨우 이틀 전에 아주 우연한 일로 알았습니다."

"어머나, 나는 처음부터 알고 있었어요."

앨리시어 더머즈는 자신도 모르게 목소리를 낮추었다.

"베라클 라 매지레 부인이 당신에게 이야기해 주었겠지요? 나는 직접 그 부인을 알지는 못하지만 그녀와 잘 아는 사람이 있어요. 어제 저녁 당신이 아주 우연한 기회에 이 정보를 얻었다고 했을 때 나는 아무 말도 하지 않았어요. 만약 말하게 되면——내 생각으로는——베라클 라 매지레 부인에게 알려지면 곧 그녀의 친구에게로 새어나갈 게 틀림없다는 말을 해야 했기 때문이에요."
"과연……."
로저는 세 번째로 침울함에 빠져버렸다.
그러면서도 그는 베라클 라 매지레 부인이 친구에게 거의 완벽하리만큼 숨길 수 있었던 어떤 정보를 생각해 냈다.
그리고 뭔가 말하고 싶어 하는 블래드리의 표정을 보고 그도 같은 생각을 하고 있음을 알았다. 앨리시어 더머즈라고 해서 심리적인 실수를 절대로 저지르지 않는다고는 할 수 없었다.
그녀는 교사 같은 말투로 설명을 계속했다.
"그러므로 나는 벤딕스 씨를 임시 악역에서 벗어나게 하여 본디의 두 번째 피해자 역할로 돌려놓겠습니다."
그녀는 잠시 말을 끊었다.
블래드리가 보충해서 물었다.
"유스티스 경을 맨 처음의 범인이 목표로 한 피해자 역할로 돌려놓지 않고 말입니까?"
앨리시어 더머즈는 그 말을 무시했다.
"어젯밤에 내가 셀링검 씨의 추론에 흥미를 느낀 것처럼 셀링검 씨 또한 내 추론에 흥미를 가지리라 생각합니다. 왜냐하면 우리 두 사람의 의견은 중요한 점에서 결정적으로 차이가 있지만 그 밖에는 공통된 점이 많기 때문입니다. 의견이 일치된 점 가운데 하나는 확실히 범인이 노렸던 사람이 살해되었다는 것입니다."
필더 플레밍 부인이 큰 소리를 질렀다.
"무슨 말이에요? 당신도 처음부터 벤딕스 부인을 목표로 범행계획이 세워졌다고 생각하나요?"

"의심할 여지가 없어요. 하지만 내 추론이 옳다는 것을 증명하기 위해서는 셀링검 씨의 결론을 한 가지 더 뒤엎어야겠어요.

 셀링검 씨는 벤딕스 씨가 아침 10시 30분쯤 클럽에 나갔다는 것은 여느 때 없던 일이므로 거기에 깊은 의미가 있다고 강조했습니다. 그렇습니다. 그러나 셀링검 씨는 유감스럽게도 그 일에 잘못된 해석을 붙였습니다. 벤딕스 씨가 그런 시간에 클럽에 나왔다는 사실이 곧 범죄의사가 있었다는 증거가 될 수는 없습니다. 당신은 그렇게 가정했습니다만.

 당신은 한 가지 사실을 잊어버리고 있어요. 솔직히 말하면 여러분들도 모두 잊어버리고 있습니다. 말하자면 만일 벤딕스 부인이 진정한 피해자이고 벤딕스 씨가 그녀를 죽인 범인이 아니라면, 그가 마침 그 시간에 클럽에 있었다는 것은 범인을 위해 더없는 행운이었다는 것, 이점을 모두 잊어버리고 있는 거예요. 아무튼 셀링검 씨는 벤딕스 씨가 그 점에 대해 변명할 수 있겠는가 물었지만, 나는 잘못된 누명일지도 모른다고 생각합니다. 실은 나도 그 점을 물어보았습니다만."

치터윅이 깜짝 놀란 표정으로 물었다.

"어째서 그날 아침에만 특별히 10시 30분쯤 클럽에 나와 있었는지 벤딕스 씨에게 물어보았단 말입니까?"

이것은 본격적인 조사에서 당연히 행해지는 일이지만 치터윅은 자신이 없어 본격적인 조사를 하지 못했던 것이다.

앨리시어 더머즈는 또렷하게 대답했다.

"물론이지요. 그에게 전화를 걸어서 물어보았어요. 아마 경찰도 이 점을 묻지 않았었나 봐요. 그의 대답은 예상대로였으나 그가 자신의 대답에 어떤 의미가 담겨 있는지 전혀 모른다는 것은 틀림없었어요.

벤딕스 씨는 전화 연락을 받기 위해 갔답니다. 그럼, 왜 자기 집으로 연락하게 해두지 않았느냐고 생각하시겠지요? 네, 나도 그 점을 물었습니다. 집에서 받고 싶지 않은 연락이었기 때문이랍니다. 나는 그 전갈 내용에 대해서까지 캐물었지요. 그는 내가 왜 그런 질문을 하는지 전혀 몰랐기 때문에 나의 악취미라고 생각했겠지요. 하지만 나는 묻지 않을 수 없었습니다.

그리고 결국 대답을 들었습니다. 그는 그 전날 오후 사무실에서 벨러 데롬이라는 여자로부터 전화 받은 사실을 시인했습니다. 벨러 데롬은 리전시 극장에서 공연중인 '죽은 사람'에 단역으로 나오는 여배우지요.

그녀와 한두 번 만났었는데, 또 만나도 좋다고 생각했답니다. 그녀는 전화로 다음날 시간이 있느냐고 물었대요. 그는 틈이 있다고 대답했지요. 그녀가 조용한 곳으로 점심식사하러 데려가주겠느냐고 하자, 그는 기꺼이 약속했습니다. 그러나 그녀 쪽에서 시간이 날지 어떨지 아직 확실치 않아 다음날 아침 10시 30분에서 11시 사이에 레인보우 클럽으로 연락하기로 되어 있었답니다."

다섯 사람의 두 눈썹 끝이 밑으로 처졌다.

필더 플레밍 부인이 마침내 입을 열었다.

"그런 일은 그리 의미가 없다고 생각해요."

그러자 앨리시어 더머즈가 되물었다.

"그럴까요? 하지만 만일 데롬 양이 벤딕스 씨에게 전화건 일이 없다고 뚜렷하게 부정한다면?"

다섯 사람의 눈썹은 여전히 풀리지 않았다.

필더 플레밍 부인이 소리를 질렀다.

"어머나!"

앨리시어 더머즈는 냉정하게 말했다.

"물론 이것은 내가 맨 처음 입증한 사실이에요."

치터윅은 한숨을 내쉬었다. 이것이야말로 본격 탐정술인 것이다. 찰스 경이 한옆을 찔렀다.

"그렇다면 당신의 범인에는 공범자가 있다는 말이로군요, 더머즈 양?"

그녀는 서슴없이 대답했다.

"두 사람 있었지요. 두 사람 다 자신은 전혀 몰랐지만."

"아, 그래. 벤딕스 씨와 통화한 여자로군요?"

앨리시어 더머즈는 흥분한 빛도 보이지 않고 여러 사람의 얼굴을 죽 둘러보았다.

"자, 어때요! 환히 들여다보이잖아요?"

그러나 조금도 들여다보이지는 않았다.

"아무튼 데롬 양이 전화의 주인공이 된 이유는 분명하겠지요. 벤딕스 씨는 그녀를 아직 잘 몰랐기 때문에 전화 목소리로 그녀임을 분명히 확인할 수 없었던 거예요. 진짜 전화의 주인공은 누구일까요!"

앨리시어 더머즈는 잠시 자기의 날카로운 관찰력을 즐기는 것 같았다.

"벤딕스 부인이었군요!"

삼각관계를 눈치 챈 필더 플레밍 부인의 목소리가 떨렸다.

"물론이에요. 남편의 바람기에 대한 일로 누군가로부터 능란한 부추김을 받은 벤딕스 부인이었습니다."

필더 플레밍 부인이 고개를 끄덕였다.

"물론 그 누군가가 범인일 테니, 그렇다면 벤딕스 부인의 친구가 되겠군요, 적어도……."

필더 플레밍 부인은 살인이란 친구 사이에서 좀처럼 일어나는 일이 아니라는 생각이 떠올랐는지 얼마쯤 당황한 얼굴로 다시 말했다.

"벤딕스 부인은 그를 친구로 생각하고 있었겠지요. 정말 재미있게 되었군요, 앨리시어 더머즈 양!"

앨리시어 더머즈는 살짝 익살맞게 웃었다.

"그래요, 이 살인은 결국 동료 사이에서 비밀리에 행해진 작은 사건이지요. 이른바 한정형 살인이에요. 블래드리 씨. 그건 그렇고, 나는 지금 좀 비약한 것 같군요. 내 추론을 세우기 전에 우선 셸링검 씨의 추리를 완전히 뒤엎어야 하지요."

로저는 가벼운 신음 소리를 내면서 딱딱하고 흰 천장을 올려다보았다. 그 천장에서 앨리시어 더머즈가 연상되었기 때문에 그는 다시 눈길을 떨어뜨렸다.

그녀는 사정없이 놀려댔다.

"셸링검 씨, 인간성에 대한 당신의 신뢰는 절대적이더군요. 누가 무슨 말을 하든 당신은 믿을 거예요. 당신에게는 확인된 증인이 필요 없는 모양이에요. 누군가가 당신 아파트로 찾아와서 페르시아 황제가 그 초콜릿에 니트로벤젠을 넣는 광경을 보았다고 해도 당신은 틀림없이 곧 믿어버릴 거예요."

로저는 맥없이 중얼거렸다.

"누군가가 나에게 거짓말했다는 암시를 주고 있는 겁니까, 더머즈 양?"

"암시 정도가 아니에요. 그것은 증언으로 보여드리겠어요. 어젯밤 당신이 그 타이프라이터를 판 가게 점원이 벤딕스 씨를 중고 해밀턴 4형을 사간 손님이라고 확인했다는 말을 들었을 때 나는 정말 놀랐어요. 그래서 당신이 적어준 그 가게 주소로 오늘 아침 맨 먼저 가보았지요. 그리하여 점원을 달래고 구슬러 그가 당신에게 거짓말한 사실을 털어놓게 했습니다. 그는 싱긋이 웃으며 그것을 인정했습니다.

 그 점원이 보기에 당신은 오직 그저 쓸 만한 해밀턴 4형 타이프라이터를 찾는 것 같았답니다. 그 가게에는 마침 적당한 해밀턴 4형이 나와 있었지요. 그래서 그는 당신 친구가 중고 해밀턴 4형 타이프라이터를 사간 곳이 자기 가게인 것처럼 생각되도록 이야기를 끌어나갔습니다. 그는 전혀 나쁜 일이라고 생각지 않았지요.

 아무튼 그의 가게에도 다른 가게 못지않게 적당한 해밀턴 4형이 있었기 때문이라고 하더군요. 그러므로 당신 친구의 사진을 보고 확실히 그분이라고 맞장구쳐 당신이 마음 놓는다면……."
그리고 그녀는 차갑게 덧붙였다.
"그러니까 그는 당신이 사진을 꺼내 보이면 몇 번이라도 맞장구치려고 한 것 같았어요."
"그래서요?"
로저는 필요도 없는 해밀턴 4형 대금으로 친절하게 자기를 안심시켜 준 점원에게 지불한 8파운드가 아깝게 생각되었다.
앨리시어 더머즈는 사정이 없었다.
"다음은 웹스터 인쇄회사의 여사무원인데, 그녀는 어제 견본을 보러 온 손님의 친구분을 착각해서 대답했을지도 모른다고 곧 시인했어요. 이렇게 말했지요. '그분이 정말 너무 열심히 물으셨기 때문에 실망시켜 드리기가 미안했어요. 게다가 악의가 있어 그렇게 말한 건 아니에요. 지금 생각해 봐도 악의는 전혀 없었어요'라고."
앨리시어 더머즈가 웹스터 인쇄회사 여사무원의 말투를 그대로 흉내 냈기 때문에 아주 재미있었다. 로저는 진심으로 웃지는 않았지만.
앨리시어 더머즈가 사리 분별 있게 말했다.
"만약 악담에 재미붙인 것 같이 들린다면 사과하겠어요, 셸링검 씨."

"천만에요."

로저는 시큰둥하게 대답했다.

"하지만 내 추론을 전개시키려면 어쩔 수 없답니다. 이해해 주시겠어요, 셸링검 씨?"

"물론이지요."

"그럼, 그 증거는 말소되었어요. 이제 아무것도 남지 않았군요."

"그런 셈입니다." 로저가 대꾸했다.

앨리시어 더머즈는 무자비하게 셸링검을 딛고 섰다.

"나도 범인의 이름을 덮어두는 전례에 따르려고 합니다. 내가 발언할 차례가 되어보니 그 이점을 알겠군요. 그러나 사실은 내 이야기가 끝나기도 전에 여러분들이 범인을 알아맞히지 않을까 걱정스러워요. 아무튼 나로서는 범인이 누군지 빤히 들여다보입니다만.

우선 그것을 밝히기 전에 셸링검 씨의 추론 가운데 두세 가지 논점——이번에는 증거가 아니에요——을 여기서 처리하고 넘어갈까 합니다.

셸링검 씨는 아주 교묘한 추론을 세우셨습니다. 너무도 교묘하여 셸링검 씨는, 범행계획이 완벽했으며 그 계획을 세운 범인의 두뇌가 뛰어나다는 것을 몇 번이나 강조해야 했습니다.

그러나 나는 그 의견에 동의할 수 없군요. 나는 사건을 좀더 단순하게 보고 있어요. 이것은 교활한 계획이지만 완벽하지는 못해요. 이 계획은 거의 전적으로 요행을 바란 것이었어요. 말하자면 아직 발견되지 않은 어떤 중요한 증거사실에 의존해 있는 거예요. 따라서 이 계획을 세운 두뇌는 그리 뛰어나지 않습니다. 파생된 문제를 처리할 경우에는 무언가를 모방하지 않을 수 없는 두뇌지요.

나는 범인이 범죄 역사에 정통하다는 블래드리 씨의 의견에 동의합니다.

그러나 이 범행이 독창성 있는 사람의 짓이라는 말에는 동의할 수 없습니다. 내가 보기에 이 범행의 중요 부분은 그전에 일어났던 사건을 맹목적으로 흉내 낸 거예요. 나는 이런 견해에서 다음과 같은 타입의 인물을 그려냈습니다. 말하자면 범인은 전혀 독창성이 없고, 사태의 변화과정을 인식할 능력이 없기 때문에 아주 보수적이며 완고합니다. 그리고 독선에 찬 실천가인데다 정상 가치 관념이 완전히 결핍된 인물입니다.

  나는 사물의 보기 싫은 측면도 조용히 참고 쳐다볼 수 있는 성질이기 때문에 이 사건의 전체 분위기에 정반대되는 사실을 알아차릴 수 있었습니다."

이 말을 듣자 회원들은 크게 마음의 동요를 느끼는 것 같았다. 치터윅은 이처럼 단순한 분위기에서 그런 상세한 추론을 끌어내자 오로지 그 의미를 이해하기 위해 온 노력을 다 기울였다.

"초콜릿은 독을 먹게 하고 싶은 상대가 여성이기 때문에 그것을 넣어 나르는 그릇으로 이용되었다는 셀링검 씨의 의견에는 나도 찬성이며, 이것은 이미 앞에서도 말했습니다. 여기서 한 가지 보충할 점은, 범인은 벤딕스 씨에게 어떤 해를 입힐 생각이 전혀 없었다는 것입니다.

  우리는 벤딕스 씨가 초콜릿을 좋아하지 않는다는 것을 잘 알고 있습니다. 따라서 범인도 그 일을 알고 있었다고 생각하는 것이 마땅합니다. 그러므로 범인은 전혀 벤딕스 씨가 먹으리라고 예상하지 못했다고 봐야겠지요.

  셀링검 씨는 작은 화살표 과녁을 쏘면서 중요한 화살로 과녁을 놓치고 있으니 참으로 안타까운 일입니다. 그 편지용지를 웹스터 인쇄회사 견본책에서 빼냈다는 착상은 훌륭합니다. 나는 고백하지 않을 수 없습니다만, 범인이 그 용지를 가지고 있었다는 데 대해 무척 고민했습니다. 도무지 갈피를 잡을 수가 없었거든요.
 그런데 고맙게도 셀링검 씨가 길을 터주어 오늘 나는 그가 자신의 이론에 응용한 방법과 다른 식으로 나 자신의 추론에 활용할 수 있게 되었습니다. 셀링검 씨가 내민 사진을 보고 악의 없이 예의상 아는 체했던 그 여사무원도 내가 보여준 사진의 인물을 확실히 알아보았습니다. 알아볼 뿐만 아니라……."
앨리시어 더머즈는 아직 한 번도 보여준 일이 없는 만족스러운 숨을 내쉬었다.
"그 사람의 이름까지 말해 주었습니다."
"그래요!"
필더 플레밍 부인은 완전히 흥분하여 고개를 크게 끄덕였다.
앨리시어 더머즈는 다시 여느 때의 침착한 태도로 돌아가서 이야기를 계속했다.
"그 밖에도 셀링검 씨가 강조한 논점이 아직 두세 가지 있기 때문에 지금 여기서 그 힘을 약하게 해두는 게 좋지 않을까 생각합니다. 벤딕스 씨가 중역으로 참여하고 있는 작은 회사들의 경영상태가 거의 모두 좋지 못하기 때문에 셀링검 씨는 그의 사업 솜씨가 형편없다고 생각했으며——나도 이 의견에 찬성합니다만——뿐만 아니라 돈에 무척 쪼들리고 있다는 추정을 내렸습니다. 또한 셀링검 씨는 애써 세운 추리의 입증에서 실수하여 다시 한 번 잘못 판단한 벌금을 치르지 않으면 안 됩니다.
 아주 간단한 조사 경로라도 있었다면 벤딕스 씨의 재산 가운데 일부만이 그의 장난감 같은 회사에 투자되고 있을 뿐이라는 정보가 셀링검 씨의 손에도 들어갔을 텐데, 정말 안됐어요. 그의 재산은 세상 떠난 아버지가 물려준 그대로 거의 모두 남아 있으며, 그 재산들은 국채 형식을 취하거나 야심만만한 벤딕스 씨로서도 중역자리를 넘겨볼 만한 든든한 사업체에 투자되어 있습니다.

　더구나 내가 아는 한 벤딕스 씨는 꽤 현명한 사람이므로, 자기에게는 아버지같이 뛰어난 사업수완이 없음을 깨닫고 쉽게 투자할 수 있는 한도 이상의 큰돈을 자신의 장난감을 위해 낭비할 만한 그런 인물이 아닙니다. 그러므로 그가 아내를 살해한 동기로 셸링검 씨가 제시한 주장은 완전히 무너졌습니다.”

로저는 머리를 들지 못했다. 앞으로 영원히 범죄학자들이 자기를 손가락질하며 저 사람이 자신의 추리를 잘못 증명한 사나이라고 비웃을 것 같았다.

"다른 부수된 동기에 대해서는, 셸링검 씨만큼 중요하게 생각지는 않습니다만 대체로 그의 의견에 찬성합니다.

　벤딕스 부인은 남편에게 더없이 지겨운 여자였음에 틀림없습니다. 그녀의 남편도 세상 여느 남자들 같은 반응과 가치판단의 척도를 가지고 있었을 것입니다.

　나는 그녀 자신이 좀더 밝은 반려를 원하는 남편을 여배우들 품으로 내몰았다고 생각합니다. 벤딕스 씨도 결혼 첫무렵에는 그녀를 깊이 사랑하고 있었겠지요. 깊이 사랑하고 있었음에 틀림없습니다. 그리하여 이윽고 그 사랑은 자연스럽게 깊은 존경심으로 변해갔습니다. 하지만 불행한 결혼이었어요.”

익살꾸러기 앨리시어 더머즈는 재미있는 듯이 비평했다.

"이 결혼에서는 경의가 너무 오래 지속되어 그 노력이 상실되고 말았어요. 남자는 결혼의 보금자리에서 따뜻한 인간성을 바라지 깊은 존경의 대상을 구하지 않습니다. 벤딕스 부인이 죽기 전까지 남편을 권태롭게 했다 해도 그는 그 사실을 겉으로 나타내지 않을 만큼 훌륭한 남성이었다는 것을 말하지 않을 수 없군요. 두 사람은 모두에게 더없이 이상적인 부부로 보였습니다.”

앨리시어 더머즈는 잠시 한숨 돌리며 앞에 놓인 컵의 물을 한 모금 마셨다.

"마지막으로 셀링검 씨는, 범인이 그 가짜 편지와 포장지를 없애지 않은 것은 그렇게 놓아두어도 해롭지 않을 뿐 아니라 무언가 자기에게 도움되리라 확신했기 때문이라고 말했습니다. 그 점은 나도 동감이에요. 그러나 거기에서 끌어낸 추론은 셀링검 씨의 의견과 달라요.

나라면 이 살인은 이류 인간의 짓이라고 말하겠어요. 이 사실은 내 주장을 더없이 훌륭하게 뒷받침해 주고 있어요. 왜냐하면 일류 범죄자라면 비록 그것이 자기에게 도움된다 하더라도 간단히 없앨 수 있는 단서를 뒤에 남겨두고 만족하는 일이 결코 없지요.

왜냐하면 그런 단서는 수사의 눈을 혼란시키기 위해 일부러 남겨지지만, 실제로는 범인을 파멸로 몰고간 예가 수없이 많다는 것을 잘 알고 있기 때문이지요.

이 일에서 내가 끌어낼 수 있는 추론은 편지와 포장지가 쓸모 있기 때문이 아니라, 수사의 눈을 다른 곳으로 돌리기 위해 남겨졌다는 거예요. 어떤 정보가 거기에 들어 있기 때문이겠지요. 그 정보가 어떤 것인지 나는 알아냈어요.

셀링검 씨의 추론에서 내가 밝혀둘 점은 이게 다 입니다."

로저는 숙이고 있던 머리를 똑바로 들었다. 앨리시어 더머즈는 다시 물 한 모금을 마셨다.

이때 치터윅이 어설프게 입을 열었다.

"벤딕스 씨가 아내에게 존경심을 가지고 있었다고 했는데, 그 점이 아무래도 좀 이상하군요, 더머즈 양. 왜냐하면 당신은 아까 분명, 그 내기에서 끌어낸 한 추론은 벤딕스 부인이 우리가 상상하고 있었던 것만큼 존경받을 만한 여자가 못된다는 점이었다고 말했으니까요. 그렇다면 그 추론은 사실과 다르지 않습니까?"

"그렇지 않아요, 치터윅 씨. 그 말에는 아무 모순이 없어요."

필더 플레밍 부인이 앨리시어 더머즈가 더 말을 잇기 전에 지적했다.

"하나도 잘못이 없다면 존경할 수 있겠지요."

그러자 블래드리가 마치 시를 읊듯 중얼거렸다.

"아, 희고 아름답게 단장해도 그 아래는 서글픈 묘석이니라!"

그로서는 아무리 유명한 극작가의 입에서 들었다 해도 이런 말은 인정할 수 없는 듯했다.

"마침내 거기까지 내려가게 됩니까. 묘석은 있습니까, 더머즈 양?"

앨리시어 더머즈는 담담하게 대답했다.

"네, 있어요. 그래서 지금 당신이 말씀하는 대로 거기에 내려가려고 하는 거예요."

"오!"

치터윅이 의자 속에서 몸을 크게 움직거렸다.

"편지와 포장지를 없애려면 없앨 수 있었다…… 그러나 벤딕스 씨는 범인이 아니다…… 그리고 문지기도 고려의 대상이 되지 않는다…… 아, 알았습니다!"

앨리시어 더머즈가 말했다.

"언제 어느 분이 알아차릴까 궁금했어요."

제16장

앨리시어 더머즈는 여전히 침착한 태도로 설명했다.
"나는 이 게임이 시작되었을 때부터 범인이 남긴 가장 큰 단서는 그가 전혀 의식하지 못했던 것이리라는 의견을 갖고 있었어요. 그야말로 그 자신의 성격을 뚜렷하게 나타내보여주는 것이지요. 내가 발견한 사실을 그대로 채택하고, 셀링검 씨가 범인은 특별히 뛰어난 지능을 가진 자라고 한 자신의 해석을 정당화하기 위해 내놓은 가정을 택하지 않는다면……."
여기서 그녀는 로저에게 도전하는 듯한 눈길을 던졌다. 로저는 그녀의 눈길에 뭐라고 말하지 않을 수 없었다.
"내가 실증할 수 없는 가정을 내세우기라도 했습니까?"
"네, 그래요. 예를 들면 그 가짜 편지를 친 타이프라이터가 지금 템스 강 밑바닥에 있다는 가정이지요. 타이프라이터가 그곳에 없다는 명백한 사실이 나 자신의 해석을 뒷받침해 줍니다.
나는 자신이 발견하여 이미 확인된 사실만 골라서 어렵지 않게 범인의 이미지를 그릴 수 있었습니다. 그 윤곽은 이미 이야기한 대로입니다. 그러나 나는 자신의 이미지와 닮은 인물을 찾아내어 그 인물에 맞추어 추론을 세워나가지 않도록 주의했습니다. 나는 의문점을 파고드는 동안 떠오르는 인물과 내 마음에 그린 이미지를 비교하기 위해 그 초상화는 마음속에만 걸어두었습니다.

그건 그렇고, 벤딕스 씨가 그날 아침 여느 때와 달리 그처럼 이른 시각에 클럽으로 나온 이유를 자세히 설명한 뒤에도 내가 보기에 단 한 가지 애매한 점——어쩌면 중요하지도 않고 아무도 관심 두지 않은 것 같습니다만——이 남아 있었습니다. 바로 유스티스 경의 점심 약속이 취소된 것이지요. 그것은 나중에 취소되었는데, 벤딕스 씨가 어떻게 알았는지 모르겠습니다. 아무튼 내가 아는 한 경위를 설명해 드리지요.

그것은 필더 플레밍 부인에게 아주 흥미 있는 정보를 제공해 준 그 유명한 하인으로부터 들었습니다. 여기에 덧붙여 나는 유스티스 경에 관한 한, 다른 회원 여러분들보다 좀더 유리한 입장에 있다는 사실을 인정하지 않을 수 없습니다. 왜냐하면 유스티스 경을 잘 알고 있을 뿐만 아니라 그의 하인도 잘 알기 때문이지요. 그래서 필더 플레밍 부인이 돈의 힘으로 그에게서 여러 가지 사실을 알아냈다면, 나는 돈뿐만 아니라 그전부터 아는 사이라는 이점을 살려 당연히 그 이상의 이야기를 들을 수 있었습니다. 아무튼 그 하인은 범행이 일어나기 나흘 전에 유스티스 경의 분부로 저밍 거리의 페롤즈 호텔에 전화하여 사건이 벌어진 날의 점심식사를 위해 방을 하나 예약했다고 솔직히 털어놓았습니다.

애매한 점은 될 수 있는 한 분명히 해둘 필요가 있다고 생각합니다. 그날 유스티스 경은 누구와 점심을 함께 할 예정이었을까요? 여성임에는 틀림없습니다만, 그의 아리송한 여자들 가운데 누구였을까요? 하인도 그 점은 알지 못했습니다.

그가 아는 한 유스티스 경은 그때 와일드먼 양을 설득하는데 열중해 있어서——미안합니다, 찰스 경——다른 여자들은 안중에도 없었다더군요. 그는 와일드먼 양과 재산이라는 일석이조를 노리고 있었지요. 그럼, 와일드먼 양이 상대였을까요? 나는 얼마 뒤 그렇지 않다는 증거를 잡을 수 있었습니다.

　범행이 일어난 날 그 점심식사 약속이 취소되었다는 것에서 무언가 생각나는 일이 없나요? 나는 오랫동안 그것을 알아차릴 수가 없었지만 분명히 무언가가 있었습니다. 벤딕스 부인도 그날 점심 약속을 해놓고 어찌된 까닭인지 취소됐었지요."
필더 플레밍 부인이 소리쳤다.
"벤딕스 부인!"
그야말로 흥미진진한 삼각관계였다.
앨리시어 더머즈는 가볍게 빙긋 웃었다.
"그래요. 당신을 믿음직스럽지 못한 못걸이에 언제까지나 걸어 두지는 않겠어요. 찰스 경이 화제에 올려서 알았는데, 벤딕스 부인과 유스티스 경은 전혀 낯선 사이가 아니었어요. 나는 가까스로 두 사람의 관계를 확인할 수 있었지요. 벤딕스 부인은 유명한 펠로즈 호텔 특실에서 유스티스 경과 점심을 들기로 약속되어 있었어요."
필더 플레밍 부인은 자기로서도 뜻밖인 부드러운 말투로 이야기했다.
"물론 그녀는 남편의 결점을 늘어놓으며 들어달라고 했겠지요."
앨리시어 더머즈는 거리낌 없는 태도로 말했다.
"여러 가지 이야기를 하는 가운데 그런 화제도 나왔겠지요. 하지만 가장 큰 이유는 그녀가 유스티스 경의 정부였기 때문이에요."
그녀는 마치 벤딕스 부인이 그날 점심식사에 비취색 드레스를 입고 갈 예정이었을 거라고 말하는 정도의 감정밖에 보이지 않으며 이 폭탄선언을 청중들 한가운데 던졌다.

찰스 경이 맨 먼저 침착을 되찾으며 물었다.

"그것을, 그 말을 실제로 증명할 수 있습니까?"

앨리시어 더머즈는 아름다운 눈썹을 조금 치켜 올렸을 뿐이었다.

"물론이에요. 나는 증명할 수 없는 일은 말하지 않아요. 벤딕스 부인은 적어도 1주일에 두 번쯤 유스티스 경과 점심식사를 함께 했으며, 가끔 저녁식사도 했어요. 언제나 펠로즈 호텔의 같은 방에서.

두 사람은 더없이 신중하여 호텔에 갈 때뿐 아니라 방에 들어갈 때도 따로 들어갔습니다. 그 방 밖에서는 결코 함께 있은 적이 없었어요. 하지만 두 사람의 식사 시중을 든 급사——그들은 언제나 같은 급사를 불렀지요——는 벤딕스 부인이 죽은 뒤의 보도사진을 보자 늘 유스티스 경과 함께 왔던 부인이라고 말하며 조서에 서명했습니다."

"조서에 서명해 주었다고요?"

블래드리가 찬찬히 그녀를 바라보았다.

"당신도 탐정일은 돈이 드는 취미라고 생각하는 모양이지요, 더머즈 양!"

"누구나 한 가지쯤은 돈이 드는 취미를 가지고 있지요, 블래드리 씨."

그러자 필더 플레밍 부인이 여전히 마음씨 좋은 부드러운 목소리로 말했다.

"하지만 단순히 점심식사를 함께 했다는 이유만으로……."

그녀는 마치 남의 일 같은 태도를 보이며 당황한 듯 덧붙였다.

"말하자면 그것이 반드시 그녀가 그의 정부였다는 증거가 되지는 않겠지요. 그렇지 않아요, 더머즈 양? 그 이유만으로 그녀를 나쁘게 생각하고 싶지는 않습니다."

앨리시어 더머즈는 메마른 목소리로 말을 받았다.

"두 사람이 함께 식사한 방에는 침실이 딸려 있었어요. 급사의 말에 따르면 두 사람이 돌아간 뒤에는 언제나 침구가 마구 흩어져 있어 침대를 사용했음을 한눈에 알 수 있었답니다. 이만하면 간통 증거는 충분하다고 생각하는데요. 찰스 경은 어떻게 생각하세요?"

찰스 경은 몹시 당황하여 크게 소리질렀다.

"그렇습니다, 분명히."

찰스 경은 집무시간이 아닌 때 여성이 '간통'이니 '성 도착'이니 '정사'니 하는 말을 쓰면 아주 당혹했다. 그는 아직도 옛날 기질을 그대로 간직하고 있었다.

앨리시어 더머즈는 여느 때의 초연한 말투로 덧붙였다.

"물론 유스티스 경은 여기 계시는 국선변호사님을 두려워해야 할 이유는 아무것도 없었던 겁니다."

그녀는 또 물을 마셨다. 그동안 다른 회원들은 사건에 비추어진 이 새로운 조명과, 그것을 비추어낸 놀라운 해명으로의 길잡이에 익숙해지려고 노력했다.

앨리시어 더머즈의 심리학적 조명이 강한 빛으로 더 멀리 비추기 시작했다.

"그 두 사람은 기묘한 한 쌍이었다고 생각해요. 두 사람의 가치판단 척도는 크게 달랐고, 그들을 맺어준 정사에 대한 반응도 서로 대조되었으며, 비록 정염의 한가운데서도 진정으로 두 마음을 맺어주는 접점은 찾아 볼 수 없었을 거예요. 이러한 양상의 심리적인 면을 잘 생각해 주시기 바랍니다. 왜냐하면 살인은 바로 그곳에서 직접 유발되었기 때문입니다.

처음에 어떤 계기로 벤딕스 부인이 그런 남자의 정부가 되었는지 모르겠어요. 하지만 상상조차 할 수 없다는 식의 터무니없는 말은 하지 않겠어요. 나는 그런 일이 일어날 듯한 과정을 충분히 상상할 수 있으니까요. 악당이란 착하고 어수룩한 여자에게 기묘한 정신적 자극을 주는 무엇인가를 가지고 있나봐요.

 만약 그녀의 마음속에 감화원 선생 같은 기질이 있다면——착한 여자들은 대개 그렇습니다만——그녀는 곧 그를 구해주고 싶은 순수한 욕망에 사로잡혔을 거예요. 그리고 십중팔구 그녀가 그것을 실행에 옮기는 첫걸음은 그 남자의 수준에까지 내려가는 거지요.

 그녀는 처음에는 자기가 타락하고 있다는 것을 전혀 의식하지 못했을 거예요. 선량한 여자는 자기가 무슨 짓을 하든 자신의 선한 본성이 더럽혀질 리 없다는 망상에 언제까지나 사로잡혀 있는 법이에요. 그녀는 처음에 자기의 육체를 통해서만 그를 감화시킬 수 있다고 생각하여 그와 죄의 침대를 함께 했을 거예요.

 육체의 결합을 통해 영혼의 교류가 이루어지고, 그로 말미암아 낮 동안 침대에 드는 습관에서 보다 좋은 생활 태도로 그를 이끌어 주었으므로 최초의 동침은 그녀의 순결을 조금도 손상시키지 않았다고 생각하지요.

 이것은 흔해빠진 견해지만, 나는 다시 한 번 그것을 강조하지 않을 수 없어요. 선량한 여자는 깜짝 놀랄 만큼 자기 기만 능력을 가지고 있답니다.

 벤딕스 부인도 유스티스 경을 만나기 전까지는 틀림없이 선량한 여자였으리라고 생각해요. 그녀의 곤란한 점은, 자신을 실제보다 더 훌륭한 여성으로 생각하고 있었던 점이에요. 셸링검 씨가 인용했듯이 그녀가 여느 때 입버릇처럼 늘 들먹이던 명예며 페어플레이 같은 낱말이 그 좋은 증거지요. 그녀는 자신의 선량함에 도취되어 있었던 거예요.

 그리고 물론 유스티스 경도 그녀의 선량함에 반했겠지요. 그는 아마 그때까지 정말 선량한 여성이 주는 만족감을 체험해 보지 못했을 거예요. 그녀를 유혹하는 것은――아마 굉장히 어려웠을 테지만――말할 수 없이 즐거웠겠지요. 그는 몇 시간 동안이나 '명예'며 '개량'이며 '정신성'이라는 것에 대해 강의를 듣지 않으면 안 되었을 거예요. 하지만 그는 그 대신 돌아올 놀라운 보수를 기쁨으로 기다리며 참을성 있게 견뎠겠지요. 두 번 세 번 거듭된 펠로즈 호텔의 밀회는 틀림없이 그를 즐겁게 해주었을 거예요.

그러나 그 뒤 만날 때마다 즐거움이 줄어들었어요. 벤딕스 부인은 이런 심신의 긴장 아래에서는 자신의 양심이 생각했던 것만큼 강하지 못하다는 것을 깨닫게 되었지요. 그녀는 자책의 말을 되풀이하며 그를 지루하게 만들었을 거예요. 지겹도록 말이에요. 그는 여전히 그녀와 밀회를 계속했습니다. 왜냐하면 그런 남자들은 처음에는 아무 여자든 별 상관없이 손을 대지만, 나중에는 여자때문에 자유가 사라지는 법이지요.

그 결과 어떤 일이 일어나는지 나는 너무도 잘 알고 있어요. 벤딕스 부인은 부정의 밑바닥까지 굴러 떨어져 처음에 품었던 인간개조의 열성은 완전히 식어버렸지요.

그들은 마침내 침대가 마침 거기 있으므로 그것을 사용하지 않으면 아깝기 때문에 쓰게 됩니다. 그러나 두 사람의 쾌락은 이미 그녀가 망쳐놓았지요. 그녀의 울음은 이제 자기 양심과 타협하는 길은 유스티스 경과 지금 이곳에서 도망쳐 버리든지, 아니면 남편에게 사실을 털어놓고 이혼수속을 밟든지――남편은 결코 이혼을 허락하지 않겠지만――또는 이혼이 성립되면 곧 유스티스 경과 결혼하든지 셋 중 하나밖에 없다는 외침으로 바뀌었어요.

아무튼 끝 무렵에는 거의 혐오감이 생기리만큼 싫어하고 있는데도 그녀는 지금부터 남은 인생은 유스티스 경과 함께 지내야 한다고, 그리고 그도 자기와 함께 지내지 않으면 안 되며 그 밖에는 달리 길이 없다고 강조하게 되었습니다. 이런 타입의 사람을 나는 잘 알고 있어요.

돈 많은 집 딸과 결혼하여 자기 재산을 일으켜보려고 애쓰는 유스티스 경에게 있어 이런 여자의 계획은 아무 매력이 없었겠지요. 그는 먼저 그처럼 끈끈한 여자를 유혹한 자신을 저주하기 시작했으며 이윽고 유혹에 넘어간 그 밉살맞은 여자를 자기보다 더 저주하게 됩니다. 그리고 여자가 안달하면 할수록 미움은 더해집니다.

마침내 그녀의 번민은 최고조에 이르렀습니다. 그녀는 와일드먼 양과 유스티스 경의 소문을 들었던 겁니다. 무슨 일이 있어도 그 일을 곧 중지시켜야 했습니다. 그녀는 유스티스 경에게 그 문제에서 스스로 손을 떼지 않으면 자신이 직접 나서겠다고 위협했습니다.

유스티스 경은 이혼소송으로 법정에 서 있는 자신의 모습을 생각해 보고, 와일드먼 양과 그녀의 재산이 손에 들어올 희망도 영원히 사라져버리리라는 것을 너무도 잘 알았습니다. 그리하여 어떤 대책을 세우지 않을 수 없었지요. 그러나 어떻게 하면 좋을까요?

살인 말고는 그 밉살맞은 여자의 혀를 묶어둘 수 없다고 생각되었습니다.

그렇습니다. 이렇게 되어 한 사나이가 한 여자를 모살할 기회는 무르익어갔습니다.

아무튼 얼마쯤 확인이 약합니다만, 이 추정은 꽤 확실한 것으로 생각됩니다. 그것을 뒷받침할 만한 증거도 제시할 수 있습니다.

유스티스 경은 영원히 그녀를 없애버리기로 마음먹었습니다. 그는 착실하게 계획을 세우고 어떤 범죄서적에서 읽은 여러 가지 사건을 곰곰이 생각해 보았습니다. 그리고 어느 사건이나 아주 하찮은 실수로 모두 실패했음을 떠올렸습니다.

이윽고 그것들을 잘 조합하여 저마다의 그런 사소한 실수를 저지르지 않으면 벤딕스 부인과 자기의 관계를 모르는 한——그는 아무도 모른다고 확신했지요——발각될 리 없다고 생각했습니다. 이것은 육감적인 추측이라고 생각할지 모르지만, 틀림없이 증명해 보일 수 있습니다.

나는 그를 연구하는 동안 모든 기회를 이용하여 나에게 달콤한 말을 하도록 만들었지요. 그의 요령 가운데 한 가지는 상대방 여자가 흥미 있어하는 모든 일에 자기도 깊은 흥미를 가진 듯이 꾸며 보이는 것입니다. 그래서 나를 만나는 동안 그는 범죄학에 대해 지금까지 예가 없을 만큼 깊은 흥미를 보였습니다. 나에게서 대여섯 권의 책을 빌려갔으며, 확실히 그것들을 모두 읽었지요.

그 책 가운데 미국에서 일어난 독살사건을 모은 책이 있었습니다. 거기에는 우리 회원들이 이 사건과 비슷하다고 인용한 사건이 모두 실려 있지요(물론 마리 래퍼쥬 사건과 크리스티너 에드먼즈 사건은 빼놓고).

6주일쯤 전 어느 날 저녁 집에 돌아오니 가정부가 유스티스 경이 찾아왔었다고 말했습니다. 그는 몇 달 동안 우리 집 가까이에도 온 적이 없었지요. 그는 거실에서 잠시 기다리다가 돌아갔다는 거였어요.

사건이 일어나자 나는 이 사건과 방금 말한 미국의 독살사건 가운데 한두 가지가 아주 비슷하다는 것을 깨닫고 그것을 조사해 볼 생각에서 거실 책장으로 갔습니다.

그런데 그 책이 없었어요. 게다가 블래드리 씨, 테일러의 《법의학》도 없었답니다. 하지만 유스티스 경의 하인과 긴 이야기를 나눈 날 그의 방에서 두 권 모두 찾아냈지요."

앨리시어 더머즈는 잠시 숨을 돌렸다.

그 틈을 이용하여 블래드리가 천천히 꼬리를 길게 끌며 말했다.

"그럼, 그는 지금부터 당연히 받게 될 대우에 어울리는 셈이구먼."

앨리시어 더머즈가 다시 말했다.

"나는 아까 이 살인은 지능 높은 사람의 범행이 아니라고 말했지요. 그럼, 이제 내가 추리한 사건의 결말을 이야기하고 끝내겠어요. 유스티스 경은 자기를 속박하는 여자로부터 벗어나기 위해 절대로 안전하다고 생각되는 방법을 차근차근 궁리했습니다.

니트로벤젠——블래드리 씨는 이 문제에 크게 신경을 쓰고 계신 것 같은데, 내가 보기에는 더없이 간단한 문제입니다.

유스티스 경은 독을 담는 그릇으로 초콜릿을, 좀더 자세히 말하자면 초콜릿 봉봉을 이용하기로 결정했습니다. 메이슨 상회의 초콜릿은 유스티스 경 집에서 대놓고 먹었던 모양입니다. 얼마 전 그가 1파운드 상자를 대여섯 개나 사들인 것에는 매우 깊은 뜻이 있지요.

그리하여 그는 리큐르와 잘 배합되는 향기 나는 독물을 찾았습니다. 그때 문득 비타 아몬드 기름이 생각났지요. 그것은 초콜릿 제조에 사용되고, 흔히 니트로벤젠과 함께 쓰이며, 손에 넣기도 쉬웠지요. 게다가 흔적이 남을 가능성이 전혀 없었기 때문에 이것은 그야말로 안성맞춤이었습니다.

그는 벤딕스 부인과 점심식사 약속을 하고, 그날 아침 소포로 도착되도록 해둔 초콜릿을 점심식사 자리에서 선물할 예정이었지요. 그것은 아주 자연스러운 방법이니까요. 그는 문지기가 아무것도 모르는 채 초콜릿을 받아두리라는 것을 알고 있었습니다.

드디어 실행에 옮길 단계에 이르렀을 때 그는 계획에 뚜렷한 결함이 있음을 알아차렸습니다. 만일 벤딕스 부인에게 직접 초콜릿을 건네준다면, 그것도 펠로즈 호텔에서 점심식사 때 건네준다면 자기와의 깊은 관계가 드러나버릴 게 틀림없지요.

그는 얼른 지혜를 모아 훨씬 교묘한 계획을 만들었습니다. 그는 벤딕스 부인에게 전화하여 그녀의 남편과 벨러 데롬의 정사 이야기를 들려주었지요.

벤딕스 부인은 그 이야기를 듣자 곧 그녀답게 자기 죄는 선반 위에 올려놓고 유스티스 경의 함정에 빠져서 남편에게 전화를 걸었습니다. 물론 목소리를 꾸며서 벨러 데롬인 것처럼 말하고, 남편이 다음날 점심 약속에 기꺼이 응하는지 어떤지 직접 확인했습니다.

유스티스 경은 옆에서 내일 아침 10시 30분에서 11시 사이에 레인보우 클럽으로 전화하겠다고 말하도록 일러주었던 거예요.

만일 그가 레인보우 클럽으로 간다면 그날 중 언젠가든지 그 여자와 만날 생각인지 어떤지 확인할 수 있으리라 여기고 벤딕스 부인은 시키는 대로 했습니다.

벤딕스 씨는 다음날 아침 10시 30분 클럽으로 나갔습니다. 그리하여 유스티스 경이 큰 소리로 소포에 대해 떠들 때 벤딕스 씨가 그 자리에 없을 리 없었지요.

이번에는 그 내기에 대한 이야기가 되겠는데, 이것이 초콜릿을 건네준 동기인 셈입니다. 나는 이것이 단순히 유스티스 경의 행운이었다고 믿을 수 없습니다. 그렇다면 이야기가 너무 쉽게 맞아들어가거든요. 어찌된 일인지 나는 이 내기도 유스티스 경이 미리 손써서 꾸며놓은 절차가 아닐까 생각합니다.

그리고 만일 그가 꾸며놓은 조작이 아니라 하더라도 그 내기 문제에서 벤딕스 부인이 시치미 떼고 있었던 만큼 결백한 사람은 아니었다고 추론한 나의 의견은 결코 그 사실과 모순되지 않습니다. 왜냐하면 그것이 조작이 아니라 하더라도 이미 대답을 아는 내기를 한다는 것은 정직하지 못한 일이라는 명백한 사실이 남아 있기 때문입니다.

마지막으로 여러분의 전례에 따라 나도 비슷한 사건을 예로 들겠습니다. 나는 주저 없이 존 터웰 사건을 택하겠습니다. 그는 정부였던 세러 허트에게 싫증이 나자 맥주에 청산가리를 넣어 마시게 했습니다."

회원들은 부러운 눈길로 그녀를 쳐다보았다. 이번에야말로 사건의 마지막 결론에 이른 것처럼 생각되었다.

찰스 경이 모두의 감정을 말로 표현했다.

"만일 당신이 이 추론을 뒷받침할 만한 확실한 증거를 제출할 수 있다면, 더머즈 양……."

그는 이미 유스티스 경의 굵고 붉은 목에 오랏줄이 감겨 있는 거나 다름없다는 말투였다.

앨리시어 더머즈가 부드럽게 물었다.

"그렇다면 찰스 경께서는 내가 지금까지 제시한 증거가 법률가 입장에서 볼 때 충분하지 못하다고 생각하세요?"

"심……심리적인 추론은 배심에 유력한 효과를 미치지 못하지요."

찰스 경은 문제를 슬쩍 배심제도로 돌려버렸다.

앨리시어 더머즈가 지적했다.

"나는 메이슨 상회의 편지용지와 유스티스 경의 관계를 말씀드리는 거예요."

"그것만으로 유스티스 경에게 혐의가 두어질지 의심스럽군요."

찰스 경은 깐깐한 배심원들을 진심으로 비난하고 있었다.

"나는 무서운 동기를 뚜렷이 밝혔고 비슷한 사건을 모은 책과 독살 사건 모음집과 유스티스 경을 연결시켰어요."

"물론 그렇지요. 나는 다만 그 편지며 초콜릿이며 포장지를 명확하게 유스티스 경과 결부시키는 어떤 증거물을 가지고 있느냐고 묻는 것입니다."

"그는 오닉스 만년필을 가지고 있고, 그의 서재 잉크병에는 언제나 허필드 만년필용 잉크가 들어 있지요."

앨리시어 더머즈는 빙긋 웃어보였다.

"지금도 그럴 거예요. 그는 범행이 일어나기 전날 밤 줄곧 레인보우 클럽에 있었는데, 9시부터 9시 30분 사이에 아무도 그를 만나지 못한 30분 동안의 공백이 있습니다. 그는 9시에 식당을 나왔으며, 9시 30분에 급사가 휴게실에 있는 그에게 하이볼을 가져다주었습니다.

그동안 그가 어디에 있었는지 아무도 모릅니다. 휴게실에는 없었습니다. 그는 어디에 있었을까요? 문지기는 그가 나가는 것도 밖에서 돌아오는 것도 보지 못했다고 단언했지요. 하지만 뒷문이 있으므로 아무에게도 들키고 싶지 않다면 그 문을 이용할 수 있었을 것이며 그는 물론 그렇게 했을 거예요.

나는 농담 삼아 그에게 직접 물어보았답니다. 그러자 그는 저녁 식사가 끝난 뒤 사상에 대한 책을 보려고 도서실에 갔다 왔었다고 대답하더군요. 도서실에 있던 회원들 이름을 말할 수 있느냐고 묻자 한 사람도 없었다고 대답했습니다. 한 사람도 없었다고, 그날 밤 클럽에 있는 동안 도서실에서 한 사람도 보지 못했다는 것입니다. 나는 인사하고 전화를 끊었습니다.

다시 말해 그가 도서실에 있었다고 말한 까닭은, 그가 그곳에 없었다고 증언할 수 있는 회원이 하나도 없음을 알고 있었기 때문입니다.

그 30분 동안에 그는 뒷문으로 몰래 빠져나가 소포를 부치러 스트랜드 거리까지 서둘러 달려갔다가——셀링검 씨는 벤딕스 씨가 급히 극장에서 빠져나갔다고 말했습니다만——다시 몰래 뒷문으로 돌아왔습니다. 그리고 도서실로 올라가 아무도 없음을 확인하자 비로소 휴게실로 내려와 나중에 그가 거기 있었다는 것을 증명시키기 위해 하이볼을 주문한 것입니다.

이 주장이 당신의 벤딕스 범인설보다 더 가능성이 크지 않습니까, 셀링검 씨?"

로저는 동의하지 않을 수 없었다.

"네, 그보다 나으면 나았지 못하지는 않군요."

그러자 찰스 경이 유감스러운 듯이 물었다.

"그런데 확실한 물적 증거는 하나도 없습니까? 배심원들의 심증을 틀림없이 유죄로 굳힐 만한 게 전혀 없습니까?"

앨리시어 더머즈는 서두르지 않고 조용히 말했다.

"아니에요, 있어요. 그것을 꺼내지 않고 추론을 증명하고 싶었기 때문에——이미 증명한 거나 다름이 없지만——마지막까지 미뤄 두었지요. 이것이야말로 결정적인 단서랍니다. 여러분, 이것을 잘 보세요!"

그녀는 핸드백에서 흔한 갈색 포장지에 싼 작은 꾸러미를 꺼냈다. 그것을 풀어 사진 한 장과 타이프라이터로 친 편지 같은 네모난 종이 한 장을 밝은 곳에 내놓았다.

그녀는 설명했다.

"이 사진은 모리스비 주임 경감님에게서 얻은 것으로, 이것이 필요한 특별한 목적은 말하지 않았어요. 이것은 그 가짜 편지 원본 크기의 사진이에요.

여러분, 그것과 이 타이프라이터로 친 편지를 한 번 비교해 보세요. 당신부터 의견을 말해 주시겠어요, 셀링검 씨? 특히 주의해 보아야 할 것은, s's가 조금 삐뚤어진 것과 대문자 H의 일부가 떨어져나간 점이에요."

돌 같이 차가운 침묵이 흐르는 속에서 로저는 그 두 가지를 비교해 보았다. 넉넉하게 2분쯤——다른 사람들에게는 두 시간도 넘은 것처럼 생각되었다——이나 자세히 들여다본 뒤 오른쪽 옆에 있는 찰스 경에게 건네주었다.

그는 무거운 말투로 말했다.

"이 두 가지는 같은 타이프라이터로 친 게 틀림없군요."

앨리시어 더머즈의 얼굴에 나타난 가면은 지금까지 보여 온 정도보다 많지도 적지도 않았다. 그녀의 목소리는 지금까지와 다름없이 무감동했다. 그녀는 마치 두 겹의 옷감 사이에서 성냥개비를 하나 찾아냈다고 말하고 있는 것 같았다. 아무 억양 없는 그 목소리의 울림을 듣고는 도저히 그녀의 한 마디에 한 사나이의 목이 걸려 있다고 생각되지 않았다.

"이 타이프라이터는 유스티스 경의 아파트에 가면 볼 수 있어요."

블래드리까지도 새롭게 감격한 듯했다.

"그렇다면 내가 말했듯이 지금부터 그에게 일어나려 하는 일은 자업자득이로군! 참으로 비겁한 사람이야."

손댈 수 없을 만큼 한가한 말투로, 블래드리는 하품까지 할 것 같았다.

찰스 경은 증거물을 다음 사람에게 넘기면서 새삼스레 감탄한 듯이 말했다.

"더머즈 양, 당신은 사회에 대해 훌륭한 봉사를 했습니다. 정말 축하합니다."

앨리시어 더머즈는 대단치 않은 일처럼 대꾸했다.

"천만에요, 찰스 경. 이것은 사실 셀링검 씨의 착상이었어요. 그렇지 않아요?"

그러자 찰스 경이 노래 부르듯 말했다.

"셸링검 씨, 알지 못하는 사이 실로 훌륭한 씨를 뿌린 셈이군요."

자신이 직접 수수께끼를 풀어 모자에 새털을 한 개 더 장식하려고 생각했던 로저는 어딘지 우울한 미소를 지어보였다.

필더 플레밍 부인이 그 분위기를 깨며 한 마디 했다. 마치 일부러 준비해 두었던 것처럼 엄숙하게.

"우리는 역사에 한 페이지를 더했어요. 경찰력을 동원해서도 풀 수 없었던 흉악사건을 한 여성이 해결했으니까요. 앨리시어 더머즈 양, 오늘은 당신을 위해서뿐만 아니라 우리 모임을 위해, 아니, 더 나아가 여성 전체를 위해 기념할 만한 날이에요."

앨리시어 더머즈가 인사했다.

"그렇게 말해 주니 기뻐요, 플레밍 부인."

한편 증거물은 천천히 테이블을 한 바퀴 돌아 다시 그녀의 손으로 돌아왔다. 그녀는 그것을 로저에게 건네주었다.

"셸링검 씨, 이것을 보관해 주세요. 회장님에게 맡겨두겠어요. 나와 마찬가지로 잘 아실 테니까. 내가 직접 경찰에 알리는 것은 너무 무례하다고 생각되지 않으세요? 그러니까 보도기관에는 일체 내 이름을 밝히지 말았으면 해요."

로저가 턱을 쓰다듬었다.

"그렇게 할 수도 있겠지요. 내가 이 물건을 모리스비 주임경감에게 건네주고 타이프라이터가 있는 곳을 가르쳐 준 뒤 나머지는 모두 스코틀랜드야드에 맡깁시다.

이 증거물과 동기와 펠로즈 호텔 급사의 증언도 모리스비 주임경감에게 말해야겠지요. 그가 진심으로 흥미를 가질 것은 이 세 가지뿐이니까요. 오늘 밤 그를 만나는 것이 좋겠군요. 함께 가시겠습니까, 찰스 경? 당신과 함께 가는 편이 좀더 권위 있게 보일 듯합니다만."

"물론 좋습니다." 찰스 경은 곧 대답했다.

모두들 얼굴표정도 마음도 아주 심각했다.

이때 치터윅이 머뭇거리면서 이 엄숙한 분위기를 깨고 불쑥 물었다.

"그것을 24시간만 뒤로 미룰 수 없을까요, 셀링검 씨?"

로저는 이 난데없는 발언에 어리둥절했다.

"왜 그러시지요?"

"저, 말하자면……."

치터윅은 믿음성 없게 우물쭈물했다.

"말하자면, 나는 아직 발언을 하지 않았기 때문에……."

다섯 사람들의 눈길이 일제히 그를 쳐다보았다.

치터윅은 얼굴이 빨개졌다.

"아, 그렇군요."

로저는 되도록 아무렇지도 않게 행동하려고 애썼다.

"당신도 물론 의견을 말하고 싶겠지요."

치터윅은 겸손하게 말했다.

"추론은 서 있습니다만, 나는, 나는 꼭 발언하고 싶지는 않습니다. 하지만 추론은 서 있습니다."

"아, 그렇습니까?"

로저는 난처한 듯이 찰스 경을 쳐다보았다.

"여러분들도 모두 치터윅 씨의 추리에 큰 흥미를 가지고 계시겠지요. 그런데 그것을 지금 들려줄 수 없을까요, 치터윅 씨?"

치터윅은 유감스러운 듯이, 그러나 양보하지 않는 자세로 말을 받았다.

"아직 불안전한 점이 있습니다. 앞으로 24시간 안에 한두 가지 점을 명백히 하려고 합니다."

찰스 경은 갑자기 생각난 일이 있는 듯했다.

"그럴 테지요. 내일 모여서 치터윅 씨의 추론을 들어야겠습니다. 그동안 셀링검 씨와 나는 잠깐 스코틀랜드야드에 들러서……."

"가시지 않는 게 좋겠습니다, 찰스 경. 진심입니다."

치터윅이 이번에는 아주 곤란한 표정을 지었다.

로저가 다시 난처한 얼굴로 찰스 경을 쳐다보았다. 이번에는 찰스 경으로서도 어쩔 수 없는지 되돌아볼 뿐이었다.

로저는 씁쓸하게 말했다.

"그렇군요. 앞으로 24시간쯤 빠르든 늦든 별문제는 없겠지요. 결국 사건은 이미……."

"그다지 문제될 건 없습니다." 치터윅이 부탁하듯 말했다.

그러자 찰스 경이 보기 딱했던지 얼른 거들었다.

"물론 그리 문제될 건 없겠지요."

"그럼, 허락해 주시는 겁니까, 셀링검 씨?"

로저는 얼마쯤 차갑게 대꾸했다.

"네, 그런 셈이군요."

모임은 해산되었다. 어딘지 미심쩍은 공기를 남긴 채…….

제17장

 전날 밤에도 말했듯이 치터윅은 발언하고 싶지 않은 모습임을 뚜렷이 알 수 있었다. 그날 밤 로저로부터 발언 독촉을 받았을 때 호소하는 눈길로 테이블 주위의 얼굴들을 둘러보았으나 모두 냉담한 표정이었다. 얼빠진 말썽꾸러기를 보는 듯한 얼굴들이었다.
 치터윅은 초조하게 두세 번 기침을 한 뒤 힘내어 말을 꺼냈다.
 "회장님, 회원 여러분이 생각하고 있는 것을 잘 알고 있기 때문에 먼저 양해를 구해두어야겠습니다. 나를 아닌 밤중에 홍두깨 같은 말썽꾸러기로 생각하실 터이므로, 그 점은 용서를 빕니다만, 나는 이런 식으로 말할 수밖에 없습니다.
 더머즈 양이 한 빈틈없는 추론은 강력했고 또 그 증명도 명확하게 생각되었습니다. 그러나 우리는 지금까지 얼른 보아 강력하게 생각되는 많은 해답을 들었고, 또 많은 명백해 보이는 논증을 제시 받았으므로, 혹시 더머즈 양의 추론도 잘 음미해 보면 처음에 생각했던 것만큼 강력하지 않다는 것을 알 수 있을지 모른다고 여기게 되었습니다."

치터윅은 이 높은 장애를 뛰어넘는 데서 계속 눈을 껌벅이고 있었으나, 그토록 애써 준비해 온 다음 말이 도무지 생각나지 않는 듯했다.

그는 장애를 뛰어넘었다. 그러자 다음부터는 좀 쉬워졌다.

"마지막으로 발언하는 특권과 책임이 주어진 사람으로서 내가 지금까지 들은 여러 가지 결론을 내 나름대로 요약해도 부당하지 않으리라 생각하시겠지요.

그 어느 것이나 추론 방법과 결과에 있어 큰 차이가 있었습니다. 하지만 지금 그것을 낱낱이 복습하여 시간을 낭비하는 일은 그만두겠습니다. 여기 나는 간단한 도표를 준비해 왔습니다. 이 표를 보면 여러 가지 대조되는 추리와 비슷한 사건, 그리고 지적된 범인 등이 한눈에 들어옵니다. 이것을 한 번 보고 싶은 분도 계시리라 생각합니다."

한참 머뭇거린 뒤 치터윅은 깊이 생각하여 만들어낸 도표를 꺼내 오른쪽 옆에 있는 블래드리에게 건네주었다.

블래드리는 송구스러워하는 몸짓으로 그것을 받아 이상하리만큼 겸손하게 테이블 위에 그와 앨리시어 더머즈가 나란히 볼 수 있는 위치에 놓고 훑어보았다.

치터윅은 소박하게 고마워하는 모습이었다.

그는 지금까지보다 좀더 자신 있는 태도로 말했다.

"아시다시피 중요한 논점에서 의견이 일치하는 사람은 아무도 없었던 셈입니다. 의견과 방법의 차이는 참으로 뚜렷합니다.

이처럼 회원들이 저마다 자기주장을 내세우면서 자신의 추리가 정답이라고 확신하고 있었습니다. 이 도표는 내가 말씀드릴 것까지도 없이, 우선 우리 앞에 놓인 사건은——블래드리 씨가 말씀하셨듯이——극단적인 개방형 살인임을 뚜렷이 보여줍니다. 뿐만 아니라——이것도 블래드리 씨의 견해 가운데 한 가지인데——각 회원들은 자기의 취미에 따라 의식적 또는 무의식적 선택에 의해 어떤 증명이든 쉽게 해낼 수 있는 사건임을 이 도표는 명확하게 보여줍니다."

발표자	동기	관점	논증의 중심점	증명법	비슷한 예	범인
찰스 경	금전욕	누가 이익을 얻는가	편지용지	귀납법	마리 래퍼쥬 사건	펜퍼더 부인
플레밍 부인	배제	여성적 탐색	숨겨진 삼각관계	직감과 귀납법	모리노 사건	찰스 경
블래드리(1)	실험	미스터리 작가적 호기심	니트로벤젠	과학적 귀납법	윌슨 박사 사건	블래드리
블래드리(2)	질투	유스티스 경의 성격	범인의 범죄학적 지식	연역법	크리스티너 에드먼드 사건	이름 모르는 여성
셸링검	금전욕	벤딕스 씨의 성격	내기	연역과 귀납법	칼라일 해리스 사건	벤딕스
더머즈 양	배제	당사자 모두의 심리	범인의 성격	심리적 연역법	터웰 사건	유스티스 경
경찰	신념 또는 살인욕구	세상의 일반적 견해	물적 단서	종래의 수사법	하우드 사건	편집광 및 미치광이

치터윅은 숨을 죽이며 말을 이었다.

"더머즈 양은 아마 그 도표에 특별한 흥미를 가질 것입니다. 나는 심리학자가 아닙니다만, 그런 저마다의 해답이 얼마나 발표자 자신의 사고방식과 성격을 잘 반영해 주는지 깨닫고 깜짝 놀랐습니다.

예를 들어 찰스 경의 경우 직업상 당연히 물적 증거의 중요성을 존중했으며, 이 사건을 보는 각도도 '누가 이익을 얻는가' 라는 아주 물질적인 입장을 취하고 있습니다. 따라서 편지용지 같은 물적 증거가 그의 경우에는 가장 중요하게 눈에 띄는 특색이 되었겠지요.

도표 맨 끝의 앨리시어 더머즈 양의 추론입니다. 그녀는 사건을 거의 모두 심리적 관점에서 바라보고 있으며, 중심 되는 논증은 범인이 무의식적으로 드러낸 성격에 관한 것입니다.

이 두 사람을 양극으로 하여 다른 회원들은 저마다 다른 비율로 심리적 증거와 물적 증거에 주의를 기울이고 있습니다. 이리하여 용의자에 대한 추론방법이 다시 크게 달라졌습니다. 거의 완전히 귀납법에 의존한 사람이 있는가 하면 연역법으로 추리한 사람도 있습니다.

그리고 셸링검 씨의 경우는 이 두 가지를 절충했습니다. 그러므로 회장님께서 우리에게 내놓은 추론은 비교 추리법의 유익한 연습이 된 셈입니다."

치터윅은 기침을 하고 나서 우물쭈물 웃음을 지으며 다시 설명을 계속했다.

"또 한 가지 도표로 더 만들 예정이었는데, 그것도 도표로 만들었다면 이 도표 못지않게 계발점이 있었으리라 생각됩니다. 그것은 이 사건의 명확한 사실에서 여러 회원들이 끌어낸 저마다 다른 추론을 분류하여 기록한 것입니다. 그 표에 대해서는 미스터리 소설 작가인 블래드리 씨가 특히 흥미를 갖지 않을까 싶군요."

그리고 나서 치터윅은 미스터리 소설작가들을 모두 한데 묶어 논평했다.

"나로서는 지금까지 몇 번이나 깨달은 일입니다만, 그러한 종류의 책에서는 주어진 어떤 사실로부터 한 가지 추론밖에 허용되지 않는 듯하며, 게다가 그것이 반드시 올바른 추론인 경우가 많습니다.

작가 편인 탐정 말고는 아무도 추론을 끌어낼 수 없으며, 더욱이 탐정이 끌어낸 추론은——유감스러우나 탐정이 추론해 낼 수 있도록 되어 있는 몇몇 작품 속에서 말입니다만——늘 정답으로 정해져 있습니다.

언젠가 앨리시어 더머즈 양이 두 개의 병에 넣은 잉크를 예로 들어 그 비슷한 말을 했었지요.

나는 지금 구체적인 예로, 이 사건에서 사용된 메이슨 상회의 편지용지를 들고 싶습니다.

그 한 장의 편지용지에서 나는 다음과 같은 추론을 끌어냈습니다.

1. 범인은 메이슨 상회의 종업원 또는 전종업원이었다.
2. 범인은 메이슨 상회의 단골손님이었다.
3. 범인은 인쇄업자 또는 인쇄기를 만질 기회를 가지고 있었다.
4. 범인은 메이슨 상회의 대리인으로 일한 적이 있는 변호사였다.
5. 범인은 메이슨 상회 종업원의 친척이었다.
6. 범인은 웹스터 인쇄회사의 자칭 단골손님이었다.

물론 이 편지용지로부터 끌어내어진 추론은 그 밖에도 많이 있습니다. 이를테면 그 종이를 우연히 가지고 있었던 일이 힌트가 되어 범행방법이 결정되었다는 추론도 있었습니다만, 나는 범인을 찾아내는 직접적인 단서가 되었다고 생각되는 추론에만 초점을 맞추어 생각해 보려고 합니다. 그것만 해도 이미 들으신 바와 같이 여섯 종류나 되며, 더욱이 모두 양립하지 않는 것뿐입니다."
이때 블래드리가 불쑥 말을 꺼냈다.
"내가 당신을 위해 책을 한 권 쓸까요, 치터윅 씨? 그 책에서 탐정은 저마다 서로 양립하지 않는 여섯 가지의 추론을 세웁니다. 그리하여 결국 72명의 용의자를 체포하고, 나중에 그는 자신이 범인임에 틀림없다고 깨닫고서 자살한다는 줄거리지요. 그 책 헌사는 당신에게 바치겠습니다."
"네, 부탁합니다."
치터윅은 밝게 웃었다.
"실제로 이 사건에서 우리가 부딪친 일과 큰 차이가 없군요. 아무튼 나는 그 편지용지에만 관심을 쏟기로 하겠습니다. 그 밖에도 독물, 타이프라이터, 우체국 소인, 독 분량의 정확함 등 사실은 얼마든지 있습니다. 그리고 그 어느 것에서나 대여섯 가지 서로 다른 추론이 끌어내어져 있었으니까요.

말하자면 회원들마다 갖가지 추론을 끌어내 저마다 자기 추론을 증명하고 있는 것은 좀 묘한 일이지요."
블래드리가 다시 말했다.
"돌이켜 생각해 보니 내 미래의 탐정들은 아무것도 추론해 낼 수 없는 타입으로 만들어야겠군. 그렇게 해두면 훨씬 쉬울 테니까요."
치터윅은 그 말에 아랑곳없이 설명을 계속했다.
"우리가 이미 들은 해답에 관해서는 이쯤 말하고……."
그는 잠시 입을 다물었다가 다시 이었다.
"비평하는 것 같은 점 용서해 주시기 바랍니다. 그럼, 이제 어젯밤 스코틀랜드야드로 가겠다는 셀링검 씨를 그처럼 말린 까닭을 설명하겠습니다."

다섯 사람의 얼굴표정은 치터윅 씨가 이제 슬슬 그 점을 털어놓아도 좋을 때라고 생각하는 듯했다.

치터윅의 태도가 조금 당황하는 것으로 보아, 아마 다섯 사람의 얼굴에 나타나 있는 마음을 알아차린 모양이었다.

"먼저 어젯밤 더머즈 양이 발표한 유스티스 펜퍼더 경 범인설에 대해 간단히 언급하겠습니다. 더머즈 양의 추론을 가볍게 여길 생각은 조금도 없습니다. 그러나 나는 한 가지 점을 지적하지 않을 수 없습니다. 그녀가 유스티스 경을 범인으로 판정한 주된 이유는 두 가지입니다.

첫째, 유스티스 경이 그녀가 이미 정해놓은 범인 타입에 맞았다는 것. 둘째, 그가 벤딕스 부인과 정사를 벌여왔기 때문에 장애가 되는 여자를 없애야겠다고 생각했어도 이상하지 않다는 것. 그러나 이 점은——단순한 가정에 지나지 않습니다만——그 정사 과정에 대한 더머즈 양의 추측에 전혀 착오가 없어야 합니다."

필더 플레밍 부인이 여성 동지의 체면을 세우듯 소리쳤다.

"하지만 타이프라이터가 있잖아요, 치터윅 씨."

치터윅은 그 말을 받아서 대답했다.

"그렇습니다, 타이프라이터가 있지요. 지금 바로 그것을 말하려던 참입니다. 하지만 그전에 먼저 나는 더머즈 양이 유스티스 경의 유죄를 뒷받침하는 중요한 물적 증거로 내놓은 두 가지에 대해 이야기하겠습니다.

유스티스 경은 늘 메이슨 상회의 초콜릿 봉봉을 그의 여자친구들에게 사주는 습관이 있었다고 했는데, 여기에는 아무 의미가 없다고 생각합니다.

　만일 메이슨 상회의 초콜릿 봉봉을 사는 습관이 있는 사람을 모두 의심스럽게 본다면 런던은 용의자로 가득 찰 것입니다. 그리고 유스티스 경처럼 독창성이 없는 범인이라도 기본적으로 자기 이름이 연상될 염려가 없는 물건을 독약 전달 수단으로 택할 만큼의 주의는 했을 것입니다. 그리고 내가 보기에 유스티스 경은 더머즈 양이 생각하고 있는 것만큼 바보가 아닙니다.

　또 한 가지는 웹스터 인쇄회사 여사무원이 유스티스 경의 사진을 보고 그를 기억하여 동일인물로 확인한 일입니다. 이것도 만일 더머즈 양이 이런 발언을 용서해 준다면 말하겠습니다만, 그녀가 우리에게 납득시키려고 한 만큼 의미가 없다고 생각됩니다."

치터윅은 얼마쯤 말을 쉬었다가 기운차게 계속했다.

"유스티스 경은 편지용지를 웹스터 인쇄회사에서 늘 샀고, 이것은 몇 년 동안이나 계속되어 온 일입니다. 그는 한 달쯤 전 새로 얼마쯤 주문하기 위해 그곳에 갔습니다. 그는 저명 인사이기 때문에 그를 접대한 여사무원이 그를 기억하지 못한다면 그야말로 놀라운 일이지요. 그러므로 이 점에서도 더머즈 양의 생각은 그리 중요한 의미가 없다고 봅니다.

　다음에 타이프라이터와 범죄학 서적은 증거로 넣어도 좋을 것입니다. 그것들을 빼면 더머즈 양의 추리를 뒷받침할 물적 증거는 아무것도 없습니다. 게다가 지리멸렬한 알리바이에 대한 이야기는 여기서 다룰 필요가 없겠지요. 공평하지 못한 일은 하고 싶지 않습니다."

치터윅은 조심스럽게 말하고 나서 덧붙였다.

"더머즈 양의 유스티스 경 범인설은 타이프라이터 증거만으로 만들어진 것입니다."

치터윅은 말을 마치자 누가 반론하지 않을까 염려스러운 듯 주위를 둘러보았다.

곧 이의가 나왔다.

필더 플레밍 부인이 크고 날카로운 목소리로 물었다.

"하지만 당신이 그것을 깨뜨릴 수는 없겠지요?"

치터윅은 우울한 표정을 지었다.

"'깨뜨린다'는 말은 적당치 못한 표현입니다. 나는 일부러 심술궂게 악의를 가지고 농담 삼아 더머즈 양의 추론에서 '허물'을 들춰내려는 게 아닙니다.

이 점은 꼭 믿어주지 않으면 안 됩니다. 나는 다만 이 사건의 범인을 찾아내기 위해 노력하고 있을 뿐입니다. 그리고 바로 그 목적을 위해 나는 더머즈 양의 타이프라이터 증거에 대해 유스티스 경의 누명을 벗겨줄 증거를 내놓을 수 있습니다."

치터윅은 필더 플레밍 부인이 회원들의 시간낭비라고 그를 비난하는 것 같이 여겨져 아주 무참한 표정을 지었다.

그러자 로저가 친절한 목소리로 물었다.

"할 수 있겠습니까, 치터윅 씨?"

마치 소를 그린다면서 소를 닮기는커녕 세상 어떤 동물도 닮지 않은 그림을 그린 어린 딸을 따뜻하게 격려하는 듯한 말투였다.

"그것은 아주 재미있을 것 같군요. 어떤 논증을 끌어내시겠습니까, 치터윅 씨?"

이 대접에 힘을 얻어 치터윅은 자랑스럽게 얼굴을 빛냈다.

"정말 모르고 있습니까? 아무도 알아차리지 못하셨습니까?"

사실 아무도 그것을 알아차리지 못한 것 같았다.

치터윅은 이제 의기양양한 듯했다.

"그러나 나는 사건이 일어났을 때부터 이런 일이 있으리라 예상했었지요, 하, 이거 참!"

그는 안경을 고쳐 쓰며 웃음 띤 얼굴로 자리를 둘러보았다. 둥글고 불그레한 얼굴이 화끈 달아올라 있었다.

앨리시어 더머즈는 치터윅이 영원히 웃고 있을 듯했으므로 얼른 물었다.

"그것이 논증인가요, 치터윅 씨?"

"네, 그렇습니다. 아시겠습니까, 더머즈 양? 당신과 셸링검 씨는 저마다 범인의 능력에 대해 다른 평가를 내렸습니다만, 분명히 말하면 당신이 잘못 판단했고 셸링검 씨가 옳았습니다. 그러니까 이 살인사건의 배후에는 더없이 두뇌가 뛰어나고 교활한 사람이 숨어 있습니다. 더머즈 양은 그 반대임을 증명하려고 애썼습니다만, 그것은 특수한 답변이므로 이 문제에서 제외됩니다.

범인의 교활함을 보여주는 한 가지 예는 유스티스 경에게 혐의가 주어지도록 증거를 준비해 둔 점입니다. 요컨대 그 타이프라이터의 증거와 범죄학 서적은 전문용어로 말하면 '위장'인 것입니다."

치터윅은 다시 웃음을 되찾았다.

모두들 약속이라도 한 듯이 거의 동시에 자세를 바로했다. 순간 치터윅에 대한 감정이 달라졌다. 그는 뭔가 포착하고 있구나, 하고, 어젯밤의 갑작스러운 요구에도 실은 어떤 속셈이 있었으리라고 여겨졌다.

블래드리가 이때 언제나의 우월감을 가지고 남을 옹호하는 듯한 말투마저 완전히 잊고 열심히 물었다.

"야, 대단한데요, 치터윅 씨! 그것을 실제로 증명할 수 있겠지요?"

치터윅은 찬탄의 눈길을 한 몸에 받으며 대답했다.

"네, 물론 증명할 수 있습니다."

로저는 빙긋 웃었다.

"이제 범인이 누구인지 알고 있다고 말할 차례입니다, 치터윅 씨."

치터윅은 마주 보며 웃고는 대답했다.

"네, 알고 있습니다."

다섯 사람의 목소리가 입을 모아 외쳤다.

"그래요!"

치터윅은 조용히 말했다.

"물론 알고 있습니다. 여러분들이 가르쳐준 거나 다름없습니다. 마지막으로 발표하게 된 덕에 나의 작업은 꽤 간단히 끝났습니다. 나는 여러분의 의견이 옳은지 그른지 가려내기만 하면 되었거든요. 그리하여……. 그렇습니다, 나는 확실히 진상을 파악했습니다."

그를 쳐다보는 회원들은 자신들이 은연중에 치터윅에게 진상을 가르쳐주었다는 말을 듣고 모두 깜짝 놀란 표정을 지었다. 치터윅은 깊은 생각에 잠긴 얼굴로 바뀌었다.

"솔직히 말해서 셸링검 씨가 이 게임을 제안하셨을 때 나는 망설였습니다. 나는 탐정 일을 해본 적도 없고, 그것을 어떻게 시작해야 할지조차 전혀 몰랐습니다.

이 사건에 대해서도 아무런 추론을 세우지 못했습니다. 물론 어떤 각도에서 사건을 보아야 할지도 몰랐습니다. 1주일이 눈 깜짝할 사이에 지나가버리고 나는 다시 처음 자리에 팽개쳐져 있었습니다.

찰스 경이 처음으로 의견을 발표하신 날 밤에는 그 추리가 맞다고 생각했습니다. 다음날 밤에 들은 필더 플레밍 부인의 추리에도 납득이 갔습니다.

그리고 블래드리 씨 자신이 이 살인을 저질렀다는 의견에는 결코 수긍할 수 없었지만, 만일 누군가 다른 이름이 나왔다면 분명 진실이라고 생각했을 것입니다. 말하자면 버림받은 정부의 범행이라는 그의 주장은……."

치터윅은 잠시 입을 다물었다가 솔직 대담하게 이었다.

"틀림없이 맞다고 믿었을 것입니다. 내가 가지고 있었던 착상도 그것과 비슷했으니까요. 이것은 유스티스 경이 버린, 그렇습니다! 정부가 저지른 범행이 아닐까 생각했던 거지요.

그런데 다음날 밤 셸링검 씨가 벤딕스 씨야말로 범인이라는 추리를 펼치자 또 그것이 진상인 듯했습니다. 그런데 어제 저녁 더머즈 양의 이야기를 듣다가 비로소 진상을 깨닫기 시작했습니다."

앨리시어 더머즈가 물었다.

"그럼, 나만 당신을 납득시키지 못했군요, 치터윅 씨?"

"글쎄요, 그렇다고 할 수 있지요."

치터윅은 미안한 듯한 표정을 지었다. 그는 한참 동안 말없이 생각에 잠겨 있었다.

"방법은 다르지만 한 사람도 빠짐없이 사건의 진상에 거의 파고들었다는 것은 실로 놀라운 일입니다. 누구나 다 적어도 한 가지 이상 중요한 사실을 제시했으며 한 가지 이상 정확한 추론을 세웠습니다.

다행히도 해답에 큰 차이가 날 것 같아 나는 제출된 설명을 메모하여 집으로 돌아가 곧 날짜를 적고 정리해 두었습니다. 이리하여 나보다 훨씬 뛰어난 두뇌를 가진 여러분들의 의견이 완전히 기록되었습니다."

블래드리가 나지막한 목소리로 중얼거렸다.
"대단하군요!"
"어젯밤 나는 늦게까지 자지 않고 이 메모를 들여다보고 다시 손질하며 사실인지 거짓인지 생각해 보았습니다. 여기서 내가 얻은 결론에 흥미 느끼는 분 있습니까?"
치터윅은 어딘지 자신이 없어 보였다.
회원들은 모두 '자기가 어디서 잘못되었는지 가르쳐준다면 정말 고맙겠다'며 그를 안심시켰다.

제18장

치터윅은 노트의 어느 한 페이지를 열심히 들여다보고 있었다. 순간 그는 얼마쯤 비관하는 얼굴이 되었다.

그는 다시 이야기를 시작했다.

"찰스 경은…… 찰스 경은……."

치터윅은 찰스 경의 의견에서 정당한 점을 찾지 못하고 있음이 분명했다.

치터윅은 친절한 남자였다. 그의 얼굴이 순간 밝아졌다.

"네, 그렇군요. 찰스 경은 맨 처음 그 가짜 편지를 쓴 종이에 지운 흔적이 있다는 점을 중요한 사실로 지적했습니다. 그것은 사실 크게 도움이 되었습니다.

그리고 유스티스 경의 절박한 이혼문제가 이 비극의 뿌리였다고 지적했는데, 맞는 말이었습니다. 그러나 유감스럽게도……."

치터윅은 어쩔 수 없다는 듯이 바로잡아나갔다.

"거기에서 끌어낸 해석이 과녁을 맞추지 못한 것 같습니다. 이처럼 교활한 계획을 세운 범인이라면 알리바이를 만들기 위해 여러 가지로 손썼을 테고, 사실 무너뜨려야 할 알리바이가 있다고 지적한 것도 정말 옳았습니다. 그러나 이 경우 무너뜨려야 할 것은 펜퍼더 부인의 알리바이가 아니었습니다.

필더 플레밍 부인은……"
치터윅은 잠시 한숨 돌렸다.
"이 사건이 범죄 지식을 가진 사람의 짓이라고 주장했는데, 정말 그렇습니다. 그것은 더없이 현명한 해석으로 완전히 핵심을 찔렀다고 장담할 수 있는 것을 나는 기쁘게 생각합니다."
치터윅은 얼굴을 빛냈다.
"그리고 플레밍 부인은 또 한 가지 중요한 정보를 제공했습니다. 그것은 부인 자신의 추론에서도 중대하지만, 이 비극의 이면에 감춰진 진상을 밝히는 데도 아주 중요합니다. 말하자면 유스티스 경은 와일드먼 양을 조금도 사랑하지 않고 다만 그녀의 재산을 목적으로 결혼하고 싶어했다는 것입니다.

만일 그것이 사실이 아니었다면──더없이 끔찍한 일입니다만──벤딕스 부인이 아니라 와일드먼 양이 죽게 되었을 것입니다."
치터윅은 머리를 내저으며 심각한 얼굴이 되었다.
찰스 경이 중얼거렸다.
"이 무슨 소리람!"
그 국선 변호인이 이처럼 놀라운 이야기를 의심 없이 받아들였다는 사실은, 치터윅이 하나의 선물로서 받아들여도 좋을 듯했다.
블래드리가 낮은 목소리로 필더 플레밍 부인에게 말했다.
"그것은 결정적인 논거입니다. 버림받은 정부의 짓이라는 설은……"
치터윅이 그를 바라보며 다음 말을 이었다.
"그리고 블래드리 씨, 당신은 놀랍게도 거의 진상 바로 앞까지 갔

없습니다. 경이롭다고 할 수 있습니다."
치터윅은 경이로운 표정을 지었다.
"자신을 범인으로 내세운 첫 번째 추론에서도 당신의 결론은 대부분 완전히 옳았습니다.

예를 들어 니트로벤젠에서 끌어낸 추론 가운데 마지막 결론, 범인은 손재주가 뛰어나고 규칙적인 성격인데다 독창성 있는 인물이어야 한다는 사실은 아주 중요합니다. 그리고 그때로서는 별 뜻 없이 조작으로 생각되었던 일입니다만, 테일러의 《법의학》이 범인의 책장에 꽂혀 있으리라는 말도 옳습니다.

그런데 네 번째 조건은 '메이슨 상회의 편지용지를 몰래 입수할 기회를 가지고 있었음에 틀림없다'라고 고쳐야겠습니다. 당신이 제시한 12가지 조건은 알리바이를 성립시킬 여지가 없는 여섯 번째 및 오닉스 만년필과 허필드 잉크에 관한 일곱 번째 및 여덟 번째 항목만 빼면 모두 옳았습니다.

셸링검 씨가 범인은 틀림없이 만년필과 잉크를 빌려 썼을 거라는 미묘한 논점을 제시했는데, 정말 옳았습니다. 이것은 타이프라이터에도 적용되는 이야기입니다.

블래드리 씨, 당신의 두 번째 추리에 대해서 말씀드리자면 그것은 이미……."
치터윅은 블래드리의 추론에 대한 찬사가 얼른 떠오르지 않는 듯했다.
"당신은 거의 모든 점에서 진상에 가까이 접근했습니다. 당신은 이것을 여자의 범행으로 보고, 사건 밑바닥에 모욕당한 여자의 감정이 흐르고 있다고 추리하여, 추론 전체를 범인의 범죄학 지식에 바탕을 두었지요. 그것은 정말 훌륭한 통찰력입니다!"
블래드리는 주의 깊게 기쁨을 숨기며 말했다.

"그러니까 모든 사실을 꿰뚫어보고도 그 여자 살인범만 찾아내지 못했다는 말씀이군요."

"그렇다고 할 수 있지요."

치터윅은 블래드리의 통찰력에 비하면 범인도 뛰어날 게 없다고 말하는 듯했다.

"그리고 다음은 셀링검 씨 차례입니다만……."

로저가 버럭 소리를 질렀다.

"그만 두시오! 그냥 내버려 두시오!"

치터윅은 더없이 열성스럽게 잘라 말했다.

"그러나 당신의 추론은 아주 교묘했습니다. 살해된 부인이 정당한 피해자였다고 주장함으로써 당신은 사건 수사에 새로운 국면을 더해준 셈입니다."

로저는 흘끗 앨리시어 더머즈를 훔쳐보고 나서 하나 마나 한 말을 했다.

"훌륭한 사람이 같은 실패를 하고 있는 것 같습니다."

"그러나 당신은 실패하지 않았습니다." 치터윅이 바로잡았다.

"오, 그래요?"

로저는 무슨 말인지 몰라 놀란 얼굴이 되었다.

"그렇다면 사건은 모두 벤딕스 부인을 목표로 한 음모였습니까?"

치터윅이 당황한 표정으로 머뭇거리며 말했다.

"그 이야기에 대해서는 이미 설명했잖습니까. 내 이야기가 전혀 요령이 없는 것 같군요. 그렇습니다, 범행 계획은 벤딕스 부인을 목표로 하여 짜여졌던 것입니다. 그러나 좀더 정확히 말하면 벤딕스 부인과 유스티스 경을 한데 묶어 처리할 계획이었다고 생각합니다.

당신은 진상의 한 발 앞까지 와 있었습니다. 다만 질투 심한 라이벌 대신 질투 심한 남편을 내세웠던 것이 잘못이었지요. 그야말로 작은 차이입니다.

　그리고 편지용지를 가지고 있어서 우연히 범행 계획이 떠오른 게 아니라 이전의 사건에서 힌트를 얻었다는 논점도 완전히 옳았습니다."

로저가 중얼거렸다.

"아무튼 옳은 점이 있었다니 반가운 일이군요."

치터윅은 눈인사를 보내며 말머리를 돌렸다.

"그리고 더머즈 양의 추론은 아주 큰 도움이 되었습니다. 정말로 큰 공을 세웠습니다, 더머즈 양."

여류작가는 냉담하게 한 마디 대꾸했다.

"설득력이 없었는데도요?"

치터윅은 미안한 듯이 그 말에 동의했다.

"안타깝게도 설득력은 없었는지 모르지만, 나에게 진상을 꿰뚫어 보게 해준 것은 당신의 추론이었습니다.

　그리고 당신은 이 범행에 또 다른 한 측면을 더해줬습니다. 벤딕스 부인과 유스티스 경의 정사에 대한 정보입니다. 그것이야말로 실은 사건의 밑바탕이었습니다."

치터윅은 정보 제공자에게 새삼스럽게 다시 인사했다.

앨리시어 더머즈가 말했다.

"실패로 끝날 이유가 없어요. 지금도 나는 거기에서 끌어낸 내 추론이 옳다고 믿고 있어요."

"거기에 내 추론을 덧붙여도 좋다면, 그렇게 말할 수도 있겠지요."

치터윅은 얼마쯤 당황한 얼굴로 말끝을 흐렸다. 앨리시어 더머즈는 좀 신랄한 말투로 그것을 허용했다.

　치터윅은 생각을 정리하여 다시 설명했다.

"아참, 아직 말하지 않은 점이 있습니다. 더머즈 양은 한 가지 중요한 사항을 지적했습니다. 말하자면 이 범죄의 밑바닥에 깔린 것은 벤딕스 부인과 유스티스 경의 관계에 대한 문제라기보다 그녀의 성격이었다고 추정했지요. 이것은 완전히 옳았습니다.

 그녀의 성격이 바로 그녀 자신을 죽음으로 몰아갔습니다. 더머즈 양이 이야기한 그 부도덕한 행위와 벤딕스 부인의 반응에 대한 공상적인 통찰, 반응이라고 해도 좋겠지요?"
치터윅은 자신 없는 듯이 물었다.
"부정에 대한 벤딕스 부인의 반응, 그 점에 대해서 더머즈 양은 완전히 핵심을 찌르고 있다고 말해도 좋지 않을까요? 그러나 유스티스 경이 권태를 느꼈다는 데 대한 추론은 잘못되어 있다고 생각합니다. 나는 유스티스 경이 권태로워지기는커녕 그녀의 슬픔을 함께 나누려 했다고 믿게 되었습니다.

 더머즈 양은 이 점을 문제 삼지 않았는데, 사실 유스티스 경은 벤딕스 부인이 그에 대해 느끼고 있던 감정 이상으로 열렬한 사모의 정을 품고 있었습니다."
치터윅은 목소리를 높여 말을 계속했다.
"그것이 이 비극의 결정적인 요인 가운데 하나입니다."
모두들 그 요인을 똑똑히 머릿속에 새겨 넣었다. 치터윅에 대해 그들은 이제 일종의 지적인 기대를 품게 되었다. 아무도 진심으로 그가 정답을 알고 있으며 앨리시어 더머즈의 주가를 크게 떨어뜨렸다고 생각하는 것 같지는 않았으나, 모두들 그가 무언가 제시할 것을 잡고 있다는 것은 분명히 알았다.
이윽고 주목받고 있는 사나이가 이야기를 계속했다.
"더머즈 양은 다른 논점에서도 정곡을 찔렀습니다. 그러니까 이 살인을 시사한 것——또는 그 방법에 대해 시사한 것이라고 할까요——은 그녀가 말한 그 독살사건 모음집이었습니다. 그녀의 말에 따르면 그 책은 유스티스 경의 방에 있었으며, 그 책을 그곳에 숨긴 사람은……."
그는 한숨 돌린 다음 좀더 힘주어 말했다.
"바로 그 여자 범인입니다.

그 밖에도 더머즈 양은 몇 가지 유익한 사실을 밝혔습니다. 말하자면 벤딕스 씨는 그날 아침 레인보우 클럽으로 유인되었다——진정으로 나는 그 밖의 말을 쓸 수가 없습니다——는 사실입니다.

그러나 그 전날 오후 그에게 전화를 건 사람은 벤딕스 부인이 아니었습니다. 더욱이 유스티스 경으로부터 초콜릿을 받기 위해서라는 특정한 목적이 있어 클럽에 나간 것은 더욱 아닙니다. 그날 점심식사 약속이 취소되었다는 것을 범인이 알 리 없지요. 벤딕스 씨는 다만 유스티스 경이 소포를 받을 때 목격자가 되기 위해 그곳에 가 있었던 것입니다. 그뿐입니다.

여기에는 물론 벤딕스 씨의 마음속에서 유스티스 경과 초콜릿이 강하게 연결지어지면 혐의가 일정한 인물에게 씌워질 경우 벤딕스 씨의 혐의가 곧 유스티스 경에게로 돌려지게 된다는 의미가 포함되어 있습니다.

그의 아내가 부정하다는 사실은 언제고 그에게 알려질 일이었으며, 실제로 벤딕스 씨도 알게 되어 그 일이 당연히 그를 슬픔의 구렁텅이에 빠뜨렸다는 말은 나도 듣고 있습니다."
로저가 감동하며 말했다.
"흠, 그래서 그처럼 음산하리만큼 초췌한 얼굴을 하고 있었구먼."
치터윅은 천천히 동의했다.
"틀림없습니다. 비열한 계획이었습니다. 아시겠지만 유스티스 경은 그때 이미 죽어서 자신의 죄를 부정할 수 없도록 꾸며져 있었으며, 남겨진 증거는 그에게 살인과 자살 혐의를 덮어씌우기 위해 미리 용의주도하게 마련되어 있었던 것입니다.
 그러나 경찰이 조금도 그를 의심하지 않았다는 것은——우리가 아는 한에는 그렇습니다만——수사란 반드시 범인의 예상대로 진행되지 않는다는 점을 가르쳐줍니다. 그리고 이 사건에서는……."
치터윅은 엄격한 말투로 덧붙였다.
"범인이 더없이 치밀했다고 생각합니다."
앨리시어 더머즈가 얼마쯤 빈정거리듯 말을 꺼냈다.
"만일 이것이 벤딕스 씨가 확실히 레인보우 클럽에 가 있도록 하기 위해 범인이 복잡하게 조작한 것이라면, 치밀함이 너무 지나쳐 오히려 실패한 예가 되겠군요."
그녀도 심리적인 면에 관한 한 치터윅의 결론을 받아들이려고 하고 있음이 분명했다.
치터윅이 조용히 지적했다.
"바로 그대로였습니다. 그리고 초콜릿 문제를 다루면서 덧붙일 일이 한 가지 있습니다. 초콜릿을 클럽으로 보낸 것은, 초콜릿이 도착한 것을 벤딕스 씨에게 보여주려는 속셈 말고도 유스티스 경이 점심 약속 장소로 틀림없이 그것을 가져가리라 계산했기 때문입니다.
 범인은 그의 습관을 잘 알고 있었기 때문에 그가 오전 동안 클럽에서 지내고 곧장 점심 식사하러 간다는 것을 거의 확신하고 있었을 겁니다. 그가 벤딕스 부인이 좋아하는 초콜릿을 가져갈 확률은 아주 높았지요.
 그러나 범인은 한 가지 중대한 점, 수사의 실마리가 될 중대한 점을 뜻밖에도 빠뜨렸습니다. 말하자면 점심 약속이 취소될지도 모른다는 가능성을 완전히 계산에 넣지 못한 거지요. 그녀는 더없이 교활한 범죄자입니다."

치터윅은 조용하게 찬사를 보내며 말을 이었다.
"하지만 그녀도 이 실패를 피할 수 없었습니다."
필더 플레밍 부인이 솔직하게 물었다.
"그녀라니, 누구를 말하는 거지요, 치터윅 씨?"
치터윅은 짓궂은 웃음을 지어보였다.
"여러분은 모두 적당한 시기까지 용의자 이름을 덮어주었습니다. 나도 물론 그렇게 할 수 있겠지요.

의문나는 점은 이제 거의 모두 명백히 밝혀졌다고 생각합니다. 메이슨 상회의 편지용지를 사용한 것은 초콜릿에 독을 넣기로 정해져 있었기 때문이지요. 게다가 웹스터 인쇄회사와 거래하는 초콜릿 제조회사는 메이슨 상회밖에 없었기 때문이기도 합니다.

묘하게도 이런 문제들이 아주 잘 맞아 들어갔습니다. 유스티스 경이 어느 때 그의 여자친구에게 사준 것이 메이슨 상회의 초콜릿이었으니까요."
필더 플레밍 부인은 어리둥절한 얼굴로 다시 물었다.
"웹스터 인쇄회사와 거래하는 초콜릿 제조회사는 메이슨 상회뿐이기 때문이라고 했는데, 그게 무슨 뜻이지요?"
"네, 이야기하는 방법이 서툴러서 미안합니다."
치터윅은 그들의 둔함을 언짢게 생각하면서 우울하게 설명을 이었다.
"아무튼 웹스터 인쇄회사의 견본책에 편지용지가 나와 있는 어떤 회사여야만 했습니다.

왜냐하면 유스티스 경은 편지용지를 늘 웹스터 인쇄회사에 부탁하여 인쇄하므로 만일 도둑맞은 용지와 견본책이 연결지어지면 최근 그곳에 다녀간 적이 있는 만큼 유스티스 경의 신분이 곧 밝혀질 것이기 때문입니다. 말하자면 더머즈 양이 말한 대로입니다."

로저는 휘파람을 불었다.

"네, 알겠습니다. 말하자면 우리는 모두 이 편지용지의 일로 말 앞에 수레를 매다는 일을 해온 셈이로군요."

"네, 그런 것 같습니다. 정말 유감스럽지만 그렇습니다."

치터윅은 진심으로 안됐다는 표정을 지었다.

전체적인 분위기가 아주 천천히 치터윅의 의견을 지지하는 방향으로 바뀌기 시작했다. 적어도 앨리시어 더머즈와 같을 정도의 설득력을 가지고, 더욱이 미묘한 심리적 추론이니 '가치' 따위를 들먹이지 않고서였다. 다만 앨리시어 더머즈만은 회의에 찬 표정을 바꾸지 않았다. 그러나 그것은 처음부터 알고 있었던 일이었다.

찰스 경이 엄숙하게 물었다.

"동기는 무엇입니까, 치터윅 씨? 질투라고 하셨지요? 아직 그 점을 분명히 하지 않았는데, 그렇잖습니까?"

치터윅은 얼굴을 붉히며 대답했다.

"그야 물론 뚜렷하게 밝혀져 있습니다. 처음에 그것을 분명히 밝혀둘 생각이었는데, 역시 이야기 솜씨가 서툴렀군요. 아니, 어쩌면 질투라기보다 복수라는 표현이 더 적절할지 모릅니다. 유스티스 경에게는 복수가 될 테고, 벤딕스 부인에 대해서는 질투가 되겠지요. 내가 아는 한 그녀는……."

치터윅은 난처한 표정을 떠올렸다.

"여기가 아주 미묘한 부분인데, 역시 털어놓지 않을 수 없군요. 말하자면 그녀는 친구들에게 숨겨왔지만 유스티스 경을 깊이 사랑하고 있었으므로 마침내 그의……그……그 무엇이 되었습니다."

치터윅은 한참 머뭇거리다가 용기를 내어 덧붙였다.

"말하자면 그의 정부가 되었습니다. 그것은 꽤 오래 전 일입니다. 유스티스 경도 그녀를 깊이 사랑했습니다. 그렇기 때문에 그가 다른 여자와 어울려도 그리 심각한 일이 되지 않는 이상 너그럽게 보아주는 양해가 두 사람 사이에 이루어져 있었습니다.

그 여자는 아주 현대적이며 이해심이 많았던 모양입니다. 그리고 이 정사를 전혀 알아차리지 못한 아내와 이혼이 성립되면 곧 결혼하기로 약속되어 있었을 것입니다. 그런데 그 약속이 겨우 결정되었을 무렵 유스티스 경은 경제적으로 궁핍하여 그녀 대신 돈과 결혼하지 않으면 안 된다는 사실을 비로소 알게 되었습니다.

그녀는 틀림없이 크게 실망했겠지요. 하지만 유스티스 경이 와일드먼 양에게 전혀 사랑을 느끼지 않고, 그녀와의 결혼도 그에게는 편의적인 방편에 지나지 않는다는 것을 알자 그녀는 미래의 계획을 단념했습니다. 그녀는 유스티스 경의 어려운 처지를 잘 알았기 때문에 와일드먼 양의 개입에도 화를 내지 않았습니다.

그녀는 와일드먼 양의 일은 전혀 마음에 두지 않았습니다. 그녀는 오래 전에 한 약속이 언제까지나 지켜지리라 믿고, 유스티스 경의 진정한 사랑은 늘 자기 것이라는 생각에 만족하고 있었지요.

그런데 여기에 전혀 뜻밖의 일이 생겼습니다. 유스티스 경이 그녀와 손을 끊었을 뿐 아니라 벤딕스 부인과 사랑에 빠진 겁니다. 게다가 벤딕스 부인을 정부로 만드는 데 성공했습니다. 그것은 바로 얼마 전 일로 그가 와일드먼 양에게 접근한 뒤 일어났습니다. 그 결과는 더머즈 양이 유스티스 경에 대해서는 물론 벤딕스 부인 쪽의 진행과정을 눈에 보이듯 설명해 주었습니다.

한편 벤딕스 부인은 어떤 처지에 놓였는지 아시겠지요? 유스티스 경은 이혼소송 중이고 와일드먼 양과 결혼이 논의되었으나, 벤딕스 부인은 양심의 가책으로 괴로워하며 남편과 이혼하여 유스티스 경과 결혼하는 것만이 유일한 해결책이라고 믿었습니다. 유스티스 경도 그녀를 진심으로 사랑했기 때문에 경제적인 이유로 사건 와일드먼 양보다 훨씬 세심한 벤딕스 부인과의 결혼은 사실 숙명적이었습니다.

　나는 흔해빠진 인용구를 늘어놓는 것을 싫어합니다. 그러나 실감이 나도록 만일 참고로 말씀드릴 수 있다면, 지옥에는 겁화(劫火)가 없으며……."

앨리시어 더머즈가 '흔해빠진 인용구'를 듣지 않고 싸늘한 목소리로 물었다.

"지금 이야기를 모두 실증할 수 있나요, 치터윅 씨?"

치터윅은 어딘지 불안한 듯 우물쭈물 대답했다.

"네, 그, 그럴 예정입니다."

"과연 할 수 있을까요" 하고 앨리시어 더머즈가 짧게 말했다.

그녀의 회의에 찬 눈길을 느끼며 무언가 켕기는 듯한 표정으로 치터윅은 설명을 계속했다.

"나는 최근 아주 애써서 유스티스 경과 아는 사이가 될 수 있었습니다."

치터윅은 마치 그 알게 된 사람이 그리 대단한 인물이 아니라는 듯한 태도를 보이며 잠시 몸을 움직거렸다.

"유스티스 경이 자신도 모르게 나에게 보여준 두세 가지 점으로 미루어볼 때…… 그러니까 나는 오늘 점심식사에 그를 초대하여 될 수 있는 한 솔직하게 물어보았습니다. 왜냐하면 나는 범인 색출이 드디어 끝났다고 믿었기 때문입니다. 그가 거침없이 입을 연 것으로 보아……."

앨리시어 더머즈가 막무가내로 내뱉었다.

"도무지 의심스러운 이야기로군요."

치터윅은 그야말로 당황한 표정을 지었다.

로저가 얼른 도움의 손길을 뻗었다.

"지금은 증거를 음미하고 있는 셈이며, 치터윅 씨, 게다가 당신의 사건 추리는 공상에 지나지 않는 것 같군요. 당신은 아까 유스티스 경과 벤딕스 부인의 결혼이 숙명적이었다고 말했는데……."
"네, 그렇습니다, 셀링검 씨."
치터윅은 그에게 감사의 눈길을 보냈다.
"그렇기 때문에 범인은 무서운 결심을 하고 아주 교묘한 계획을 세웠습니다. 그것은 이미 말씀드렸지요. 그녀는 오랫동안 친하게 지낸 관계로 유스티스 경의 아파트에 자유로이 드나들 수 있었습니다. 그리하여 어느 날 그가 외출한 틈에 그의 타이프라이터로 그 편지를 친 것입니다.

더욱이 그녀는 흉내 내는 솜씨가 아주 뛰어났기 때문에 벤딕스 씨에게 전화 걸어 벨러 데롬 양의 목소리를 흉내 내는 것쯤은 더없이 쉬운 일이었지요."
필더 플레밍 부인이 불쑥 물었다.
"치터윅 씨, 우리 가운데 그녀를 아는 사람이 있나요?"
치터윅은 조금 전보다 더 당황한 표정을 지었다.
"네, 있습니다."
그는 망설이다가 다시 입을 열었다.
"앨리시어 더머즈 양의 책 두 권을 유스티스 경 방에 갖다 숨겨둔 것도 그녀입니다."
앨리시어 더머즈가 조용히 익살맞은 투로 말했다.
"지금부터는 친구를 사귈 때 조심하겠어요. 이런 일이 생기니까요."
"그녀는 유스티스 경의 정부였군요?"
로저는 많은 사람의 리스트 속에서 생각나는 이름을 마음속으로 되새겨 보았다.

"뭐라고요? 네, 그렇습니다."
치터윅은 고개를 끄덕였다.
"아무도 짐작할 수 없을 겁니다. 말하자면, 그녀는 여느 규율로는 처리하기 어려운 상대입니다."
치터윅은 손수건으로 이마를 닦으며 아주 비참한 표정을 지었다.
로저가 짓궂게 따져 물었다.
"이젠 관계를 숨기기 위해 애쓰고 있는 모양이지요?"
"네, 그렇습니다. 그들은 확실히 두 사람의 진정한 관계를 숨기려 하고 있습니다. 아주 교묘하게. 아마 아무도 의심해 본 적이 없을 것입니다."
필더 플레밍 부인이 물었다.
"두 사람은 남들 앞에서는 전혀 남남처럼 행동하고 있었군요? 함께 있는 것을 한 번도 다른 사람들에게 보인 적이 없었나요?"
"한때는 그런 적이 있었습니다."
치터윅은 막다른 골목으로 쫓긴 짐승같이 이 사람 저 사람을 쳐다보았다.
"두 사람이 함께 있는 것을 곧잘 볼 수 있었습니다. 그러다가 싸움을 하고 헤어진 것처럼 보이는 게 좋다고 생각했겠지요. 그 뒤부터는 남의 눈을 피해서 만나고 있었습니다."
"이제 그녀의 이름을 들려주어도 좋지 않겠습니까, 치터윅 씨?"
찰스 경이 마치 재판관 같은 자세로 테이블을 두들겼다.
치터윅은 무섭게 쏟아지는 질문 속에서 필사적으로 도망치며 숨을 헐떡였다.
"살인범이란 결코 숲 속의 뱀과 같지 않으니까요. 정말 교묘합니다. 그렇지 않습니까?

흔히 있는 일입니다만, 만일 범인이 그녀의 칭찬받을 만한 계획에 따라 조용히 사태를 바라보고 있었다면 나는 결코 이 사건의 진상에 접근할 수 없었을 것입니다. 그러나 범인은 다른 사람에게 죄를 뒤집어씌우려고 했기 때문에…… 실제로 이 사건에 나타난 지능적인 점을 보면 그녀는 보다 더 교활하게 처신할 수도 있었을 것입니다. 물론 그녀의 계획은 실패했습니다. 절반밖에 성공하지 못했다고 말할 수 있겠지요.

그러나 왜 부분적인 실수를 그대로 받아들이지 않았을까요? 왜 신을 욕되게 하려 했을까요? 작은 좌절은 필연적인 것입니다. 피하려고 해도 무리입니다."

지금 치터윅은 완전히 슬픔에 잠긴 듯이 보였다. 매우 흥분한 손길로 노트 페이지를 재빨리 넘기며 의자 속에서 우물쭈물했다.

회원들의 얼굴에서 얼굴로 던지는 그의 재빠른 눈길은 거의 애원하는 듯했다. 그러나 그가 무엇을 호소하려는 것인지 애매모호했다.

치터윅은 어쩔 줄 몰라하며 말했다.

"이거 참, 이것은 아주 어려운 일입니다. 나머지 논점을 처리하는 게 좋겠군요. 알리바이 문제입니다. 내가 보기에 알리바이는 마지막으로 머리를 짜내 조작한 것 같습니다. 행운 덕택으로 말입니다.

사우댐턴 거리는 세실 호텔과 사보이 호텔에서 모두 가깝습니다. 우연히 알게 된 일입니다만, 그녀에게 역시 자유분방한 성격의 여자친구가 있었습니다. 그 친구는 일년 내내 탐험여행이며 그런 일로 외국에 나가 있어 여느 때는 거의 혼자 지내지요. 그녀는 런던에 계속 사흘을 머무르는 일이 없고, 신문 같은 것을 좀처럼 읽지 않는 타입인 것 같습니다. 만일 읽는다 해도 신문기사의 영향을 받아 누군가를 의심하지는 않을 것입니다. 특히 자기 친구에 대해서는.

그 친구──이름은 제인 허딩이라고 합니다──는 사건이 일어나기 직전 사보이 호텔에 이틀 동안 묵었으며 초콜릿이 배달된 날 아침 런던을 떠나 아프리카로 갔음이 확인되었습니다. 그녀는 아프리카에서 남아메리카로 갈 예정이었습니다. 지금 그녀가 어디에 있는지 나는 전혀 모릅니다. 아무도 모를 것입니다.

그녀는 사건이 일어나기 전 파리에서 런던으로 왔습니다. 그리고 1주일 동안 런던에 머물렀습니다. 범인은 그녀가 곧 런던에 올 것을 알고 서둘러 파리로 갔습니다. 유감스럽지만 이 말에는 얼마쯤 직감적인 추측이 담겨 있습니다. 그 친구에게 런던에서 소포를 부쳐달라고 부탁하는 것은 간단하지요.

파리에서 부치려면 요금이 비싼데다 벤딕스 부인과 점심식사 약속이 있는 날 아침에 분명히 배달되게 하기 위해서도 그렇게 하는 편이 확실한 방법이었지요. 아마 생일선물이니 뭐니 적당히 꾸며대며 틀림없이 그 날짜에 들어가도록 부쳐달라고 부탁했겠지요."
치터윅은 다시 이마의 땀을 닦고 호소하듯 로저를 바라보았다.
로저는 당황하여 가만히 얼굴을 마주볼 수밖에 없었다.
"아, 이거 원."
치터윅은 도무지 걷잡을 수 없는 말투로 중얼거렸다.
"이거 정말 어려운 일이군요. 아무튼 내가 알아낸 것을 말씀드리면, 즉……."
앨리시어 더머즈가 일어나 서두르지도 않고 자기 물건을 챙겼다.
"죄송합니다만, 약속이 있어요. 이만 실례해도 될까요, 회장님?"
로저는 뜻밖의 요청에 선뜻 대답했다.
"네, 좋습니다."
앨리시어 더머즈는 문을 나서기 전에 뒤돌아보았다.
"당신 이야기를 끝까지 듣지 못해서 정말 미안해요, 치터윅 씨. 그러나 아까도 말했듯이 당신이 그것들을 증명할 수 있을지 도무지

"의심스럽군요."

그녀는 방을 나갔다.

치터윅은 화석처럼 굳어져서 그녀가 사라진 문 쪽을 가만히 바라보며 중얼거렸다.

"그녀 말이 맞습니다. 확실히 증명해 보일 수가 없습니다. 그러나 조금도 의심할 여지가 없습니다. 나로서는 그렇게 밖에 생각되지 않습니다."

정신이 멍해지는 듯한 상태가 모두들을 덮쳤다.

필더 플레밍 부인이 온몸을 떨며 기묘하게 날카로운 목소리로 말했다.

"당신은……혹시……."

블래드리가 맨 먼저 정신을 바로잡았다.

그는 옥스퍼드 풍이라고는 할 수 없는 말투로 길게 천천히 말했다.

"그렇다면 역시 우리 회원 가운데 범죄학에 통달한 실천파가 있었다는 겁니까? 이거 정말 재미있군요."

다시금 정적이 모두를 휘덮었다.

이윽고 회장 로저 셸링검이 손을 들어올리며 물었다.

"그렇다면 대체 이게 어떻게 된 일이지요?"

좋은 지혜를 빌려주는 사람은 아무도 없었다.

DEATH AT THE EXCELSIOR
엑셀시오의 참극
P.G. 우드하우스

엑셀시오의 참극

아주 평범한 하숙집에서 흔히 볼 수 있는 침실이었다. 가구가 완비되지 않은 것은 아니지만, 더할 나위 없는 간소화라고나 할까, 침대 두 개, 나무로 만든 옷장, 좁고 긴 카펫, 세면기 따위가 전부였다.

그러나 이 방을 다른 방과 구별해 주는 것은 방바닥에 있는 어떤 사람이었다. 천장을 보고 길게 누운 채, 두 손을 쥐고 한 발은 몸 아래로 기묘하게 꺾이고, 회색 턱수염 사이로 어쩐지 기분 나쁘게 히죽 웃는 것처럼 이를 드러낸 가나 선장은 이미 시력을 잃은 눈으로 천장을 노려보고 있었다.

조금 아까까지도 선장은 이 방을 혼자서 차지하고 있었다. 그러나 지금은 두 사람이 문 바로 안쪽에 서서 그를 내려다보고 있었다. 한 사람은 덩치가 큰 경찰관으로, 두 손으로 헬멧만 만지작거리고 있었다. 또 한 사람은 깡마르고 키가 큰 노부인으로 낡은 검정색 드레스를 입었고, 담청색 눈으로 죽은 사람을 들여다보고 있었다. 그 얼굴은 완전히 무표정했다.

이 부인은 미세스 피케트이며, 이 하숙집 엑셀시오의 주인이다.

경찰관의 이름은 그로간이다. 온화한 사람이지만 부두의 건달들이 두려워하는 존재인데, 시체 앞에서는 좀처럼 침착해지지 않는 모양이었다. 숨을 크게 들이마시고, 이마의 땀을 닦고 나서 조심스레 말했다.

"부인, 저 눈을 보셨어요?"

미세스 피케트는 경찰관을 이 방에 데리고 온 뒤 지금까지 한마디도 하지 않았다.

그로간은 슬쩍 그녀의 얼굴을 살폈다. 이 경찰관도 부두의 건달들과 마찬가지로 '피케트 할머니'가 무서웠다. 그녀의 침묵과 담청색 눈과 조용하고 침착하지만 과감한 성격에는 엑셀시오의 단골 손님인 노련한 바닷사람들도 한몫 거들었다. 선원들의 작은 집단에 은연중에 세력을 뻗치고 있는 이가 바로 이 노부인이었다.

"내가 발견했을 때도 이대로였어요."

미세스 피케트가 말했다. 큰 목소리는 아니었지만, 경찰관은 무의식중에 가슴이 철렁 내려앉는 것 같았다.

그는 다시 한 번 이마의 땀을 닦으며 말했다.

"뇌졸중일지도 모르겠네요."

미세스 피케트는 잠자코 있을 뿐이었다. 밖에서 발걸음 소리가 들리고, 검은 가방을 든 청년이 들어왔다.

"안녕하세요, 피케트 할머니. 지금 애길 듣고 바로…… 아니, 이게 웬일이지?"

젊은 의사는 사체 곁에 무릎을 꿇고 앉아, 한 팔을 천천히 들어올렸다. 잠시 그대로 있다가 팔을 방바닥에 내려놓고, 체념 어린 어두운 표정으로 고개를 저었다.

"사후 몇 시간이 경과됐군요. 언제 발견하셨습니까?"

"20분 전에."

노부인은 대답했다.

"아마 어젯밤에 죽었겠지. 아침에 깨우는 것을 싫어해서 천천히 늦잠 자는 게 좋다고 그랬는데, 소원성취한 셈이군."

"사인은 뭡니까?"

경찰관이 물었다. 그러자 의사가 대답했다.

"검사하지 않고는 뭐라고 얘기할 수 없어요. 얼른 보기엔 뇌졸중처럼 보이지만, 아무래도 그런 것 같지가 않은데요. 심장발작인지도 모르겠지만, 전부터 혈압이 정상이었고 심장도 튼튼했거든요. 1주일 전에 왔을 때 철저하게 진찰을 했어요. 하지만 내 잘못이었을 수도 있으니까, 검사 결과를 봐야 알겠군요."

사체를 보고 있는 의사의 눈에 일종의 당혹감이 엿보였다.

"아무래도 알 수가 없단 말예요. 이 남자는 이런 식으로 죽을 리가 없어요. 강건한 바다의 장사이고, 앞으로 20년을 더 살 거라고 장담했어요. 검시를 해봐야 알겠지만, 이건 여기서만 얘긴데, 내가 보기엔 독물에 의한 죽음이란 생각이 드는데요."

"어떤 방법으로 독극물을 먹었을까요?"

미세스 피케트가 조용히 물었다.

"거기까진 모르겠어요. 방안에 컵이 없는 걸 봐서는 아무것도 마시진 않은 것 같은데. 그럼 캡슐에 든 것으로 복용했을까? 하지만 그가 그런 짓을 할 이유가 어디 있습니까? 그는 평소에도 아주 명랑한 사람이었죠. 그렇잖아요?"

"그렇고말고요. 이 근처에서는 재미있는 사람으로 통했지요. 입이 보통 걸지 않았는데, 그래도 저한텐 좀 덜했어요."

경찰관이 맞장구쳤다.

"어젯밤, 그것도 초저녁에 죽은 게 틀림없을 겁니다."

의사는 그렇게 말하고 미세스 피케트를 돌아보았다.

"마라 선장은 어떻게 됐어요? 이 방에 함께 있었으면, 그분한테서 얘길 들을 수 있을 텐데."
"마라 선장은 어젯저녁에 포츠머스의 친구한테 묵으러 갔어요. 저녁식사 뒤에 바로 떠났는데 아직 안 돌아왔어요."
의사는 눈살을 찌푸리며 방안을 주의 깊게 둘러보았다.
"아무래도 납득이 안 간단 말이에요. 만약에 이런 일이 인도에서 일어났다면, 나는 '이 남자는 뱀에 물려 죽었다'고 단언했을 겁니다. 인도에서 2년 있는 동안 뱀에 물린 환자를 실컷 보았어요. 가엾게도 모두들 이와 똑같은 모습으로 죽었지요. 하지만 이건 말도 안 돼요. 서전프톤의 하숙에서 뱀에게 물리는 일이 있을 수 있습니까? 피케트 할머니, 이 사람을 발견했을 때 방에는 열쇠가 걸려 있었습니까?"
미세스 피케트는 고개를 끄덕였다.
"내 열쇠로 열었어요. 아무리 불러도 대답이 없길래 어떻게 된 게 아닌가 하고 말이에요."
경찰관이 말했다.
"아무것두 손을 대진 않으셨죠, 할머니? 서에선 그런 일에 까다롭거든요. 만약에 선장님이 변사했다고 한다면, 맨 먼저 그것부터 물어봅니다."
"모든 게 발견했을 때 그대로예요."
"시체 바로 옆의 바닥에 떨어져 있는 저건 뭐지요?"
의사가 물었다.
"그냥 하모니카. 저 사람은 밤이면 곧잘 자기 방에서 하모니카를 불었어요. 다른 사람들이 듣기 싫어했지만, 아주 깊은 밤중이 아니면 불지 말라고 할 수도 없었어요."
"저 양반, 마침 하모니카를 불다가 저렇게 된 것 같군요. 자살 같지는 않아요, 선생님?"

그로간이 물었다.

"아무도 자살이라고는 안 그랬어요."

그로간은 휘파람을 불었다.

"그렇다면 설마, 선생님 생각으로는……."

"나는 아무 생각도 없어요. 검시가 끝날 때까지는 말예요. 다만 참으로 기묘하다는 느낌 뿐입니다."

경찰관은 이 사건의 다른 측면에 생각이 미친 모양이다.

"이 하숙으로선 달갑지 않은 일이죠, 할머니?"

그가 동정하듯 말했다.

미세스 피케트는 어깨를 으쓱해 보였다.

"그럼, 아무래도 검시관에게 연락을 하는 게 좋겠는데요."

의사가 말했다.

의사가 밖으로 나가고, 잠시 사이를 두고 경찰관이 그 뒤를 따라나갔다. 그로간은 성격이 날카로운 편은 아니었지만, 죽은 사람이 자기를 쳐다보고 있는 것 같아서 그 자리에 오래 있고 싶지가 않았다.

뒤에는 미세스 피케트만이 남았다. 방바닥 위의 사체를 내려다보는 그녀의 얼굴은 무표정했지만, 내심은 갈기갈기 찢겨져 있었다.

엑셀시오에서 이런 일이 일어난 것은 처음이며, 그로간 순경도 말했듯이, 새로운 하숙인들의 눈으로 보면 결코 이 하숙의 매력이 더해지리라고는 할 수 없었다. 그녀를 마음 아프게 하는 것은 그로 인한 금전 손실이 아니었다. 돈이라면 저축해둔 것으로 여생을 안락하게 지내고도 남을 만큼 있었다.

그녀는 많은 친구들이 상상하고 있는 것보다 훨씬 부자였다. 그것보다 엑셀시오가 입게 될 불명예, 그 평판 위에 붙는 오점이 그녀의 마음을 아프게 하고 있었다.

엑셀시오는 그녀의 생명이었다. 지금 묵고 있는 가장 오래된 하숙인의 기억에도 없는 먼 옛날, 그녀는 모범적인 숙박 시설을 세웠다. 방은 청결하며 좋은 음식이 나오고 좀도둑조차 들지 않는 훌륭한 하숙집이라고, 많은 사람들이 이름표를 붙여줄 정도로 성장했다.

이만큼 오랜 예찬의 말이 지켜지기만 하면, 단 한 번의 변사사건으로 엑셀시오의 평판이 떨어지는 일은 없을 것이다. 그러나 피케트 할머니는 그런 생각으로 자신을 위로할 생각은 없었다.

그녀는 담청색의 몹시 흥분한 듯한 눈으로 시신을 내려다보고 있었다. 복도에서 들려오는 의사의 말이 그녀의 절망에 부채질을 했다. 경찰과 전화로 나누는 의사의 한 마디 한 마디가 뚜렷하게 들리고 있었다.

뉴옥스포드 거리에 있는 폴 스나이더 탐정사는 한 칸짜리 사무실에서 시작해서 10년 동안 성공의 증거를 가득가득 채운 여러 개의 사무실을 갖출만큼 성장했다.

과거의 스나이더는 혼자서 우두커니 의뢰인을 기다렸고, 손님이 오면 직접 응대를 했는데, 지금은 여덟 명의 조수를 쓰면서 자신은 사장실에 떡하니 앉아 있었다.

그는 방금 어떤 사건을 맡게 되었다. 별것 아닌 사건일지도 모르고, 무언가 중대한 사건일지도 모른다. 스나이더는 후자의 가능성에 기대를 걸었다. 사례금은 번창한 지금의 표준에서 보면 아주 적었다. 그러나 기괴한 사실과 매력 있는 의뢰인의 성격이라는 두 가지 때문에, 그는 거절할 수가 없었다. 스나이더는 긴장한 마음으로 초인종을 눌러 곧 오크스를 사장실로 오도록 명령했다.

스나이더는 절반쯤은 재미있어하면서 흥미로운 눈길로 엘리엇 오크스라는 청년을 관찰하고 있었다. 아주 최근에 입사했는데도, 오크스는 이 탐정사의 수사 방법을 개혁하려는 의도를 숨기려 하지 않았다. 스나이더는 근면과 성실을 중요하게 여겼고, 대부분의 조수들도 마찬가지였다. 스나이더는 처음부터 번드르르한 행동을 하는 탐정을 지향한 일은 없었으며, 그 결과는 그가 옳았다는 것을 뒷받침해 주었다. 그러나 스나이더는 오크스가 그를 기적에 가까운 행운의 혜택을 입은 따분한 노인으로 보고 있는 것을 진작 알고 있었다.

스나이더가 오크스에게 이 사건을 맡긴 중요한 이유는, 경험이 없어도 지장이 없는 사건이었고, 또 오크스가 귀납 추리라고 부르고 싶어하는 추리가 뜻밖의 성공을 거둘지도 모른다는 생각에서였다. 또 하나의 동기도 스나이더에게 작용하고 있었다. 그는 이 사건의 귀추가 오크스로 하여금 자신이 교만했음을 깨닫도록 해주는 좋은 결과가 되지 않을까, 하는 예감이 어렴풋이 든 것이다. 그쯤의 실패는 탐정사에 고마운 일은 아니지만, 그렇다고 운수 나쁜 일이라고만은 할 수 없었다.

문이 열리고 오크스가 긴장한 얼굴로 들어왔다. 오크스의 모든 동작은 긴장된 느낌을 주었다. 그 느낌 절반은 태어날 때부터 타고난 신경질적인 에너지, 그리고 나머지 절반은 태도에서 오는 것이었다. 그는 검은 눈과 얇은 입술에 조금 마른 젊은이로, 전형적인 탐정으로 보였다. 마치 스나이더가 한밑천 잡은 주식 중개인처럼 보이는 것과 같이.

"앉게, 오크스."

스나이더가 말했다.

"자네한테 부탁할 일거리가 있어."

오크스는 마치 표범이 웅크리고 앉은 모양으로 의자에 앉아 두 손 끝을 마주 잡았다. 그리고 짧게 고개를 끄덕였다. 예민하고 말수가 없는 것도 그의 특징 중 하나였다.

"이 주소로 가서······."
스나이더는 그에게 봉투를 건네주었다.
"어떻게 돌아가고 있는지 살펴보게. 서전프톤에 있는, 뱃사람을 상대하는 하숙집이야. 어떤 곳인지는 알 수 있겠지? 은퇴한 선장 같은 사람들이 여기서 여생을 보내는 아주 건실한 집이야. 지금까지 그 집의 역사 가운데 푼돈 걸고 하는 카드 게임에서 누군가가 속임수를 썼다고 의혹을 받았다는 것이 지금까지 있었던 가장 센세이셔널한 사건이었다고 할 만큼. 그런데 그 집에서 한 남자가 죽었어."
"타살입니까?"
오크스가 물었다.
"모르겠어. 그것을 자네가 조사해야겠어. 검시관은 결론을 보류했는데, 판결은 과실사로 나왔어. 할 수 없었겠지. 살인이라고 하면 어떻게 죽였는지 나도 종잡을 수가 없어. 문은 안에서 잠겨 있었대. 그러니까 아무도 안에는 들어갈 수가 없는 거지."
"창문은?"
"창문은 열려 있었지. 그러나 방은 2층에 있어. 아무튼 창문은 고려하지 않아도 돼. 그 노부인이 말한 바에 의하면 창문에 쇠창살이 박혀 있어서 아무도 출입할 수가 없다는 거야."
오크스의 눈은 이글거리기 시작했다.
"사인은요?"
스나이더는 헛기침을 하고 말했다.
"뱀에 물렸어."
지금까지 침착하던 오크스가 냉정을 잃고 자기도 모르게 놀라는 소리를 질렀다.
"세상에, 그럴 수가?"
"아니, 그게 바로 사실인걸. 의학적인 검사에서 피해자는 뱀독으로 죽은 것이 증명됐어. 정확히 말하면 코브라야. 주로 인도에 살고 있는 뱀인데."

"코브라?"

"그래, 서전프톤의 하숙집, 그것도 안으로 잠겨 있는 방에서 한 남자가 코브라에게 물려 죽었다. 이 단순 명쾌한 사건에 또 하나의 불가사의한 혹을 덧붙인다면, 문이 열렸을 때 방안에는 코브라의 흔적도 없었다는 거야. 코브라가 방문으로 나갔을 리도 없지. 문에는 자물쇠가 잠겨 있었으니까. 창문으로 나갈 수도 없구. 창문은 꽤 높은 곳에 있고, 뱀은 뛰어오를 수가 없으니까. 그리고 굴뚝으로 나갈 수도 없어. 왜냐하면 그 방에는 굴뚝이 없으니까. 대충 얘기한다면 그렇게 되는 것일세."

스나이더는 따뜻하고 만족스러운 눈으로 오크스를 쳐다보았다. 지금까지 맡았던 두 가지 사건이 유치한 사건들뿐이라고 오크스가 동료에게 불만을 털어놓은 사실을 스나이더도 알고 있었다. 뿐만 아니라 오크스는 여섯 살 먹은 아이의 추리력으로는 도저히 해결할 수 없을 만큼의 사건쯤은 맡겨줘야 할 것이 아니냐고 큰소리를 쳤었다. 이것으로 오크스의 소원도 성취될 것이라고 스나이더는 생각했다.

"좀더 자세한 것을 알고 싶은데요."

오크스는 채근하듯 말했다.

"그것은 하숙집 주인인 미세스 피케트한테 듣는 게 좋겠네."

스나이더는 대답했다.

"이 사건을 나한테 의뢰한 부인이야. 그녀는 타살이라고 확신하고 있어. 그러나 유령 아니면, 어떻게 제3자가 그런 짓을 할 수가 있었는지, 나로선 짐작도 가지 않아. 아무튼 나는 그녀가 사례를 할 테니까 탐정사의 사람을 하나 보내 달라고 해서, 그렇게 하겠다고 약속했네. 손님에게 등을 돌리지 않는 것이 우리 회사의 방침이니까."

스나이더는 얼굴에 쓴웃음을 떠올렸다.

"그 방침에 의해서, 난 자네를 보내기로 했어. 미세스 피케트의 하숙집에 숙박해서 우리 탐정사의 명성을 높이도록 최선의 노력을 다해 주기 바라네. 선박 부품상 같은 것으로 변장을 하는 게 좋겠지. 바닷일과 관계가 없는 사람이 가면 수상하게 생각할지도 모르니까. 설사 자네의 방문이 아무런 결과를 못 얻더라도, 적어도 한 사람의 비상한 부인과 알게 될 걸세. 미세스 피케트에게는 경의를 표하는 게 좋아. 미세스 피케트도 자네가 하는 수사에 협력을 하겠다고 했으니까."

오크스는 짧은 웃음 소리를 냈다. 스나이더의 말이 우습게 들린 모양이었다.

"아마추어의 조력을 업신여기는 것은 잘못이야."

스나이더는 온후한 아버지처럼 충고했다. 수십 명의 범죄자들이 지금까지 스나이더의 그런 태도에 속아, 수갑을 찰 때까지 그를 탐정이라고는 생각도 안 할 정도였다.

"범죄수사는 명확한 과학이 아니야. 성공과 실패의 분기점은 거기에 상식이 작용하고 있느냐 아니냐, 특별한 정보를 얼마나 많이 쥐고 있느냐에 달려 있네. 미세스 피케트는 자네나 내가 모르고 있는 사정을 얼마쯤 알고 있을 것일세. 그녀가 알고 있는 사소한 정보가 수수께끼를 풀 수 있는 열쇠가 될지도 모르니까."

오크스는 또다시 웃으며 말했다.

"미세스 피케트의 호의는 고맙지만, 저는 저 나름대로의 방법으로 할 겁니다."

그는 의연한 태도로 일어났다.

"그럼 곧 출발하겠습니다. 시간 나는 대로 보고서를 써서 보내드리겠습니다."
"좋아, 되도록 상세하게 부탁하네."
스나이더는 웃으면서 말했다.
"그럼 엑셀시오에서 잘해 보게. 미세스 피케트와 잘 사귀어봐. 그녀는 그만한 가치가 있어."
문이 닫히자 스나이더는 새 시가에 불을 붙였다.
"젊은 놈이 아무것도 모르면서."
그렇게 생각한 다음, 그는 다른 문제로 머리를 돌렸다.

그 다음날, 스나이더는 사장실에서 타이프된 보고서를 읽고 있었다. 우스꽝스러운 내용인 듯, 읽어나가는 동안에 몇 번이고 웃음이 터져나왔다. 마지막 한 장까지 다 읽고 난 그는 머리를 뒤로 젖히고 실컷 크게 웃었다.

그러나 그 문서를 작성한 사람으로 치면, 일부러 우스꽝스러운 효과를 노린 것은 아니었다. 스나이더가 읽고 있던 것은 엘리엇 오크스의 첫 보고서였다. 내용은 다음과 같다.

유감입니다만, 아직 본격적인 진척은 없으며, 몇 가지 가설을 세웠으므로 뒤에 적겠습니다만, 큰 기대를 걸 수가 없습니다.
도착한 그 길로 미세스 피케트를 방문하고, 찾아온 목적을 설명한 다음, 무엇이든 쓸 만한 정보가 있으면 얘기해 달라고 의뢰하였습니다. 이 노부인은 도대체가 말이 없고, 지능이 낮은 듯한 인상입니다. 그녀의 조력을 기대해 보라는 사장님의 제안은, 이렇게 본인을 만나본 결과, 오히려 기이하다는 생각까지 듭니다.
지금, 이것을 적고 있는 현재로서는 사건 자체를 이해할 수가 없습니다. 이를테면 가나 선장의 죽음을 타살이라고 하더라도, 범죄의 동기가 전혀 없다는 것입니다. 나는 고인에 대한 신중한 탐문을 했습니다. 고인은 55세. 생애의 40년 가까이를 바다에서 지냈으며, 약 10여 년 동안 선장으로서 지휘를 했습니다. 좀 거친 유머의 소유자이며, 약간 독선에 찬 성격입니다. 세계 곳곳을 빠짐없이 여행하였으며, 약 10개월쯤 전에 엑셀시오의 하숙인이 됐습니다. 아주 적은 연금으로 생활하고 있으며, 다른 재산은 없습니다. 따라서 범죄의 동기로서 금전적인 것은 생각할 수 없습니다.

나는 은퇴한 선박 부품상 제임스 버튼으로 가장을 하고, 다른 하숙인들과 인사를 나눈 다음, 이 사건에 관한 그들의 의견을 모두 들어봤습니다. 그들의 말을 종합해 보면, 고인은 결코 호감을 사지는 못했다는 것입니다. 상당한 독설가였던 모양인지 그의 죽음을 슬퍼하는 사람은 아무도 없었습니다. 그러나 그렇다고 해서 불구대천 원수가 있었다는 얘기도 들을 수 없었습니다. 단순히 인기 없는 하숙인으로, 뭐 어느 하숙이나 이런 인물은 한 사람씩 있는 법입니다. 그 이상 아무것도 아닌 모양입니다.

고인의 동거인도 만나보았습니다. 또한 전직 선장 마라는 인물. 말이 없고 몸집이 큰 남자로, 얘기를 끌어내는 데 진땀을 뺐습니다. 비극이 일어난 날 밤, 그는 친구와 포츠머스에 있었기 때문에 가나 선장의 죽음에 대해서는 아무 얘기도 못 들었으나, 그에게서 끌어낼 수 있었던 얘기는 가나 선장의 습관에 관한 사소한 정보뿐으로, 단서가 되지 않습니다.

고인은 술은 잘하는 편은 아니지만, 밤에 이따금 위스키를 마셨답니다. 얼마쯤 노망기가 있었던 탓인지 조금만 마셔도 주정을 하고 명랑해지면서 때로는 무례해지기도 했답니다. 마라 선장으로서는 친해지기 어려운 동거인이었으나, 그는 사람이 온건해 모든 일을 참고 견디었던 모양입니다. 그와 가나는 매일 밤 방에서 체커를 했으며, 가나는 늘 하모니카를 불었답니다. 분명히 그는 죽기 바로 전에도 하모니카를 불었던 모양입니다. 이것은 자살설을 접어두기에 중요한 단서입니다.

처음에 쓴 대로, 제2, 3 가설은 있으나 아직 분명치가 않으며, 가장 믿을 만한 가설은 가나 선장이 전에 인도에 갔을 때——그가 여러 차례 인도에 항해한 것은 확인됐습니다——거기서 무엇인가 원주민의 원한을 사지나 않았을까 하는 것입니다. 그가 인도산 뱀독으로 죽은 것이 이 가설에 대한 뒷받침이 됩니다. 그래서 비극이 일어난 날 이 항구에 상륙중이던 인도인 선원의 행적을 지금부터 조사할 예정입니다.

또 하나의 가설. 미세스 피케트는 이 사건에 관해서 무엇인가 숨기고 있는 것이 아닐까? 그녀의 지적 능력에 대한 저의 추측은 착오일지도 모르니 일견 우둔한 척하면서 실은 교활한 것이 아닌가?

다만 이 가설도 동기가 없다는 점에서는 막다른 골목이라는 감이 없지 않습니다. 지금으로서는 오리무중이라고 고백하지 않을 수가 없습니다. 그러나 가까운 시일에 다음 보고를 드리겠습니다.

스나이더는 이 보고서를 충분히 즐길 수가 있었다. 그 내용도 마음에 들었지만, 무엇보다도 실의의 고통을 보고서의 행간에서 찾을 수 있다는 것이 재미있었다. 오크스는 갈피를 못 잡고 있다. 그리고 갈피를 못 잡는 과정이 자신에 찬 젊은이에게 쓰디쓴 약이 된다. 그 수사 결과가 어느 쪽으로 가든지, 그것은 오크스에게 인내라는 미덕을 가르쳐주게 될 것이다.

스나이더는 그의 조수 앞으로 짧은 편지를 썼다.

친애하는 오크스

보고서는 잘 받았네. 아무래도 난해한 사건을 만난 모양인데, 내가 들은 바에 의하면, 자네는 전부터 그렇게 되기를 몹시 바라고 있었던 게 아닌가. 이런 사건에는, 그럴듯한 동기에 지나친 중점을 두는 것은 금물일세. 런던의 살인마 폰틀로이는 다만 발목이 굵다는 이유만으로 여자를 죽였지. 아주 오래 전에 내가 취급한 사건에서는, 도박 끝에 언쟁하다가 친구를 죽인 남자가 있었어. 내 경험에 의하면, 열 사람의 살인자 중 다섯 사람까지는 한순간 격정에 의한 범행으로, 똑똑히 말해서 자네가 동기라고 부르는 것은 전혀 갖고 있지 않았었지.

건투를 빌며, 폴 스나이더

추신. 자네의 피케트 가설에는 찬성 못하네. 그러나 수사의 책임자는 자네이니까. 행운을 비네.

오크스는 왜 그런지 기운이 없었다. 그의 모든 행동을 특징짓고 있던 자신감이 생전 처음으로 그를 버린 것 같았다. 그 변화는 하룻밤 사이에 일어났다. 이 사건이 심상치 않다는 사실은 처음 그의 의욕을 불러일으켰을 뿐이다. 그러나 그 뒤로 회의가 생기고, 이제 문제는 해결 불능인 것처럼 보이기 시작했다.

확실히 사건의 수사는 시작됐을 뿐이지만, 무엇인가 그에게 이렇게 말하고 있었다. 이 정도밖에 진척이 없다면, 앞으로 한 달 동안 계속 수사를 한다고 하더라도 다를 게 없을 것이다. 그는 지쳐 있었다.

그리고 엑셀시오에 오래 있으면 있을수록, 저 담청색 눈을 한 가증스러운 할머니가 그를 별볼일 없는 굼벵이라고 생각하고 있는 것이 시간이 갈수록 명백해지는 것이었다. 다른 무엇보다도 그 사실이 그에게 자신이 얼마나 쓸모없는 인간인지를 강렬하게 일깨워주었다. 미세스 피케트의 말없는 조소가 그의 신경을 갈기갈기 찢어놓았다. 혹시나 그가 여기 처음 와서 그 할머니와 짧은 얘기를 했을 때, 그의 태도가 좀 자신 과잉이 아니었나 하는 생각이 들었다.

미세스 피케트와 짧은 얘기를 주고받은 다음, 그가 맨 처음 한 행동은 물론 그 비극이 일어난 방을 조사하는 일이었다. 사체는 벌써 치워졌으나 그 밖에는 무엇 하나 움직이지 않았다.

오크스는 확대경파에 속하는 탐정이었다. 방에 들어가자마자, 그는 방바닥과 벽과 가구와 창문, 창틀을 철저하게 검사하기 시작했다. 만약에 형식적으로 그렇게 하느냐고 누가 묻는다면, 그는 화를 내고 말았으리라. 그러나 무엇 때문이냐고 묻는다면, 자기 자신도 대답을 못 했을 것이다.

그가 무엇인가를 발견했다면, 그 발견은 모두 부정적인 것이었고, 의문만 더 짙어질 뿐이었다. 스나이더의 말대로, 방에는 굴뚝도 없었고, 열쇠가 잠긴 방문으로는 아무도 들어갈 수 없었다.

남는 것은 창문뿐이다. 창문은 작은 데다가 도둑을 막느라고 여주인이 일부러 막아놓은 창살이 5센티미터 간격으로 있어서, 누구도 빠져나갈 수 없었다.

그날 밤 늦게 그가 작성해 탐정사로 보낸 것이, 스나이더가 재미있게 읽은 그 보고서였다.

이틀 뒤, 책상 앞에 앉은 스나이더는 방금 받은 전보를 믿을 수 없다는 듯이 들여다보고 있었다. 전문은 이러했다.

가나 사건 해결. 곧 돌아감. 오크스.

스나이더는 눈을 오므리며 탁상벨을 눌렀다.
"오크스가 돌아오면, 곧 나한테 오라고 해."
스나이더는 지금 자기 마음속을 점령하고 있는 감정이 쓰디쓴 곤혹의 감정이라는 사실이 왠지 모르게 개운치가 않았다. 보기에도 해결 불능의 난사건이 이렇게 빨리 해결됐다면, 탐정사의 신용도 더욱 올라갈 것이고, 이 사건이 갖는 기발한 상황에 신문이 달려든다면 큰 선전도 될 것이다.

그런데도 스나이더의 마음은 개운치가 않았다. 오크스의 자만심을 꺾어보려는 욕구가 얼마나 컸는가를 스나이더는 홀연히 깨달았다.

솔직하게 이 문제를 놓고 볼 때, 스나이더는 그 젊은이가 이 사건 해결에 1마일 이내로 절대로 가까이 갈 수 없다고 굳게 믿고 있었던 것이다. 그는 오크스의 실패가 본인에게 좋은 약이 되리라고만 생각하고 있었다. 이 시점에서 한 번쯤 얻어맞는 것이 오히려 오크스를 탐정사의 귀중한 인재로 키울 수 있다고 그는 생각하고 있었기 때문이다.

그러나 그 오크스가 눈 깜짝 할 사이에 사건을 해결하고 회사로 돌아온다는 것이다. 더군다나 좌절하고 겸허한 오크스가 아니라 승리자가 된 오크스이다. 승리에 도취한 그 젊은이가 도대체 어떤 태도를 취할까? 스나이더는 조마조마했다.

그런 걱정에는 충분한 근거가 있었다. 스나이더가 오후의 시간표로 삼고 있는 석 대째의 시가를 다 피우기도 전에, 문이 열리고 오크스 청년이 들어왔다. 스나이더는 그것을 보고 자기도 모르는 사이에 신음 소리가 새어나왔다. 힐끗 쳐다보기만 해도, 최악의 불안이 현실이 되었음을 알 수 있었다.

"전보는 받았네."

스나이더는 마음을 가라앉히며 말했다.

오크스는 끄덕였다.

"놀라셨죠, 네?"

스나이더는 사람을 무시하는 듯한 이 말투에 기분이 좋지 않았으나, 이런 일을 여러 번 겪었기 때문에 노여움을 겉으로 나타내지는 않았다.

"음, 확실히 놀랐네. 자네 보고서에 의하면, 실마리도 찾을 것 같지 않다고 했으니까 말이야. 그럼 그 인도인설이 결실을 본 셈인가?"

오크스는 너털웃음을 웃었다.

"아, 그거요? 그 우스꽝스러운 가설은 처음부터 믿지도 않았죠. 보고서를 재미있게 하려고 덤으로 붙였던 것뿐이죠. 저는 그때 아직 사건에 대해선 생각도 안 하고 있었어요. 본격적으로 말이에요."

스나이더는 폭발 직전의 분통을 억지로 참고 담뱃갑을 상대방에게 내밀었다.

"자, 한 대 피우고 자세히 얘기해 보게."

"네, 이거 얻어피울 가치는 있을 겁니다."

오크스는 시가를 피워 물고 연기를 팍팍 뿜어냈다. 그리고 시가 재를 바닥에 툭 떨어뜨렸다. 이것도 고용주에게는 중요한 의미가 있는 동작으로 생각되었다. 보통 그의 조수들은 미칠 만큼 들뜨지 않는 이상 모두 재떨이에 재를 털었다.

"제가 현지에 도착해서 처음 한 일은 미세스 피케트와 얘기를 나누는 일이었습니다. 그런데 이게 아주 따분한 할머니예요."

"이상하군. 나는 아주 머리가 좋은 부인으로 생각했는데."

"천만에요. 아무런 도움도 안 됐습니다. 다음에 저는 사건이 일어난 방을 조사했습니다. 사장님한테서 들은 대로였죠. 굴뚝은 없고, 문에는 열쇠가 잠겨 있었고, 단 하나밖에 없는 창문은 너무 높았지요. 처음 봤을 때는 손댈 데도 없을 만큼이요. 그리고 다른 하숙인들하고 얘기했죠. 그들한테서도 아무런 수확이 없었어요. 도대체가 말도 안 되는 소리들만 하고 있는 거예요. 그래서 외부의 도움을 단념하고, 자신의 힘만을 믿자고 결심했지요."
오크스는 승리자가 된 것처럼 빙그레 웃었다.
"사장님, 이건 아주 유익한 내 지론입니다만, 십중팔구 이상한 일은 일어나지 않는다는 겁니다."
"무슨 뜻인지 잘 모르겠군."
스나이더는 물었다.
"원하신다면 다른 말로 말씀드리죠. 내 말뜻은 가장 단순한 설명이 항상 정답이라는 것입니다. 이 사건을 생각해 보십시오. 그 남자의 죽음에 대해서 앞뒤가 들어맞는 설명이 성립한다는 것은 도저히 불가능하다는 생각이 들었죠. 여기서 웬만한 사람이라면 터무니없는 가설을 짜내려고 몰두할 것입니다. 만약에 저도 그렇게 했다면 지금까지도 머리만 짜내고 있을 겁니다. 그러나 실제는 이렇게 돌아왔습니다. 곧 이상한 사건은 일어날 수가 없다는 신념으로 승리를 획득한 것이죠."
스나이더는 살짝 한숨을 내쉬었다. 오크스에게도 당연히 얼마쯤 자화자찬할 권리는 있을 것이지만, 이 상태로 가면 스나이더가 화를 내기에 알맞을 것 같았다.
"저는 어떤 사건이든지 논리적인 순서로 일어난다고 믿고 있습니다. 어떠한 결과라 할지라도 거기에 우선 하는 원인이 없는 한 그대로 받아들일 수는 없습니다. 다시 말해서 이것은 사장님의 의견과는 대립됩니다만, 동기가 없는 한 나로서는 도저히 타살이라고 믿을 생각은 없습니다. 그래서 첫번째로 확인하려고 했습니다. 가나 선장 살해의 동기는 무엇인가? 그리고 그것을 심사숙고하고 모든 가능성에 대한 수사를 마친 뒤에, 동기가 없다는 결론에 도달했습니다. 따라서 살인은 없었습니다."

스나이더는 입을 벌리고 있다가 반론하려 했다. 그러나 그는 생각을 달리했다.

오크스는 얘기를 계속했다.

"다음에 저는 자살설을 검토했습니다. 그럼 과연 자살할 동기가 있었을까? 이것 또한 동기가 없다, 따라서 자살은 없었습니다."

이번에는 스나이더도 하는 수 없이 한마디 했다.

"설마 자네는 집을 잘못 찾은 것은 아니겠지? 다음에는 사체도 없었다고 말하려는 거 아닌가?"

오크스는 빙긋 웃었다.

"천만의 말씀. 존 가나 선장은 확실히 죽었습니다. 의학적 증거가 분명한 대로 그는 코브라에 물려 죽었습니다. 자바섬에서 온 작은 코브라에게 말입니다."

스나이더는 차근차근 청년을 쳐다보았다.

"어떻게 알지?"

"알고말고요, 의심할 여지도 없습니다."

"그 뱀을 보았나?"

오크스는 고개를 흔들었다.

"그럼, 도대체 어떻게 해서?"

"저는 코브라 씨를 증인석에 부르기 전에 배심원들을 납득시킬 만한 증거를 가지고 있습니다."

"그렇다면 그 얘길 들어보지. 어떻게 해서 그 자바섬에서 온 코브라가 그 방에서 나갈 수가 있었지?"

"창으로 나갔습니다."

오크스는 자신있게 대답했다.

"어떤 식으로 그것을 설명할 수 있나? 아까 자네는 자네 입으로 말했지 않은가. 창문은 너무 높은 데 있었다고."

"그러나 코브라는 그 방에서 나갔습니다. 논리적인 사건의 순서로 보더라도, 코브라가 그 방에 있었던 것은 확실합니다. 코브라는 방 안에서 가나 선장을 죽이고, 그리고 집 밖에 있었다는 흔적을 남겼습니다. 따라서 창문이 유일한 출구인 이상, 그것이 도주의 경로가 틀림없습니다. 어떠한 방법에 의해서 창문으로 나갔습니다."

"어떤 의미지, 집 밖에 있었다는 흔적을 남겼다는 것은?"

"뱀은 그 하숙집의 뒷마당에서 개를 한 마리 죽였습니다. 가나 선장의 방 창문은 바로 그 위로 나 있습니다. 뒷마당에는 빈 상자라든가, 이것저것 허드레 물건이 놓여 있고, 이곳저곳에 관목이 있습니다. 사실 개의 시체 같은 작은 물체는 좀처럼 눈에 띄지 않아요, 그러니까 발견이 늦어진 것입니다. 내가 보고서를 보낸 다음날 아침, 엑셀시오의 식모가 뒷마당에 재를 버리러 가서 비로소 발견했습니다. 목걸이도 명패도 없는 들개였습니다. 그 시체를 조사한 결과 코브라에 물려 죽은 것이 확인됐습니다."

"그러나 뱀은 발견되지 않았지?"

"네, 뒷마당을 이 잡듯이 샅샅이 뒤졌습니다만 뱀은 없었습니다. 아마 뒷문 틈 사이로 도망갔을 것입니다. 그것이 이틀 전이고, 그 뒤에는 비극이 재발하지 않았습니다. 아마 이미 죽었을 것입니다. 이 계절이라면 밤에 기온이 꽤 내려갑니다. 추위에 죽었다고 보는 게 타당할 것입니다."

"그렇다면, 어떻게 해서 코브라가 서전프톤까지 올 수 있었지?"
아연해진 스나이더가 물었다.

"모르시겠습니까? 자바 섬에서 왔다고 그랬잖습니까?"

"어떻게 거기서 왔다고 알았지?"

"마라 선장한테서 들었습니다. 직접은 아니지만, 그가 얘기한 것을 통해서 말입니다. 아마 가나 선장의 오랜 선원 친구 한 사람이 자바 섬에 살고 있는 모양입니다. 두 사람 사이에는 편지 왕래가 있었고, 가끔 저쪽에서는 선장에게 선물을 보내 왔죠. 최근에 보내 온 것은 나무상자에 든 바나나였다고 합니다. 운 나쁘게 그 속에 뱀 한 마리가 아무도 모르는 사이에 들어가 있었습니다. 내가 말한 작은 코브라는 바로 그것입니다. 이상으로 코브라 씨에 대한 기소 이유는 끝입니다. 현행범으로 체포한다면 몰라도 이만한 강력한 기소 이유가 또 있을까요?"

패배를 인정하는 것이 스나이더의 성미에 맞지 않는 일이었지만, 그는 공정한 마음의 소유자였다. 어찌됐건 오크스가 불가능한 사건을 해결한 것을 인정하지 않을 수 없었다.

"축하하네. 수고했어."

그는 성의껏 말했다.

"솔직하게 말한다면, 자네를 그곳으로 보낼 때 성공하리라곤 생각하지 않았지. 그러면 미세스 피케트도 기뻐했을 테지?"

"사실 기뻐했다고 해도, 그렇게는 보이지 않더군요. 제가 보기엔, 그 할머니는 뭘 기뻐할 만한 머리도 없어요. 그래도 오늘 저녁에 식사 초대를 받았습니다. 따분할 것 같지만, 꼭 와달라고 해서 하는 수 없이 승낙했습니다."

오크스가 나간 다음, 한참 동안 스나이더는 시가를 피우며 쓰디쓴 기분으로 생각에 잠겨 있었다. 그런데 갑자기 미세스 피케트의 명함이 배달되었다. 잠깐 시간을 내주었으면 고맙겠다는 것이다.

스나이더로서도 바라던 바였다. 스나이더는 인간 연구가로, 처음 만났을 때부터 그는 미세스 피케트에게 흥미를 느꼈다. 그녀에게는 어딘가 독특한 면이 있는 것 같았다. 그런 뜻에서도 그녀와 가까이 대할 수 있는 두 번째의 기회는 대환영이었다.

미세스 피케트는 방에 들어오자 의자 한쪽에 단정한 자세로 앉았다. 조금 아까까지 오크스가 거들먹거리며 앉아 있던 의자이다.
"안녕하세요, 미세스 피케트."
스나이더는 상냥하게 말했다.
"여기까지 일부러 와주셔서 고맙습니다. 그 사건은 결국 타살이 아니었던 모양이죠?"
"네?"
"지금 오크스와 얘기하고 있었습니다. 아마 제임스 버튼이란 이름으로 찾아뵌 줄 압니다만, 그에게서 자초지종을 들었죠."
"저도 자초지종을 들었습니다."
피케트는 빈정대는 투로 말했다.
스나이더는 의아한 듯이 그녀를 쳐다보았다. 그녀의 태도는 말과는 다른 무엇인가를 시사하고 있는 듯했다.
"그 사람은 자만심으로 가득 찬 고집쟁이 얼간이더군요."
미세스 피케트가 말했다.
그녀가 말하는 오크스의 초상은 별로 새로운 것은 아니었다. 스나이더 자신도 몇 번이고 그렇게 생각했던 것이다. 그러나 이런 시점에서 그런 얘기를 듣는 것은 뜻밖이라는 생각이 들었다. 애써 승리를 획득한 오크스를 이런 식으로 정면으로 깎아내리는 것은 좀 혹독한 것이 아닐까.
"오크스 군이 수수께끼를 푼 것이 불만이신 모양이군요, 미세스 피케트?"
"그래요."
"저한테는 논리적이고 납득이 간다고 생각됐습니다만……."
"어떤 식으로 말씀하시더라도 그것은 자유지만, 스나이더 씨, 오크스의 해결은 틀렸습니다."
"부인께선 다른 생각을 가지고 계시군요?"

미세스 피케트의 입술이 잠시 긴장했다.
"만약에 있으시다면 듣고 싶은데요."
"네, 그때가 오면."
"어째서 오크스가 잘못됐다고 단언하십니까?"
"그 사람은 있을 수 없는 가설에서 출발하여 그 위에 모든 추측을 쌓아올렸습니다. 하지만 그 방에 뱀이 있을 리가 없어요. 왜냐하면 밖으로 나갈 수가 없었으니까요. 창문은 높은 위치에 있어요."
"그러나 개의 시체가 움직일 수 없는 증거가 아닐까요?"
미세스 피케트는 그에게 실망했다는 표정을 지었다.
"당신은 상식이 있는 분이라는 평판인데, 스나이더 씨."
"저는 언제나 상식으로 판단하려고 애써왔습니다."
"그렇다면 이제 와서, 어째서 그런 것을 믿으려고 하십니까? 다만 그것이 설명하기 어렵다는 이유만으로, 일어날 리가 없었던 일을 일어났다고 믿다니."
"그렇다면 그 개의 시체에는 다른 설명이 있다는 말씀이세요?"
스나이더는 물었다.
"단 한 가지 설명이 있습니다. 오크스 씨가 진실이라고 생각하고 있는 것은 설명이라고 할 수 없습니다. 하지만 상식으로 생각되는 설명이 단 한 가지 있습니다. 만약에 오크스 씨가 그토록 고집이 센데다가 오만하지 않았다면 그것을 발견할 수 있었을 텐데."
"마치 부인은 그것을 발견하신 것처럼 말씀하시는군요."
"그래요."
미세스 피케트는 몸을 앞으로 다가앉으며 도전이라도 하듯 그를 쳐다보았다.
스나이더는 뜨끔했다.
"그렇다고요?"

"네."

"무슨 말씀이십니까?"

"내일이 되면 아십니다. 그때까지 당신도 그것을 찾아내도록 노력해 보세요, 스나이더 씨. 댁처럼 번창하고 있는 유명한 탐정사라면, 사례에 맞먹는 그만한 일은 할 만할 텐데 그래요."

그녀의 태도가 개구쟁이 초등학생을 꾸짖는 여교사를 방불케 했기 때문에, 스나이더는 유머로 이 장면을 넘겨보기로 했다.

"저희들도 최선을 다 하고 있습니다, 미세스 피케트. 하지만 어차피 인간이 하는 일이니까, 결과를 보장할 수가 없습니다만."

미세스 피케트는 더 이상 그 화제를 끌고 가지 않았다. 그 대신, 다시금 스나이더가 놀랄 만한 것을 주장했다. 두 사람이 알고 있는 어떤 인물을 살인 용의자로 체포할 수 있도록, 그가 서명해서 영장을 청구해 달라고 부탁한 것이다.

스나이더는 자기 사무실에서 별로 당황해 본 일이 없었다. 평소에는 의뢰인의 얘기가 아무리 기묘한 제안이라도 부드럽게 받아들이는 편이다. 그러나 이 말에는 당황하지 않을 수 없었다. 혹시 이 노부인이 노망이 난 게 아닌가 하는 생각까지 그의 머리를 스쳐갔다.

미세스 피케트는 눈도 깜박거리지 않고 그를 쳐다보고 있었다. 겉에서 볼 때 노망과는 정반대로 보였다.

"하지만 증거도 없이 영장을 내달라고 할 수는 없습니다."

"증거는 있습니다."

그녀는 잘라 말했다.

"도대체 어떤 종류의 증거입니까?"

스나이더는 따져 말했다.

"지금 그것을 얘기하면, 당신은 내 머리가 돌았다고 할 거예요."

"하지만 미세스 피케트, 당신은 지금 나한테 무엇을 요구하고 있는지 아십니까? 단순히 한 개인의 의혹에 의해서 근거도 없이 체포할 수는 없습니다. 이건 탐정사의 책임 문제입니다. 잘못하면 나는 파멸을 면치 못할 겁니다. 적어도 웃음거리가 될 것은 틀림없습니다."

"스나이더 씨, 체포영장을 청구하느냐 안 하느냐 하는 것은 당신의 판단으로 결정해 주세요. 어찌됐든 내 얘기를 잘 들어보시면, 범죄가 어떤 식으로 이루어졌는지 아실 겁니다. 만약에 그 뒤에 가서도 무리라고 하신다면, 저도 당신의 결정에 따르겠어요. 누가 가나 선장을 죽였는지 나는 잘 알고 있습니다. 처음부터 알고 있었어요. 다만 증거가 없었어요. 그러나 지금은 여러 가지 사실이 드러나고, 모든 게 뚜렷해졌습니다."

판단력과는 상관 없이 스나이더는 강한 인상을 받았다. 이 노부인의 개성에는 거절할 수 없는 설득력이 있었다.

"도무지 믿기 어려운 얘기군요."

그렇게 말하면서도 스나이더는 덮어놓고 못 믿을 것도 아니라는 오랜 동안의 직업적 신조를 생각하면서, 더욱 마음이 흔들리는 것이었다.

"스나이더 씨, 영장을 청구해 주시는 거죠?"

탐정은 드디어 꺾이고 말았다.

"좋습니다."

미세스 피케트는 일어섰다.

"오늘 저녁에 저희 집에 식사를 하러 오시면, 그렇게 할 필요가 있다는 증거를 보여드리겠어요. 오시겠죠?"

"가겠습니다."

스나이더는 약속하고 말았다.

엑셀시오에 도착한 스나이더는 노부인의 자그마한 거실로 안내됐다. 거기에는 오크스도 와 있었다. 조금 뒤에는 뜻밖에도 세 번째 손님이 나타났다.

스나이더는 이상하다는 듯이 새로 들어온 손님을 쳐다보았다. 마라 선장은 이상하리만큼 그의 흥미를 불러일으켰다.

스나이더에게 사람을 외모로 판단하는 버릇은 없었다. 그러나 이 남자의 외모에는 무엇인가 기묘한 것이 있다고 인정하지 않을 수가 없었다. 부자연스러울 만큼 어두운 인상이었다. 무거운 짐을 짊어진 것 같은 자세, 흐리멍덩한 눈, 깡마른 얼굴. 다음 순간 탐정은 냉정한 판단보다 상상력을 앞세운 자신을 책망했다.

문이 열리고 미세스 피케트가 들어왔다. 그녀는 늦어진 것에 대한 사과도 하지 않았다.

스나이더에게 그날의 만찬에서 가장 놀라웠던 점은 미세스 피케트의 너무나 뚜렷한 변신이었다. 그가 알고 있던 과묵한 부인의 어디에 이런 고상하고 사람을 끌어당기는 사교가의 일면이 숨어 있었을까.

오크스 또한 너무나 놀라서 그 놀라움을 숨기지 못하고 있었다. 이 청년은 무거운 침묵이 흐르는 따분한 만찬을 예상하고 왔는데, 최고의 경의를 표해도 아깝지 않은 고급 샴페인이 테이블 위에 놓여 있었다. 그 이상으로 믿기 어려웠던 것은, 이집 여주인이 그를 편안하게 해주려는 듯이 매력 있는 노부인으로 변모했다는 사실이었다.

손님들 앞에 놓여 있는 접시 옆에는 저마다 작은 종이 봉지가 하나씩 놓여 있었다. 오크스는 자기 앞의 것을 들고 놀라운 눈으로 그것을 들여다보았다.

"멋있습니다. 이것은 파티의 선물로는 아깝군요, 미세스 피케트, 전 그전부터 이런 진귀한 기계들을 내 책상 위에 놔두고 싶었습니다."

"마음에 들어하시니 다행이군요, 오크스 씨."

미세스 피케트는 웃는 얼굴로 말했다.

"나를 나이 먹어 망령난 따분한 할머니라고 생각하지 마세요. 이래 봬도 손님 접대에는 도통한 사람이에요. 내가 이런 파티를 열 때에는, 성공하기 위해서 얼마나 연구했는지 아세요? 그리고 여러분에게 오늘의 만찬을 잊어버리게 하지 않기 위해서도 말이에요."

"정말 잊지 않겠습니다."

미세스 피케트는 다시 빙긋 웃었다.

"그랬으면 좋겠어요. 스나이더 씨도."

그리고 잠깐 사이를 두고 말을 이었다.

"그리고 우리 마라 선장님도요."

스나이더는 그녀의 말이 너무나 의미심장하다고 느꼈지만, 마라 선장에게는 아무런 효과도 없다는 것을 알았을 때 이상하다는 생각이 들었다. 그러나 마라 선장은 어느덧 꽤 술이 들어가 있었다. 자기 이름을 말했을 때에도, 눈을 들고 제대로 대답하는 대신에 애매한 대답을 목에서 꿀꺽 삼켰을 뿐이다. 그리고 또 자기 술잔에 술을 따랐다.

스나이더의 종이 봉지에서 나온 것은 작은 카메라를 모방한, 몸시계에 다는 장식물이었다.

"당신의 직업에 대한 경의라고 생각해 주세요."

미세스 피케트는 그렇게 말하고 이번에는 마라 선장을 향했다.

"스나이더 씨는 탐정이세요, 마라 선장."

선장은 얼굴을 들었다. 스나이더는 그 순간 그 흐리멍덩한 눈에 공포의 빛이 떠오른 것을 느꼈다. 그러나 그것은 떠오른 다음 순간 이내 사라져버렸기 때문에 확신을 가질 수는 없었다.

"그래요?"

마라 선장은 말했다. 그 소리는 더할 수 없이 평상적이었고, 이런 소개를 받을 때 가벼운 기분으로 표현하는 흥미 정도의 것이었다.

"이번에는 당신 차례예요, 선장."

오크스가 말했다.

"아마도 특별한 선물인 모양이군요. 내 봉지의 배는 돼 보이니까요."

스나이더가 흥미진진한 흥분을 느낀 것은, 마라 선장이 천천히 포장을 풀고 있는 것을 지켜보고 있는 노부인의 눈초리 속에 담겨져 있는 무엇이었는지도 모른다. 무엇인가가 그에게 심리학적 순간의 접근을 알리고 있었다. 이제 무슨 일이 일어날 것인가?

'윽' 하며 숨을 죽이는 소리, 그리고 '덜커덩' 하는 소리와 함께 선장의 손에서 테이블 위로 작은 하모니카가 떨어졌다. 마라 선장의 얼굴에 나타난 표정은 분명했다. 얼굴은 초처럼 창백해지고, 그때까지 흐리멍덩하던 그의 두 눈은 억누를 수 없는 공포와 낭패에 불타고 있었다. 그가 테이블보를 움켜쥐었기 때문에 유리잔들이 소리를 내며 흔들렸다.

미세스 피케트가 입을 열었다.

"아니 마라 선장, 웬일이세요? 당신의 친구이고, 게다가 같은 방에서 지내고 계셨던 당신이니까, 가나 선장의 유품을 틀림없이 기뻐해 주실 줄 알았는데. 그분의 하모니카를 보기만 해도 그렇게 놀라시다니, 몹시 사이가 안 좋으셨나 보죠?"

선장은 아무 말도 하지 않았다. 정신을 잃고 그저 테이블 위의 하모니카를 들여다보고 있었다. 미세스 피케트는 스나이더를 돌아다보았다. 그녀는 스나이더를 똑바로 쳐다보고, 스나이더도 그녀를 마주 보고 있었다.

"스나이더 씨, 당신은 탐정이니까, 바로 며칠 전에 이 하숙에서 일어난 아주 이상한 사건에 아마 흥미를 가지고 계실 거예요. 우리 집에 하숙했던 가나 선장이 자기 방에서 죽어 있는 것이 발견되었지요. 그 방에서 그는 마라 선장과 함께 살고 있었어요. 스나이더 씨, 저는 이 하숙의 평판을 자랑으로 생각하고 있어요. 그래서 그런 사건이 일어난 것은 큰 타격이었어요. 그래서 어떤 탐정사에 수사를 의뢰했더니, 그쪽에서 보내준 사람은 자신이 강하다고 자만하는 것 말고는 아무런 쓸모도 없는 얼간이 같은 청년이었어요. 그 청년은 가나 선장의 죽음이 사고라고 했습니다. 바나나 상자에서 나온 독사에게 물려 죽었다는 것입니다. 하지만 나는 그렇게 생각하지 않습니다. 나는 가나 선장이 살해된 것을 잘 알고 있습니다. 마라 선장님, 잘 듣고 계세요? 당신은 가나 선장의 친구였으니까, 이 얘기는 흥미로울 거예요."

선장은 대답하지 않았다. 똑바로 앞을 보고 있었다. 마치 영원히 죽음에 유폐된 눈으로 무엇인가 보이지 않는 것을 보려는 듯이.

"어제 개의 시체가 발견됐습니다. 이 개도 가나 선장과 마찬가지로 뱀의 독으로 살해됐습니다. 탐정사에서 온 청년은 이것이 결정적인 증거라고 했습니다. 곧 뱀이 가나 선장을 물어 죽이고, 방에서 도망해 나온 다음에 이 개를 죽인 거라고 말입니다. 그러나 나는 그런 일은 있을 수 없다는 것을 알고 있었습니다. 왜냐하면 만약에 그 방에 뱀이 있었다면, 그 뱀은 도망갈 수가 없었으니까 말입니다."

그녀의 눈은 반짝이고, 용서 없는 추궁의 빛을 띠고 있었다.

"가나 선장을 죽인 것은 뱀이 아니라 고양이입니다. 가나 선장에게는 그를 미워하고 있는 한 친구가 있었습니다. 어느 날 바나나가 들어 있는 나무상자를 열어본 그 친구는 그 속에 뱀 한 마리가 있는 것을 발견했습니다. 그는 뱀을 죽이고 그 독을 짜냈습니다. 그는 가나 선장의 습관을 잘 알고 있었습니다. 늘 하모니카를 분다는 것을. 이 남자는 고양이 한 마리를 기르고 있었습니다. 그리고 고양이가 하모니카 소리를 싫어한다는 것도 알고 있었지요. 이 고양이가 하모니카를 불고 있는 가나 선장에게 덤벼들어서 할퀴는 장면을 가끔 봤던 겁니다. 그래서 그는 그 고양이의 발톱에 독을 발랐어요. 그리고 나서 그 고양이를 가나 선장이 있는 방에 넣어두었지요. 그 남자는 그 다음에 무엇이 일어날지 알고 있었던 것입니다."

오크스와 스나이더는 자리에서 일어났다. 마라 선장은 꼼짝도 하지 않았다. 테이블보를 두 손으로 잡고 앉아 있을 뿐이었다.

미세스 피케트는 일어나서 옷장 앞으로 가서 열쇠로 문을 열었다.

"키티!"

그녀는 불렀다.

"키티! 키티!"

한 마리의 검은 고양이가 방안으로 튀어나왔다. 마라 선장이 비틀거리며 일어나자마자 테이블이 옆으로 기울며 쓰러지면서 그릇과 잔이 와장창 소리를 내고 박살이 났다. 마라 선장은 두손을 위로 올리고, 마치 무엇인가를 쫓는 시늉을 했다.

갈라진 목소리가 그의 입에서 새어나왔다.

"오! 하느님! 하느님!"

미세스 피케트의 목소리가 차갑고 날카롭게 방안에 메아리쳤다.

"마라 선장! 당신이 가나 선장을 죽인 거죠!"

선장은 소름이 끼치는 듯 몸을 떨며 기계적으로 대답했다.

"하느님! 그래요, 내가 그를 죽였어요."

"지금 얘기 들으셨지요, 스나이더 씨?"

미세스 피케트가 말했다.

"그는 증인들 앞에서 자백을 했습니다."

마라는 문 앞으로 데리고 가는 대로 따랐다. 스나이더에게 잡힌 그의 팔은 기운이 하나도 없이 축 처져 있었다.

엑셀시오의 참극

미세스 피케트는 발길을 멈추고 방바닥에 흩어진 파편 속에서 무엇인가를 주워 들었다. 그리고 일어나서 하모니카를 내밀었다.

"선물을 잊어버리셨어요, 마라 선장."

범죄심리 미스터리의 거장

앤소니 버클리 콕스(Anthony Berkeley Cox)는 바로 《살의(殺意)》의 작가로 우리에게 알려진 프랜시스 아일즈(Francis Iles)의 본명이다.

그는 1893년 영국에서 태어났다.

그의 경력은 그리 뚜렷하지 않은데, 이것은 그 자신이 자기 생애 이야기를 하기 꺼려했기 때문이다.

그러므로 그에 대해 알려져 있는 가장 최초의 경력은 그가 제1차 세계대전이 일어나기 전 5년 동안 〈데일리 텔레그래프〉지 문예부 기자로 일반소설 비평을 담당하고 있었던 일이다.

그러는 한편 유서 깊은 만화잡지 〈펀치〉에 A B 콕스라는 이름으로 유머러스한 문장을 기고했는데, 이것이 그의 문학 활동의 시작이었다고 스스로 말하고 있다. 이 방면의 작가로서도 뛰어난 솜씨를 지니고 있었다는 것은 그 이름으로 여러 권의 책이 간행된 사실로 평가할 수 있으리라.

그런데 미스터리 소설 쪽이 수입 면에서 볼 때 훨씬 더 이롭다는 것을 알고 방향을 바꾸었다고 그는 솔직하게 털어놓고 있다.

그리하여 1925년에 첫 작품 《The Layton Court Mystery》를 발표했는데, 그때 그의 나이 32살이었다.

같은 해에 그는 《우연한 재판(The Avenging Chance)》이라는 단편소설을 발표했다. 이것은 오늘날까지도 미국 및 유럽의 미스터리 소설 걸작집에 수록되는 횟수가 매우 잦고, 〈EQMM〉의 베스트 12위이며 엘러리 퀸이 꼽는 베스트 10위 안에 드는 뛰어난 작품이니만큼 그는 꽤 순조로운 첫출발을 한 셈이다.

이 단편의 줄거리는 다음과 같다.

앤스트라더 경은 클럽에서 초콜릿 제조회사로부터 보내져온 새 제품의 견본을 받는다. 같은 클럽 회원인 벨리즈포드는 연극에 관한 일로 아내와 내기를 하여 졌으므로 초콜릿 한 상자를 사다주어야 했다. 그래서 앤스트라더 경으로부터 그 견본을 얻어 집으로 돌아갔다.

벨리즈포드 부부가 그 초콜릿을 함께 먹을 때 혀를 콕 찌르는 듯한 맛이 났다. 나중에 안 일이지만, 그 속에 독이 들어 있었던 것이다. 그리하여 많이 먹은 아내는 죽고, 남편은 가까스로 살아났다.

그런데 초콜릿 제조회사에서는 새 제품을 만든 일이 없으며 견본을 보낸 일도 없다고 한다. 더욱이 앤스트라더 경은 원한을 살 만한 일이 전혀 없었기 때문에 경찰 당국은 하는 수 없이 로저 셸링검의 의견을 들으러 찾아간다는 이야기다.

버클리에 의하면 셸링검은 '내가 예부터 알고 있는 무례한 인간을 바탕으로 한 무례한 사람이다. 그리하여 무례한 탐정이 있으면 재미있으리라 생각되었으므로' 탄생되었으며, 그의 특징은 그다지 두드러지지 않다.

이 단편은 해결의 암시를 여성의 수다 속에 두어, 본격 미스터리의 맛과 싱싱함이 감도는 화술로 성공하고 있다. 탐정의 트릭이 멋들어지게 경감을 함정에 빠뜨리고, 더욱이 경감의 핵심을 찌른 질문에 대한 탐정의 응수가 훌륭하게 첫 머리를 장식하여 호평을 얻었다.

《독초콜릿사건》은 이 단편이 발표된 지 4년 뒤에 씌어졌는데, 사건의 취향으로 보아 거의 그대로 본뜨고 있다. 다만 등장인물의 이름만 바뀌었을 뿐, 셀링검과 스코틀랜드야드의 모리스비는 그대로다.

사건의 설정도 《우연한 재판》을 그대로 따르면서, 추리면에서 좀 대담한 시도로 도약하고 있다. 추리력을 서로 겨루는 재미는 그때까지 많은 작가에 의해 씌어졌다. 그러나 탐정 중심 시대의 작품은 반드시 작가가 창안한 탐정의 승리로 끝나는데, 이 작품에서는 뛰어난 여섯 사람의 추리 콩쿠르를 연출하고 있는 것이다.

그 연출을 위해 지은이는 친숙한 셀링검을 회장으로 하는 범죄연구회를 조직시켜 그 회원으로 변호사, 여류극작가, 여류작가, 미스터리 소설작가, 그리고 세상에는 전혀 알려지지 않았으나 실력 있는 인물을 끌어들이고 있다. 이들은 모두 엄격한 입회 테스트를 거친 사람들로, 범죄학 지식은 물론 추리력과 탐정력을 고루 갖추고 있다.

그들은 경찰로부터 사건에 관한 자료를 제공받아 저마다 독자적으로 수사를 해나가 그 결과를 발표하기로 약속한다. 실제로 돌아다니며 수사해도 좋고, 학술적으로 조사해도 좋으며, 연역방법이든 귀납방법이든 마음대로 택할 수 있다.

그리하여 회원 한 사람 한 사람이 저마다 개성을 발휘한 조사로 범인을 추적한다. 나중에 한 회원이 그들 모두의 조사일람표를 만드는데——그것에 의하면 동기, 관점, 논증의 중심점, 증명법, 비슷한 예, 범인 등으로 분류되어 하나의 사건에 여섯 개의 추리와 해결을 제시해 보인 기량이 실로 뛰어나다.

미스터리 소설이 추리를 주안점으로 한 특수한 문학이라고 한다면 그 특성이 유감없이 아주 잘 발휘되었다고 할 수 있다. 애써 여섯 사람 저마다의 온갖 추리와 해결을 제시하려고 한 것에 좀 무리가 있는 듯하지만, 수사마다 중점이 한편으로 치우치거나 범인 추정이 직접 증거에 의존하지 않은 결점은 부득이한 일인지도 모른다.

아무튼 하나의 사건에 대하여 여섯 가지 관점과 증명에 의하여 결론을 끌어내고 있을 뿐만 아니라, 한 사람씩 해결을 제시해 보여 나감에 따라 다음 이야기는 그것을 더욱 뛰어넘어 결국 모든 것이 납득되는 해결로 이르는 구상과 그 성공은 달리 예를 찾아볼 수 없는 신선함을 지니고 있다.

버클리는 이 작품을 쓴 이듬해에 《제2의 총성(The Second Shot; 1930)》을 써냈다. 그 머리글에서 그때까지의 미스터리 소설을 비판하며 앞으로의 전망을 이야기하고 있다.

그것을 보면, 구성에 중점을 두고 인간 성격의 재미와 문체, 유머 등의 요소를 무시한 낡은 형태의 순수하고 단순한 범죄 퍼즐스토리 시대는 이미 지나가버린 게 아닐까 하는 의문을 제시하고 있다. 그러므로 이제부터는 심리학적 수법에 중점을 두어 인간 성격 그 자체의 수수께끼를 푸는 방향으로 나아가야 한다고 주장하는 것이다.

버클리가 이런 신선한 견해에 이르기까지는 그 자신의 창작 체험과 다른 작가의 작품 연구가 쌓여 비로소 가능했을 것이며, 특히 그 전해에 내놓은《독초콜릿사건》이 크고 밀접한 영향을 끼쳤음에 틀림없다. 이 작품이야말로 한편으로는 순수한 퍼즐스토리처럼 보이면서 다른 한편으로는 그때까지의 미스터리 소설에 대한 숨김없는 불만을 드러내놓고 있기 때문이다.

회원 가운데 한 사람인 치터윅 씨에게 다음과 같이 말하게 한 것은, 독자의 여느 때 의향을 확실하게 대변케 한 것이라고 할 수 있다.

"그러한 종류의 책에서는 주어진 어떤 사실로부터 한 가지 추론밖에 허용되지 않는 듯하며, 게다가 그것이 반드시 올바른 추론인 경우가 많습니다.

작가 편인 탐정 말고는 아무도 추론을 끌어낼 수 없으며, 더욱이 탐정이 끌어낸 추론은——유감스러우나 탐정이 추론해 낼 수 있도록 몇몇 작품 속에서 말입니다만——늘 정답으로 정해져 있습니다."

지은이가 이 작품에서 여섯 가지 추론과 해결을 제시하며 그 하나하나에 독자로 하여금 공감을 느끼게 한 것은 다른 미스터리 작가의 방식에 대한 풍자며 패러디라고 할 수 있다. 더욱이 버클리는 미스터리 소설의 상투적인 구성에 싫증을 내고 있었으므로, 탐정 교대의 기예(技藝)를 연출하여 효과를 올리고 있다.

그는 《제2의 총성》 머리글에서 그러한 견해를 편 그 이듬해인 1931년에 프랜시스 아일즈라는 필명으로 《살의》를 내놓았다. 도서(倒敍) 미스터리 소설의 걸작으로 우리나라 독자들도 많이 즐겨 읽고 있는 이 작품은 범죄 심리소설의 선구적인 업적을 이룩했다.

도서 미스터리 소설을 어떻게 정의 내리느냐에 따라 다르겠지만, 처음에 범인 입장에서 범죄공작을 묘사하고 다음으로 탐정의 해명 과정이 있는 것으로 본다면 《살의》는 거기에 해당되지 않는다. 도서 미스터리 소설 형식을 빌린 범죄 심리소설로서의 굳건한 초석이라고 하는 편이 좋을 것이다.

《살의》에 이어 나온 1932년의 《여자에게 바치는 살인이야기(Murder story for Ladies)》는 일반소설에 가깝다.

주인공이 살인자인 남편과 결혼하여 그 남편에게 자신이 살해되기 바로 전까지를 써나간 기묘한 이야기다. 선천적으로 악한 사람과 그것을 알면서도 운명을 그대로 받아들이는 아내 두 사람의 성격을 생생하게 묘사하여 범죄 심리소설로서의 뛰어난 성과를 거두고 있다.

1937년의 《시행착오(Trial and Error)》는 착상과 구성이 매우 색다르다. 그때까지의 미스터리 소설을 풍자하면서 거기에 미묘한 심리를 덧붙인 참으로 독특한 작품이다.

버클리는 날카로운 미스터리 소설관을 피력하고 그것을 창작으로서 실천하여 거대한 발자취를 남겼지만, 어떤 사정에서인지는 모르나 1939년 《As for the Woman》을 발표한 뒤로 침묵을 지키고 사업을 하다가 1970년 세상을 떠났다.

《엑셀시오의 참극》을 쓴 P.G. 우드하우스는 1881년 영국 길드퍼드에서 태어난 미스터리작가이다. 1903년 은행원 생활을 그만두고 〈글로브〉지에 칼럼을 쓰기 시작하면서 평생 동안 유머러스한 작품을 써냈다. 《엑셀시오의 참극》은 '엑셀시오'라는 하숙집에서 생활하던 노선장이 어느 날 갑자기 침실에서 변사체로 발견되는 것으로부터 전개된다. 사인은 뱀독. 뉴옥스퍼드 거리에 있는 탐정사의 폴 스나이더는 이 알 수 없는 사건을 맡게 되는데, 자만심이 강한 조수 오크스에게 이 사건을 해결하도록 지시한다. 뜻밖에도 이 풋내기 탐정이 사건을 쉽게 해결하지만 하숙집 노부인이 이 해결에 불복, 그녀 스스로 문제를 풀어나가는 데 모두는 감탄하고 만다.

《엑셀시오의 참극》은 〈비아슨즈〉지 1914년 12월호에 '오크스 탐정의 교육'이란 제목으로 게재됐고, 그가 세상을 떠난 다음에 미수록 단편집에 수록된 밀실물의 걸작이다.